WATERMELON
西瓜 SUGAR
糖　　LAB

A NEW FUNCTIONAL BRAND BASED ON ASIAN ROOTS

在西瓜糖里，事情一次又一次发生，
就像我的生活发生在西瓜糖里。

黄色的家

sisters in yellow

Mieko Kawakami

〔日〕川上未映子 著

连子心 译

国文出版社

· 北京 ·

目录

第一章　重逢

1

我原以为，无论将来住在哪里，无论年纪多大，无论发生什么，我都不会忘记她。

可直到最近，当我在互联网上偶然浏览到一篇简短的报道，在其中发现她的名字时，我才意识到，我甚至连她的名字、她的存在，连同我们共度的时光和在那里做过的一切全都忘了。

吉川黄美子——我的脑海里有一瞬间浮现出了同名同姓的可能性，可直觉告诉我，这就是她。

> 十二月二十三日，东京地方法院对嫌疑人吉川黄美子进行了一审判决，罪名是伤害、恐吓和非法拘禁。吉川现年六十岁，居住于东京都新宿区，无业，她被指控于去年五月将一位来自千叶县市川市的二十多岁女性拘禁在新宿区某公寓内长达一年零三个月，并对其施以暴行，造成重伤。庭审中，被告方否认了罪行，被告本人保持缄默，其律师主张无罪。
>
> 据起诉书记载，吉川自二〇一八年二月前后将一名女室友拘禁在新宿区某公寓内长达一年零三个月，并对其施暴，致其重伤，住院治疗一个月。检方在开庭陈述中说，自二〇一七年起，无固定住所的受害人开始与被告人同居。起初没有发生任何问题，后来被告人逐渐开始监视其行为，例如掌管其财物和

控制其交友。后来，被告人多次以"就算跑出去也肯定活不下去"威胁受害人，向其灌输恐惧感，使其丧失逃跑意志。检方还指出，被告人曾多次殴打受害人，并将其非法拘禁、置于控制之下丧失自由，后受害人自行逃脱后报警。

我反复看了三遍，才终于从胸腔里重重地吐出一口气。我的心脏剧烈地跳动着，甚至能感到指尖在微微颤抖。这就是黄美子，毫无疑问。我认识的黄美子被逮捕了。

我试着搜索"吉川黄美子"，却只找到两篇简短的报道，一篇与上述内容相似，另一篇只有寥寥数行。其他都是些给姓名或笔画数测分以及给女孩取名的网页。除了上述报道，网上似乎没有任何黄美子的信息。

我试图厘清思路，于是返回第一篇文章的页面查看日期。文章发表于二〇二〇年一月十日，大约三个月前。报道称案件发生于去年，即二〇一九年五月。

可无论我多么仔细地阅读那些文字，都无法理解这些日期的意义。我知道一审判决已经过去三个月，但不知道受害人和其他相关人员的近况如何，也不知道今后案件和审判会如何发展。黄美子现况如何，之后会怎样 —— 我该去哪里了解这些事？

我完全无法想象审讯和拘留的顺序和规则，脑海中浮现出的只有家徒四壁的灰色小隔间、手铐、面无表情的法官，以及法庭画家画的肖像等在电视剧或新闻中看过的画面。

还有，黄美子的脸。

距今二十年前，年轻时的我曾与她同居过几年。报道称她六十岁，简直令人难以置信。虽说这也很正常，时光确实过去了那么久，连我自己都已经四十岁了，可我仍觉得她名字后面的年龄不是一个现实的数字。

我闭上眼，告诉自己"没事"。此案与我无关，自然没什么可担心的。这二十年来，我不知她干了些什么，从没联系过她，从任何意义上都与她毫无瓜葛。时过境迁，过往的一切都结束了。如今，除了她去年犯下的非法拘禁罪一案，没有其他问题出现在公众视野中，至少在网上没有。我反复告诉自己"没事"。

当我从手机屏幕抬起头时，房间里充满了我不曾注意的深蓝色黄昏，各种物件投下的影子越来越暗。茶几上放着刚才打算吃的速食意大利肉酱面，但不知怎么，它在逐渐逼近的夜色中看起来不再像食物了。

夜里我醒了几次，几乎彻夜未眠。

沐浴在春日晨光中的窗帘在我脑海中映出了一大张空白画纸。我闭上眼以抵挡强光，随即五颜六色忽隐忽现 —— 深蓝、暗红、黄 —— 接着出现了黄美子的脸。

她开心地笑着，一边说自己的头发过于浓密，就算里面藏着一只猫都不会被发现，一边将及腰的乌黑鬈发束起。我和大家都跟着笑了。这是一栋老房子，每个小房间都堆满了杂物，玄关却总是整洁的。一是因为我们规定每人只能放两双鞋，二是因为玄关是迎接好运的地方，厕所是驱邪避祟的地方，必须时刻保持清洁。

我闭上眼，翻个身，试图把这些念头从脑子里甩出去。可那些已经很久不再想起的往事仿佛手牵着手陆续来到我身边：凹凸不平的走廊发出的吱吱声变成了我们的笑声；睡觉前经常凝视的天花板纹路变成了某人的香烟烟雾，还对我低声呢喃；镜子前散落的化妆品、塞满衣服的衣柜收纳盒、还有堆积在狭窄厨房里的纸箱中的杯面……这些激发出了我们一同度过的时光的味道。

我在被窝里苦思冥想了三十分钟后，给兼职公司的群聊里发了一条信息：

> 早上好，我是伊藤。我从昨天起有些咳嗽。虽然没发烧，但为安全起见，希望今天可以准我休息一天。非常抱歉！

负责排班的人立即回复道：

> 知道了。下周一公司的管理方案就会出台，到时再通知你。现在正值疫情期间，我会向总公司报告此事。保重身体！

我回道：

> 非常感谢！应该只是普通感冒。不过，如果我发烧，就马上联系您。麻烦了！

上个月以前，社会普遍对疫情半信半疑。虽然闹得沸沸扬扬，但有很多人坚信那不过是感冒而已，不必过分恐慌，戴口罩也没什么用。人们的焦虑中夹杂着莫名的兴奋，还有些游离于现实，但人们普遍认为事态仍然控制在日常生活所允许的误差范围内。

然而国外新闻中出现了越来越多的可怕事件。五天前，政府宣布进入紧急状态，此前持续缓慢加码的紧张局势突然爆发。抢购不只出现在新闻中，在我家附近的超市也真实地上演了。药妆店的口罩、消毒液和卫生纸卖光了，人也不见了。就连我兼职的店也被迫应对当下的情形。当时，我作为销售员就职于一家在东京拥有众多分店的连锁副食品商店，店铺位于徒步就能抵达的商店街。

小店的架子上和保鲜柜里摆放着大约三十盘小菜和沙拉。顾客挑选好后，我们将其盛入便当盒。食物是每天早上由中央厨房制作好送来的，店里没有厨房，四个人就能把店里挤满。自从三年前来此工作，重复的菜单让我担心那些每天光顾的常客会不会吃腻。然而店里生意很好，每天早晚必有顾客排队，相当受欢迎，这又让我安心不少。可从上个月末开始，客流量急剧下降，经营状况转眼间就失控了，好不容易有顾客光临，却会因是否戴了口罩而发生争吵，或者被电话投诉预防措施不够充分。

我躺在床上，心想在群里告诉他们我咳嗽可能不是一个好主意，不知道为什么非要在这种时候声称自己咳嗽……

片刻后我拿起手机，打开报道黄美子案的网页，再次从头仔细看。看完心情又变得低沉，四肢沉重不堪。尽管请假理由不合时宜，但还是庆幸可以休息。虽然工作时只是站着，但这种状态下我实在无法工作。

我从床上爬起来，从冰箱里拿出麦茶来喝，之后又从衣橱里的架子上取下一个大鞋盒。它的边缘磨损了，盖子也破了，里面装着我的旧信件、记事本和笔记本等。

鞋盒原本的深蓝色在经年累月中已经完全褪去，里面曾放着母亲很久前不知从哪里买来的高跟鞋。我还记得她穿着白色高跟鞋在房间里开心地展示，也许是太开心的缘故，她穿着高跟鞋坐在榻榻米上吃泡面。我跟她要来空鞋盒，把贴纸、漫画杂志的附录和与同学交换的小字条等放了进去。从那以后，我就养成了时不时地把收藏品放进去的习惯。再后来，我历经多次搬家，在丢失了各种东西后，只有它一直都在。不过，我通常不会把里面的东西拿出来，仿佛它是别人的遗物——尽管那是我的，无论发生什么都没有扔掉，始终带在身边。

我打开盖子，看到角落里放着深蓝色小型折叠手机和充电器。我一直在找它，可找到的瞬间竟然有些紧张。不知手机是否还能用，我用充电器把它连上电源。三十多分钟后，我长按电源键，小小的屏幕亮了起来，好像在缓慢地苏醒。它传来一个声音。

为了不让别人联系我，我更换了手机号码并删除了所有记录，唯独保留了老友的号码，或许是冥冥之中感觉有一天我会像现在这样需要她们。

通讯录中只有十七个联系人。在"K"列中，我看到了"黄美子"。继续向上滑动，点开"加藤兰"，显示出号码。接着滑到"M"列，看到了桃子——玉森桃子。我在手机里记下了她们的号码。

我不知道加藤兰和玉森桃子现在在哪里、做些什么。最后一次见面是在她们离开那里的时候，那时我们都二十来岁。后来，我再也没和她们联系过。如果不是昨天偶然看到黄美子的报道，我可能不会想起她们。

我们在那里共度的时光像一帧帧毫无关系却串联起来的画面浮现在我眼前。画面中重播着各种声音和表情，分辨率瞬间提高又突然模糊，如此反复。我没想到这个号码还能用，事到如今也不想再联系。然而，黄美子的事我只能找她们商量，也只有她们能分担我此刻的焦虑。

我担心黄美子会把我们的过去说出来。在她被审问时，警方或许已经在她房里发现了我们共同生活过的各种证据并开始调查内幕。一想到这儿，我就无法保持冷静。虽然还没有人来找我，但可能已经联系了兰或桃子，她们或许已被传唤并接受了讯问。

冷静地想，我们的行为或许已经过了诉讼时效，不会被指控非常严重的罪名。当时的我、兰和桃子都还年轻，只是受了黄美子的指使。可琴美呢？她的死到底是谁的错，为什么会发展到这种地步？真的与我们无关吗？

我越想越感到恐惧和难以名状的焦虑，仿佛胸口被一块巨大的钢板悄无声息地压着，泪水夺眶而出。我该怎么办？假装没看过报道，不联系兰和桃子，保持沉默，还是把我知道的事告诉警察？

想象朝着糟糕的方向不断膨胀，遮蔽了我的视野。她们过得如何？现在在哪里？在做什么？电话肯定打不通。不过，既然如此，要不要试着打一下？我把电话放在手边，用被子蒙住头，似乎要抹灭一切。阳光被遮挡住，我在春日的温暖黑洞中扑闪着眼睛，就势睡着了。

我做了一个莫名其妙的梦，只知道那是一个噩梦，没有出现具体的人和事，只有时间。为什么我总能知道那就是噩梦？噩梦像昏暗无情的海浪般不停向我涌来。我醒来后，胸前和后背湿乎乎的。然后，我拨通了加藤兰的电话。

电话响了六声，我听见一个明亮的声音在说"嗨"。我感到下巴在紧张地颤抖。

"请问……是加藤兰的……号码吗？"

"是。"兰用略低的声音回答。

是兰！我的心怦怦直跳。

"……我是花。"

"花？"

"嗯……我是伊藤花，以前，一起……"

"花？"兰顿了一下，说，"你是那个花？"

"嗯，是我。对不起，突然打电话来……"我换了只手拿手机，紧紧地贴在耳朵上说，"没想到还能打通。非常抱歉，这么突然……"

"怎么了……？你怎么有我的电话号码？"

"旧手机上有。"

"哦。"

我听见兰轻轻地叹了一口气。

"真对不起，突然吓到你了。"

"不，这倒没事……我只是有些吃惊，因为太久没联系了。"

"是啊，对不起。其实我打电话是因为黄美子的事。"

兰的身后传来了孩子们欢乐的吵闹声，还有女人们的说话声。声音渐渐远去，我想她一定是换了地方。

"你说的黄美子，是那个……"

"嗯。"

"黄美子怎么了？"

"昨天我看到了黄美子的案子。"

"什么？"

"我在网上看到的。"

"什么案子？"

"她被抓了。我也吓了一跳。审判已经开始了，我猜想或许也跟我们有关，所以想和你谈谈。"

"等等！"兰打断了我，"什么意思？我完全不懂你在说什么。黄美子为什么会被抓？什么叫'或许也跟我们有关'？她跟你说了什么？"

"不，不是的。她在公寓里拘禁了一个女孩，还打伤了她，所以被抓了。或许……她做了同样的事，才会被抓。或许过去的事也是个问题，可能会暴露。我不知道，但是总觉得很可怕。"我索性大胆地问道，"你有没有收到警方联系之类的？"

"怎么可能！"兰轻蔑地笑了，可我还是感受到了其中隐隐的不安。

"我从昨天开始就一直不安，我在想是不是去警局说清楚比较好……"

"啊？"兰大吃一惊地反问我，"说什么？"

"过去的事，或者我所知道的黄美子……"

"等等，你别开玩笑！"兰压低了声音说，语气不容辩驳。这时我听见电话另一端有人叫她，她欢快地回应了"OK"。

"那个……我家现在有人。"

"嗯，我知道，真对不起。"

"你现在住在哪儿？东京？"

"嗯。"

"也许我们该见面谈一谈。虽然是疫情期间，不过最好不要在电话里说……"

"嗯，我也认为见面谈会更好……对了，还有桃子，虽然不知道她的电话能不能打通，但联系她一下比较好吧？如果她能来的话……"

"桃子不行。"兰简短地说道。

"为什么？"

"见面再说吧。花，总之你别去警局。一定别去，知道吗？"

"知道了。"

我们约定了见面的时间和地点，然后挂断了电话。

2

时隔二十年重逢，加藤兰看上去变了很多。

她在我的印象中十分娇小，可眼前的她身材似乎大了一号，比例有些尴尬。如果不是她发现我并举手向我打招呼，即使在这空无一人的咖啡厅我也不能很快认出她来。

兰穿着一件蓬松的卡其色中长款棉外套，戴着遮住半张脸的口罩，浅棕色的头发束在脑后，发际线像用梳子梳过似的在灯光下泛着白光，涂着棕色眼影和浓烈的睫毛下的眼眸仍然保留着昔日的神采。

她的额头依旧很窄，让我想起了与兰、桃子三人在某个深夜比较额头长度和眼睛间距的情景。我还记得兰那时就喜欢化妆，她一边给我化妆，一边笑着问以她的技术会给从不化妆的我的脸带来多大的变化。化完妆后，她们看着我的脸大笑不止。想到这些往事，再看看面前的兰，我才意识到时间着实过去了很久，胸口微微刺痛起来。

然而，我们没有像那些久别重逢的老友一样欢快地打招呼，寒暄"好久不见"或"过得好吗"，只是各自点了饮料。我不知道兰隐藏在口罩下的脸上是什么表情，但我们在似乎没有任何动静的空气中沉默了好一阵。

服务员把两杯冰咖啡放在桌上后，我对兰说："很高兴一眼就被你认出来了。"

"我在门口瞄了一下。"她简短地说罢，放下手机，摘下口罩，上面沾着一抹砖红色的口红，"黄美子……犯了什么事？我在网上查了，还是不太懂。"她无视了我的紧张，似乎只想继续先前的话题。"上新闻了？怎么，严重吗？"

"与其说是新闻……"我把收藏在浏览器书签夹中的链接打开，递给兰。她认真地看着，指尖轻轻地在屏幕上滑动，继续专心阅读。

"你是怎么发现的？"兰在桌上把手机递给我，问道。

"我在雅虎等网站上随意浏览了其他重大案件的新闻，然后类似案件就源源不断地出现在下面，都是些相关内容，比如多年前的文章链接，还有不知名的地方报纸上的文章链接等。我接连看下去，就发现了这一篇。"

"是新宿……不是二茶啊。"兰皱着眉头说，"文章说她六十岁……也就是说那时她四十来岁，和现在的我们差不多大，是吧？"

"嗯。"

"现在想想，那时脑子简直有病！"兰毫不客气地说道。

"真难以置信！如果说那时她四十来岁，不就等于现在的我们召集一些二十岁的孩子一起过那种生活吗？太疯狂了！"

听到我这么说，兰摇了摇头。

"可你为什么会被黄美子这件事吓成这样？跟我们完全无关，不是吗？这个案子发生在去年，而且已经开庭了吧？"

我点了点头。

"我们住在一起的时候确实干过一些坏事。可当时我们才二十来岁，是很久以前了。如今，当年的事怎么会被调查？想想都不可能吧。"

"可假如黄美子家还有当时的 —— 你想想 —— 一沓沓卡片之类，警察会怎么想？而且，假如黄美子把我们供出来，那就算不被问罪，也一定会被讯问。虽然有时效期一说，但我们做过的事……怎么说呢……又不好说是什么性质的问题。"

"所以你打算专程去警局，告诉他们你参与了过去的事？"兰瞪大了眼，厌恶地说，"你想太多了。"

"是吗？"

"是的。你往坏的方面想，那可不得了。本来我们做的事就没有什么大不了，我是这么想的。哪有二十年后还要惶惶不可终日的道理？现在的孩子做的事更刺激。"

"是吗？"

"是的。"兰想了一下说，"而且我们……其实也被操纵了。"

"可听说琴美也死了，不知道到底发生了什么，或者我们是被牵连了，总之事情变成了这样。"

"琴美是谁来着……哦！"兰轻轻地点头，"是那个人，'远征'过银座夜总会的女招待。"

"是。"

"不不不，我认为和我们没关系。那完全是她的事……当时也是这么说的，不是吗？当时我确实被吓到了……花，你不会还以为是自己的错吧？"

"倒也不是。"我摇了摇头。

"不可能，那些人都有毛病。"兰微微地耸了耸肩，"所以你冷静一点，高兴一点，别做出那种表情。为很久之前发生的、没人记得的事烦恼毫无意义。确实，突然在这种地方看到黄美子的名字会受到惊吓，尤其是看到拘禁女孩这种相似的场景。我理解你的心情，但是别担心。如果真发生了什么，警察早来了。我是说，这不过就是黑历史，年轻气盛时的黑历史。"

"年轻时的黑历史……"

"是的。相比起来疫情更恐怖。花，你现在怎么样？在我们家，孩子一放假就是地狱。疫情也让人恐慌，你说呢？"

"我……"我用鼻子轻轻地吸了一口气，"过着普通的生活，一个人住。"

兰用吸管搅拌着冰咖啡，点了点头。我们在自由之丘站前的一家咖啡连锁店，四周都是玻璃墙。兰好像住在东横线沿线的某个地方。她选在这里见面，说是因为电车直达，很方便，顺路就能到。她没问我住在哪里、做什么工作，也没问后来我如何。

"别看这里现在几乎没什么人，平时可是很热闹的。紧急状态真是可怕。"

街上鲜有行人，早晨的浓雾给整条街笼罩上了阴沉的气氛。

"不过说起来，时间过得真快，我们已经四十多岁了。我从没想过还能像这样见到你。不知怎么就分道扬镳了。"

"兰，你没换电话号码，那后来黄美子联系过你吗？"

"没有。"兰说，"我记不起太多细节，也不太想记起……那时我们的处境很混乱，之后就没联系了。不过，你是不是很难过？因为她最照顾你……我是说，她太可怕了，真应该被抓，她太疯狂了。当时我们太年轻，还是孩子，根本不懂，但那绝对是不被允许的。"

"对了，我在电话里提到的……桃子，你说不能找她，为什么？"

"哦，桃子。"兰轻轻地摇摇头，说，"你还记得吗，桃子有个让人不省心的妹妹，长得很漂亮，但牙齿很脏，她也去过那儿。后来，桃子和她妹妹，以及妹妹的男友为钱闹翻，最后失踪了。我也不太清楚，不过传言是这样的。我离开那儿之后，和桃子联系过一阵子，后来她就突然消失了。"

我听罢，叹了一口气。

"唉，都是些脑子有病的家伙！只是我们什么都不知道而已。"

兰突然提高了音量，就像在练习台词，声音很是夸张。偌大的餐厅里只有寥寥数人零星地各自坐在一角，戴着口罩。不知从哪里的扬声器中轻柔地传出巴萨诺瓦爵士乐。柜台后的厨房传来碗碟碰撞的声音，还夹杂着服务员的说话声。除了我们，没有人说话。坐在稍远处的老头儿翻开报纸，发出很大的声响。他瞥了我一眼，与我对上目光。我喝了一口水，用指尖检查了卡在下巴上的口罩。

"不管怎样，一切都结束了。我说过很多次，那是很久以前的事，只是黑历史。花，你别太担心……好吗？"兰一眨不眨地盯着我，"真的，绝不会有警察找上门这种事。真的毫无意义，百分之百没必要。真的，花，拜托你了！好吗？我今天也听你倾诉了，忘了吧！我说真的。"

我点了点头。

"真的没问题吧？"

"嗯。"

之后我们沉默良久。兰叹了一口气，弓着背，盯着桌上一点，表情里流露出一丝疲惫。我感觉有些事应该告诉久别重逢的兰，一些重要的事，兰或许也有同样的感觉。可我不知道那究竟是什么，以及为何无法用准确的语言表达出来。

"那我们就差不多……对了，花。"兰挺直腰背，似乎在整理心情。她边戴口罩边说："那个……你能删掉我的号码吗？我也会把你的消息都删掉。"

我什么话都说不出来，只好沉默着。兰把小票拿在手里确认金额，把自己的那份放在桌上，背着包站起身。"再见，花，我走了。你要注意防范疫情哦。"

兰说完就走了，可我无法立即离开。还有其他事需要思考，我却无法思考。虽然没什么胃口，但从早上到现在都没进食，肚子应该饿了，我怔怔地想要不要点些吃的。

我看着桌上那张印着图片的小菜单，突然听见了一个奇怪的声音。外面远处的某个地方传来了一个忽轻忽重的声音，似乎有巨大的东西在缓慢滚动。不久后我才意识到那是雷声。我透过玻璃窗往外看去，霎时大雨倾盆，雨点哗啦啦地掉下来，甚至可以看清每个雨滴的形状，只见几个路人用包或手挡着头跑开了。雨越下越大。雨珠重重地砸在斜对面店铺的屋檐和沥青路上，弹跳着，升起淡淡的白雾。

第二章 财运

1

我第一次见到黄美子是在十五岁的夏天。

初中最后的暑假刚刚开始，一天早上，我发现原本睡在我身旁的母亲变成了一个陌生女人。我看不见她的脸。她穿着母亲的睡衣，但是我立刻就明白这个背对着我发出熟睡鼻息的女人不是母亲。

我用手肘撑起上半身，向后稍微移动了一下身体，转念一想这没什么，又继续睡了回去。母亲在附近的小酒馆工作，之前也有过几次像这样带店里的女孩或朋友来家里睡觉的情况。

当我再次醒来时，女人不见了，折成三折的被褥上整齐地放着叠好的睡衣。那件睡衣母亲穿了多年，已经很松了。我看着它如同商店的新衣服一样被整齐地叠放在那里，不禁看直了眼。

衣服和内衣通常挂在窗边的窗帘杆上，穿的时候直接从衣架上取下。房间里物品太多，再加上总是堆得乱七八糟，看起来就像被铅笔弄脏的发黑的笔记本上用橡皮小心翼翼擦拭后浮现出的空白。

我和母亲住在东村山市郊区的小镇上，一栋从主干道看不见的陈旧的小型文化住宅[1]里。

---

1 文化住宅：本文中指第二次世界大战后在日本关西地区流行的二层木造公寓，厨房、厕所等设施独立出来，由各户独立使用，与日本传统的公共住宅长屋相比更文明。由此，房地产公司通常以"文化住宅"作为宣传。是家庭租赁住房的主要类型。但由于其木造结构普遍老朽带来了诸多安全问题。——本书注释若无特殊说明，均为译者注

在临街的独栋建筑之间，有一条宽约三米的未修整的路。沿着这条路往里走，然后左转，就是公寓入口，上面的"清风庄"三个字旧得泛黑，勉强可以看清。入口像一个不祥的洞穴，走廊上挂着几个低瓦数灯泡，即使在晴天也十分昏暗。

这栋木造的公寓共有两层，每层有四间相同户型的房子，可除了住在一楼的我们和二楼最里侧的中年房东，再没有其他住户。打开那扇连小孩都能踢开的摇摇欲坠的木拉门，会看到一个小玄关，进去后是一个约三叠[1]大的厨房，后面连着两间四叠纵长的房间。我们把一楼里侧的共用厕所当作专用的。公寓四周都是楼房，因此即使打开窗户，也只能看到隔壁的水泥墙，光线很难照入房内。

我们在一楼租了两间房，分别位于清风庄入口的左右两侧。我和母亲主要使用右侧的房间。左侧的房间原本是父亲的住处，但里面只有一台电视机、一套被褥和挂在衣橱里的几件衣服，没有丝毫生活的痕迹，而且他几乎不在家。

当时的我不知道他做什么工作，看到他健硕的身体和总是被晒得黝黑的皮肤，还以为他在做建筑工人、卡车司机或者其他需要长期出差的日结工作（曾有一次，在我小学放学回家的路上，父亲坐在一辆大卡车里呼喊我的名字）。有一段时间，他会带穿着同样工作服的同事来家里吃火锅、烧烤、喝酒，但那种生活很快就结束了。

偶尔见到他的时候，他总是心情很好，会送我羽毛球或娃娃机里抓到的玩具，还会突然在深夜回家叫醒熟睡的我，给我吃他觉得美味的寿司。

我不讨厌他，但由于共处的时间不多，我不知道该对他说什

1　叠：日式房间常用的测量方式。一叠榻榻米长约 1.8 米，宽约 0.9 米，面积约 1.62 平方米。

么。只要他一回家，我就会莫名地紧张。我内心希望他早点回来，却总是失望。如果把这个想法告诉他，我又会觉得挫败。我知道他不像一个正常的父亲。但当我隐约发现，被亲生骨肉这样想的父亲实在可怜，这又给我带来了额外的紧张和内疚。

在我上小学高年级时，他几乎不再回家，我再也没见过他。我不知道他在做什么工作，过得如何。直到后来我才察觉他有另一个家，或者说，有人和他生活在一起。

要说我和母亲的二人生活，倒是十分轻松，但同时等于一无所有。她喜欢寻开心，喜欢喝酒，尽管酒量一般。她有很多朋友，很容易受别人影响。她从本地的商业高中[1]毕业后，在丝袜厂当过正式职工。据说她曾在总公司的高层来访时，在众人面前当模特展示丝袜，她以此为荣。但这样的生活仅持续了数年，之后她就和朋友辗转于当地的小酒馆，其间生下了我。

与我同学们的母亲相比，她有一张更年轻的脸和更张扬的打扮，在我看来她甚至不像一个正常的母亲。她小巧玲珑，脸上充满稚气，性格乐观开朗，经常面带笑容，只是一喝酒必哭。她哭泣没有明确的理由，可以说是一种习惯。对她而言，喝酒上头后的哭泣和喧闹几乎是一回事。

她似乎也不依恋父亲，我从未听她抱怨或说起父亲的坏话。父亲不再回家，她似乎也毫不在意。偶尔她也会开玩笑似的说起与她断绝关系的母亲性格有多糟糕，但仅限于她喝醉酒变得伤感的时候。

我们在一起的时候通常不只我们俩，她喜欢有其他人加入。她经常和酒馆的女招待、顾客介绍的人或认识很久的当地朋友随心所

---

1 商业高中：日本以教授商业课程为中心的高中。——编者注

欲地交往。因此，当我们俩独处时，我总会有些紧张。她常常在我上学后睡觉，下午起床，傍晚化妆，然后去上班，直到深夜才回家——我们的生活基本没有交集。

身边只有一个女孩和我情况类似，我们成了朋友。从小学起我们俩家里就没有门禁，因此那些规定了有些地方不能去或晚餐有固定时间的家长，似乎不让他们的孩子与我们产生不必要的交往，至少不允许自家孩子来我们家里玩耍。尽管他们在学校里和我们正常交往，但放学后就和其他人一起走了。有一次，我问一个喜欢的朋友为什么，她有些难为情地说："大家都说你家经常有奇怪的大人出入，不是正经家庭，不能去。"她的话不是恶意编造的流言或谎言，事实如此，我也没办法。

上中学后，我能更清楚地感受到同学们的表情和态度。正常家庭和非正常家庭出身的孩子似乎戴着不同颜色的帽子，一眼就能看出来。在一个正常家庭里是不会发生早上醒来发现身旁睡着陌生女人这种事的，也不会因为看到叠好的被褥和睡衣心情愉快到看得入迷。

我用同样的方法把自己的被褥折成三折，放在她叠好的被褥旁。房间里只有我一个，厨房也没有人，于是我穿着凉鞋穿过走廊，打开对面房间的门。伴随着电视机里发出的嘈杂声，我看到一个仰躺着看综艺节目的女人背影。一台使用了多年的电风扇慢吞吞地摇摆着，不时发出吱吱的响声。

她注意到了我，只是把脸转向我，微微一笑。她笑得如此自然，以至于让我觉得似曾相识。可我并不认识她，虽然她昨晚就睡在我旁边的被褥上，但至少这是我们第一次见面。她又扭头去看屏幕，跟着电视里的欢呼声轻抖着肩膀，开心地笑。我站在厨房和起居室中间，望着电视机、电风扇和她。

"咱们吃点东西吧！"当节目播完转到广告时，她伸了伸懒腰，对我说，"你饿了吧？"

于是，我们站在狭窄的厨房里煮泡面。她身材比我大一圈，四肢纤长，乌黑的长鬈发扎在颈后，发梢散落在印有英文字母的白色宽松 T 恤上。我和她保持着距离，盯着铝锅里煮着两人份泡面的热水咕嘟嘟冒泡。

她麻利地撕开泡面袋，把面饼放入热水打散，加入调料后快速搅拌，接着往我摆好的两只碗中盛入拉面。我想用一次性筷子尖将粘在锅边的馄饨剥离，却怎么都不行。"算了，把锅也端来！"她明朗地对我说，手指着起居室。我拿出之前收起来的暖桌板，与她面对面坐下，开始吃面。

"你放暑假了吧？不出门吗？"

我嘟囔了一声，似是而非地回应着。刚才还没觉得这么热，可汗水突然就渗了出来。我伸手打开空调，调到最高档。

"你和爱要出门吗？""爱"是母亲的名字。

"不。"

"哦。我叫黄美子，你叫什么？"

"花。"

"花？谁起的名字？爱吗？"

"我不知道。"我小声说。

"哦。"

"……你是我妈妈的朋友？"

"是的。"

对话到此为止，我们默默地吃完剩下的面。电视里正在播放答题节目，老式空调的电机嗡嗡作响。不久后，外面隐约响起救护车的声音，靠近后又很快远去了。

"花，你的名字是哪个字？"

"'一朵花'的'花'。"

"我的'黄美子'是'黄色'的'黄'，加上'美丽的孩子'，黄美子。"

我又含混地嘟囔了一句，点点头，继续喝汤。我手里端着碗，瞄了她一眼，却迎上了她的目光。她早就吃完了，把胳膊抵在桌上。我毫不犹豫地移开视线，之后依然不时地透过碗的边缘偷瞄她的脸。她的脸和我之前见过的所有女人都不一样。

每个人的脸都不一样，这是理所当然的。可虽说如此，她的脸上还是有一种当时的我无法言喻的存在感。她刚起床，脸上没有化妆，眉毛却十分浓密，清晰的双眼皮上睫毛浓密纤长，眉眼近，鼻梁高，鬓角上的毛发上沾着汗水，细密地卷曲着。她的脸与其说是端正或漂亮，不如说能让人感受到力量。

她让我想起了小学时流行的一部以古埃及和现代为背景的少女漫画里的主人公，一位年轻英勇的法老。我仿佛在她的脑袋斜上方看到了主人公的台词气泡和漫画官格的线条，觉得有些好笑。

"我想喝三矢苏打水，一起去吗？"

她把碗放进水池后，返回起居室对我说。于是，我们便顶着刚睡醒的打扮走出了家门。

在去往便利店的路上，她问我："你家有两个房子，你们却没分开睡。"

"我们把刚才吃面的房子叫作电视房，另一个叫被褥房，一直都这样……"

"也就是起居室，是吧？"

"倒也没那么好……"我说着，低下了头，"分开睡听起来也不错。"

夏日的阳光非常刺眼，我不禁眯起了眼睛。每呼吸一次，就会感觉热气渗入皮肤。

我家就在我就读的中学后面不远的地方。沿着长长的灰墙走两百米，之后到拐角左转，再走几步就是学校大门，马路正对面是便利店。学校禁止学生穿校服去便利店，但几乎没人遵守。校园里种植的无名树绿意盎然，在狭窄的柏油路上投下了浓郁的青色阴影。

临近校门时，我看见那里聚集了几个人，喧闹嘈杂。

虽然现在是暑假期间，但社团活动没有停止，学生们还是会出入往来。然而，聚集在那里的人并非参加社团活动的学生，而是品行不端的"不良少年"。

其中有两个人和我一样上三年级，还有一个穿着垮裤、头发漂成稻草色的男生，一个在学校恶名远扬的毕业女生和她的手下们。那女生的眉毛细得像昆虫的触角，漂色的刘海朝天扎起，像喷泉一样[1]。

听说她毕业后没上高中，总是与暴走族和当地的建筑工人来往，而且无论何时何地都穿着堆堆袜。肥大的运动衫搭配堆堆袜，穿凉鞋时搭配堆堆袜，还有传言说她甚至在睡觉时也穿着堆堆袜。她的手腕上刻着历任男友的名字。她的姐姐在涩谷一〇九百货店里的知名服装店工作。总之，她是个既恐怖又厉害的人物，令人敬畏。

我尽量避免与她们目光接触，可其中一个同学还是注意到了我，并戏弄似的大喊我的名字。我紧闭着嘴，低着头，没有应声。我和她们的家庭环境相似，但没像她们一样变成不良少女，尽管我跟那些去补习班上课、全家人围在一起吃饭、一起出游的学生也不

1　在日本，像喷泉一样束起的头发和下文中出现的堆堆袜被认为是不良少女的标志。

一样。无论在校内还是校外，同学们都隐隐地疏远我，同时有些莫名地可怜我。

此外，由于我家就在学校后面，几乎所有同学都知道，有几个同学还曾故意来亲眼验证我家的房子有多旧、多脏。自然不是所有同学都家境殷实，也有不少人住在团地[1]或者普通公寓，但没有人像我一样住在没有浴室、共用厕所的类似长屋[2]的文化住宅里，至少在我所在的年级里没有。

"你的朋友？"黄美子笑着问我。

"不，不是。"

"她跟你说话了。"

"没，没有。"

"好吧。"

我们走进便利店，她拿起一瓶三矢苏打水，又把薯片和鱿鱼干等放进了购物筐。她对我说："你随便拿，还有冰激凌哦。"我只是跟着她来买三矢苏打水，压根没想自己要买什么，也没带钱。再加上在校门口被不良少女嘲弄，我心里闷闷的，看到果汁和冰激凌也完全没有食欲。

"爱最近可能不回来了，你听她说了吗？"她一边在零食货架上挑选，一边问我。

"没听说。"

"你们用传呼机联系？"

"有事时我就给店里打电话，也有传呼机。"我说，"她不回来，

1　团地：日本始于20世纪的密集型公共住宅，与普通公寓、高级公寓和独栋建筑不同，整体呈现出户数多、房租低廉、治安差等特点。后来，翻修后的团地逐渐出现了不再冠名"团地"，而是公寓化的倾向。

2　长屋：日本一种传统的狭长型木造公共住宅，可以追溯到江户时代。

店里也不去了？"

"她好像要去旅行，说会打电话来联系的。对了，你以后怎么吃饭？"

"哦，泡面吧。"

"要去买吗？"

"家里有一个罐子，妈妈擅自做主装了泡面。"

"够吗？"

"嗯。"

"不会停电吗？"

"嗯，账单来了我就去缴费。"

我们走出便利店时，阳光更刺眼了。

马路对面的不良少年又增加了几人，十分吵闹。我真希望学校里会使用暴力的生活指导老师们出来把他们踹散，可这是不可能的。几名用暴力惩戒学生的老师通常只是见风使舵而已，他们放心地殴打那些绝不会抵抗的学生，而在面对与暴走族有关系的学生时，俨然变成通情达理的过来人。

同年级的不良少女再次注意到了我，像刚才一样笑着做手势，这次大声喊着"碧宾霸"。我心跳加速，下意识地闭上了眼睛。我体内黑色素较多，容易被晒黑，虽然不怎么参加社团活动，也很少出门，但皮肤全年都是黑黝黝的，于是一些刻薄的同学给我起了"碧宾霸"的绰号（他们喜欢这个词，因为其日语发音和"贫穷"相似），这个绰号一直跟了我多年。"碧宾霸"是小学时流行的三丽鸥卡通人物的名字。无论在校内还是校外，他们一见我就会连呼"碧宾霸、碧宾霸"，还会一边模仿火把舞，戏弄我。[1]

1　碧宾霸为岛民形象，拿手火把。现在该形象的产品已全部停产。——编者注

"碧宾霸，石锅拌饭？[1]"黄美子瞥了一眼她们，然后问我。

我连摇头都做不到，更别说回答了。我像往常一样为自己被这种连现在的小学生都不会做的幼稚行为伤害而感到尴尬和羞愧，但更令我感到难为情的是，今天让第一次见面的黄美子知道了我的窘境。我的脸火辣辣的，鼻腔里泛起酸，似乎只要稍微放松警惕，泪水就会从眼眶里流出来。我低头看着已经挤出凉鞋的脚趾，继续往前走，同时让鼻腔中因呼吸停滞而积聚的空气缓缓排出。

"碧宾霸，喂！碧宾霸！"

她们在同伴有节奏的呼喊声中爆笑不止。平时我和她们根本不属于一个世界，她们从来不会注意到我，像今天这样没完没了地纠缠我并不寻常，这更让我难受了。我假装听不见，迅速往前走，想快点过去。

当终于走到拐角时，我向斜后方一看，发现本该在那里的黄美子不见了。

我抬头回望，只见她晃着手里的白色购物袋，穿过马路向她们走去。我大惊失色，感到一阵眩晕。我睁大双眼——她要干什么？只见她以原路返回似的自然的步伐向她们走去。我在几十米外的地方探着脖子，倒抽了一口凉气。

就在刚才我们在便利店里时，她们那些骑小摩托和改装自行车的同伴都赶来了。不仅如此，有的人在喝酒，有的人在吸东西，还发出莫名其妙的怪声。我开始担心黄美子突然靠近会被他们殴打，或者被用打火机烧头发。对了，她几岁来着？我吓得目瞪口呆，脑子一片混沌。

然而，先不说我的担心——尽管它让我心跳加速、感觉快要

1　在日语中这两个词发音相同，都是"bibinba"。

死掉，起初还表现出警惕的不良少年们开始间或露出几分得意的笑容，不知为何看上去正在和黄美子正常聊天。我看不到她的脸，但从她随意的站姿可以看出她很放松。几分钟后，我甚至听到了他们的笑声。我以为或许她和其中某个人认识，但转念一想，这不可能。

我直直地站在炙热的阳光下，看着黄美子和那些人谈笑风生。他们似乎很享受这突然出现的来客，或者对他们感兴趣的陌生成年人，他们看起来还有些兴奋。大约过了十分钟，黄美子向他们挥手告别，又晃着手里的袋子以相同的步伐向我走来。那个扎着喷泉似的刘海、穿着堆堆袜的毕业生对着她的背影举起双手，笑着说了什么，大家也都跟着笑了起来。黄美子同样笑着挥手回应。

"真年轻啊。"她走到我身边，笑着说，"苏打水都热了。"说罢，她再次放声大笑，乌黑的发丝紧紧地贴在她被汗浸湿的额头和脖子上。

2

从那天起，我和黄美子共度了一个月的暑假生活。

母亲总共回来了三次，我们三人一起吃了寿喜烧。不在的时候，她偶尔会打电话过来。后来，她似乎又踏上了旅途。

虽然母亲没有明确地告诉我，但我知道她当时有一个男友，名叫钝介。据说因为他反应迟钝、口齿不清，所以朋友们都这么称呼他。她当时好像住进了他家。

虽然母亲浑身上下都不成熟，但她从来没有离开家超过几天，所以当黄美子第一次在便利店告诉我母亲可能有一段时间不回家时，我还很担心。不过我很快就习惯了，可能也是因为黄美子。

我不知道母亲是为了没有后顾之忧地住进男友家才拜托黄美子在家陪我，还是黄美子发生了什么事，她们对此没有提及。就在我们认识的第三天，黄美子上午离开家，说要出去一下，傍晚就提着一个硕大无比的棕色人造皮波士顿包回来了。那天晚上，我们一起做了猪肉盖饭吃。

黄美子告诉我，她和我母亲工作的站前小酒馆的老板娘是老熟人（这位年近六旬的老板娘我见过几次，不太相处得来），几年前她和老板娘在另一家酒馆喝酒时认识了同席的我母亲，直到最近她们又见面了。黄美子小我母亲两岁，今年三十五，她们从未共事过。

我不知道她们之间存在着怎样的友谊，但黄美子亲昵地称我母亲为"爱"；而母亲似乎也很疼爱她，叫她"黄美"。或许只是因为她知道我母亲年长才会那样。然而，我实际从旁见过她们对话，发现总是母亲在抱怨，和诉说着关于恋爱、客人、同事们的鸡毛蒜皮，而黄美子总是不厌其烦地倾听、附和。母亲和黄美子在一起时，不仅在外表上，甚至在行为上也显得更加孩子气、更加靠不住。

某天晚上，黄美子关灯躺下后对我说："爱是个好人。"我们一同睡在被褥房里，一人一套被褥，就像平时的我和母亲那样。"她很善良。"

此前，母亲的熟人或朋友来家里时，一旦与我有了交谈机会，就会表达对我母亲的怀疑和不满。不是赤裸裸的坏话，而是基于对我的同情发出的指责。"你是不是很孤单？爱是个有趣的人，可她不该让你有这种感觉，她太没心没肺了。"我不知道对方有没有孩子，明明自己过着随意进出别人家的生活，却企图指责我母亲，说她没有为人母的资格。但同时，我也能感觉对方真的关心我，所以每当这种时候，我都不知道该如何作答。因此，当突然听到母亲被黄美子夸奖时，我有些惊讶，还有些害羞。

"是吗？"

"是哦。"黄美子说，"怎么说呢，她是个好人。"

"好人……"

"嗯，她特别擅长倾听别人说话。"

"也许是吧。"

"你知道爱现在叫什么名字吗，在店里？"

"啊？又改了？"

"嗯，是的。叫'爱泪'，爱和眼泪。"

"妈妈真的很喜欢姓名测试和占卜什么的。不过就算改成'爱泪'，大家也还是叫她'爱'吧？那改名有什么意义呢？"

"嗯，大家都叫她'爱'。不过占卜师说笔画数很重要，爱总是很信他们的话。"

"黄美子，你信什么？"

"嗯……"黄美子说，"有些信风水。"

"什么是风水？"

"比如北和南，每个方向都有颜色，颜色呼应了就是吉利。南边对应绿色，北边对应白色。"

"这是由颜色来决定的？"

"嗯。"

"颜色呼应了会怎样？"

"会转运。"

"适用于任何房子吗？哪怕不是独栋，哪怕很窄？"

"嗯，我想是的。"黄美子笑着说，"其他因素也会影响运势，比如要把玄关和水槽清理干净等。还有黄色，如果把黄色放在西边，就会有财运。"

"财运？"

"嗯，财运。"

"黄美子……"

"嗯？"

"你的名字里有'黄'，会带来财运，真不错。"

"也许吧。"黄美子笑道。

"如果你把头发染成黄色，住在西边的某个地方，会不会变得非常有钱？"

"我不知道。"

我想象着黄美子把头发染成黄色蜡笔的颜色，而不是外国人那样的金色，不禁笑了。就像小孩随手画的狮子、向日葵那样，她那清晰可爱的眉眼肯定会抓人眼球。

接着，我试图去回忆家里有哪些颜色，却什么都想不到。后来我才意识到，自从黄美子来了以后，很多地方都变干净了。倒不是说发生了什么变化，而是她把玄关扫得干干净净，把晾干的衣服叠得整整齐齐，把用过的碗筷迅速清洗并放回原处，让家里很多地方看起来更明亮了。我最近一直这么觉得。

此前，我只在水槽被堆满的时候清洗过，或者在衣服堆得没地方铺被褥的时候整理过，因此黄美子做的每件事对我来说都很新鲜。虽然打扫共用厕所的一直都是房东，房间我也没有真正打扫过，但当我从外面回来，看到一双双摆放整齐的凉鞋和洁净无尘的玄关角落时，还是会感到一种说不出来的喜悦。

"嘿，黄美子，你不觉得我和妈妈换个地方住会更好吗？稍微好点儿的地方。"

我想起之前有些同学来窥探我家的情景，于是问她。

"该怎么说呢……"

"我有时候会这么想。"

"是吗？"

"我家虽然只有妈妈一个人在工作，但稍微努努力，应该能住上一个更正常的地方，比方说低楼层公寓，或者稍高一些的。"

"嗯。"

"可妈妈把钱花在别的地方了，买衣服啦，还有酒。"

"嗯。"

"还有男友……"

"嗯。"

"所以后来我想开了，房子不重要，只要能睡觉哪儿都行。而且我讨厌搬家，太麻烦了。从前能住这儿，以后也能继续住这儿。怎么说呢……我对房子完全没兴趣了，一点儿都没了，也不关心。反正妈妈也不在家，她总有能去的地方。所以我这样想是对的，只是……"说着说着，我意识到自己正在诉说从未对别人说过的心里话，脸颊不禁发热。

黄美子附和着，似乎在等待我继续讲下去。但在那之后，我就没办法再说出口了。夜幕下的房间昏天黑地，我很庆幸她看不到我的脸，直接进入了梦乡。第二天清晨，当我睁开眼时，发现她的被子叠得整整齐齐。不知为何我顿感松了一口气，于是又闭上眼睛睡着了。

我们共同度过了一个前所未有的暑假。

我们在狭窄的厨房里一起炸鸡块，她告诉我放入些许蒜末味道会更好。我平时做饭只做给自己吃，因此做的都很简单。这是我第一次在做饭时用到蒜末。我们甚至互相把残留大蒜味的指尖凑到对方的鼻子前。

我们也经常出去散步。她说以前曾多次到我母亲工作的小酒馆去看望老板娘，但这是她第一次在这里逗留这么久。我们从家里步行大约三十分钟到达车站，在站前的各种商店里闲逛，穿过商店街后又在住宅区空无一人的路上汗流浃背地漫步。无论去哪儿，夏日的阳光都很毒辣，如果耳朵贴近，甚至能听到热量灼烧皮肤的声音。漫无目的的散步结束后，走在回家的路上，我们会绕道去大澡堂。常去的澡堂自不必说，就连那些偶然发现的澡堂也颇有乐趣。她肯定我说的每句话，也会为我无聊的笑话笑出声来。我一直认为自己性格阴郁，但和她在一起时，心情变得开朗，我高兴极了。我会接二连三地想出各种点子，笑个不停，也逗得她哈哈大笑，我们聊得停不下来。我每天都过得很开心，好像变了一个人，但看到她对我笑，我又觉得这才是真正的自己。我们几乎都是吃素面，或者买便当，但她也会带我去站前的居酒屋，给我吃很多烤鸡肉串。在那里，我生平第一次吃到了海葡萄。她没有钱包，总是把纸币和硬币放进裤兜，而我总是暗自担心她把钱遗失。

饭后回家的路上，我们有几次路过我母亲工作的小酒馆，但都没有进去。从里面飘出的卡拉OK话筒声中，我听见一个女人在唱歌，但不确定那是不是母亲的声音。

附近的神社摆了夜摊，我一想到可能会遇到同学或者不良少年就在心里打起了退堂鼓，但在她的邀请下我还是去了。

白天的热气尚未散去，直到夜幕渐渐降临的这段时间里，一切事物都闪烁着微小明亮的光。金鱼在水中游来游去，五颜六色的塑料球似乎被晕染了颜色，棉花糖膨胀得像稍纵即逝的记忆，玩具枪声中夹杂着喧闹的欢呼声……夏夜的好奇与活力无处不在，如此让我怦然心动。

也许是因为在夜晚人们都会变得自由和无拘无束，在比平时更友好的气氛中，所有在场的同学都与我交谈。我们坐在神社的石阶上，吃着刨冰。当看到他们的身影时，我发现原本在一旁鼓励我上前的黄美子正和他们围成一圈，自然地融入了聊天。她给所有我身边的同学买了酱油仙贝和果汁，还自我介绍说是我亲戚。大家听了，纷纷向我投来称得上艳羡的目光——"也就是说，花是侄女？""不像姑姑，更像姐姐，我好希望有这样一个姐姐啊！"

当黄美子邀请所有人吃炒面时，大家兴奋得一窝蜂跟了上来，其中一个人还顺势用手搂着我的胳膊。从未有过的自豪感在我的心中油然而生，我第一次和同学们笑个不停，讲笑话逗他们。我打心底里希望她永远在我身边，一起开心地生活。

然而，这个愿望没能实现。

暑假结束后，开学第一天，我从学校回家后发现黄美子消失了，她的人造皮波士顿包也不见了。我等了好久，她都没有回来。

快到零点时，我饿到了极限，于是去便利店买便当。我小心翼翼地观察四周，看她是否在，可始终不见她的身影。

回家后，我打算吃便当，可我只能不停地叹气，心情糟透了。暖桌板、粗糙的墙壁、照明罩、电视机、电风扇全部都在，毫无变化，我却感觉一切都变了。

我坐在房间的一角，蜷着膝盖，全神贯注地注意任何一丝微小的声音和迹象。我多次想象着她打开门，走进来，说"我回来了"。可是这一切都没有发生。我每眨一次眼睛，胸口就更加沉重，我感觉包括我在内的整个房间都开始向更黑暗、更深邃的地方下沉。

我托住脸颊，深吸了一口气。为了驱赶心中的恐惧和不安，我甩甩脑袋。过了一阵，我口渴难耐想喝冰水，于是走到厨房，把手放在冰箱门上，我感觉到了不同于平时的异样感。我打开冰箱往里看，只见平日空荡荡的冰箱里密密麻麻地装满了火腿、香肠、鱼糕、金枪鱼罐头、桃子罐头、甜面包、果汁……

我扶着冰箱门蹲下身来，眼睛一眨不眨地盯着冰箱里的食物。

是黄美子。今天她把我送到学校后，就去超市买了这些食物。这是她买给我的。

她也许出于某种原因决定今天离开，于是就买来这些食物放在这里，以防以后我独自一人的时候会饿肚子……想到这里，我胸口骤然一紧。我盯着冰箱里透出的微弱的黄光，一动不动。

<h1 style="text-align:center">3</h1>

黄美子突然消失后，母亲开始回家。

和黄美子共度的一个月仿佛从未发生过，我和母亲很快回到了原先轻松平淡的生活。

我多次询问母亲黄美子去了哪里，怎样才能联系上她，但母亲总是含糊其词，这让我很恼火。我问母亲黄美子原先住在哪里，为什么突然来我们家并住了这么久，又为什么对我毫无解释地突然消失。

"那是因为她之前没有地方住才留宿我们家的，后来有地方住了就走了呗。"母亲说，"她说以后还会来玩的。"

我问母亲要了黄美子的呼机号码并从家里发出信息，但尝试了几次都没有回信。

我再也没有和母亲好好说过话，无论是工作日擦肩而过的时候，还是偶尔在节假日碰面的时候。我把电视房当作自己的房间，铺上被褥，在那里睡觉。以前我们还偶尔一起吃饭，现在完全是各吃各的。

我在附近散步时，遇到了不良少年，他们问我黄美子怎样了。

暑假我和黄美子在外漫无目的地散步时，遇到他们就会自然而然地站在一起聊天、开玩笑。还有一个晚上，我们一起放了烟花。他们有时会让黄美子去便利店帮忙买饭团或者可乐饼。穿堆堆袜的毕业生还送给我一双堆堆袜。他们在路上看到我时会呼喊着我的名字，向我招手。我和他们的关系渐渐被很多人知道了，以前嘲笑我"碧宾霸"的同学也在不知不觉中消失了。

　　"什么？完全消失了？"

　　我只好含混地回答。

　　"她超级搞笑的，是吧？"

　　不良少年们说罢，就和同伴一起大笑着走开了。

　　平淡的日子更迭，如水的季节轮转。我进入了一所无须考试的公立高中，从家骑自行车去学校单程约二十分钟。这所学校在十所学校中排名倒数第三，所以去不去都一样。

　　当时母亲和相处了两年的钝介分手了，正在和别人约会，对方是一个在埼玉县从事房地产行业的老男人，听说在我家附近的站前有一间类似事务所的办公室。

　　他是来小酒馆消费时认识母亲的，可他对母亲的职业不满意，还曾让母亲辞掉工作，到他的事务所当职员——母亲和她的朋友像往常一样在家里喝酒聊天时被我听到的。其中一个朋友听了，说："爱怎么可能去做办公室工作呢！"母亲则回答说："才不是，你别看我这样，我可是很擅长算数的哦。"另一个朋友则对此开起了玩笑，笑得前仰后合。

　　我打算一毕业就离开家，因此不分昼夜地打工赚钱。毫不夸张地说，除了上学、放学、去大澡堂和睡觉，我把所有时间都花在了一家位于站前的家庭餐厅里。

一放学，我就站着蹬车，以行人纷纷侧目的速度飞奔到店，当服务员工作到晚上十点。放长假时，我就开始拼命地连轴转，央求店长给我从早到晚排班，直到他震惊地表示"不能再排了"。我的时薪是六百八十日元。当拿到人生中第一笔工资时，我震惊了，我被自己感动了。

　　母亲完全没有理财的概念和打算。从我记事起，她就总是把钱放在一个圆形的饼干罐里，代替钱包，有时放得多，有时放得少。当钱用完后，她就会补充进去。我们家别说存款，就连银行账户都没有，收到电费单或催款信后才由我去缴费，因此我们人生中钱就只存在于母亲的钱包和饼干罐里。

　　通过自己的劳动赚钱，并且能每月收入几万日元，我真心为自己感到高兴，觉得自己好像变强了。我用第一份工资买了一个有拉链的钱包，放入五千日元作为买东西和洗澡的日常消费，剩余的钱则放进信封，再好好地珍藏在自小学起就在使用的深蓝色鞋盒底部。

　　学校无聊得很，一件有趣的事都没有。家庭餐厅来了一个坏心眼的兼职女生，我不记得自己做过什么足以让她无视我对她说重要的事，她做了很多狂妄不羁的举动。但我下定决心，我是为了攒钱才来兼职的，该做的事就要一如既往地做好。

　　那年，我升了高二。我从来没在课外补习过，而且课上也老是睡觉，甚至懒得翻开课本，所以成绩非常糟糕，考试只能勉强得个及格分。

　　也许只是我不知道，我看班里的其他同学和我差不多，很少有人为了高考去补习班拼命学习，大部分都打算上烹饪或会计等职业学校，一些突出的同学要去设计学校，其他则是些整天吵闹地谈论娱乐圈八卦的人。

我从傍晚工作到晚上，白天净迷迷糊糊地睡觉，也没有什么像样的朋友。有时我会突然问自己为什么还要来上学、在学校有什么意义。我明白，即使是这样一所学校，只要毕业就能拿到高中文凭。而有文凭总比没有好，只是我不知道究竟有多好。

我无法想象一年半后的自己会在哪里工作，也从未考虑过未来的理想。我满脑子想的都是尽可能长时间保持现在的兼职，尽可能多攒钱准备搬家。

又快到我盼望已久的暑假了。店长可能又会大吃一惊，一到假期我就会从早到晚地工作。也许我该去找一份时薪更高的短期工。想到这些，我的心情就会变得明朗一些。

参不参加都无所谓的期末考试结束了，再过几天就是毕业典礼。我通常从学校直接去家庭餐厅，那天我忘带了东西，所以回了一趟家。听说我要涨薪了，店里要求我带上签合同时要用的印章。

我把自行车停在过道，刚看到房子，就感受到了异样。

我以为是母亲的朋友来了。传出电视声响的应该是位于入口右侧的从前的被褥房——现在是母亲的房间——但不知为何，我听到的声音来自左侧的房间。那是母亲和男人激烈的争吵声。我紧张得全身汗毛都竖了起来。

我打开门走进去，和站在房间里双手叉腰的母亲四目相对，背对着我的男人转过身来，我并不认识他。我一度怀疑他就是母亲正在交往的房地产男，但是他看上去更年轻。母亲和男人站在我的房间里，似乎在互相瞪着对方。

男人松垮肮脏的黑色裤子下面露出了脚，我看到他的后跟踩在我的薄垫子边缘时，怒上心头。我想大声呵斥他："不要随便进入别人的房间！滚出去！"但面对这突如其来的事件，我的指尖在微微颤抖，我只能勉强地小声说："为什么在这里？"

"因为那边的空调坏了！"

母亲迅速地挠了挠耳侧，似乎在说面前的一切让她抓狂。男人大口呼吸着，肩膀抖动，似乎在平静暴躁的情绪。

他的发型非常奇怪，耳朵上方剪得很短，发际线处却很长。松垮的裤腰带上挂着乱七八糟的链子和装饰品，T恤下露出的胳膊纤细，没有肌肉，青筋暴起。他个头不高，体格似乎比我这个高中生还要小一号。

"你们去外面，要不就去你自己的房间。"

我说完就去了母亲的房间，从堆满各种杂物的衣橱里翻出我的印章。当我再次回到了自己的房间时，他们还保持着刚才的姿势互相瞪着。

"出去！马上！"我尽量克制自己的情绪。

"知道了！"

母亲显得非常恼火，这次她用双手抓了抓头顶。这大概是我第一次见到母亲做出这样的举动。她通常很温和，喜欢和大家打成一片。我从没见过她对人动真格，可能是因为压根不感兴趣吧。说起来，出入我们家的都是她的女友们，我在这个家从没见过男人。也就是说，眼前的男人显然是不速之客。我想象母亲大概是因为他的突然造访或者其他什么才崩溃发怒的吧。换言之，这个男人可能就是她不久前分手的钝介！

"对不住了，那边的空调坏了！我马上出去。"

我被母亲的气势吓得连忙退了出去。天气的确很热，腋下和背上都湿答答的，可我从未听说过母亲房间里的空调坏了。也许她不想让钝介进入她的房间。她和那位新男友相处得很好，最近看起来神采奕奕，开心不少，因此她可能对这个黏人的钝介求复合之类的行为打心眼里感到厌恶。虽然不知道他们之间发生了什么事，但我似乎可以理解她的心情，不想让不再喜欢却不请而来的男人进入自己的房间。

"……那就赶快出去吧！"

我唯独不想兼职迟到，于是说完这句话就骑着自行车向家庭餐厅飞驰而去。虽然也担心之后他们会吵架，或者钝介动手打母亲，但是想到我的房间里没有菜刀，我直觉他们之间也不会发生恶性事件。

此外，虽然我不知道他们是从什么时候开始吵架的，但到家时他们已经处于那种状态。而且最重要的是，钝介看起来虚弱极了。我说服自己，假如他们到了不得不互殴的时候也不会发生什么。下班回家后，我偷瞄母亲的房间，只见她正若无其事地躺在被褥上看电视，还发出咯咯的笑声。

就这样，暑假开始了，我工作起来更卖力了。

母亲从酒馆辞职，听房地产男的话开始在站前的办公室上班。她开心地对我说起他们一起开车去看房，男人因为在所泽开发新住宅地的事跟她商量，她的工作与其说是事务员，不如说更像一个秘书之类的。

可是，母亲在辞职前与老板娘大吵了一架。她不为酒馆考虑，突然宣布辞职，之后就再也没去上班。再加上这个房地产男原本是老板娘的客人，母亲的这种行为在卖酒行业是典型的不讲义气，因此她还被一位女友指责了。

"但你知道吗，花，这就是嫉妒。人们常说，当一个人看到之前的朋友或者看不起的人突然变得幸福，就会受不了，因为觉得自己被抛弃了。"

不过，似乎也有人为母亲辩护。母亲一边喝酒，一边语重心长地对正在她房间厨房里烤香肠的我说："人生总会发生很多事，攀登一个个出乎意料的坡，是吧？对了，花，你明白出乎意料的坡和普通的坡的关系了吗？哦，真的，我把名字改成'爱泪'真的太好了！虽然发生了很多事，很多……"母亲脸上泛起红潮，醉醺醺地说，"我感觉自己的人生要发生变化了。"

说起来，感觉人生要发生变化的人是我才对吧！

那时的我还不知道发生了什么，以及正在发生什么，也完全无法理解当下所见意味着什么。

我的钱不见了。

七月的最后一天，我领完工资回到家，像往常一样把五千日元放进钱包用来日常消费。当我准备把余下的钱存起来而打开盒子时，发现信封消失了。我顿时血流上涌，下巴打战，瘫倒在地。我的心跳得如此之快，以至于视野都在震动。

钱没了，全没了。信封不见了。我不明白这是为什么，究竟发生了什么。我捂住喉咙，深呼吸了几次，再次用颤抖的指尖检查盒子，里面跟钱有关的东西只剩下一捆明细单，信封消失得无影无踪。

莫非是入室偷盗？不可能。谁会盯上这样的房子？也没发现有人在附近盯梢。那么是母亲干的？是母亲拿走的吗？不，她不会这么做的。她有那个房地产男，没有任何经济上的困扰，她不会这么做。那么到底是谁？到底是谁拿了我的钱？到底是谁？！瞬间，我感觉后脑勺仿佛被金棒之类的东西狠狠地砸了一下，我大惊失色，震惊贯穿全身——是钝介！

毫无疑问，除他以外没有别人。是钝介，是他干的！只有这一种可能！我的眼前一片漆黑——这不是比喻，我听见自己的嘴里发出从未有过的呻吟。我冲着母亲的房间大喊。

"怎么了，怎么了？"

"什么怎么了？！是钝介！"

"你在说什么？"

"什么说什么？！钱，我的钱全被他拿走了！"

"冷静点儿，花！谁的、什么钱？"

"我的钱！我拼命攒了很久的钱！攒了好久、好久的钱！"我大喊大叫，号啕大哭。

"你怎么知道是钝介？有多少钱？你放在哪儿了？"

"一大笔钱，好大一笔钱！在盒子里，除了他还有谁？那天，他来的那天，我让他快走的那天。我去打工，后来你们干什么了？干什么了？！"

"跟平时一样。"母亲瞪大了双眼说。

"不一样！这种事不正常！"我声泪俱下地控诉。

"等一下，花，我会想起来，我会想起来的！"

母亲终于意识到了事情的严重性，两手抱着脑袋，皱起了眉头，开始喃喃自语。

"那天，对了，我们分手了，可他说想复合，然后就突然来了家里……后来我们争吵，你回来……后来你去打工，再后来就一直是那样……我已经烦透了一切……"

"钝介呢？"

"嗯，怎么说呢，我一点儿都不喜欢他，因为我已经选择了不同的人生……"

"钝介呢？"

"嗯，他怎么也不肯回去。他太小心眼了，我就想为什么会跟他在一起……"

"钝介呢？"

"对了，之后我还有约会，所以……"

"钝介……"

"嗯，所以，我就把他扔下走了……"

我双手捂住脸，扑在榻榻米上哭了起来。我用拳头捶打大腿，一下、两下、三下……不停地捶打，沉闷的砰砰声让我那难以发泄的委屈和愤怒更加强烈。我开始用双拳捶打大腿。

"住手，花！"母亲大喊，"别伤害自己，永远不要！"

"你怎么会懂我的感受？！"

"我懂。"

"你不懂！"

"我说了懂！"

"你怎么会懂！"

"好，我不懂！我怎么会懂！可是……"

"什么可是？！"

"既然你打工攒了钱，继续打工不就行了吗？"

我一怒之下砸了门，整栋楼似乎摇晃了一下。我跑回自己的房间，用被子蒙着头呜咽起来。

我追悔莫及，伤心欲绝，不知道以后的日子该怎么过。我害怕得不得了。我后悔、可悲，无法接受这个事实。我打嗝不止，喉咙似乎要破了。我头痛欲裂，可眼泪还是止不住地流出。

那一夜，我彻夜未眠。

4

发生这件事之后，我丧失了所有干劲，辞去了辛苦坚持的兼职。店长担心我出了什么事，可我不能告诉他实情，只说家里有事，并低头感谢他一直以来对我的照顾。

钝介自然再也没了消息。母亲大概也觉得自己有责任，试图通过朋友和熟人找到他。她做了许多努力，最终仍没找到。我在过去一年半积攒的七十二万六千日元和钝介一同消失，似乎再也不会回来了。

仲夏时节，我仰躺在几乎没有一丝光线的潮湿泛青的房间里回忆往事，左思右想。我隐约想起父亲以前也像这样睡在这里。

但是，这些都不是什么了不起的事情。我并没有特别值得回忆的往事，虽然有些事情需要考虑，但我不知道如何去做。所以，也许这并不是在回忆或者思考什么。尽管如此，当我这样静静地睁着眼睛一动不动，也没有在睡觉时，各种各样的画面仍然会出现在我的脑海中。

每一幕都很孤独，但给我的感觉还不错。我让它们在天花板的污渍和图案上飘浮、奔跑、闪烁。我无法用语言表达，但我想那些属于感觉范畴的怀旧、气味、触觉和温度，虽然平时肉眼不可见，但一定会在某种条件下以现在这种方式出现。我一眨眼，这些有点孤独但还不错的东西就会变形、逃跑或消失，因此我努力不闭上眼睛。渐渐地，眼睛疼痛起来，泪水在眼角汇集、流淌。

到了八月中旬，一想到再过十几天就要开学，我沮丧极了。

可我也不想就这样待在家里。攒钱租一间属于自己的房间的梦想夭折了，我没有动力找新的兼职，这意味着我已经无处可去了。

我拿着母亲补到罐里的钱去超市和便利店买食物，几乎每天都吃素面和炸鸡块。

上午，不知从哪里传来了鸽子的咕咕声。午后，又听到了仿佛铃铛簇拥在一起似的浑厚的蝉鸣声。我思考着要不要再去家庭餐厅做兼职。将吃剩的餐具回收并迅速擦拭圆形餐桌的速度感、在收银机上输入金额时手指的动作、走在看似很滑却有防滑功能的地板上发出唧唧声的感觉苏醒了，身体似乎马上就要活动起来。然而，一切都结束了。对了，有一件制服备用衬衫还在那儿放着，已经洗好了，我得把它还回去。

我冒着酷暑步行了将近三十分钟，终于抵达店里。我的自行车还放在那里，前面的链条有些脱落，我还没送去修。

我汗流浃背地走进店里，发现店长休假不在，我松了一口气。店长是个四十岁左右的男人，性格开朗，为人和善。无论多早上班，他都顶着三七分飞机头[1]。他有自言自语的习惯，大家都讨厌他的碎碎念，但我还挺喜欢他的。如果见到他，他一定会关心地询问我的近况和之后的打算。我没什么好说的，因此庆幸没有见到他。

在员工休息室里，一位共事了一年的兼职工阿姨正在休息。我们像往常一样闲聊着。她的女儿要在秋天结婚，她一边叹气，一边感叹现在的婚礼费用有多高。

我感谢她之前对我的照顾。她称赞我："伊藤，你年纪轻轻的就这么勤奋工作，真的很了不起。"我向她鞠了一躬后，离开了餐厅。

店里的空调开得很大，我出门后全身的毛孔都打开了，皮肤有些发痛。两周前我已经正式辞职，可直到把衬衫归还后，我才意识到有些事真正结束了，心里不免有些空虚。

太阳依然高高地挂在天上，热气似乎要从眼睛和皮肤里渗出来。我走在站前的商业街上，道路的另一侧似乎在左右摇晃。已经好几天没下雨了，湿度虽高，却尘土飞扬。在店门口谈笑风生的

1　日本流行的一种男士发型，结合三七分与飞机头（Regent hairstyle）。旁边两侧的头发往斜上梳，上面的头发往后梳，在后脑勺形成一个 I 形。

人、刚从面包店走出来的人、从对面骑着自行车驶来的人……所有人都和我没有关系。我甚至想，或许在沙漠里就是这种感觉。自从上了高中，我每天骑着自行车在学校、家和餐厅这三点之间移动，所以现在这样漫无目的地走着，仿佛在没有方向也没有时间的梦里穿梭，感觉非常不可思议。

我一边走，一边眺望便当店、药店、柏青哥店……很快就看见了右手边母亲曾经工作过的小酒馆。对了，她说过和酒馆的老板娘吵架了，不知道后来解决了没有。怎样才算解决呢？请求原谅并得到对方的谅解吗？可原谅又是什么呢？我想到了钝介，我不会原谅他，永远不会原谅他！然而就算我不原谅他，会给谁带来什么好处吗？就算我不原谅他，也不能因此拿回我的钱，或者让他痛苦和反省。我双手抱着在酷暑中混沌不清的脑袋，不停地用手背擦拭流淌到鬓角的汗水。

就在我经过酒馆门前时，门打开了。我看到从里面走出来的人，停下了脚步。

是黄美子。

一阵大风从我们之间吹过，她同样站在门前看着我，乌黑的长发披散开来。

是黄美子。

我们就这样对视了几秒。

"花。"

黄美子一边拂去脸上的头发，一边呼喊我的名字。我默默地看着她，没有作声。

"花。"她再一次呼喊着我的名字，"花，你听见了吗？"

"听见了。"

我的声音微微颤抖，内心却奇妙地平静下来。我直直地盯着她。我眨了眨眼睛，似乎全身都在颤抖。她来了。两年前，在像今天一样的盛夏，她突然到来，又突然消失。现在她就在我的面前。

各种场景再次浮现出来，像白色的冰面融化后缓缓地闪烁着。

她消失后，我不停地拨她的呼机。我走遍整个街区，在每条街道上寻找她的身影。夜里总是一片漆黑，但是依旧繁荣的绿意、炸鸡块的颜色、素面的白色、大笑、少女漫画里的对话气泡、家庭餐厅的制服、工作、信封、哭泣、砸门的触觉、母亲、母亲的哭泣、火腿和香肠的缝隙间闪烁着淡黄色的光……

"花，我觉得……"她笑着说，"你好像长大了。"

我说不出话来，只好把脸扭到一侧，用指尖揉揉眼睛，接着用手捂住脸，让尽情滴落的泪水顺着手背流到下巴和脖子上。我不知道自己是愤怒、惊讶、生气、痛苦、悲伤还是高兴，也不知道此刻是怎样的心情让我流下这么多眼泪。

"花。"她比刚才更大声地喊我的名字。

我抬起头，看着她。

"你要跟我一块走吗？"

"走。"我说，"我要跟你一块走。"

第三章　开业大吉

1

我和黄美子就"柠檬"的三种写法（汉字、平假名和片假名）讨论了数日。

汉字写法的"柠檬"大方帅气，但是会读的人不多。实际上，我们在搜索之前完全不会写这两个字。而片假名写法的"柠檬"总是会让我联想起放在厨房水槽里的洗洁精。我们想象着，如果自己是喝酒没喝够的客人，在楼下面转悠时看到两个酒馆招牌，上面分别写着"柠檬"的汉字写法和平假名写法，会选择走进哪一家？

就这样，我们给店取名为平假名写法的"柠檬"。

实际上，是我提议取名为"柠檬"的。因为它不仅与黄美子的名字有关，而且当柠檬的形象出现在脑海时，我觉得这是一个很棒的主意，姑且不管它的写法。

店招牌是在黄美子的熟人那里定做的，价格低廉。后来，熟人给我们看了几种不同的设计风格，黄美子让我从中挑选了我喜欢的。

"这招牌真不错，上面还有一个小柠檬！"

哑光的黑色招牌从某些角度看去带着一点灰色，上面有用淡黄色的细线勾勒的"柠檬"的平假名字样，还有一幅用同样笔触画出的柠檬图案。

"有些像芋头。"黄美子笑着说。

"芋头？芋头的表面更凹凸不平一些。"

"嗯，因为写着柠檬嘛。"

"嗯，从风水上来说是最旺的黄色。"我有些得意地说。

"确实，不过我倒不是因为这个才喜欢它的。"

"你喜欢柠檬？"

"是的。你取了一个好名字。"

我们正在紧锣密鼓地筹备，柠檬酒馆计划于下周一开业。虽说如此，这家店之前就是一家小酒馆，因此内装、照明、卡拉OK和玻璃酒杯几乎原封不动，只是改了店名和招牌，整体上跟之前没什么区别。

虽说不用搬运大件物品，但是当我们把灯光调到最亮进行检查时，发现厨房和厕所的下水道比想象中还要脏。地毯也到处脱落变色，还有各种污渍。

请保洁公司来进行专业的清洁当然更好，但是我们在经济上没那么有富余，因此只好买来几种不同的清洁剂，戴着橡胶手套从早到晚打扫了几天。我们擦亮了每一张卡拉OK唱盘和每一只玻璃酒杯。

从三轩茶屋车站步行几分钟，拐入小巷后很快就能看到一栋小楼。一楼是一位年迈的老板娘独自经营的小餐馆"福屋"，二楼是一家营业时间不详的文身店，三楼就是柠檬酒馆。

这栋老式小楼每层只有一家店铺。福屋门前挂着有些年头的红灯笼，旁边就是小楼的候梯厅，上面竖着三家店的招牌。候梯厅的里侧有一部火柴盒那么小的电梯，每动一下它都会发出瘆人的声响。小楼附近的建筑和商家看起来都差不多，两侧的小楼也都紧密地挂着酒馆和居酒屋的不同尺寸的明亮招牌。这里白天是熙熙攘攘的步行街，晚上则多了许多醉酒的人，喧闹无比。

黄美子曾是柠檬酒馆前身的小酒馆的客人，偶尔光临，却和店里的老板娘相当亲近。老板娘是一位来自北九州的五十岁左右的妇女，性格爽朗，和蔼可亲。她二十岁左右来到东京，先后在龟有、田町、新桥的酒馆工作过，后来在五反田开了第一家自己的酒馆，十年前搬到了三轩茶屋。本以为还能再干十年，没想到几年前发现得了乳腺癌，她一边治疗一边开店，终于到了无法再隐瞒下去的时候，决定回妹妹妹夫所在的老家去了。

老板娘撤店后，哪怕是如此破旧的小楼，房东照样得缴税，因此他想尽量减少损失，尽快把店铺租出去。可是城市里的人形形色色，当把信息发布给房产中介后，无论这栋楼多么破旧，也一定会招来没有诚意或者不知底细的人。跟他们打交道很花时间，而且房东还曾在其他楼房那里遭遇过转租和非法销售，产生过纠纷。为了避免这些麻烦，他希望尽量转让给熟人，在遵守楼房的防火和抗震规则的基础上，把店面整个转出去。于是，老板娘抱着一丝试试的态度找到了黄美子。

房东还记得在店里见过黄美子几次，一起喝酒时对她的印象很好，所以很想让她接手。他以每月十四万七千日元的租金游说她，房租原价是十五万日元，另加物业费七千日元。他为她减免了一万日元，并将六个月的押金减少为五个月。

黄美子没有告诉过我之前她在哪里工作以及如何工作的细节。不过，我隐约知道她和母亲一样，从年轻时起就一直从事卖酒行业。

之前经常光顾我们家的那些卖酒女人有着不同的面孔、性格和年龄。她们有一个共同点，我也说不清那是什么，却能感觉到某种绝不会看错的共同特质。我对黄美子也有这种感觉，既不是眼神、说话方式、习惯，也不是穿衣和花钱方式，或者笑声和气味，而是某种伴随着我成长，盘踞在我周围，与我的日常和房间内的每一物紧密相连，那到底是什么呢？

黄美子讲得前后颠倒，所以我不是很清楚。总之，经过与房东和老板娘的多次商讨后，在不需要初期投入，以及原有的收银机、电话和其他物品都可以继续使用的条件下，她最终决定接手这家店。据说，在老板娘撤店的两个月前，她就以兼职的形式逐渐融入进来，与常客们建立联系，并将客人们的酒原封不动地保留下来，以便让他们像之前那样光顾。虽然原本在那里兼职的两个女孩最后去了另一家店，但是老板娘带着她们光顾了几次附近最有实力的酒馆，向那里的老板娘和客人传递开新店的消息。"老板娘干得不错！"黄美子说着就笑了。

八月中旬，黄美子把钥匙交给了我。那是在我归还了家庭餐厅的制服衬衫，并在回家的路上遇到她之后不久的一天。下周就是柠檬酒馆的开业日，九月的最后一个周一。

我和黄美子住在附近的公寓楼，从店里走到主干道上，在信号灯的地方过马路，沿着茶泽路直走、右转就到了。这是一栋两层小楼，阶梯在小楼外侧，六个锈迹斑斑的信箱上几乎没有贴名牌。她是两年前搬到这里的。

踏上白色油漆脱落的台阶后，打开第一户门，里面有小厨房、浴室和一个大约十三平方米大的房间，没有阳台。房间里撑了一根棍子用来晾晒衣物。

这栋房子应该建了有些年头了，可我一进房间就被白色的墙纸刺痛了眼。这也是我第一次亲眼见到木地板和浴室，仿佛置身于电视节目的场景或漫画书中人物的房间。这与我有记忆以来居住的文化住宅差异过大，以至于一想到即将在这里开始新的生活，就有一种不知是高兴还是害羞的感觉。房间里只有少量必需的家具——电视机、置物架和一张折叠桌，清爽且整洁。

"马上就到后天了。"我说，"我还有些紧张。"

周六下午，我们一边吃黄美子从吉野家买回来的牛肉饭，一边看电视。综艺栏目正在播出关于新款手机和制作铃声的专题节目，之后话题转到了拓麻歌子[1]的高价倒卖和诈骗，解说员们打趣地谈论着这一热潮。

"你不用紧张。"黄美子说。

"哦……"

"相比起来，还是家庭餐厅更辛苦。"

"真的吗？"

"真的。老得站着，还得记那么多东西。"

"酒馆不需要记什么吗？"

"没有特别需要记的，差不多就行。"

"是吗？"

"是的。"

"我只知道家庭餐厅。"我说，"我挺喜欢工作的。"

"哦？"黄美子看向我。

"而且，这回不是按小时赚钱。家庭餐厅的工作虽然很有价值，但也有局限。家里也不能泡澡，因为工作是排班制，下了班就来不及到外面洗澡了，而且第二天还要上学。不过从今往后我就能尽兴工作了，不用考虑时间什么的。"

---

1 日本万代公司于 1996 年 11 月推出的电子宠物系列游戏机。由于其引入新颖的模拟饲养系统及其可爱的外形，一经推出就引发了世界性的热潮。

"确实。"

"而且会越努力越赚钱。"

"是啊。"

"我又有干劲了！"

我们甚至会在周日上午去打扫卫生，检查是否有缺少的东西，如开瓶器、瓶装啤酒、无限畅饮的威士忌，以及检查几种香烟的备货是否充足。

店内看起来比刚来时干净了许多，一想到是我们把每个地方都擦得干干净净的，自豪之情油然而生。在不足三十平方米的小店一角，有个带门的小电话亭。电话铃一响，电话亭角落的灯泡就会发光，不知道是什么原理。我觉得很有趣，用黄美子的手机打了好几次。

我看着三个小包厢里起毛的酒红色沙发、有很多划痕的吧台拐角、收纳在玻璃柜里的威士忌和白兰地的酒瓶和酒杯，发觉自己开始对每样东西都产生了感情，尽管还没有开始工作。黄美子平时披散的头发今天盘得高高的，她正在检查是否有忘记打扫的地方、手巾加热机是否打开、制冰机是否正常工作……

我已经到店两小时了，感觉肚子有点饿，于是抬起头想看时间，但很快意识到没有时钟。我没有手表，于是问黄美子，她告诉我刚过中午。

"对了，黄美子，店里没有时钟，没关系吗？"

"酒馆一般都没有时钟。"

"为什么？"

"说是客人不知道时间为好。"

"怎么说？"

"待得越久，酒喝得越多，所以不需要时钟。当客人发现时间不早了，自然就会回去。"

"哦。"

这时，自动门打开了，我们俩回头看去。只见门口有一个男人，轻轻地点点头，走了进来。我不由自主地站起身来。

"来得真早，我们正准备去吃午饭呢。"黄美子对他说着，扬起眉毛笑了。

我迎着男人的目光，向他低头示意，他再一次轻轻点头。我们站成一排，男人比身高一米六三的我稍高一些。他穿着一件有若干褶皱的黑色开襟衬衫，黑色长裤上系着棕色腰带，腋下夹着黑色人造皮包。他的头发比板寸稍长些，两侧和头顶都剃得很短，草丛般浓密的黑发让我想起了黑黝黝的甲斐犬。

我从小就喜欢狗。小时候，街上有很多流浪狗和被遗弃的狗，我总是想收养它们。但我知道不可能，甚至都不用问母亲可不可以。在我上小学时，甚至更小的时候，我会在放学回家的路上把学校午餐剩下的面包喂给它们，或者下雨天在附近团地的自行车停车场角落用纸箱给它们做简易窝。但随着我渐渐长大，不知不觉中所有的狗都不见了。

我有时会在图书馆的图册中看到世界各地不同品种的狗 —— 外形优雅的狗、花纹奇特的狗、协助人类完成任务的狗、各种颜色的狗、聪明的狗、杂交的狗、各种体形特征的狗，它们无一例外全都有名字和产地。我在街道上实际接触过的狗被描述为杂交犬，但我不能将它们与一旁的日本犬很好地区分。其中有一只甲斐犬酷似我曾照顾过一段时间的黑色流浪狗。那只狗名叫彭太。它非常聪明，也许真的是一只甲斐犬 —— 年幼的我看着照片，不禁这样想。

眼前的这个男人让我想起了几段交织的记忆中的甲斐犬。

"他叫映水。"黄美子对我说。

"映水。"我重复道。

男人没有看我，只是轻轻地做表情表示了赞同。

"安映水。"黄美子看着男人说，"汉字写作'安心'的'安'，'映画'的'映'和'水'。"

我的脑海中浮现出了"安映水"三个字。

"映水是我的朋友，他会帮我们做很多事情。"

"是吗。"

黄美子走到吧台里面，从收银台下面的抽屉里取出一把钥匙，递给吧台对面的映水。映水把钥匙放进裤兜后，没有在沙发上坐下，所以我也跟着站在那里。映水走到店中央，环顾四周。

"映水，你吃饭了吗？"

"还没吃。"

他简短的作答声让人如此印象深刻，以致我不禁看向他的脸。它圆润、清晰，有种奇特的重量，不是传到耳朵里，而是仿佛在脑中的某个地方轻轻地放下了一个东西。我想重新确认这种感觉是否准确，希望他再说些什么，但他没有。

我们走出柠檬酒馆，去往站前的定食店。我和黄美子点了咖喱，映水似乎对菜单不太感兴趣。黄美子问他是否也点同样的餐时，他挠了挠脖子，点头同意了。

正值午饭时间，食客很多，所有座位都被坐满了，有工人、年轻人、衣着相似的情侣，还有西装革履的工薪阶层。两名端着菜品和水的女子在座位之间狭窄的过道上来回穿梭。包括这家定食店在内，整个三轩茶屋一带都是热闹嘈杂的。这里聚集了很多店、很多人，和我出生、长大的街区截然不同。

我从前生活的地方位于东村山和埼玉的交界处，我几乎从未离开那里。只有在上小学时作为社会调查旅行参观过国会和东京都厅，还同母亲和她的朋友们一起去过上野动物园，之后在新宿看了一场电影。因为酒馆的客人送给我们几张票，于是大家一起去了。

我们看了《魔女宅急便》，影片讲述了一个会魔法的女孩骑着扫帚带着她的猫离家出走，在一个不知名的小镇面包店当配送员的故事。观影结束后，母亲和她的朋友们都笑着说："我要是能像她那样飞就好了！"而我不需要会飞，我只想：如果能像主人公那样离开家，尽兴地工作该有多好。

无论在归程的电车上，还是回到家后，初次在电影院看电影的兴奋悄然地萦绕在我心头，当天夜里我没睡着。每当回想起银幕上鲜艳的色彩和移动的各种事物，心里都会暗自消沉，因为无论我看到了什么，无论那里闪烁着怎样的魔力，我都知道这样一个事实：那些与身处此地的我无关，我的生活不会发生任何变化。

"琴美说明天要来。"映水说。声音和我之前在店里听到的一样。

黄美子一边扎头发，一边问："是吗，她大概几点过来？她明天不是还要去店里上班吗？"

"或许会在上班前过来。"

三份咖喱被端了上来，我把银勺浸入水杯后盛了米饭。我这是在模仿黄美子平日的动作，她告诉我，把筷子和勺子这样弄湿后，米饭就不会粘上去了。从那之后，我不知不觉养成了这样的习惯。映水同样把勺子浸入水杯里搅拌，其间发出碰撞的声响。坐在我旁边的男人闻声看了过来，但很快就移开了视线。我们都没有说话，各自继续吃面前的咖喱。我和黄美子吃得很快，没想到映水更快。我们都默默地吃着，很快就吃完了。黄美子结账后，我们走出店外。

"映水，我还需要两把钥匙，还有花呢。"

映水点了点头，从夹在腋下的包里取出一个白色信封，递给了黄美子。她没有检查里面的东西，接过来对折后放进了裤兜。直觉告诉我那是钱。她没打算向我隐瞒，我却莫名其妙地假装没看见。

"映水，我再打给你。"

映水沿着楼梯往地下室走去。我们站在楼梯口目送他离开，一动不动，直到他完全从视线中消失。

2

"花，你不用粉底吗？只要扑点儿粉，画个眉毛、眼睛，再涂点儿口红就好了。"

黄美子在我面前坐下，让我闭上眼睛。那是柠檬酒馆的开业日，我们正在为傍晚的开业做准备。

这是我第一次在别人的注视下闭上眼睛，所以有些紧张。她在我的额头、鼻子和脸颊上轻掸了一层香粉，然后用眉笔细细地画起了眉毛。眼影的笔尖在眼皮上方来回移动，冰冷的手指按住我的眼角，冰冷的金属夹住我的睫毛，我的眼皮一抖一抖地颤动着。她笑了一下，似乎觉得很有趣。

听到她说"好了"，我睁开眼睛，急忙跑到浴室，从梳妆镜里看到了自己的脸 —— 眼睛变大了，眉毛更浓密了，我脸上的表情有些惊讶。

我从小就每天在一旁看母亲化妆，但从未对化妆产生过兴趣或者想要尝试。黄美子给我化的妆很简单，但这是我第一次看着自己的脸感到新鲜。我扭动着脸，从不同角度看轮廓分明的眉毛和眼皮上的棕色阴影。我回到房间后，她说着"你可以等我们到了店里再用"，递给我一支口红。

待我准备好后，黄美子像整理海藻一样把她那乌黑的长发麻利地用梳子梳成几束，然后戴上加热式鬈发棒，在等待烫发的间隙化妆。这是我第一次看她化妆。她那张立体的脸庞显得更有层次、更锐利了，尤其得益于她本就浓密的眉毛和涂了棕色眼影的眼窝。

我觉得她很酷，睫毛涂了睫毛膏后向上卷翘，嘴唇涂红之后犹如某种记号。她把戴在头上的鬈发棒逐个取下，双手揉搓卷曲的头发让其散开，就像在梳理长毛动物的身体那样，用梳子由发际线向外、由两侧向后反复梳了几次，头发越来越蓬松了。接着，她喷了大量 VO5 定型喷雾，以至于一时间看不清她的脸。我被那喷出的气体呛得咳了几声。白雾渐渐散去，头发从发根到发梢精致地卷曲着，饱满地披散在她身后，在平淡的荧光灯下泛着美丽的光泽。

"我的头发多得就算藏一只猫都不会被发现，是吧？"

"是的，就像猫和森林合二为一了。"

我看着她微笑着的圆溜溜的眼睛，想起了两年前的盛夏，我在厨房边吃泡面边看她的情形，还有古代埃及年轻的法老。那时的她素面朝天，我平常见到的都是素颜的她，但奇怪的是，我今天第一次见到的那立体的脸庞和浓密的头发，似乎比之前黄美子的任何一面都更像她本人。

傍晚时分，夕阳西下，白天的热气还残留在各个角落，闷热难耐。我们汗流浃背地走在去柠檬酒馆的路上。黄美子借我的黑色尼龙连身裙紧紧地贴在后背，我多次捏起胸前的衣服以便让风吹进来。她则穿着一件泛着光泽的白色衬衣和一条透着金色细丝线的裤装。

到了店里，我去卫生间涂了口红，惊讶地发现脸色一下就变了。我只感觉自己似乎变成了一个有趣的人，而并不觉得颜色过于艳丽或者不适合自己。她笑了，脸上的表情似乎在说"没问题"。起初的三十分钟，黏糊糊的嘴唇还让我有些不适。我反复去卫生间检查妆容，不过一小时后就习惯了。

我打开店里所有的开关，把现金放入收银机，一切准备工作就绪，离开店时间八点还剩一小时。这时，黄美子的手机响了。

"是的，我现在……嗯，从那儿往前直走，走到尽头……对，可能还没开，一楼有一家叫福屋的店，对，就在三楼。"

她附和几句后挂断了电话，让我准备两份套餐，然后就去了卫生间。我在托盘上放了一个装满冰块的冰桶、两只十盎司酒杯、纸杯垫、烟灰缸，还有干裙带菜、柿种和其他干货，送到包厢的桌子上。几乎与此同时，我听见了自动门打开的声音。

"欢迎光临。"

我转过身，只见一位女子站在那里。

她身材娇小纤细，身穿一件似白似粉的上衣外套和一条呈现出丝绸般细腻光泽的同色系鱼尾裙。她看到我时微微一笑，那涂着厚厚口红的饱满双唇间露出一排整齐洁白的牙齿。她顶着一头明亮的栗色短发，刘海中分，发梢向后弯曲。她的额头又大又圆，十分可爱，眉毛呈现出完美的弧度，一双大瞳孔如水般晶莹剔透——这些闪亮的部位集中在一张异常小巧的脸上。她是如此美丽，以至于周身的亮度似乎与现实世界不同。她就像一个明星，我不自觉地后退。

"琴美。"黄美子回来后，呼喊她的名字。

琴美边笑边说："我就说很难找吧。"她说罢，向后转身，只见一个老年男子缓缓走来。

我们注视着他走进店里，仿佛在观察某种仪式。他也身穿高级的衣服，连我都能一眼认出。一套蓝灰色西装，内搭一件淡奶油色衬衫，说不清是什么颜色的领带纤细别致，但看得出价格不菲。他一头白发整齐地向后梳着，脸上有许多皱纹和斑点，脸颊瘦削。然而，这些衰老的痕迹在他那华丽衣着打扮的衬托下更显雍容华贵。

　　"权先生，这位是黄美子。黄美子，这位是权先生。"

　　琴美坐在三个小包厢最里侧的座位上，她的身旁就是权先生。她在黄美子和权先生面前分别伸出两手向对方介绍。在她美丽的丝绸裙覆盖的膝盖上放着一只墨绿色鳄鱼皮大钱包，大概是权先生的。

　　"权先生，欢迎您。"黄美子笑着说道。

　　"呃……呃……"

　　我完全听不清权先生说的话，焦急地望向黄美子想要求助，可她只是微笑着点了点头，似乎毫不在意。权先生并拢双腿，深深地坐在沙发里。他的腿很纤细，仿佛在有明显折缝的裤子里游泳。他看起来像一个肚子瘪瘪、棉花少得可怜的娃娃，整个人比站着时又小了一号。

　　"琴美，吃点什么？"

　　"权先生点了一杯热茶，我呢……就要一杯啤酒吧！走了一会儿，我都渴了。"

　　"哪里走了，你是坐车来的吧？"

　　"嗯，我下了车，从路边走过来的。"

　　"那还不到一分钟嘛。"黄美子笑着说，"花，上啤酒，来大瓶的。装进咱们的十盎司酒杯，还有热茶。"

　　准备好酒水和杯子回到座位上，大家一起干杯。琴美自然而然地也给我倒了一杯啤酒。

虽然我记得小时候，父亲还在家里时，他和工友们聚餐吃火锅，我开玩笑地喝过一口母亲的啤酒，但这是我第一次正经喝啤酒。啤酒苦得喉咙发痒，但我不觉得难以接受。喝第二口时，味道没变，舌头却体会到了刚才没有的滋味。如果我以这种方式继续喝，现在隐约尝到的滋味很可能会成为主要味道，而苦味只会突出它，使得啤酒从总体上变得美味。想到这里，我又呷了一口。或许我的酒量不错。

"你又取了一个可爱的名字 —— 柠檬。"

"是花选的。"

"你就是花？"

琴美直直地盯着我，然后对着我调整了脸的方向，左眼皮轻轻闭上，又缓缓睁开，冲我眨眼。我感受到了轻微的冲击。那是一个真正的、称得上完美的眨眼。我的心怦怦直跳，甚至能听见胸腔的震动。真有人会眨眼啊……此前我只在漫画中看到过，可那只是在画中。人……现实世界中我从没见过有人眨眼，尤其是一个漂亮女人眨眼。我甚至不知该看她哪个部位。我又羞又窘，不由得低下了头。

"花，你喜欢柠檬？"

"啊……倒也不是喜欢柠檬，我不讨厌柠檬，只是喜欢柠檬的黄色。"我紧张地说。

"你喜欢黄色？"

"是的，我喜欢，因为柠檬黄明亮而强烈。"

"我也喜欢黄色。"

"而且还听说它风水好。"

"风水？哦，方向和颜色的那个。"

"是的，黄色能增强财运。黄美子的名字里也有。"

"我明白了，所以取名'柠檬'。"

"是的。"

"可如果是这样，为什么不叫'黄色'呢？"

"啊？"

"开玩笑的。"琴美笑道，"嘿，黄美子，今天是个值得庆祝的日子，对吧，权先生。"

琴美把手放在权先生瘦骨嶙峋的膝盖上，脸上露出微笑。权先生发出"呜呜"的声音，点了点头。

"那么，请给我上柠檬的招牌菜！"

黄美子带来的是一瓶看起来十分结实的轩尼诗 X.O 白兰地，不知道她什么时候准备的。她连同银色的马克笔一起递给琴美。琴美接过后，在酒瓶的透明处写下了"权先生☆琴美女"的圆形字体。

"权先生，你看。今后也请琴美女继续努力吧！"

"呜呜！"

"她会像我一样赚钱的！"

"呜呜！！"

这时，自动门又传来了开门声。"来早了，很抱歉！"一楼的福屋老板娘一边说，一边带来了一个头戴鸭舌帽、身穿工作服的男人。他胸前的口袋上绣着某某建设公司的白色字样。为了准备开业，我们常常在福屋吃饭，近来和老板娘也渐渐熟悉了起来。

据说福屋的老板娘已经在这里经营了二十年，大家都叫她"恩姐"。她把一头白发染成了紫色，无论说七十岁还是六十岁都说得通。她自称"阿特"，是个开朗、好相处的人。黄美子一边说"欢迎光临"，一边起身向恩姐走去。

"那个……白兰地要兑水吗？"我试着问琴美。

"哦，不用。别打开，就这样。"琴美说，"因为是礼物。"

"是这样啊。"

"嗯。花，还喝啤酒可以吗？"

"可以，谢谢。"我喝了一大口，酒杯中还剩三分之一时，琴美高兴地笑着为我添上了。

"真好，可以再来一瓶吗？"

我把新啤酒注入琴美的酒杯，我们又干了一杯。啤酒还是很苦，吞咽时喉咙里有股微弱的阻力，但在那苦涩和阻力的深处有一种莫名的感觉，让我的情绪变得高昂，想尽快地触碰它。权先生没有端起茶。他闭着眼睛靠在沙发上，偶尔嘴里喃喃自语，仿佛想到了些什么。

"你和黄美子住在一起吗？"琴美手抚着空酒杯。

"是的。"

"还行吗？"

我点了点头。

"花，你几岁了？"

"在这儿得说二十岁，但其实是十七岁。"

"真年轻啊，跟我和黄美子认识时的年龄差不多。"

琴美从包里拿出香烟，用一个金色的打火机点了火。她吐出一口烟，熏得她眯上了眼，把烟灰磕在面前的玻璃烟灰缸里。

"你们认识那么久了？"

"是的。昨天映水也来了吧？"

"来了。"

"安映水。"

琴美在烟雾中眯着眼，嘴里说着映水的名字。

"我们大概从那个时候开始就一直在一起。"

"你们是同学？"

"怎么可能。"琴美笑了出来，"我们都没上学，是在店里遇见的。那是很久之前，在歌舞伎町。花，你从哪儿来？"

"我从东村山来的。"

"哦，这样啊。跟顺子妈妈在一个地方，那家店叫什么来着？……我记得名字很长。"

"是的，叫'圣母们的摇篮曲'。我妈妈在那儿工作，我当时在上中学。"

"对、对，就是'圣母们的摇篮曲'，名字真长啊。顺子以前也在歌舞伎町工作过，她在下班前一定会唱这首歌。她说如果不唱，谁也不能回家。花，你知道那首歌吗？"

"知道。我妈妈也唱过，我也会唱。"

"那首歌是不是很搞笑？"

琴美小心翼翼地在烟灰缸的边缘把烟熄灭，扬起嘴角笑了。我看着她，不禁再次感叹她长了一张会在海报或电视上看到的脸。

"你总是这么……"我吞下一口唾液，说道，"漂亮，别有一番风致。"

"脸？衣服？"

"都是。"

"是做出来的，全部都是。洗完脸就会变一个人，像鱼干一样。我在家穿运动服，只有在工作时才这样。待会儿我要去上班。"

"待会儿还要上班？"

"是的，我是来庆祝黄美子开业的……所以让权先生陪我一起来。我刚在银座吃过饭，待会儿马上又要回去了。"

"银座的店？"

"对，对，是俱乐部。"

"俱乐部是什么地方？"

"是什么地方呢……"琴美似乎在思考我的问题,又重复了一遍,"这么说吧,那里有酒,有宽敞的大厅,有三角钢琴,女孩们每天都做发型,穿礼服或者和服,每天都有富人顾客来喝酒的地方。"

"俱乐部和……比如这种小酒馆,有什么不同?"

"都是喝酒的地方,但座位的价格不同。另外,小酒馆好像规定女孩是不能坐在客人身边的,在俱乐部女孩们则是要坐在客人身边待客。所以,花,如果有需要陪同的客人来,你也不必坐在他身边,要像现在这样坐在对面哦。"

"需要陪同的客人是什么意思?"

"大概就是在开门前提前来店的客人吧,女招待陪客人吃饭之后再一起去上班。"

"可以一起上班?"

"没什么好不好的,工作而已。"

"所有的女招待都要这样做吗?"

"在俱乐部是的,我们有业绩要求。"

"琴美,你每天都要陪客人吃饭吗?"

"当然。我年纪不小了,必须得陪。同时陪两位或三位客人也很正常。我又不是负责人。"

"负责人?负责人是什么?"我对很多事充满好奇,身体前倾,不断地向她抛出问题。

"花,你很感兴趣吗?真有意思,像在面试一样。没错,俱乐部就像一家公司。有负责管理的事务所,还有老板娘。我们是大公司,所以有四位老板娘,也就是'四大天王',她们要竞争销售额。除了这四位,还有女招待,她们都有自己的常客。这些人都被称为负责人。她们除了赚取时薪和日薪,还会从各自负责的客人消费的酒钱中抽取提成，客人消费越多，她们的收入也会越高。负责人就是这样一种制度，就像是借着俱乐部的场地，做自己的生意这种感觉。此外，还有一种名叫助手的职位。他们按小时赚钱，服务于各位老板娘、女招待，还有各式各样的客人。我们公司一共有大约三十人。其中有七名男性，他们都穿黑色服装。同样的黑色服装中也有资历排行：最上面是社长，其次是专务、部长，接下来是科长、主任，再往下就是平社员。我是轻松自由的超级助手，以前干过负责人，后来被放鸽子了，特别惨。"

"被放鸽子？"

"嗯，我以前也认真干过负责人。业绩好得差一点就能升为老板娘了，后来发生了几件大事，就被放鸽子了。"

"逃单之类的？"

"没错。"琴美笑了，"俱乐部不同于普通店，是会员制，一般用账单进行交易。支付依托客人的个人信用，只要签一次名，钱就能源源不断地涌来。酒卖得越多，我们赚得也越多，但要自己承担全部责任。"

"全部责任？"

"是的，支付的责任。比如联系不上客人，客人破产，还有从一开始就打算诈骗、递给我们假名片的客人，甚至还有为了打击报复而制造陷阱陷害我们的同行……总之什么人都有。最后收不回来的钱就必须由负责人还上。到时候就只能东拼西凑，因为那些香槟和红酒贵得离谱。"

"那么贵吗？"

"是啊，付款期限是两个月。是的，有两个月宽限期，所以两个月账单堆积，那就是相当大一笔钱了。我在生日月份和之后的一个月尽兴地买了很多罗曼尼和夏布利葡萄酒，真是有点疯狂啊。"

"当时店里没人帮你吗？"

"一开始他们还会陪我去要钱。有同伴的话，就有机会和对方谈判，而且男性同伴更有效。可没有同伴就不行，一个人的力量是有限的。"

"那店里会打折或者网开一面吗？"

"不会。"琴美轻松地笑着，说，"当被客人放鸽子成了确定的事，店里就会立即变身讨债方。所以女招待的路只剩两条，要么也放鸽子走人；要是没有这个胆量，就去其他店工作，预支工资。不管选哪条路，都是欠一屁股债。"

"这种情况经常发生吗？"

"是的。"

"女招待怎么放鸽子走人？"

"嗯……"琴美看着我，说，"消失。"

"消失？"

"对，消失，去没人能找到的地方。"

我默默地喝着啤酒。旁边包厢里的恩姐正兴高采烈地摆着手势交谈着。琴美瞥了一眼手腕上的金链表，把剩下的啤酒一饮而尽。

"时间过得真快，我该走了。最近店里对迟到管得很严苛。"

"好的，我去叫黄美子。"

"不用了，没关系。"

琴美拿起置于膝盖上有光泽的鳄鱼皮钱包给权先生看，打开五金扣看了一眼里面。

"哪张都行？"

权先生点了点头，于是琴美一边嘟囔着"哪张好呢"，一边开玩笑地取出一张金色的卡，递给了我。

"能给我打八折吗？"

"八折？"

黄美子走过来坐在琴美旁边。她们俩低声交谈了一阵，然后拿着卡去了收银台。

"权先生，我们该走了！权先生，今天非常感谢你的祝贺酒。花，也谢谢你。以后去我家喝香槟哦。"琴美说着，双手捧起一个未开封、用魔术笔写着她名字的酒瓶，举到脸旁。

"那让我们为琴美女今后更上一层楼干杯！它很可爱，而且很强壮。"

"哦……琴美女是谁……"我问，"不是琴美吗？"

"马，是一匹马。"

"什么？"

"权先生是马场老板，有很多名马。前几天来了一匹新马，给它起了我的名字。它很快就要出场了。无论是那个琴美女还是这个琴美，都会赚很多钱哦，权先生！"

"哇！"

琴美对拿来消费明细和发票的黄美子说"到这里就好"，黄美子让我下楼去送她们。

琴美挽着权先生的胳膊在前面慢慢走，我跟着他们。走下台阶到马路上时，天色昏暗的夜幕中停着一辆闪亮的黑色大轿车。司机快步走来，打开后座车门，权先生迅速弯腰钻了进去，琴美也紧随其后。司机的每一个身体部位都保持着小心翼翼的姿态，他轻轻地关上车门。随即，磨砂车窗被摇了下来，一个我从未听到过的舒适的声音传来，琴美露出脸来。

"花。"

"是。"

"我还会再来的。"

"欢迎。"

"黄美子就拜托你了。"

琴美说着，嘴角上扬地盯着我的眼睛，看了大约两秒。待他们二人乘坐的车辆驶离后，周围似乎突然喧闹起来。我向四周张望，以为有人在吵架，可周围什么都没发生。只有车水马龙的街道，和像往常一样穿梭在夜色中有说有笑的人群。红绿灯发出湿漉漉的光，我的眼前清晰地映出刚才那位司机戴的白色手套。我不知怎么害怕起来，于是跑回了店里。

那天，附近的酒馆老板娘和女招待都带来了各自的客人，柠檬酒馆迎来了热闹的第一天。小楼的房东也露了面，还有结账离开的客人一小时后又带来了相熟的一男一女。三十平方米的柠檬酒馆整晚人头攒动，热情洋溢。我们喝酒，听一个又一个人唱卡拉OK，在越来越浓的烟雾和歌声中继续聊天，说八卦，谈论别人的生活，同时被别人逗笑，敲手鼓，然后继续喝酒……直到凌晨两点。

我的直觉是对的，我酒量很好，总共喝了五大瓶啤酒，却只是情绪高昂，丝毫没有不适或恶心，意识和记忆也很清晰。黄美子彻底醉了，我搂着她的肩膀，大笑着走回房间。那天的销售额是二十六万三千五百日元，是我在家庭餐厅工作四个月才能拿到的数字。

第四章　预感

1

我第一次遇见加藤兰是在路边。

我下楼送客或者关店离开时，总能看见几个女孩在街上发传单、拉客，兰就是其中之一。

她身材娇小，我每次见她，她都穿着那双镶嵌着水钻的荧光粉色厚底凉鞋。她的头发染成了棕色，接近金色，额头很窄。她的眉毛很细，眼周画着白色眼影。那浓艳的妆容给我留下了深刻的印象。

"早上好，天气很冷吧？"

起初是兰先向我搭讪的，那是在十二月初的一天。

"我经常见到你。"

"你今天一个人吗？"

当时我受黄美子所托，正要去营业到很晚的药房买黄帝液[1]，一下楼就看到了她。当时是晚上大约九点，她穿着一件黑色紧身吊带连衣裙，外面套了一件宽大的白色罩衫，在寒风中佝偻着身体。

"是啊，只有我没被点名。你觉不觉得今天人很少？你也上班？"

我转身指着小楼，告诉她我在三楼的酒馆上班。这时，福屋的恩姐出来送客，我向她挥了挥手，她也向我挥挥手，然后返回了

---

[1] 黄帝液：一种日本保健补品，身体疲劳、发热时使用。——编者注

店里。

"酒馆？叫什么？"

"叫'柠檬'。"

"是吗，我之前都不知道。"

"刚开的，只有几个月。"

"我在那边的大楼里，你看到没？二楼的开间里有个夜总会。"

"那儿有夜总会啊。"

"有啊，也许我们的客人不是一批人。"

寒风在我和兰之间呼啸而过。我笑着向她示意再见，身体前屈、抱着双臂的她也摆了摆手。

"黄美子，这附近有夜总会，我都不知道。"

回到店里，见黄美子靠在沙发上，我把黄帝液递给她。她略嫌麻烦地拧开盖子，分几次喝完。她从上周起得了感冒，晚上靠非处方药和滋补身体的黄帝液撑着，白天就一直躺在房间里。

"啊，好甜！你说的夜总会，可能有吧。"

"我刚才在楼下和那儿的一个女孩聊了几句。"

"今天哪家店都不忙。"

"你还难受吗？"

"关节痛。"

"要是下周还不恢复，就去医院看看吧。"

"也好。"

截至这个月底，柠檬酒馆就开业三个月了。我逐渐适应了工作，店里的生意也不错。除了之前那家酒馆的熟客，新客也陆续到来。酒馆的客户分布是这样的：六成是长期居于本地的高龄男性；三成是相对年轻的新客，他们一时兴起光顾，之后偶尔想起时会来；其余一成是附近的同行。因此，客人彼此间也都打过照面。很多客人来店就像去咖啡店看报纸一样随意。

店内的消费方式也有若干种：包含卡拉OK的畅饮套餐基本费用为四千日元，外加服务员的酒水，通常两小时花费六千日元左右；在店里存酒的客人每次开销不多，但来店的频率高，有不少人一周来三次左右；其他全是单点的客人，座位费和服务费三千日元，外加卡拉OK和所有饮料费，最后消费最高的就是这一类。

我完全迷上了啤酒，因此当慷慨的客人告诉我可以尽情畅饮时，我便会在心里撸起袖子，蓄势待发。中瓶啤酒一瓶八百日元，三瓶两千四百日元，如果换算成我以前工作的家庭餐厅的薪资，相当于不到四小时的收入。而我只是坐在那里，喝着自己喜欢的啤酒，竟然能赚这么多，简直不可思议。生意好的时候，从一位客人身上赚一到两万日元是常有的事。

虽然每天的营业额会有波动，就像天气和心情一样，但柠檬酒馆日销售额总能保持在三万日元左右。琴美每个月会从银座带贵客来光顾大约两次。他们一掷千金，这样一来每个月的销售额就更高了。

此外，来酒馆消费的客人有一种独特的氛围：他们习惯于聚在一起同乐，好像坐在那里的每个人，包括同行，都是这个集体的一分子。他们完全不在乎面前的服务员，即我和黄美子在不在那里。酒馆里有四个吧台座位和三个包厢，即使全部坐满也只能容纳十几个人。这种氛围也许是这样狭窄的空间营造出了凝聚感。

不过，偶尔也会有这样的客人光顾——他们抱怨服务员不陪他们坐着喝酒，发怒并且要求退钱。面对这样的生客，黄美子似乎没什么想法，总是敷衍地应和着，请他们回家。她笑着告诉我无须理会他们。可每次遇到这种事时，我都会左思右想地睡不着。

"嘿，黄美子，现在我们两个人还能应付，但如果突然发生什么事，比如我们当中的一个人生病了，那不就麻烦了吗？继续保持这样可行吗？"

"你是说想雇人？"

"嗯，如果再来一个兼职就好了。现在新客也增加了，如果有客人生着气走，实在浪费，因为没准他们以后还会来嘛。年内找兼职员工恐怕已经来不及了，过了年再找怎么样？"

"也是。"

我试着和黄美子谈了几次，但她似乎没有这个想法，也不感兴趣。她在钱的问题上有时会有这样的反应。当我兴奋地告诉她这个月赚了多少、结余多少时，她当然也很高兴，但要说是否有和我一样的成就感，似乎并没有。

渐渐地，开始由我来管理每个月的资金流动。不过，这倒不是什么难事。只需带上柠檬酒馆和公寓的房租和湿巾、酒水、水电等费用的现金，去银行分别汇入转账账户即可。我们从未讨论过薪资。按照我和母亲同居的习惯，我们各自放一些钱在电视机柜边上的小碗状容器里。钱用完后就加一些，需要时就花掉。我总是在自己的钱包里放五千日元，黄美子则像以前一样把千元纸钞和硬币放在裤兜里。

就这样，我把结余的钱全都放在一个结实、带盖的纸箱里。一想到钝介干的事，我就产生了把钱存入银行更安全的念头。但离家时我只带了几件衣服、内衣和深蓝色盒子，既没有银行账户，也没有任何身份证件；黄美子也忘记了她的密码，丢了印章。因此，没有一个可用的账户。

不过，不同于以前，家里只有我和黄美子两个人，所以没必要担心。可我还是在下班回家的路上捡了一块石头——滚落在不知是谁家屋檐下的，形状有些像腌菜石的石头。我在浴室里把它擦得干干净净，放在纸箱盖子上面，以防万一。

十二月转眼就过去了。街道、人群、时间的流逝，那里所有的一切都向着年底雪崩似的冲了过去，充满活力。无论走到哪里，都闪烁着明亮的灯光，响着热闹的音乐，仿佛填满了光与光之间的空隙。

我走在热闹的街上，心想城市真是太奇妙了。这里与我生长的城镇和周围略显繁华的闹市区相比，有本质上的不同。既然我在三轩茶屋都有这种感觉，那么这个季节的新宿或涩谷之类的中心街该多么热闹啊！虽然这些地方离三轩茶屋很近，但我对这些地方的印象仅限于偶尔在电视上看到的十字路口的画面和文字。

每当脑海中闪过这些华丽而不切实际的念头时，我常常会想起琴美，还有她工作的夜生活世界。我对东京一无所知，不知道具体该坐哪趟电车、如何换乘才能到达银座。把消费力惊人的客人带来柠檬酒馆的琴美从头发到脚指甲都光彩照人，似乎撒了一层特殊的粉。银座是像琴美这样的人聚集和出入的场所吗？我想大概是的。价值普通人一个月血汗钱的香槟和白兰地觥筹交错，有人挥金如土，有人赚得盆满钵盈，而且不止一家店，这样的事在无数家店同时上演着。

女人们、欢笑声、钢琴声、一沓沓钞票、闪亮的黑色大理石、冒着气泡的香槟……光彩夺目的画面融为一体，开始在我的脑海里翻腾。我叹了口气。

虽然柠檬酒馆酒品的单价与那些店完全不在一个水平，但柠檬酒馆的第一个圣诞节仍然得以圆满收官。几天后就是新年假期，柠檬酒馆闭店歇业了。我和黄美子没有其他地方可去，也没有什么事情想做，虽然情感上觉得放假期间继续开店也不错，可是由于湿巾店和酒铺都会关门，估计也不会有客人来，所以决定放假。

"你过年不回家吗？"

黄美子一边用干抹布擦墙，一边问我。她本来打算做新年大扫除，但由于物品本来就少，而且她经常打扫，所以唯一要擦的地方就是墙壁。我靠在叠好的被褥上，看着她的手臂在墙上到处画着小圈。

"不回。"

"是吗，你告诉爱了？"

"没有。也没什么要紧事，所以没打电话。我不想浪费电话费。她不是会给你打电话吗？"

"没打。"

"哦……嗯，好吧。"

自从暑假结束后离开家，我就再也没有和母亲联系过。

那天，我与黄美子重逢后就势离开了家。在高昂的情绪下，我也感受到了一丝要做坏事的恐惧。而且，虽然母亲活得随性自我，但我仍会担心她能不能照顾好自己。我同时感到愧疚，因为我的离家出走意味着抛弃了她，留她自己在那样的生活里。

我认真思考着如果母亲求我回去，该怎么办。我左思右想，胸口越来越沉闷了，不知她独居后能不能照顾好自己，会不会闯祸，或者是否正在担心我……诸多不安涌上心头，我甚至自责没有告诉任何人就离开了。然而，这一切毫无意义。在我离家出走一周多后，母亲才终于意识到了我的离开。

黄美子的电话铃声响起，我紧张地接过电话后，母亲用和往常一样的语气和我说话。她一直说着诸如正在考虑考驾照，驾照训练营如何如何，以及在新开的宠物店看到的猫如何如何的话。我越听越难受，下决心告诉她我要和黄美子一起住在这里。她听后，说道："既然你已经决定了，那不是很好吗？"她说得轻松极了，好像在说"你这个发型很不错嘛"。她没有过问我上学怎么办、怎么生活，对我的事只字不提，也没说一句类似于"不管怎么说，这样都不太好"或"你先回来，我们谈谈"这样的话。她既不伤心，也不生气，而是用明朗的语气说："你一直都很独立，现在是个大人了，而且黄美子也在，有什么事打电话给我哦。"说完，她就挂断了电话。

"新年真漫长啊。不上班的人都在干什么呢？"

我假装打了一个大大的哈欠，说："不知道，也许和家人一起回老家了吧。"

"那没有家人也没有老家的人呢？"

"也许会和朋友一起出去玩吧。"

"那没有朋友也没有钱玩的人呢？"

"呃……那就只能在家里发呆了吧。"

"那没有家的人呢？"

"没有家的人跟过年也没什么关系吧。"

"是吗。"

"是的。"

黄美子把抹布翻过来对折，仔细地擦拭着暖桌板。然后，她把桌板移到墙边，将热气腾腾的被子盖在我身上，仿佛把我裹在温暖中。一股暖流在身体里蔓延，我情不自禁地发出了一声舒服的叹息。

"舒服吗？"

"嗯。"原本因为想念母亲而感到沉重的心情舒缓下来，幸福涌上心头，我深深地吸了一口气。

"舒服极了。"

"舒服极了？"

"是的，暖烘烘的，我喜欢暖桌！"

我在被子里闭上眼，感受着熟悉的味道和恰到好处的温暖，静静地蜷缩着。

"因为……"片刻后，我从被子里露出头说，"我有你啊。"

黄美子停下手上的动作，看着我，微微一笑。

"什么嘛。"

"嗯，就是这样。你在我身边啊。"

我突然羞涩起来，于是掀开被子，转过身去，偷偷地瞄了黄美子一眼。

"我说得不对吗？你就是在我身边嘛。"

"嗯，这倒是没错。"

"而且，我还赚了钱。"

"是啊，暂时是这样。"

"不要说'暂时'嘛！"我噘着嘴，"是永远。别担心，好吗？按现在的势头赚下去，我们会存很大一笔钱。"

我想起了静静躺在盒子里的八十六万日元，那是我们俩在过去三个月通过柠檬酒馆攒下的钱。这带给了我很大的成就感和安心感，同时盒子和现金的组合也让我想起了钝介。钝介——这不吉利的发音回荡在脑海中，我条件反射地咬紧后牙，内心涌起的愤怒和厌恶让我有些呼吸困难。在这种时候，我会把它从喉咙里拽出来，连同他愚蠢的发型、钥匙圈和踩在我垫子上的脚后跟的残影一起用脚踩碎，然后用盖子上的腌菜石把它打成肉酱。

"对了，花，手机。"

"啊！怎样了？"我跳起来，看着黄美子。

"映水说明天会拿来。"

"太好了！"

"明天咱们吃火锅吧，叫上映水。"

"好极了！"

"他喝酒后会变得有些可笑。"

"真的吗？"

自从上次之后，映水经常来我们家一起吃午饭，或者在柠檬酒馆的营业时间光顾。每次分别时，他都会像上次那样递给黄美子一个白色信封。上次见面时，我们聊到映水的手机很酷，黄美子想起我也想要一部手机，于是拜托他帮我买，今天听说他为我准备好了。我没有监护人，也没有身份证，因此一度放弃了买手机的想法。不知道映水怎么做到的，但无论如何，我要拥有自己的手机了。虽然没有要打电话的人，也没有人给我打，我却激动得心跳加速，浑身发痒。

"这都是黄色的功劳吧？"我看着房间西侧书架上的"黄色角落"说道。

我在周围散步时，一旦在百元店或杂货店里发现黄色的物品，就会购买并收集起来 —— 存钱罐、毛绒玩具、筷子、小包、笔盒、信封、记事本、贴纸、毛线、大大小小的盒子、钥匙圈、人造花、丝带、招财猫……角落被黄色的东西占满了。每增加一件新物品，似乎都会让我们的未来更好，朝向我们的幸运天平就会逐渐升高。

黄色也分很多种，有的深，有的浅，有的偏蓝，有的偏亮。但它们的共同点是都是黄色。只要是黄色，就能让我们感到鼓舞和安心，黄色就是这样一种特别的颜色。

翌日傍晚七点左右，映水来到我们家。他一看到我，就拿出一部银色手机递给我。我从暖桌里跳起来，跑过去接过手机和充电器。当看到屏幕上显示出电话号码时，我高兴极了。锅里的水咕嘟咕嘟地沸腾着，我沉浸在手机的世界，不停地试按各种按键。

"映水，我该还你多少钱？"

待我终于回过神来后询问他，他回答："我会处理好的，不用了。"

"哎？可是除了买手机的费用，每个月不是还会收费吗？每次见你的时候给你，可以吗？"

"不用了，那个我也会看着办的。"

"你帮我付？"

"不是，我不出……总之我会处理好的。"

"你会处理好？那谁来付？"

"你真是个注重细节的人。"映水苦笑道，"公司，或者说，我们会一起支付的。你别管了。"

"公司？映水，你开公司了？"我一连问了好几个问题。

"哎呀，映水都说了不用，那就这样吧。"黄美子说，"花，你的肉好了，快吃吧。映水也快吃。"

"真的？映水，真的可以吗？"

"嗯。"映水没有看我，他点了点头，开始用勺子在火锅里捞菜吃。我看着他，心底涌上了从未感受过的满足感，抑或喜悦感。

这不仅是因为我得到了一部手机，而是因为有人为我准备了东西，有人承担了一部分我必须承担的责任，并且告诉我什么都不用担心。这种感觉中夹杂着安心和感激，我无法用言语表达，但这就是我当时的感受。我多次向映水表示感谢。

"一部手机而已。你太夸张了。"映水吃惊地说。

"不夸张。"我心中充满了感激，唯一能说的就只有感谢而已。

我太激动了，以至于完全不知道今天吃了什么火锅。不过，蘸了醋的肉和蔬菜非常美味。我投入地说了很多话，中途又拿起手机，保存了黄美子和映水的号码。我拨通他们的手机，传来电话铃声，我开玩笑逗得他们哈哈大笑。黄美子罕见地在家里喝了啤酒，映水喝了他自己带来的马格利米酒。房间里很温暖，洋溢着美好的气氛。电视里正在播放跨年特别节目，按照对世界造成的影响先后报道了香港回归、大型证券公司倒闭、黛安娜王妃车祸身亡等新闻。我虽然从小到大从来没有好好读过一份报纸，在看新闻或综艺节目时也只是隐约感觉很重要，但那天晚上没有一条新闻进入我的脑海。

"有辣椒面吗？"

"混合辣椒面倒是有。"黄美子回答。

"不，我想要纯辣椒面。"映水说着，就准备起身去买。我注意到啤酒也没有了，可以顺便买回来。

"啊，我去买。"

"不用了。"映水婉拒。

"不，还是我去吧。辣椒面和啤酒，什么牌子的都可以吧？"

"那拜托你顺便给我买一个雪宿仙贝。"黄美子说。

"OK."

我拿上手机，穿上运动外套就出了门。想到口袋里有一部属于自己的新手机，这条普通而熟悉的夜路就像一条闪闪发光的跑道，通向我迫不及待想去的地方。我和愉悦肩并肩地走在路上。

当抵达柠檬酒馆附近的超市时，我看到加藤兰正在不远处发传单。她和往常一样穿着白色外套和荧光粉色凉鞋，在人流如织的街上格外显眼。我跑过去喊她。

"你好，你今天上班吗？"

"你好！"她见到我后，笑着说，"是啊，今天是最后一天。"

"辛苦你了，我们已经关门了。"

"也是，今天已经二十八号了。你住在这附近吗？"

"对，在茶泽街。"

"我家也很近，穿过环七路就是，三站地就到了。我偶尔也会走路回家。"

"我没去过那儿。你们店什么时候开始上班，五号吗？"

"可能是吧。我也不知道，今天是我最后一天上班，我要辞职了。"

"什么，你要辞职？"我被自己的大声吓了一跳，连忙环顾四周。接着，我问她为什么。

"理由有很多，不过最大的原因是任务太重了。另外，我觉得自己不适合夜总会。没有客人指名我，我不受欢迎。"

"你是打算辞掉这一行，还是去其他店？"

"不知道，还没决定。我有些沮丧，因为除了夜总会的工作，我也干不了其他的。"

"虽然我对夜总会的工作一窍不通……"

进出超市的人越来越多，于是我们挪到了另一侧。

"你每天工作几小时，能赚多少？没有客人点名的话，日薪会减少吗？"

"这个……"加藤兰苦笑着说，"突然谈钱……没有客人点名的话就只有最低工资……坦白说，只有七千日元左右，奇迹出现的话也有能拿到两万日元的时候，不过最近没有了。啊，不过其他人跟我完全不同，很赚钱的。只有我没有客人点名，我也没什么干劲。"

"没有干劲？"我继续问了下去。

"没有干劲，或者说也不是没有，而是人际关系什么的，店里人多，我和他们都处不来。在之前的店里情况要好一些。"

"各家店的氛围不同吗？"

"嗯，不同。"

一群男人从我们身旁走过，其中一个人对着我们说了些听不懂的话，另一个人则用开玩笑的语气用手压低他的头向我们道歉："对不起啊，小姐。"他们都喝得酩酊大醉。兰微笑着回应，给每个人递了一张传单。兰一笑，狭窄的额头就会缩起来。我看到她这样，就会莫名其妙地想起小学时一个关系不错的女孩，尽管她们一点都不像。当其他同学说要回家并陆续离开后，只有她左右摇晃着书包，哪怕天黑也会和我一起闲逛，一起坐在应急楼梯和公寓、神社等地方的各种台阶上。男人们三三两两地向马路那侧走去。

"对了，告诉我你的手机号码。你有吗？"我从口袋里掏出手机给兰看，"这是我的号码。新年假期也好，之后也好，咱们见面吧。我们住得也很近。"

"好的。"

"嘿，你叫什么名字？我叫花，伊藤花。"

"我叫兰，加藤兰。"

那是我第一次知道兰的名字。她的手机上挂着一条绳子，上面有许多可爱的彩色挂件，我觉得好看极了。我想应该也有像"黄色角落"那样的钥匙圈，明天我也要给手机挂上。

"那我之后再打给你。我去买点东西，然后就回去了。工作加油啊！"

"谢谢。"

超市里像冰库一样明亮，我调整了下外套的下摆。或许是二十四小时营业的缘故，里面客人很多。我匆匆地转了一圈，买了一罐辣椒面、一瓶啤酒和一袋雪宿仙贝。待我离开超市时，兰已经不见了，我心想或许她找到了最后一位客人。获得手机的兴奋劲儿还持续着，我在口袋里紧紧攥着手机，用指尖触摸着手机的局部，然后再拿出来，看着亮起的液晶屏，一边尝试着按下各种功能键，一边走在回家的路上。

回家后，黄美子正在看电视，她只对我说了一句"回来了"。

看到映水不在，我问："哎，映水呢？"

她回答说，在我出门之后不久，他就被一通电话叫走了。

"被他刚才说的'公司'叫走了？"

"谁知道呢。"

"害得我专门去买了辣椒面……"

"什么时候都可以吃啊。"

"年底还有事要做吗？"

"正因为是年底才要做吧？"

黄美子喝醉了，把半个身子钻进暖桌，舒服地闭着眼睛。我又吃了片刻火锅，才关掉炉子。

电视里正在播放综艺节目，每当有人说了什么，其他所有人都不约而同地把手举在脸前，一边拍手一边大笑。看着他们，我思考着这世上究竟有多少明星，每场演出的报酬是多少。我没有答案。看了片刻电视，我感觉有些无趣，于是调低音量，换了频道。每个台都差不多。

"花。"黄美子睡眼惺忪地喊我的名字，"我睡一会儿，一小时后叫醒我。我得洗碗，还得把这儿收拾一下。"

"我来洗吧。"

"不用，不用。我来洗，我有窍门。"

她说完，就直接进入了梦乡。

她似乎对清洁有一份特殊的执着，有时讨厌让我插手。不，与其说是讨厌，不如说是慌乱。在为柠檬酒馆开业做准备时，虽然我们各自分担了一些，但基本上她是心甘情愿地承担了全部打扫工作。我说两个人一起做会更快，但她坚持说自己有诀窍。

我从小在一个乱七八糟的家庭里长大，从来没有打扫过，也不感兴趣，因此完全不懂她说的诀窍究竟是什么。她每天只要稍有闲暇，就会拿着抹布，一边聊天、看综艺，一边动作麻利地擦拭各种不太脏的地方。看到她这样，虽然我感觉有些奇怪，但是住在有人不断付出精力和时间打扫的整洁的房间里，感觉格外好。她对洗濯的兴趣似乎不如打扫，因此我就尽力将洗好的衣服晾干、叠好。

黄美子睡得很香，发出了均匀的呼吸声。为了不吵醒她，我悄悄地靠近，看着她的脸。她微微张开的嘴唇边有淡淡的口水在闪烁。我无声地笑了，盯着她的脸看了好一阵。如果没有在两年前的夏天遇见她，如果没有后来的重逢——我想象着这样的"如果"——或许我现在还住在那里，骑着自行车，上无聊的学，从早到晚拼命干着时薪不到一千日元的工作，存钱，过着那样的生活。

我能清晰地记起自己记事起至去年夏天为止居住的文化住宅——我在那里度过了人生中绝大部分时光——它的每一个角落，裂开的沙墙、挂在昏暗走廊上的灯泡、公共入口两侧虚掩的小门和上面老朽的"清风庄"字样，各种吸饱潮气的东西栩栩如生地出现在我眼前。我甩甩头，环顾四周，目及之处的墙壁是白色的。虽然现在已经习惯了，但我记得刚来这里时，感觉一切都白得刺眼。我再次盯着四周的墙壁，产生了一种奇妙的感觉。

或许现在和黄美子住在这里的我其实只是想象中的我，而真正的我还在那个文化住宅里，还在那间电视房里，一动不动地望着天花板。在那里的我，被黄美子抛弃、被钝介偷走一切、陷入绝望的我，正在做梦般地想象如果是现在这样就好了……难言的感觉涌上心头，我开始感到害怕。

不，我现在就在这里。我现在就在这里，黄美子现在就睡在那边，这个我就是真正的我。我用手捂着脸，确认触感。

现在已经不再是夏天，而是冬天。只有一个我和一个现在，存在于仅有的此地。这就是真正的我。我吐尽胸口郁结的气，对自己肯定了这一点，然后又凝视着黄美子的脸。

她闭着眼睛，有些呆滞的脸上布满了平时看不见的小斑点，眉间、眼下和嘴边有几道细细的皱纹。我看着她放松的脸庞，不知怎么感觉鼻内一酸。我想要更加努力地经营柠檬酒馆，尽管现在正在努力中，但我要更加、更加地努力。我看着她的睡脸，片刻后准备起身如厕时，发现她头顶左上方有一只白色信封。

那是映水经常递给她的信封，也许她今天也收到了，随意地丢在了那里。

我盯着白色信封，又看向黄美子的睡脸。她看起来比刚才睡得更沉了。我吞咽了一口口水，慢慢地伸手去拿。信封没有封口，我往里一看，看见了棕色的一万日元纸币。我数了数，共有十五张。还有一张对折的字条，我展开一看，上面用潦草的字迹写着：大内佑介5、山拓7、吉美3。虽然我从未见过映水的笔迹，但直觉字是他写的。我不知道这是什么钱，但从记录的数字来看，应该是这十五万的明细。我把纸币和字条放进信封，轻轻地放回原处。

2

阳光下的加藤兰看起来不同于往日，她的妆容倒是和平时别无二致，大概是着装和光线的缘故。她蓬松的黑色短外套里面是一件缎面衬衫，下身穿着迷你裙，脚上的白色靴子比工作时的鞋子鞋底更厚。一月三日，我们约好在三轩茶屋站前见面，之后一起去涩谷。上次见面之后，我和兰通过几次电话，她说想去看《泰坦尼克号》。

买票时排起了长长的队伍，电影本身也很长。"莱昂纳多帅呆了！""我想再看一次莱昂纳多！"——电梯里挤满了赞叹莱昂纳多的女性。抵达地面后，人群向外拥出，接着又被另一拨人推挤着。我们在人潮中穿过人行横道，来到对面的游戏中心排队十五分钟拍摄大头贴，然后经过被首卖的叫卖声闹得沸沸扬扬的一〇九百货，继续排队进入中央大街的麦当劳，享受迟到的午餐。

"撞到冰山的时候，感觉真的很震撼啊！""听说那是真实故事。""换作你，你觉得能活下来吗？"我们稍微讨论了一下对电影的感想。在这期间，陆续有人走进来，我好奇地向他们投去目光。每个人都在大声地笑，不停地说话，让我无法平静。我的身体不仅焦躁、疲惫，还紧绷着，很多部位开始隐隐作痛。

我一边用吸管喝着并不好喝的可乐，一边思考这样的状态和某种我熟悉的东西十分相似。我很快就找到了答案——学校。光顾麦当劳的人都很年轻，聚集的青涩让我不可否认地想起了学校。每个人的语气和说话方式、发色、妆容、衣着不尽相同，但本质是一样的。

我对这些由几组同龄人以及他们的同伴共同营造的这种氛围——混合着虚脱、谨慎和活泼，但整体上充满了挑战和紧张——感到生疏。我没有兄弟姐妹，自记事起就与母亲和她那些从事夜场工作的女友生活在一个狭小的房间里，在学校里也始终无法融入同学，因此这样的空间对我来说不是刺激，而是痛苦。

"兰，你经常来涩谷吗？"

"嗯，买衣服和化妆品的时候会来，不太会去新宿之类的地方。"

"兰，你在人多的地方舒服吗？"

"不知道，我可能更喜欢人少的地方，不过我从没想过这个。"

"也是。喝完这杯，我们回三茶吧？站前也有麦当劳，应该还有空座，离家也近，可以悠闲地待着。"

"好呀。"

当我们乘坐与来时相同的地铁回到三轩茶屋站时，我把积压在胸口的郁气全部吐了出来，又做了几次深呼吸。我们走上地面，进入一旁的麦当劳，点了橙汁和薯条后坐在了座位上。

"三茶真安静。"我打心底里这么觉得。

"花，你在这儿住很久了吗？"

"没有，我夏天才来。"

"是吗？你原先住在哪儿？"

"东村山。你呢？"

"我住在幸手。"

"幸手在哪儿？远吗？"

"你不知道吧？幸手在埼玉县边上，那是我父母的家，我一开始住在那儿。高中辍学后去了一所职业学校，学美容。"

"对了，兰，你多大？"

"现在十八，过完年就十九了。你呢？"

"我比你小一岁，过了年十八。我也退学了，没办手续，干脆就没再去了。你白天去美容学校吗？"

"不是，"兰低头看着吸管，"我已经不去了。一开始还努力上学来着。我家特别远。早上五点起床，骑自行车到车站，坐电车上学。放学后再和朋友稍微玩一下，然后回家洗个澡，上床睡觉就一点左右了。每天通学往返三小时。一开始我以为自己能做到，但试过之后发现完全不行。"

"三小时的路程也太远了。"

"是啊，真的很远。我真希望自己能住在这儿，但我家完全没这个条件。当我说想辍学去职业学校时，爸妈非常反对，问我从哪儿能弄到那么多钱，还让我在当地工作，抱怨了一大堆。但我还是坚持着，求爷爷给我交学费，事到如今上学很难这件事完全说不出口。而且，学校的同学们都有钱，只有我是穷光蛋，没钱买衣服和化妆品。"

"你的同学们花爸妈的钱？"

"是的，没有人拼命打工。大部分人都住在东京都内，虽然了解得不详细，但他们基本上都很有钱，因此一起玩一次就要花不少钱。于是，我就开始担心该怎么办。最初是每周一次，在末班车前结束，后来开始在晚上。"

"放学后？"

"一开始只是兼职，但因为收入相当不错，所以就增加了上班时间。高中辍学后的一段时间里，我在家附近的药店上过货，还在超市当过收银员，但即使累死累活，一个月的收入也不会超过十万。而夜总会就不一样了。当然也有我不喜欢的客人，即使是白天也会遇到脑子不正常的客人嘛。当我开始每周工作三天，还要兼顾上学，就不可能每天往返幸手了，太远了。而且回去也只是睡个觉，我开始觉得回家没什么意义。"

"确实。"我压低了声音说。

"是的，真的很远。后来，我开始懒得回家，到独居的朋友家里借宿。但你知道，买衣服什么的非常花钱，对吧？我可不想成为唯一穿着土气的人，而且玩也需要花钱。一开始还努力兼顾上学和打工，一段时间后就不行了。早上起不来，经常迟到，学分拿不到，考试也不行。这样一来，上学就越来越困难了。因为只有我一个人在夜总会兼职，所以有些格格不入，她们后来也渐渐地不再邀请我一起玩。我知道大家都在嘲笑我，说我没品位，或者让我卖酒，所以我辍学了。如果继续上下去，今年春天就该参加全国考试了。"

"你爸妈对这件事怎么说？"

"他们说了不少难听话，比如我什么都干不好啦，愚蠢啦之类的。不过说实话，我倒是松了一口气。职业学校的学费很贵，虽然是爷爷付的，但那也是家里的钱，我能感觉到他很高兴不用再出第二年的。他询问我之后打算怎么办，可我觉得他不是真的关心我。当我告诉他打算和职业学校的朋友一起去东京合租打工后，他什么也没说。

"你和朋友一起住吗？"

"不，和男友一起住。"

"哎？！"我惊讶得不禁瞪大了眼睛，"你有男友？"

"嗯。"

"原来如此。"我把可乐含在嘴里，感受着温热的碳酸在两颊内侧上下弹跳，慢慢地咽了下去。我也不知道自己为什么会如此惊讶。

"一起住了八个月左右，我感觉快到极限了。他对我限制得很严。"

"兰，你为什么想当美发师？"

"我也不知道……只觉得必须得找份工作，就在宠物美容师和美发师之间纠结。狗狗美容师，以前很流行……后来，我又想只要来了东京就会有出路，不来东京就没法开始。花，你为什么搬来三茶？"

"与其说是搬来……"

我粗略地向她讲述了家里的情况、东村山的城镇氛围，以及两年前遇见黄美子，不久前与她重逢，并且离开家跟着她来到这里的经过。

"听起来……好酷。"兰佩服似的说，"原来那个人叫黄美子。"

"哦，你认识她？"

"嗯，我见过几次你们一起走路。你们总是一起回家，是吧？她个子很高。那她是酒馆的老板娘吗？"

"她倒是没什么老板娘的感觉……因为我们俩是合伙经营……基本上她都交给我，我做的比较多。'柠檬'这个名字也是我取的。"

"哇，好厉害。"兰小声说道。

"因为黄色是我们的幸运色。你知道风水吗？如果你把黄色的东西放在西边，它会给你带来财运。黄美子的名字里有'黄'，柠檬也是黄色的，黄色的力量非常惊人。"

"我听说过风水……可能在电视上听说过。那个大叔叫什么来着，什么博士？一个超级有名的节目[1]。"

"不……可能跟那个不太一样。"我清了清嗓子说道。

"是吗，可我感觉好像看过。"兰歪着脑袋，"你不看电视吗？"

"嗯，不太看，虽然黄美子白天都开着电视。"

"那音乐呢？卡拉 OK 之类的。你看杂志吗？"

"我根本不听音乐。我在店里听别人唱卡拉 OK，但我不唱，唱得不好。杂志也不看。家里有周刊，黄美子有时候会看，好像是什么女性杂志……"

---

1 日本一档名为 "Dr.Copa" 的风水节目，主角是被称为 "日本风水第一人" 的小林祥章。

"哦，那你之前在学校跟朋友们玩什么？"兰开玩笑地说。

"我一直在兼职，而且也没什么朋友。所以今天也是第一次拍大头贴，很有意思。"

"真的？"

"真的。"

"真没想到，你竟然这么有趣。"

"什么？我有趣吗？"我惊讶地问。

"嗯，你很有趣。"

"不会吧？"

"是真的。"

"哪、哪里有趣？"我激动地问。

"就……整个人都很有趣！而且还挺有个性。你没化妆吧？粗眉毛和黑头发在酒馆里很罕见。你的衣服……我都不知道该叫什么风格……你有喜欢的明星吗？"

"没有，一个也不认识。"

"你的兴趣是什么，或者休息日干什么？你喜欢什么？"

"我什么都不做，我喜欢……"

我重新思考了兰的问题：我喜欢的东西……是什么？

"我喜欢的是工作……或者说，喜欢赚钱。"

"哦，你果然很有趣。"兰笑出了声。

"是吗，可是不赚钱就没法生活下去嘛。"我说。

"那当然了，钱很重要……花，你的手机绳好可爱，而且是黄色的！怎么样，有财运吗？"

"我觉得有。"我用指尖摩挲着尾巴一样毛茸茸的钥匙链说，"我们店是九月底开张的，到目前为止很不错。"

"客人也不错？"

"熟客很多，当然也有生客，不过每天光顾的是住在这附近的老男人们。他们花钱都很大方，当然也有一些小气鬼。"

"住在这附近的老男人们？"

"是的，该叫'地主'吗？总之这类人很多。"

"啊，我懂了。"兰张着嘴，点了点头。

"不是有一种商店吗，似乎什么都不卖，却一直在营业，虽然碗、拖鞋和物品上落满了灰尘，却一直没倒闭。那些店之所以开着，据说是为了避税，而且关店也很麻烦，所以就算不卖任何商品，只要开着就没问题。除了这些店，他们似乎还把土地出租给大楼、店铺和公寓。我在附近闲逛时，注意到很多楼都是同一个姓，还以为只是巧合。后来才知道，那是一个经常来我们店的老头的房产。他是个地主，据说他的亲戚或者家族从很久之前起就住在这附近，而且都是豪宅。厉害吧？"

"厉害。"

"不过，他现在年纪大了，由二代当家，就连家里都没他的安居之所，儿媳对他不好，孙子又吵闹，所以只能来我们店了。他说的大概是这个意思。"

"唉……我们店里可没有这样的客人。不知道，也许只是因为我没陪酒吧。"

"说不好，夜总会和小酒馆可能不太一样。这些老头都是原先那家店的熟客，不是我们的新客。怎么说呢……类似于大家聚在一起喝酒、唱卡拉OK。不过嘛，他们倒是不在意什么细节，给钱很大方，这一点很庆幸。"我吃着薯条，继续说，"不过，有土地可真厉害！即使什么也不做，每个月都会源源不断地入账大笔资金。而且这种情况会持续到他去世，所以可以毫无后顾之忧地活着。话说土地原本是谁的？难道不是地面吗？一开始应该并不属于任何人。"

"我听说战争结束后到处都是被烧毁的荒野，那些主张'从这里到这里是我的地盘'的人最后都成了赢家……"

"为什么有人能做到，有人做不到？"

"是因为脑袋聪明吗？那些不轻易放过机会的人。"兰歪着脑袋说。

"我想知道出生在一个到死都不用为钱发愁的地方是什么感觉。"

"不明白有钱人的心情。"

"可是，兰，你家也不是那么穷吧？"

"非常穷！房子又小又破，我爸几年前受过一次严重的工伤，几乎卧床不起，没有工作。我妈从早到晚都在打零工。我们家没有积蓄，一无所有，只能靠工伤保险金勉强度日，所幸不用付房租，因为房子原本是我爷爷的。我还有两个弟弟，前几天他们打电话给我，说没有房间给我住了。虽说是'房间'，其实只不过是个六平方米大、类似于储藏室的空间而已。总之，我没地方可去了。"

"那岂不是很糟糕？"

"很糟糕。"兰笑着说。

"咱们也许有些像。"我也笑了。

"嗯……想来这大概是我第一次和别人谈论自己的家事。"

我们沉默了片刻。我一边喝橙汁，一边抓起薯条放进口中。店里的座位几乎坐满了。我旁边坐着一个塞着耳机、一身黑衣的男人，剧烈地摇晃着身子。他的旁边坐着一个身穿大衣的女人，双手交叉放在胸前，从刚才起就没有动过。她的额发遮住了整张脸，很难分辨是否在睡觉。

"兰，你接下来工作有什么打算？"我问道。

"只能是夜总会了，可能还会再面试几家。三茶倒是不错，可没什么面试机会。"

"那在你决定好之前，来我们店打零工怎么样？"

"哎？"

"现在只有我和黄美子两个人，有些忙不过来。我和她商量一下，你在找到工作之前过来帮忙吧。时薪好商量。"

"那可真是……太高兴了，不过……"兰脸红了，可能是我的错觉，她字斟句酌地说，"没有必须完成的任务吗？店里也只有你和黄美子？"

"没有任务，只有我和黄美子。对了，你能喝酒吗？"

"能喝，而且超强，在我们店是最厉害的。"

"不是吧？！"我瞪大了眼睛说，"黄美子不太能喝，我倒是能喝，但没你战斗力那么强。如果你加入我们，那岂不是要赚翻了？"

"我会大口大口喝的。"

"你太可靠了吧。"

"我从没宿醉过。"

"太厉害了！我预感咱们的生意会非常旺。"我说，"我先问问黄美子，然后马上联系你。"

后来，我们每人又点了鸡块和可乐，聊了大约两小时。我们谈到了兰的白色眼妆的化法和拔眉毛的技巧，还有后年即将到来的被称为"千禧年"的二〇〇〇年，那时可能发生或者不会发生的事，最后还谈到了我们小时候流行的诺斯特拉达穆斯的伟大预言，聊得十分尽兴。

当我们走出麦当劳时，天已经黑了。在冬天寒冷的空气中，红绿灯、商店门口的灯光和路灯一闪一闪的，似乎比平时更加明亮。

这是我第一次和同龄女孩一起度过这样的时光。我高兴得不忍分开。我们穿过人行横道，沿着商业街闲逛了杂货店，还绕道去了书店。"看，就是这个吧？"我看着兰指给我的书，那是一本风水指南，堆在书架上，上面的宣传词"超级畅销书"和一个名叫科帕的老人的笑容进入了我的视野。我翻开书，发现黄色在风水中除了会带来财运，还在健康、家庭运势、跳槽、恋爱和婚姻等方面有积极效果。只不过，对我和黄美子来说最重要的是财运，仅此而已。我们不要其他颜色，不需要。我们已经决定在黄色上面孤注一掷。我再次带着这份强烈的决心把书放回原处。

回家后，黄美子不在。我在浴缸里泡了很久。她说傍晚要和琴美见面，会晚归，让我先睡。在没有她的房间里我感觉很不自在，但或许是经历了陌生的一天比想象中还要疲惫的缘故，不知不觉就睡着了。

那天夜里，莱昂纳多出现在我梦中。一艘巨大的豪华邮轮在黑暗的大海中航行，我们站在甲板的前端谈论世界末日。我称他为"莱昂纳多大人"，并用手势和身体语言向他解释诺斯特拉达穆斯的伟大预言。莱昂纳多大人用温柔的目光注视着我，我高兴极了，于是穷尽一切会的语言让他理解我的各种感受。

"我将爱上那个骄奢任性的女孩并为她而死，但这不是我决定的。"莱昂纳多大人说。

"什么意思？"我问。

"没有人可以按照自己决定的方式度过一生。就是为了把这一点告诉给所有人，才有了我的存在。"

"虽然听起来很难理解，但……原来如此。"我点了点头。

"是的，我丝毫不喜欢那个女孩。她对人生、对人一无所知，无知得可悲。她的脑袋是用棉花糖和糖水做的。我怎么会喜欢那种人？"

我沉默了。莱昂纳多大人那双碧蓝色眼睛闪烁着，直直地看着我。

"我知道你工作有多努力，也知道你是个多么聪明优秀的女孩。"

莱昂纳多大人的话令我全身颤抖，我满足极了。我眼里噙着泪水，享受着这痛苦的快感。

"莱昂纳多大人、莱昂纳多大人，请不要死！我不知道是谁决定的，但请不要死！你不怕吗？海水看起来这么冷，很快就会没命的。"我恳求他。

"谢谢你，花，你真好。不过死亡本身并不可怕，人终究有一死，我也不例外。"莱昂纳多大人说着，伸来一只手抚摩我的脸颊，他玫瑰色的嘴唇缓缓向我靠近 —— 就在这时，我猛地睁开双眼，不知被放逐到了何时何地，我迷迷糊糊地想着。片刻后心脏才姗姗来迟地快速跳动起来，我意识到自己做了一个梦。那梦境的奇异生动让我迫不及待地想重看一次《泰坦尼克号》，但我最终还是睡了过去，并且忘了这件事。

第五章　青春

1

二月中旬，警察来到柠檬酒馆。当时距离营业还有一小时，黄美子正在吸尘，我正在收银台数钱。我听到自动门开的声音，转头一看，只见一个穿着警官制服的高个子男人站在那里，我一眼便认出他是警察。

"抱歉打扰了。"他一边说，一边佯装低头致意地向内张望。他身后不远处站着另一个警察，那人矮个子，表情严肃。

"很抱歉，在百忙之中打扰了。我姓佐野，来自三茶警亭。"

见黄美子走到门口，我也离开收银台向她靠近。在此之前，我曾多次在警亭前或者在街上见到过骑自行车的警察，和他们擦肩而过，但这是第一次近距离看到他们。这是真正的警察——想到这里，我的心跳加快了，快速地眨了几次眼睛。然后我下意识想道：暴露了。虽然我不知道他们究竟发现了谁或者什么事，但总之有东西暴露了。震惊贯穿我的全身。

"抱歉，请问您是老板娘？"

"是的。"黄美子一如往常地回应道，只是我察觉到她的声音有些生硬。

"想必您已知悉，我们今天来是为了二楼的那家文身店。"

"二楼？"

"是的，是的。上周日发生了盗窃……那里没人，所以遭到了入室盗窃。"

由于第一次听说这件事，我和黄美子惊讶地面面相觑。

"近来案件又增多了……周日你们歇业，是吗？"

"是的，我们营业到周六。"黄美子说。

"我明白了。入室的具体时间还不清楚，所以现在在调查案子的细节。"

尽管佐野全身散发着威慑力，但他的说话方式像在闲聊。这让我稍微松了一口气，缓缓地吐出了胸中的郁气。

"犯人抓住了吗？"

"还没，还没，才刚开始。不过我想问的是，这栋楼靠里，每层楼有一家店，而且没装摄像头，是吧？"佐野苦笑着说，"其实之前还发生了一起伤害案，同一家文身店的老板被客人打了。犯人跑了。也不知道和这个案子有什么关系。"

"哦……"黄美子低声呢喃道，"真可怕。"

"当然，我想你们肯定没亲眼看到，但是如果想起任何线索，请随时联系我们。还有就是要注意防范，一定要确保安全。现在我们正在周边巡逻，同时也提醒大家注意。尤其是钥匙。虽然不是什么大事，但有不少店家把钥匙放在店外头，天然气阀门箱里或地垫下面，但这无异于邀请小偷进门嘛。"

黄美子抱着双臂，点了点头。

"另外，我们正在花力气建立巡逻队联系名单。如果您愿意登记姓名和联系方式，一旦发生事情，我们就能迅速对应。"

"下次再说吧。"

黄美子微笑着说出这句话时，佐野爽快地点了点头，似乎只是走个过场。最后他恭敬地鞠了一躬，便离开了。

警察走后，我和黄美子不知为何仍站在那里。这时，自动门突然又开了，我吓了一大跳。

"也来你们这儿了？"

这次是福屋的恩姐。

"吓我一跳，恩姐。"我捂着胸口说，"你真的吓到我了！"

"为什么？"她摇晃着走进店里，在包厢里坐下，大大地叹了一口气说，"还没开店吧，能喝杯啤酒吗？"

我和黄美子在恩姐对面坐下，三个人一起喝啤酒。恩姐说三十分钟前佐野也去了她的店里。不管怎么说，在同一栋楼里做生意的店里发生两起事件这件事让她颇受打击。时间还早，但她眼圈通红，明显刚喝了酒。

"恩姐，你认识二楼的人吗？"黄美子问。

"不，几乎不认识。虽然不认识他，但还是觉得很可怕。被偷，之前还被打。"

"确实。"

"虽说这次意外发生在二楼，但也可能发生在你我的店里。一想到这些，我就不舒服。"

"这不什么也没发生嘛。"黄美子说。

"不是，所以我才说是意外嘛。那天是星期天，倒霉的很可能是你我的店。虽说我店里没什么不能被偷的东西，但假如我们碰巧在店里，又没有钱，就可能被打或者被杀。现实生活中这样被杀的人可不在少数。一想到这些，我就怕得不得了。

"真奇怪。"黄美子笑了。

"这有什么奇怪的？哪儿奇怪了，你不怕吗？"

"我不知道。"

"偷盗和打人就发生在附近哦。"

"虽说如此，我们不是还好好的吗？"

"所以才说只是我们运气好。也许被袭击的对象是我们，这才是我最害怕的。"

"不太可能吧。"

"你……算了，也许吧。"恩姐说着，脸上的表情瞬间低沉。为了掩饰，她继续说道："花，再给我倒一杯。"

"警察会查到什么程度？"我一边给恩姐的杯里倒酒，一边问，"能抓住犯人吗？"

"我想不能。"恩姐说，"几年前马路对面也发生过类似事件，当时他们采了指纹，也来问了话，但后来就不了了之了。忘了就算了结了。"

我想起自己的存款被偷的时候，甚至没想过要报警，不过即使报了警，我相信也不会有什么结果。钱上没写名字，也无法证明有多少；就算调查指纹，如果钝介用衣服或其他东西擦掉了，警察也无能为力。实际上我隔了很久之后才发现存款被偷了，而且母亲还可能被怀疑。当我意识到无论如何都只能哭着入睡时，心暗暗地沉了下去。

"我已经厌倦了活着。"恩姐叹了口气说，"到底是为了吃饭而活，还是为了活着而吃……"

"恩姐很消沉啊。"黄美子说。

"你看，就是这样嘛！你们身体好，还年轻，我在你们这个年纪都不用考虑这些。可以后不会再发生什么好事了，我感觉都会是不好的事。不光我自己，整个社会，整个世界，都要疯了。几天前不是还发生了一场大地震吗？大得简直不像真实发生的事，高速路面也断了，现场成了一片火海，你看到了吗？然后一群疯子到处放毒，各种疯狂的事，像发生在漫画里的场景。"

恩姐原本是个酗酒话多的人，但今晚的她完全没有了往日的开朗。

"人们都说日本是个还算有钱、安全放心的国家，才不是。今后会发生越来越多的坏事，情况也会越来越糟。国家和人是一样的，美好的时光非常短暂，只顾大笑、什么都不用想的青春只有一瞬间，转眼间就过去了。无论如何延长寿命，都不过是增加了脑子糊涂、无能为力的时间而已。我还能开店多少年？身体一旦出现小问题就完了。我没有退休金，没有存款，也没有家人。前几天也……"恩姐停顿了一下，然后深深地叹了一口气，"有个从很久之前就光顾过的客人，名叫尤西。我还想着最近怎么没见他，原来是死了。"

"啊？"我很惊讶。

"在家里死的，一个人。就在浴室外面。"

"他独居吗？"

"脑血管断了，就那么一直流血。我认识他二十多年了，他最后一次来的时候我们吵了一架。不过我们经常吵，我还以为过不久就会和好，结果他突然死了。"

"你们为什么吵架？"黄美子问。

"因为他说最近我煮的东西口味太重，不好吃了，没完没了地抱怨。我说味道没变，他又嘲笑说是我在调味高汤的时候喝了酒，尝不出味道了。我当时就上头了，又说了他几句。他也说我，最后他说再也不来了，我说那就别来……就这样。"恩姐叹了口气，"不过他说得没错。一喝酒，脑袋和舌头都不对劲。我问了其他客人，他们也都委婉地说从不久前开始味道就变得有些奇怪了。那是自然的，我从白天就这么喝，调味一定会出问题嘛。可我没想到是以这样的方式分开……唉，也许这总好过生病痛苦好几年再死吧。我只能这么想，不然就太痛苦了。没人照顾他，所以葬礼很简陋，和其他差不多同时死去的人一起火化的。"

我们默默地喝着啤酒。

"也许不该对你们这么说，但是干这行的人真的很惨。年轻时还好，但人活着就会变老。老了，我才知道什么叫'老'。努力工作了一辈子，却一无所有。"

"恩姐，打起精神来！"黄美子说。

"你们别说这些消沉的话，一定要趁现在把钱存起来！要不然就找个有钱人，轻松一点……不对，有钱的男人也不靠谱啊。自己的钱，好好存着，就够了。活着没有任何保证和承诺。没有钱的人，就算有朋友也会倒下，贫穷会让人迟钝，大家都会死掉，活着的最后也会孤独一人。等到那个时候，没有钱多糟糕啊！有些人说即使存钱也带不到死后的世界，但是有什么必要带走呢？如果有余的话就留下吧。人会变老、死去，但钱不会老去也不会死亡。"

这时，电话亭闪了一下，我从座位上起身去接。那是兰打来的。她从年后就开始在柠檬酒馆工作了，但上周末因为发烧请了假。电话里她的声音听起来好了一些，我放心了。她说烧退了，但嗓子还是不能正常发声，所以以防万一还要再请一天假。我告诉她明天再联系，然后放回听筒，回到座位上。

恩姐的状态和店里的灯光同样暗淡，黄美子似乎在默默地注视着她。黄美子问她还要喝不喝酒了，恩姐说不用了，要回店里，然后站了起来。恩姐正要从零钱包里掏钱，我们笑着对她说"算了，算了"并告诉她明天会早点去吃晚饭。

"味道有些奇怪哦。"恩姐无力地笑了。

"味道一直都很棒。"黄美子说罢，我也点了点头。

电梯咣当一声到了，恩姐缓慢地走了进去。在昏暗的灯光中，她转过身来按了按钮，笑了一下，闭上了眼睛。在门关上的瞬间，我不禁想到了棺材，于是慌忙地拂去这种想象。那天只来了两位新客，销售额是一万四千六百日元。十一点多，客人离开后，也没有其他人要来的迹象。到了零点，我们简单地收拾一番后离开了。

回到家里，黄美子说她饿了，于是边看电视边吃了点裙带菜拉面。我躺着拨弄手机铃声的各种和弦，然后我们轮流洗了澡，凌晨两点多就上床了。

"嘿，黄美子，"关灯后，我说，"恩姐今天很消沉啊，朋友去世了。"

"嗯，看起来受了很大的打击。"

"我也很震惊，当警察来的时候……我觉得要暴露了。"

黄美子顿了顿，说："暴露什么？"

"我不知道，好像是下意识这么想的。"我紧张地说，"我刚才工作的时候就在想，到底会暴露什么，比如我还没成年，还有我离家出走之类的。

"这些事没有人知道。"她说着，翻了个身。

"那好吧，不过……我从没这么近距离地看过警察。他们带着手枪吧？会不会也在衣服里面穿着防弹背心？我工作的时候一直在想。"

说着说着，我又想起了黄美子每次见映水时收到的信封，还有里面写着若干名字和具体金额的纸。我想问她那是什么钱，但是对擅自打开看这件事说不出口，而且预感这样问了之后会有某种危险。她并没有隐瞒收到信封的事，但也没有告诉我发生了什么。我无法想象她听了我的问题后会有什么反应——尴尬还是不理我，或者笑着向我解释，抑或第一次对我发火。想象着这一切，我的心情开始变得沉重起来。警察到来时的震惊和恩姐谈到变老和金钱时的紧迫感——浮现在我的脑海中。

人都会变老。而变老，就需要钱。一旦身体出了问题就完了，没有人会帮忙，我们的生活没有任何保障。真是一种悲惨的生活方式。恩姐说这些话时的表情和声音是如此恳切，以至于让我深深感受到这份真实清晰地残留在我的体内，它们清楚地向我展示着这无疑是真正的现实。我害怕了，不由得叫了一声黄美子，她则发出了一声困倦的呻吟。

"黄美子……"我问，"你不害怕吗？"

"什么？"

"恩姐今天说的那些事……我感觉有点儿害怕……对盗窃事件，但更多的是对钱和将来……我感觉这不是只会发生在别人身上的事。我一直在想还得活上几十年，该怎么办……当然，我会努力经营酒馆，可还是有一种更本质的不安……你没想过这些吗？"

"没想过。"

"为什么？"

"想了也不知道。"黄美子不耐烦似的说，"这些太难了，我不知道。"

"难？"

"嗯。"

"什么难？"

"所以说不知道啊。"

对话在这里中止了。我有些迷茫，等待着话题继续，但不一会儿就听见了她入睡的呼吸声。

我有一种被抛弃的错觉。连我自己也不知道为什么会如此受伤，甚至心脏都感到了真实的疼痛。对于我提出的问题——不，对于我——她采取了不耐烦的态度，这一点让我很受伤。

黄美子刚才那不耐烦的回答在我脑海中反复回放。我本想让她听听我的焦虑和恐惧，想和她谈谈我们的未来和其他重要的事情，也想听听她的感受，她却用那种态度说得好像完全不在乎似的。这些刺痛了我的心。起初只是胸口沉闷的难受，接着就开始脸颊发热、喉咙发紧，最后变成了恼怒和愤怒的混合体，热泪从眼角淌下，流进耳窝。尽管我如此痛苦，身边的她却什么都不想知道似的睡着了。天花板漆黑一团，什么都看不见。我盯着上面的一点，等待情绪平稳下来。

2

二月中旬，警察第一次来到酒馆。十天后，月底的一天，一对客人一大早就来店里了。当门打开，他们走进来时，我有些愕然地和兰面面相觑。

同行的顾客有很多，男女同来并不罕见，但其中有一个穿校服的高中女生。她穿着深蓝色的制服外套，系着一条有些松开的暗红色领带，齐肩的头发上别着漂亮、有光泽的发圈，脸被刘海遮住，看不见。她比我稍矮些，身材紧实，格子短裙下露出两条肌肉发达的腿。她的下身搭配着深蓝色紧身长筒袜，脚上穿着平底皮鞋，肩上挎着书包，包柄上挂着许多钥匙圈，像在开钥匙圈店，其中有一个便当盒那么大的凯蒂猫的脸。男子点了一人畅饮套餐后，问女孩想喝什么，女孩回答"乌龙茶"。

"嘿，这家店开了很久了吗？"男人问。

"没有，店换了一家，但位置和里面的装修都没变。"我解释道。

"我就说……我之前来过一次，但不是这个店名。"

"从去年秋天开始，换了店名。"

"我就说，我就说……"

兰准备好套餐和乌龙茶，放在桌子上后，男人用欢快的声音说着"辛苦了！"和女孩碰杯。女孩一边回应着，一边也小声地说着"辛苦了"。她短裙下露出一截大腿，双腿交叉着。她的膝盖很大，让我不由得盯着，上面还有几处像蚊虫叮咬过的痕迹。说起来，我直到去年暑假也还穿着校服。

"你也喝点儿酒吧！"

"那……就啤酒吧。"

男人全身肥硕，皮肤像年糕一样白，头发在脑后打了一个小结，看上去又黑又浓。他几乎没有眉毛，却瞪着一双大眼睛，看起来有些疲惫。他穿着一件红色毛衣，颜色说不上鲜艳还是朴素。

"对了，你们俩是不是很年轻？多大了？"

"都是二十岁。"

每当有人问起年龄时，我们都会这样异口同声地作答。

"哦……看来你们比玉森大三岁。"男人说罢，看向身边的女孩。这个姓玉森的女孩长长的刘海下露出半张脸。她一边喝乌龙茶，一边点了点头。

"店是你们俩开的？"

"老板娘开的，但她今天来得晚。"我回答。

"啊，不用对我说敬语。"男人在他的尼龙袋子里翻找后，递给我们每人一张名片，上面用黑底白字写着"作家·长泽猫太"。

"你们叫什么名字？"

"我叫兰。"

"我叫花。"

"哦，兰和花。兰、花、兰花……听起来像不像兰巴达[1]？太老了，哈哈哈。不过，女孩们都叫我'喵哥'，你们也可以这么叫我！"

喵哥说罢，将啤酒一饮而尽。还给我们杯子里倒酒，催我们"快喝、快喝"。

"她叫玉森桃子，是名高中生，明年就要上高三了！"

喵哥是个有兴致、脾气好的人。他喝酒的速度很快，出奇地健谈。他今年三十一岁，不久前还在一家杂志和书籍的编辑制作公司工作，但最近自立门户，成了自由职业者。他曾为这样那样的杂志撰稿，策划过这样那样的专题，采访过这样那样的人物，作为鬼才作家还曾出版过一本畅销书，认识一个非常受欢迎的名叫"随便"的乐队，因为他们出道前和喵哥在同一家酒吧打零工。他提到了好几个名字，可我一个都不认识。

喵哥虽然不是电视名人，但在涩谷玩耍的年轻人当中颇受欢迎。他是得到了专业玩家和评论家认可的酷文化领军人物，显然在业界非常有名。提到自己的独立，他说："也许这是时代的需求吧……"说完，羞赧地一笑，又咕咚咕咚地喝起啤酒来。我们也以同样的速度继续喝，又追加了两大瓶。喵哥高兴地说着"多喝点儿"继续以飞快的语速谈论他的工作。他说现在最关心"高中女生的终结"。虽然在过去十年以城市为中心掀起了高中女生热潮，但很快就会面临全面的终结，所以他正处于不得不归纳总结的阶段。

我曾在综艺节目里和母亲房间的周刊上之类的地方耳闻目睹过"高中女生热潮"一词，但我不知道这样的热潮从何而来。尽管不久前我还是一名高中女生，而且从年龄上来说现在仍然是一名高

---

1 即伦巴达，源自南美，后经巴西发展起来的舞蹈。这里将"兰"和"花"的日语发音组合起来，听起来很像"兰巴达"。

中女生，但我完全不懂他的话。兰似乎也有同感，她说："我们毕业有段时间了，不觉得这跟我们有什么关系。"喵哥接着说："你说得没错，不管人们怎么描述这种热潮，都不过是媒体的大惊小怪，最终只是各地的现象罢了。这一带，那一带。"他的嘴里不断说出"电话俱乐部""传呼机""布鲁氏菌病""援交""存在形式""内部伦理""自决权""自我发现"这些好像听过又似懂非懂的词语，手舞足蹈地向我们解释。

"我还想写小说。"他停顿片刻，继续说道。

"好厉害！"我和兰发出了一声轻呼。他眯着眼，点了点头。

"我啊，非常尊敬她们……认为她们是真正的战士。战后腐朽的二元对立被那些除了说教别无才能的自以为是的老男人保留了下来。他们以一种非常巧妙的方式，迎头痛击了机会主义的自虐史观，在现实和虚构的社会尺度上实现了合法的仇恨，或者说价值转向。"

"这是什么意思？"我将心中的疑问脱口而出。

"没什么……就是表面意思。"喵哥轻咳一声，继续说道，"总之，我想描绘现实、接触现实……不，虽然我刚才说的那些高中女生文化、布鲁氏菌病、援交等已经被论述得很充分了，数不清的专著和论文被出版、发表，数据也被分析得差不多……但是呢，这些都是自信家、聪明的虚无主义者，只要朝气蓬勃的社会学者、研究者们继续做好研究，我就不用做了。我想更加地……嗯，身体力行。无论我还是世界，都需要虚构。也就是说，只能用虚构揭示时代真相。其中蕴含着存在主义的要素，那就是我的努力方向，作为一名高中女生。"

"作为一名高中女生？"我问道。

"嗯……我想以高中女生的身份写作，而且是即将顺利走向终结的高中女生，而不是以三十一岁的喵哥……我不想做那种普通的年轻人代言人，而是想要从内心深处交织在一起，相互融合，在灵魂层面共振。我已经起好笔名，还建立了详细的个人档案。第一章的草稿也完成了。我最大的愿望是创造这样的时刻，女孩们通过阅读我的小说触摸她们自己都没有意识到的真相。一旦开始写，就会感觉非常了不起，我们的共振率很高。老男人们仍然相信他们'找寻自我'的信仰，但真正重要的是'丢掉自我'，不是吗？从这个意义上说，我完全站在绫波[1]这个女孩一边。小说本身才刚开始，不管怎么说，小说最重要的是细节。所以我请玉森同学帮忙，她教给我很多真实的事情。"

对于喵哥激情澎湃的发言，我们只能说"原来如此"，然后用大口喝啤酒来填补紧接着的沉默。玉森桃子附和着说确实在帮忙。她只是笑了笑，几乎没怎么说话，时不时地摆弄传呼机。我心想她用的不是手机，而是传呼机啊……

"啊！"喵哥突然大喊一声，瞪大眼睛。虽然从他的话语中感觉不到，但他其实醉得厉害，白皙的脸变得通红。喵哥说他今天来这里是有原因的。

"你知道二楼的文身店吗？没人在的时候，有人进去偷了东西。店老板是我因工作结识的一个老朋友。"喵哥满脸悲伤地说，"真是一场灾难！他又被打，又被偷。机器全被弄坏了，他损失惨重，所以精神被压垮，住院了。"

"可怜的人。"兰说。

"我口渴了，所以先来这里喝点东西。我拿着他的钥匙，答应帮他处理很多事，现在要过去一趟。玉森，你呢？想和我一起去，

---

1 指日本动画《新世纪福音战士》中的角色绫波丽。——编者注

还是在这里等我？"

"在这里等你。"王森说完，喵哥说着"OK，那我把包放在这儿喽"就起身走了出去。

玉森桃子又开始摆弄她的传呼机，周身散发着一种别跟她说话的气质。她虽然是个高中女生，但好歹是以客人的身份过来的，没有理由不为她服务。我正在思考的时候，兰一边为她倒入乌龙茶，一边说："你的袜子真可爱，感觉很新鲜。堆堆袜已经很少见了吗？"

玉森桃子抬起头，看着我们微微一笑。透过她刘海的发缝能看到额头上长了许多脓包，有几颗又红又肿，大到似乎快要化脓了。

"有些人还在穿……拉夫劳伦和恒适[1]，一半一半吧。"

玉森桃子的声音迷人而动听，对于她那健硕的身材来说，着实有些令人出乎意料。

"喵哥真能说啊。"我笑着说。

"嗯……啊，对我也不需要说敬语，用跟朋友说话的语气就可以了。"

"嗯，好的……你说在帮喵哥的忙，很长时间了吗？"

"大概三个月吧。喵哥采访了很多人，我是其中之一。"

"他还采访？真厉害。"

"一点儿也不厉害。"

"他说的话也很难懂，但似乎很厉害。"

"喵哥没那么厉害。"玉森桃子小声地说，"我太丑了，只有喵哥跟我说话，仅此而已。我对他说的话也都是假的。"

我和兰不知该说什么，场面尴尬地凝固着。

1　二者均为美国时装品牌。——编者注

"没事，我已经习惯自嘲了。"玉森桃子轻轻一笑。

我们重新打起精神来，高兴地问了她许多关于学校、春假、朋友的事，可她对哪个话题都只是简短地以"嗯"来回应。过了一会儿，她喃喃地说："不说我了，我想听你们俩的故事。还想再喝一点儿啤酒。"我们给她添了酒，开着玩笑，诉说着各自的经历。

我们说到了贫穷的过去、下落不明的父亲、卧床的日子、被不良少年们叫"石锅拌饭"的往事、在美容学校被孤立的记忆、在夜总会没有被客人点名而相当于解雇的被迫离开、被母亲的前男友偷了一大笔钱、黄色是对我们有特别意义的颜色、黄美子……聊到一半，我觉得计算数字太麻烦了，索性说出了我和她同岁、兰比我们大一岁的话来。

"真厉害！"玉森桃子一脸认真地说。或许是我的错觉，我感觉她的眼神和刚才相比充满了力量。"这可能是我第一次在现实中听到这些话。"

"玉森家是什么样的？"

"我家……是那种随处可见的有恶趣味的家庭。我和奶奶、妹妹三个人一起住在青叶台的房子里，爸妈几乎一直住在轻井泽的别墅里。"

"恶趣味是什么？"

"家里的墙上挂着六幅克里斯蒂安·拉森[1]签名的母乳酒精测试纸、我妈穿的三宅一生[2]的衣服，无论从哪个角度看都是充满了创伤的房子。"

"创伤是什么？"兰问道。

---

1 美国插画家。——编者注
2 日本设计师三宅一生的时装品牌。——编者注

"创伤就是内心永远不会消失的伤口。"玉森桃子微笑着说，"最近的流行词。"

"但是，住别墅意味着你家很有钱吧。"

我说完，玉森桃子耸了耸肩，说："他们只是继承了父辈的公司和土地，任意挥霍而已。"

"真的很蠢。"她重复着这句话，然后说起了自己的事：她和妹妹被送往东京一所排名垫底的基督教一贯制女校上学；父母关系不好，但因为社会舆论而没有离婚；妹妹与自己不同，非常漂亮，而且经常带男生回家，这让她非常烦恼；但妹妹不刷牙，导致蛀牙和口臭很严重，如果有人指出来，她还会真的生气；奶奶近来开始失忆了；当跟着班上那些张扬的女生去情趣用品店时，她一个人被冷落在休息室，只能沉迷于玩世嘉土星游戏机，因此在学校里被歧视，外号从"笨球"变成了"笨球土星"；放学后没有朋友一起玩，唯一见面的人就是喵哥……她说起这些时虽然低声细语，但每个情节都有一种奇异的真实感，我们听得津津有味。

"玉森，你太有趣了！"我和兰都兴奋地对她说。

"是你们奇怪，太神奇了。"玉森桃子摇了摇头，说，"从来没有人说过我有趣。我也没有朋友。"

"我也没有朋友。"我说，"每天在这里和黄美子、兰一起工作，休息日也会见面。兰，你也一样吧？"

"嗯，我也是，只有花一个朋友。"

没有任何客人光临的迹象。我们不停地喝啤酒，三个人聊得非常开心，似乎忘记了正在工作的事，身体感觉晕乎乎的，后来不知怎么开始了唱起卡拉 OK。

"你喜欢什么？"

"你唱哪一首？"

"为什么是镭射影碟？"

"这是原先那家店里的，自动卡拉OK租金很贵。"

我们说着笑着，微醺的兰开心地唱着安室奈美惠、美梦成真和华原朋美[1]的歌曲，我们则跟着旋律左右摇摆着身体，一曲结束后大声鼓掌。

"玉森，你喜欢谁？"兰问。

"我……"玉森桃子犹豫着摇了摇头。

"可能有点儿奇怪，以前我唱卡拉OK的时候，大家都很讨厌我。"

"管他呢，唱一首吧！"我起哄道。

"不，还是算了吧。"

"哎，为什么？我想听。"

"哎？可是……"

"没事的，让你唱就唱吧！"

"真的要唱吗？"

"真的。"

玉森桃子似乎暗自下了小小的决心。她手里握着厚厚的卡拉OK歌单，认真地翻阅着，记下歌曲编号递给了兰。片刻后，画面上映出了"X JAPAN《红》"[2]的文字，浑厚哀伤的叙事曲风格伴奏响起，接着英语歌词缓缓出现，她开始歌唱。听到她声音的瞬间，我和兰不由自主地对视了一眼。她的歌声太美了，以至于我差点儿将"不是吧"脱口而出。

我虽然听不懂英语歌词的意思，但还是微张着嘴赞叹其歌声之

---

1 安室奈美惠、华原朋美均为日本歌手。美梦成真（DREAMS COME TURE），日本乐团，简称为DCT。——编者注

2 X JAPAN，日本视觉系摇滚乐队。《红》是收录在1989年发行的专辑 BLUE BLOOD 中的一首歌曲。——编者注

美，无法移开停留在屏幕上的目光。就在我猜测叙事风格的乐曲结束后会发生什么时，突然传来了世界上最激烈的鼓声，自此她就变得非同寻常了。她狂野的嗓音让人陷入了奇妙的声音旋涡中，不仅刺耳、闪耀，而且清澈、易碎，仿佛一根闪亮的极粗的管子从她的喉咙里无尽地延伸出来，视觉上十分冲击。我不知道这是一场什么演出，乐器用了哪些，音乐是什么类型，只知道所有的乐器声和她的声音一起直冲我的天灵盖，震动我的身体。

我脑海中浮现出儿时在经典电视动画片中看到的场景 —— 摩西或耶稣面前的海水裂成两半，光从中照了进来，与此同时，巨大的银河在我心中蔓延。

> 你狂奔起来，似乎在被什么追赶。
> 你看不见我吗，我就在你身边。
> …………
> 我被染成了血色，
> 安慰我的你已不在。

一曲终了，玉森桃子轻轻地把话筒放在桌上。我和兰呆若木鸡，能说的只有"太绝了"。她的歌声极美，我却怎么也忘不了刚才在屏幕上看到的歌词。我在心底大喊了五十多次"太酷了"。当我回味"你看不见我吗，我就在你身边"这句歌词时，胸口隐隐作痛。这种疼痛似曾相识，那是在警察来的那天晚上，黄美子不耐烦地兀自背过身去，结束了谈话并留下我独自睡去时我感到的疼痛。

"啊……玉森，真的，真的太棒了！"光是说出这句话，我就已经拼尽了全力。

"谢谢……请你叫我桃子吧。"

后来，我们眼睛一眨不眨地盯着屏幕，听着桃子唱了一首又一首。她唱的好像都是 X JAPAN 乐队的歌，每一首都深深地打动了我。她说这个乐队已经解散了，对此我感到很难过。虽然舞曲也很棒，但抒情歌《无尽的雨》[1]更让我热泪盈眶。我在心里多次希望它不要结束。当桃子唱出副歌中唯一的日语"致我的心伤"时，她的声音就像天鹅的啼哭，微笑着流着血，紧紧缠在肩上的吉他还有接近尾声时强劲有力、充满悲情的鼓声，仿佛让我看到一个快要断气的灵魂正在努力苏醒的瞬间。

卡拉 OK 结束后，桃子和办完事返回来的喵哥一起离开了。结账时一共花了两万三千日元。我们都喝醉了，感情冲昏了头脑，最后在柠檬酒馆中央紧紧相拥。

后来的一周，桃子开始一个人早早地来光顾柠檬酒馆。我犹豫着是否要收她的钱，但她每次都会拿出信用卡刷一万日元，她说那不是她的钱，反正奶奶也不看金额，让我别担心。我开始喜欢 X JAPAN 的歌曲，在二手店买了一个八百日元的 CD 随身听，还买了一张二手专辑。店里没有客人的时候，我会偷偷地唱《红》，并把歌词中的"红"改成"黄"。

之后我们成了朋友，在柠檬酒馆以外的地方见面，拍大头贴，在麦当劳谈天说地，在各种地方聊各种话题。我们还和黄美子一起吃饭，琴美也会在休息日过来（休息日的琴美完全不像鱼干）。深夜，在霓虹灯闪烁的三轩茶屋车站附近，我们五个人沿着街道从家庭餐厅向主干道走去。我忽然感到幸福，于是停下脚步，捂住胸口。我想这大概就是青春。

1　收录在 X JAPAN 1989 年发行的专辑 *BLUE BLOOD* 中的一首歌曲。——编者注

第六章　试金石

1

我做了一个可怕的梦 ——

我和黄美子以及两队陌生人走在网球场旁边。那是一个巨大的网球场，貌似观众的人们坐在各自的座位上，而我们却走在场边，甚至能看到球员们一边挥舞着球拍一边呐喊流下的汗水。我不知道离球场这么近是否合适，但不知不觉就已经走到了沙滩上。看着浪花翻起的白色泡沫，我觉得大海是有生命的，只是它自己不知道。

天空晴朗而炙热，但那里除了我和黄美子没有其他人，我有些忐忑。其间，黄美子蹲下来玩起了沙子，风多次吹动了她乌黑的头发。

我们似乎在寻找什么，挖了很深，找了很久，终于找到了。那是黄美子常常拿在手里的干抹布。她惊喜地喊出声，抖掉上面的沙子，擦干净，然后紧紧地攥在手里。我也很高兴。可她手里的抹布不知何时变成了一把菜刀或匕首之类的刀子。当我回过神来时，她已经用刀捅了我的腹部。

我踉跄地倒在沙滩上打滚。她没有说话，从她的表情看不出是否在看我。这是我第一次被刀捅，感觉某种尺寸和材质不匹配的东西以错误的方式钝钝地刺进了我的身体，令人作呕。接着那令人作呕的感觉像燃烧的火焰一样蔓延开来，越烧越热。我用双手按住被捅的部位，鲜血汩汩涌出。奇怪的是我并不痛，只是因为被刀捅而

113

感到害怕，身体一动不敢动。这时，我看见她手拿着刃朝上的刀靠近我。我以为她认错了人，想对她喊："黄美子，是我，我是花！"但本该从喉咙里发出的声音却随着鲜血从伤口涌出，我用手心堵住喉咙。就在这时，我睁开了眼睛。

我看向钟表，已经过了十一点。我的脖子被盗汗打湿了。黄美子不在房间里，旁边是和往常一样整齐叠放的被褥。片刻后，我想起她说过早上要出门，琴美在考虑搬家，让她陪同去房地产中介公司。

在梦里受的伤还残留在身体里，我心情低落地洗了澡，懒洋洋地喝了大麦茶，又钻回被褥里。刚才梦中的感觉和场景又浮现出来，我辗转反侧。

那是什么梦？我平时几乎不做梦，更何况是那么可怕的噩梦，这到底是怎么回事？它意味着什么？我的疑问不断涌现出来。虽说只是梦境，但感觉太生动了，以至于我一想起来，心脏就咚咚狂跳。我和黄美子像往常一样散步时，网球场不知为何变成了沙滩，海浪翻滚着聚集成泡沫，她的抹布变成一把刀，捅在我的肚子上。

这个梦有什么含义？是暗示、预兆，还是启示？我琢磨了一阵，但不知道该想象些什么，只剩脑子里残留的场景在焦虑中越来越沉重。我目不转睛地凝视着"黄色角落"，之后决定换好衣服去站前的书店。

书店生意冷清，我走向天冷时和加藤兰一起看风水书的地方，很快就找到了那个角落，总觉得整个空间都充满了神秘力量。血型占卜、四柱算命、塔罗牌占卜、姓名分析、六星占卜、数理命理、手相、面相、星座运势、扑克牌、通灵算命等各种各样的占卜书籍挤在书架和平台上，每一本的封面上都写着"抓住幸福""最好的命运""引导你""超级开运""闪耀的未来"等宣传语。

书架边缘有几本解梦书，我从中拿起了一本厚得惊人的《解梦大辞典》，腰封上写着"豪华决定版！百万人梦境的透彻分析，从八千种梦境中甄别真实的你"，定价两千八百日元。

当时的我无法理解百万人、八千种梦这样的数量到底是什么概念，但我认为书里应该记载了网球场这样的具体事物。我翻动书页，惊奇地发现有很多网球相关的条目，例如"梦见和恋人打网球""梦见在网球比赛中获胜""梦见网球拍不听使唤""梦见嘈杂的网球比赛观众"等。我怀着钦佩的心情顺藤摸瓜，找到了一条"梦见网球场"，这与我的梦完全吻合。

　　　　网球场代表人际关系和工作场所。球场面积代表你的心，面积越大，你的运气就越好……

梦里的网球场很大，这是否意味着我心胸宽广，在柠檬酒馆的人际关系和生活整体运势都会提升？我牢牢地记住网球场的含义，继续查找"沙滩"。

　　　　梦见沙滩预示运势上升、动力和能量都很充盈的状态；梦见和别人一起在沙滩上散步，预示着你和那人关系要好——这些表明你正处于平稳而不孤独的状态。此外，如果沙滩上出现了什么东西，表明你已经准备好接受事情的本来面目或真相。是大吉大利之梦。

这是什么意思？沙滩是好梦吗？我和黄美子一起散步，沙子里有东西冒出来，这是不是意味着我会遇到原本的自己？想到这里，脸颊突然一阵火辣辣的。沙滩的部分还有后续。

而且，你发挥实力的时机即将到来，可能会找到一份新工作，或是一个管理岗位⋯⋯

发挥实力、新工作、管理岗？我完全想象不到这是什么意思，但看起来不坏，甚至可以说出人意料地好。我难以置信地双手紧握辞典，不由自主地张望四周。然后，我想起了梦中给我留下最深刻印象的被黄美子捅伤的可怕场景。辞典里有一项"被刀捅"，我紧张地看了第一行，差点儿发出惊呼。

　　梦见被刀捅，预示财运亨通。这暗示了你将打开人生的大门，开展新项目，并取得成功，也有机会遇见贵人，只不过⋯⋯

文章在此处中断，于是我急忙翻页。

流血意味着既有收益，也有支出。另外，如果梦见被刀捅时没有痛感，说明你有冷静的判断力。在面对可能影响你人生的决定时，你充满信心，无须担心。如果捅刀人是异性或你的心上人，说明你们的关系会更加深入。

我反复阅读"网球场""沙滩""被刀捅"这几个词条，甚至快要背下来，然后把它们放回书架。我后退了一步，眺望整个书架，看到角落里摆放着的手工饰品，或者说独特的装饰品，一块大广告板上写着"爱护你的心！治愈时代展"。

我离开了那里，同时结合从《解梦大辞典》中学到的含义，想象着梦的预示。我用自己的方式总结了书中对于那个梦的解释：虽然之前发生了许多，但从现在起一切都会变好。一定是这样的。

我如释重负地叹了一口气。直到刚才还笼罩在周身的阴影兀地消失了，我突然有了一种雀跃感。当然，梦只是梦，占卜书中记载的也许适用于每一个看过它的人。虽然我有些担心"支出"的含义，但梦里出现的东西全都预示了强烈的好运，这一点肯定有特殊含义，而且腰封上还写"百万人梦境的透彻分析"。无论如何，如果现在无法证明占卜是否准确，那么相信自己想相信的东西准没错。我们相信的黄色也是如此，重要的是通过自信得到鼓励，不是吗？实际上，刚才我在房间里醒来时，心情是那么阴暗压抑，但现在感觉好多了，四肢和眼睛都充盈着明亮的能量，于是我打算去站前闲逛片刻。

我去了平时只是路过而不会光顾的商店，物色着杂货和衣物，把很多商品拿在手里端详。看到一个挂着可爱吊坠的项链时，我想如果和兰、桃子三人一起戴准会好看，但和她们的着装风格稍微不同。因此我深思熟虑后给兰选了时下最畅销的眉笔，给桃子选了她喜欢的凯蒂猫塑料袋，并像礼物一样分别包装好。在吉野家吃了牛肉饭后，我开心地闲逛了一阵子。但当我在胡萝卜塔[1]巨大的玻璃门里看到自己孤单的影子时，突然莫名地想起黄美子，一丝寂寥涌上了心头。我似乎被困在了映在玻璃门上的影子前，久久不能动弹，尽管我没有理由这样做。

这一天才刚开始，我有些后悔没跟着她，不过她说过晚上会回来。我突然想起她常在恩姐店里吃的小菜魔芋，搓揉后用甜辣酱煮熟。那是她最喜欢吃的食物。我厨艺不精，没有信心煮好，但还是去超市买了魔芋，想着她回家后吃到肯定会高兴。

---

1 Carrot Tower，位于三轩茶屋的高层商业办公大厦。

一九九八年的春天至夏末发生了很多事。

一个年轻的新客在柠檬酒馆醉酒闹事，不得不请来了映水；自来水管破裂了；我和黄美子居住的公寓出现了变数，不得不另找房子，这还是从映水那里得知的。我们每个月都缴房租，但映水原本住在那里，签约人和房东都是他的熟人。总之，我们是在数次转租的情况下被默许住在那里的。

"唉，这回没办法了。"映水说，"房东说要拆掉房子。"

"我们什么时候得搬走？"

"他没说，但年底前搬走比较好。"

黄美子点了点头，似乎很快就接受了，我却因这突如其来的变故忐忑不安：租房总共要花多少？我们能租到房子吗？我这个几乎离家出走的未成年人连手机都是向映水借的……然而，我之前并不知道房子是转租的。

接下来该怎么办？黄美子会重新租吗？盖章、签正规的租房手续——想到这里，我不禁怀疑起她能否做这些事，转念又对这样的想法感到吃惊。她从不乱花钱，每个月都会储蓄，是个真正的成年人，而且柠檬酒馆原本就是她开的，因此她没有理由做不到一个成年人在正常情况下都能做到的事，比如租房。但不知为何我当下自然而然地产生了这种想法。

"黄美子，你打算怎么办？"我佯装若无其事地问。

"什么？"

"啊？"我大惊，声音脱口而出，"映水刚刚说的房子的事。"

"房子？回头我去找找。"

"好吧……可你没事吧？"

"什么？"黄美子不可思议地反问我，我陷入了沉默。

"也没说明天马上就搬走，你不用那么为难。房子什么的随时能租。"映水笑着说。

"那就好……"在那种氛围下我也只能笑着附和。

我们的这场对话发生在四月末。之后，整个社会，包括柠檬酒馆在内都进入了黄金周。五月的第一个晚上，桃子哭泣着打来电话，呜咽着说人在三轩茶屋站前，零钱用完了，于是我和兰慌忙赶去接她。

桃子用刘海遮着哭花的脸，一见我们就跑了过来，把脸埋在我的肩上放声大哭。她说 X JAPAN 的吉他手突然去世了。我和兰无言以对，总之先带着桃子回了家。

桃子喝了水，稍许平静后，抽噎着缓缓开始解释发生了什么事。傍晚时分，她通过电视的新闻速报得知了吉他手的死讯。这是她第一次看不懂电视屏幕上的文字，以为是假的，就像整蛊节目一样。然而，当她看到所有电视台开始同时报道相同内容时，膝盖开始颤抖。她去年底独自去了 X JAPAN 在东京巨蛋举办的解散演唱会，当时认识了一个女孩。看了新闻后，她用传呼机和手机多次联系那个女孩，但一直无人回应。

她又惊又怕，不知所措，泪流满面地坐在起居室的电视机前。这时她的妹妹和男友回来了，看到她在哭，咯咯大笑起来。他们说要玩游戏，让桃子回房间，她拒绝了。她只有通过电视新闻速报才能获得吉他手的消息，因此不愿意离开那里。妹妹重复了数次"你很碍事""讨厌""去你的房间"之后，笑着说："自杀什么的也太脆弱了吧！恶心！"桃子听了，不由分说地踹倒了妹妹，双方由此发生了争吵。后来她离开家，从青叶台走到了这里。

"这不是自杀，他绝不会做出这种事。"

桃子重复着这句话，我们也一再赞同她的说法。夜晚的新闻和资讯节目都在播报这件事，尽管我们告诉她现在不该看这些，但她还是用毛巾捂着眼睛，一直盯着屏幕。其间，黄美子回来了。我告诉她事情的原委，她同情地拍拍桃子的头，问桃子饿不饿。桃子说只在早上吃了面包，我们也什么都没吃，于是从附近的荞麦面馆点了外卖。

桃子说暂时不想回家，黄美子说那就在这里住一阵子吧。

"学校怎么办？应该在正常上课吧？"我问。

"我不知道。"桃子用微弱的声音说，"但我不想回家。"

从那以后，桃子就在我们家住了一段时间。自事件发生的第二天起，媒体对已故吉他手的报道更加热烈，桃子甚至没能从电视机前离开。看到她伤心的样子，我很内疚。因为我不了解乐队成员，也没资格和她一起悲伤，甚至不知道该对她说些什么。我只是在她告诉我这个已经解散的乐队名字后，觉得他们的音乐好听，从而听过一些而已。白天兰也来了，我们四人一起看电视里播放的相关人员参加秘密葬礼、守灵和告别仪式的影像。一位记者略显兴奋地说，有五万多名粉丝不远千里来到寺庙周围和路边向他告别，队伍延伸了数千米，引起了极大的骚动和混乱。虽然听说每个粉丝都能去那里献花，但桃子说她怎么都去不了。

我们默默地看着电视上重复播放的宽屏影像。那么多人哭泣着，浑身颤抖地瘫在路面，匍匐着呼喊他的名字，试图表达雪崩般的肺腑之言。他们来自各行各业，却承受着同样的痛苦和仿佛即将到达极限的悲伤。他们的情感原封不动地传染了我，我看着他们泪如雨下。接受采访的所有人都泣不成声地说得到过他的拯救，因为他才活了下来。我听到人们的尖叫声，似乎在看一件极其可怕而又令人惊叹的事件，因为这么多人的思念、情感和人生的重担全都寄托在了一个人身上。

我在屏幕上看到的可能只是其中一部分，我不知道一个人如何能够承载和背负远比我看到的更多、更巨大的能量。人与人之间为什么会发生这种事？人们怎么可能仅仅听着音乐就流泪，因为一个陌生人的出现就得到拯救或鼓励，并且觉得自己想要成为其中一分子？我看着屏幕，脑海中闪过各种念头，却无法用言语表达。我不了解他们，但喜欢他们的音乐。我不禁思考，这种与桃子的深情无法相提并论的、如同沙粒般不负责任的感情与吉他手的死有什么关系。

周末桃子回到了青叶台的家，之后又上了一段时间学。到了六月底，临近学校放假，她就穿着校服来三轩茶屋，白天和我们在一起的时间越来越多。她把"我已经厌倦了家、爸妈和学校"这句话挂在嘴上。大约也是在那时，兰有了同样的感觉。她和同居男友因为清洗空调发生争吵，然后升级为动手，第一次被男友打了。

"那只是个契机，一个契机。"兰用低沉的声音说，"他竟然打我的脸，我太生气了！"

"太生气了，后来呢？"桃子问。

"他也有点儿被吓到了，但嘴上还是怪我惹他生气，情绪暴躁。"

"真糟糕，他是做什么工作的？"

"现在一家居酒屋打零工。他说自己在店里很受欢迎。"

我们成为朋友后的第一个夏天就这样开始了。我们一起去区民游泳馆，和黄美子在恩姐店里吃晚饭，像往常一样在麦当劳聊天。兰教我化妆，她说我的发型太沉闷，应该打薄一些，于是我们一起去了商场街上的发廊，把杂志图给理发师看。以前我因为晒得黝黑而总是感到自卑，但不知不觉我发现不再介意了。桃子给我看了一部手机，那是好久不见的父母买给她的。我问她为什么家里有钱却没有手机，她说不是每个同学都有，而且一旦她有了手机，同学会说她在显摆，她觉得麻烦，所以一直用传呼机。她还说现在已经无所谓了。她边说边给额头上的痘痘涂类固醇药膏。暑假期间，她经常来柠檬酒馆帮忙，常常留下过夜（我们在大型超市又买了一套被褥）。虽然也有难过的时候，兰和男友的关系也不是很好，但桃子渐渐恢复了活力，和我们在一起时有说有笑，每天都很开心。有一次，我们一起去了琴美的新家。那是一套白色系大公寓，里面摆放着崭新的家具。我们在那里逗留期间，干洗店的人送来了衣服，这对我来说很是神奇。

在百无聊赖的时刻因为不足挂齿的事一起大笑时，我蓦然想象着大家住在一起的情形，那一定非常有趣。虽说是"大家"，但琴美家里有男人（玄关一角有一双男人的皮鞋，干洗店送来的衣服里有领带），所以应该是我、黄美子、兰和桃子四个人。年底我们就得从公寓里搬出，这样说来，或许可以在某地租一个宽敞的房子，大家住在一起。兰的男友会不会说什么讨厌的话？可是桃子还要上学，而且她还有父母。映水的话，偶尔会过来一起吃晚饭。柠檬酒馆当然也会继续经营……

越想象越有趣，随即就被现实截穿。可即便如此，光是想象也颇有乐趣。我继续收集黄色的小物件，虽然春末的梦已经不再生动，但梦的预示牢牢地刻在了脑海中。我有时会去书店的"疗愈角"，拿起那本《解梦大辞典》仔细阅读，坚定信念。其中我最喜欢的阅读顺序是先"沙滩"，后"被刀捅"。"了解事物的本质，发挥你的能力，然后贵人级别的滚滚财运就会到来。"——每当看到这句话，似乎有人向我做出了承诺。我相信它，并且也在现实中强烈地祈求它发生。直到现在我也不知道这是好是坏，但事实证明，我梦想的一切都成真了。

2

一切都要从烤鳗鱼说起。

八月盂兰盆节的前夕，恩姐给我们带来了烤鳗鱼。那是一种真空包装的高档小吃，隔着容器用热水烫热就能吃，每条鱼的售价超过两千日元。她递给我的时候说："这是今天的第一位客人送给我的，但是鳗鱼太黏了，我吃不了，所以你们吃吧，能增强体质。"我把它随意地放进了酒馆的冰箱里，当我再想起来时已经是盂兰盆节的最后一天，正值周日。那天是假期的最后一天，第二天去拿也没问题，但一想起把它放在那里我便惦记起来，决定当晚就要吃掉它。恩姐给我后已经过了近一周，鳗鱼可能不会腐败，但我担心过了最佳风味的期限。

黄美子在上午十一点起了床，喝了一杯速溶咖啡后，开始像往常一样拿抹布到处擦拭。她说中午要去扫墓。我问她是谁的墓，她说是她的父亲。这是我第一次听她谈起家人，我想问她的母亲怎么样了，但话题就此中止了。话说回来，别说她的家人，就连她的经历我们也从没聊过。我的事更没什么可聊的。那我们平时都聊些什么呢？我左思右想却找不到答案。我们只是住在一起，吃饭、工作、睡觉，与兰和桃子谈笑着无伤大雅的话题，但这已经足够有趣了。

周日下午去柠檬酒馆的感觉很新鲜，天色明暗不同，各种事物看起来也完全不同。我不知道小楼原来如此破旧，也不知道路旁堆满了无数莫名其妙的彩色垃圾，更不知道狭窄的通道上停放着没有车座的自行车和成堆的瓶子——平日里被夜色掩盖的东西这时清晰地映入了眼帘。福屋的百叶窗关着，底部被腐蚀成了褐色。我可以想象恩姐那瘦小的背影在每天的早晚时分抬起胳膊努力地将百叶窗拉开又放下。

我在一楼按下电梯按钮，感觉电梯正在吱吱地下降。我心想时间充裕，难得来一展歌喉吧。我一边哼着小曲，一边走进电梯按下三楼的按钮。对了，不知道鳗鱼里有没有酱。我记得应该有四块，要不打电话叫兰来吧……这样想着，电梯停在了三楼。在短短的走廊尽头拐弯，走到店前，将钥匙插入锁孔，旋转——我感觉到有什么不对劲。

这时，自动门打开，我看见了店内的情形。

这确实是柠檬酒馆，但不是往常我熟悉的那个。烟草味像一团烟雾扑面而来，只见一个陌生男人坐在里面的包厢里。他身材魁梧，穿着一件鲜艳的彩色衬衫，旁边还有一个我不认识的男人。他们正把手机贴在耳边大声说着什么。我和坐在他们对面的男人互相看到了对方，可他并没有放下手机，而是以同样音量继续说着，并与我保持对视。最后，自动门咔嚓一声关上了，仿佛要把动弹不得的我和柠檬酒馆隔绝开来。

我不明白发生了什么，也不知道在那里站了多久，但我想或许应该逃跑。我不知道为什么店里来了一群毫不相干的可疑人物。想到这里，我恐惧得浑身颤抖，脑海里浮现出冬天来巡逻的警察的脸，我连忙按下电梯按钮。身后传来了门被打开的声响。就在我以为刚才那个男人过来抓我的时候，有人叫了我的名字，是映水。

"冰都化了，你不喝吗？"

映水指着在桌上放置了很久的冰红茶。我们在柠檬附近的一家老咖啡店里相对而坐，沉默了很久。我怔怔地看着夹在两膝间的双手，心情平静了许多，但身体里仍残留着混乱的痕迹。

"黄美子呢？"过了片刻，映水问道。

"她说要去扫墓。"我的声音比想象中更低沉。我喝了一口水，发出了不知道第几声叹息。

这一声仿佛不断翻涌着波浪的叹息中包含了各种各样的情绪，但更多的是不适，甚至令我窒息。我不知道映水在做什么，我想接下来应该会谈论这件事，但最让我震惊的是，那些陌生男人竟然随意进入柠檬酒馆，而且还是在营业之前除了我们不允许任何人进入的时间，以一副主人的姿态坐在那里。光是想想，心头就涌上了厌恶之情，我咬紧了牙关。

"墓地在哪里？"

"不知道。"

"是吗。"映水在冰咖啡里放入吸管，喝了少许。玻璃杯口的棕色微微透亮。我原本对他的声音习以为常，甚至有些瞬间觉得好听，现在却难以忍受。

"刚才那些……"映水说，"是工作。"

"什么工作？"

"什么什么工作？那是我的工作。"

"不是，我想知道你的工作为什么要在柠檬酒馆做？"

又是一阵沉默，映水挠了挠眉毛，似乎在思考从何说起。我的喉咙里涌上了许多想要确认和质问的话，但还是等着他先开口。

"今天那个……是类似赌场的工作。"

"赌场？"

"棒球，赌棒球。"

"啊？"我皱着眉头，"那是什么？"

"电视上每天都在打棒球，是吧？职业棒球。巨人队、阪神队、养乐多队，他们都在打比赛。"

"嗯。"

"就是在赌这个。集资，还有其他的。"

"那是你的工作？"

"不光这个……"

又陷入了沉默。赌棒球——这个词我初次听说。

"这和游戏之类的不一样吧？"

"如果你问我这是不是游戏，我会说可以算，也可以不算。"

"不管算不算，它是地下的，或者说坏事？犯罪？"

"怎么说呢……"映水扭过头去，"取决于你怎么想。"

"不，不对。这是坏事，对吧？没关系，你可以诚实地告诉我。我刚才看见的那些人根本不是普通人，"我继续说，"感觉完全是坏人。而且我现在的想法是，虽然不知道你在做什么工作，但真正让我愤怒和厌恶的是他们未经许可使用了柠檬酒馆，而我却丝毫不知情，为什么？从什么时候开始的？这难道不是最糟糕的吗？黄美子知道吗？别看我现在说话很平静，刚才真的害怕极了。如果我直接去报警，会发生什么呢？"

"花，"映水说，"你别这么逼我。刚才的事不能一下子都解释清楚。"

"刚才的我也一样。"我直勾勾地看着他。他说的赌棒球是什么？不需要他的解释，我就已经有种那不是正经事而是坏事的直觉，但那究竟到了什么程度？我本该先质问他这一点，但是他们随意使用柠檬酒馆的事实和对于这莫名其妙的事的恐惧让我怒火中烧。

映水瞥了一眼右手腕上的手表，然后用吸管把冰块完全融化的冰咖啡搅来搅去，接着又挠了挠眉毛。吸管在小小的漩涡中旋转着，再缓慢地停下来。映水深吸了一口气，说："我们换个地方吧。"

我们离开咖啡馆，沿着小巷走到另一边马路上，进入一家从中午开始营业的外国风格酒吧。门口摆放着许多像椰子树一样的人造植物，店里以大音量播放着明亮欢快的乐曲。一群学生模样的客人在外面颜色鲜艳的桌子边开心地喝酒嬉笑。我们坐在店里最靠里的座位。一位用鲜艳的布条裹着大辫子的女服务员随着音乐节奏摇摆着走过来，映水点了一杯生啤，我也一样。服务员端来的啤酒在灯光下发出锐利的光，我不由得皱起眉头。我们没有干杯，各自默默喝酒。映水很快喝完了第一杯，叫来那位服务员点了第二杯。他松开膝盖上交叉的手指，盯着我的眼睛看了两秒钟，再次用指尖挠了挠眉毛后，终于开口了。

3

映水三十六岁，比黄美子和琴美小两岁，在东京的平民区出生长大，父母都是在日本出生的韩国人，他还有一个年长五岁的哥哥。他们家没人说韩语，也没人离开过日本。

他童年时，经常来往的祖父母似乎说不好日语，发音含混不清。他每次见到他们都不知能否交流。他年幼的心里一直纳闷为什么和有血缘关系的祖父母说着不同的语言。祖父母身体不好，总是卧床不起，他以为或许是这个原因。

他出生在日本，只会说日语，但他不是日本人，而是韩国血统。让他意识到自己与小学同学和邻居家的孩子们格格不入的，首先就是他的名字。还有他祖父母家使用的闪亮花哨的被褥，以及出现在新年和法事上的食物和餐具，都与他日常所见的、充满日本风格的家居环境有本质上的区别。

他父亲在小镇工厂工作，母亲则从早到晚在大楼和食堂当清洁工。家里很穷，父母勤恳地工作，但生活一直没有好转。"我家没有一件像样的家具，狭窄的空间里堆放着全家人的必需品，哥哥和我经常蜷着膝盖睡觉。"他说到这里时，微微一笑。

他父母不仅要照顾自己的家庭，还要负担祖父母的生活费，似乎还得偿还许多债务。祖父母年轻时来到日本，和朋友们流浪到东部小镇开了一家餐馆。这家餐馆以其美味的冷面声名远扬，经过多年的经营已经成为当地最好的韩国餐馆。餐馆声誉很好，在就业和贸易等加强当地人之间的联系方面发挥了作用，却在战争的阴影下因无法重振业务而倒闭了。债务似乎就是在那时产生的。

他上小学二年级时，曾连续数月无法给学校交午餐费，还经常因为穿着和住房破旧被周围的同学取笑。有一天早上，他问父亲为什么家里经济如此困难还要继续偿还祖父母的债务，这样的日子还要持续多久。他父亲是个寡言稳重的人，但对儿子的言行甚至对妻子都管教得非常严格，经常动粗，因此他在质问父亲的时候做了防御准备。可父亲看都没看他一眼，只说了"子女为父母工作天经地义"，之后就像往常一样离开家去了工厂。

由于父母常年打工，年长五岁的哥哥承担起了照顾年幼的映水的责任。哥哥名叫雨俊。

"哥哥和矮小爱哭的我不同，他身材高大、打架有劲，什么都会，是我引以为傲的哥哥。"映水说。当他被邻居家的孩子嘲笑吃泡菜时，只会一个人默默地哭，哥哥笑着教他说："闭嘴，你们这群浑蛋！"还说打一顿就好了。哥哥抱了抱他的头，然后去厨房烧水，给他做热乎乎的食物。他在低年级时患有哮喘，每当发作时，不论早晚哥哥都会背着他去附近的诊所敲门，然后小心翼翼地给他喂药，湿敷胸口。在他因咳嗽不止而无法入睡的夜晚，哥哥会为他揉背，为了减缓他的痛苦，还会给他讲各种各样的故事，比如当天发生的事，或者某人做的蠢事等。

映水八岁那年夏天，祖父去世了，十岁那年夏天，祖母也去世了。那一年，雨俊十五岁。他们家在悲痛中为祖父母分别举办了小型葬礼，出乎意料的是来参加的人比预想中多得多。他原以为没人关心祖父母和他们家。当那些素不相识的人声泪俱下地讲述祖父母是如何照顾他们时，他诧异为什么他们不在祖父母活着时这样说。他不明白的是，那些人从没来看望过卧病在床的祖父母和自己拮据的家，如今又是为什么说出这番话。他认为祖父母最后的日子是悲惨的，没有钱，所以没有得到适当的治疗，就像用过的纸箱被拆掉一样轻飘飘地死去了。人死后被焚烧，变成骨屑、灰烬和烟雾后重归于无，但是他们的债务还在。他说听学校老师或其他人说过，一切有形的东西都会消失，取而代之的是虚无。他认为那是谎言，因为钱不会死，也没有消失。

那段时间，他父亲开始酗酒，并且经常在工作了很久的工厂里惹麻烦。父亲醉酒后就会让母亲坐在他面前，絮絮叨叨地抱怨或说教，一说就是好几个小时。只要工作疲惫的母亲稍微做出漫不经心的回应，他就会暴怒。

后来，他父亲宅在家的时间越来越多，母亲的健康也眼看着迅速恶化。兄弟俩从小接受的教育是，无论遇到多么不合理的事，在家里父亲都是最尊贵的，绝不能顶撞。因此，当父亲不再去工厂上班，开始将母亲以几百日元时薪赚取的微不足道的生活费花在酒水和柏青哥店里时，或者醉酒失态、口吐脏话时，他只能忍耐，其中有一部分原因是他还记得父亲曾为了这个家不辞辛劳地工作。然而有一天，当醉酒暴怒的父亲将吃了一半的拉面连汤一起砸向母亲时，他条件反射地抓住父亲的胳膊，使出全身力气把父亲摔倒在地。父亲怒吼着一把抓住他的脸颊，哥哥雨俊看到后一拳打在父亲的肩膀上，母亲大哭，家里乱成一团。

初中毕业后，雨俊没有按部就班地上高中，而是和当地的帮派混在一起，映水也开始跟着哥哥到处跑。如果肚子饿又没东西吃，也没钱，去偷东西就成了顺水推舟的事。他们偷了各种各样的东西：清晨超市的装货区堆满一箱箱面包；孩子们的小手可以随心所欲地从自动贩卖机里掏出饮料；有时也会去邻镇甚至更远的地方，骗取衣着光鲜的学生的钱，或者在电车上扒窃。只要是能卖钱的东西，都是他们偷窃的对象，然后他们再把东西变成钱。他们的帮派渐渐地从几个人发展成了小有规模的团体。每次其他镇的混混们听到风声过来找他们打架，都会让他们之间的关系越发紧密。

雨俊和他的发小、同是韩国人的志训开始团结起来领导帮派，以致当地没有混混不认识他们。雨俊很强势，对敌人毫不留情，但他时刻保护后辈，倾听每个人的心声，无人不钦佩他。志训也很强势，但性格与雨俊相反，他温柔稳重。当雨俊发火时，志训会先去安抚他。从映水记事起，志训就和雨俊一起陪伴着他，给他讲许多故事，教他唱歌，陪他玩耍，把他当成亲弟弟一样疼爱。映水为自己有两个哥哥感到骄傲。

在他们朝夕相处的日子里，雨俊和志训都十八岁了，映水也十三岁了。哥哥对他说至少应该上到初中，但他对自己偶尔露面的学校感到厌倦。老师们对映水不感兴趣，同学们表面上把他当毒瘤一样对待，背地里嘲笑他什么都做不好，只是把哥哥当靠山，这些他都知道。他清楚地记得和一个勉强称得上朋友的人因为一件小事发生争执时，朋友说"你不过是个韩国人"，并向他吐口水。从那以后，不知道有多少次，每当他遇到麻烦时都会听别人说"韩国人就是这样"。那些人只不过碰巧是日本人，在父母的经济保护下无忧无虑地生活，他对那些人无话可说。没过多久，他就确信这里没有自己的容身之地。

夏天，雨俊和志训在神社祭祀庆典上认识了一个摆夜摊的男人。在男人的邀请下，他们开始经常光顾那个摊位。差不多在同一时间，帮派成员在镇上惹了警察。一些年轻成员与年长的混混打架，被勒索或者受伤。不仅如此，各种麻烦事也陆续发生，比如被从未接触过的来自远方的暴走族和一些身上还戴着刚从"少年监狱出狱"名牌的人突然袭击。雨俊和志训甚至没有给帮派取名字，只是和同伴们用自己的方式在当地小镇上生存着。

然而，不管他们有什么想法和说辞，一种更黑暗、更激烈的东西正在张开血盆大口等待着他们。他们因为担心被它吞噬而变得焦躁不安。

东京很大，不断有人拥入。每次发生的冲突和恶性事件都在提醒他们，总有人凌驾于他们之上，无论是邪恶、智慧还是力量。他们不知道该做什么，也不知道事态会如何发展，只知道无论如何都要保护朋友和自己。为此，他们需要变得更强。变强意味着什么？雨俊说，这意味着要打败那些试图来找麻烦的人，让帮派变得更大。志训却不这么认为，他主张不应该以拥有更多成员和用阴招对抗找上门的人，并试图赢得他们来证明，而是要与成年人建立关系。变强，意味着第一要有钱，第二要通过展示部分能力让对方知难而退。

夜市摊贩们虽然语言粗鄙，性格暴躁，但他们身上拥有显而易见的热情。摊贩们有着严格的师徒传统，还有雨俊和志训从没见过的资金流动。他们把摆摊的基本常识全部教给雨俊和志训，包括商业礼仪和清洁方法，告诉他们不能偷东西，要填饱肚子，要进货，再卖出去赚钱。

雨俊和志训身边还有一位年长三岁的鸣哥，日复一日地用酱油烤鱿鱼。摊贩世界的人形形色色：断指的人、经常大笑的人、总是满身酒气的人、在后背和胳膊上文身的人、不爱说话的人，韩国人、中国人、说方言的人，互相照顾的人和冷漠以对的人，只见过一次面的人，还有经常见面的人……他们身上散发着同一种不想走进彼此过去的气质。无论关系变得多好，他们都有一条潜规则——不问对方的情况，比如因为什么断了指、之前在哪里混迹、家人怎么样，等等。即使是在酒后开玩笑的时候也是如此。

工作了三个月后，映水在一场大型祭祀活动中初次见到了老大。老大在决定重要的摊位布局时气魄了得——他只是坐在那里盯着活动的进程，在场所有人的表情、眼神，甚至最细微的动作都与普通活动不同。现场非常安静，却充斥着一种莫名的紧张感，那让映水立刻明白了他们在自己的小世界里是多么自满。老大沉默寡言，只问了雨俊和志训的年龄、姓名。

映水退学后就跟着两位哥哥到处参加祭祀活动和摆夜摊，和他们一起身体力行地学习各种生意场上的规矩。鸣哥是帮派头子，缺了几颗前牙和两侧的牙齿，即使在说严肃话题时也充满幽默感，是个有趣的人。鸣哥常常照顾映水，有时还会给他零花钱和食物。他们二人曾在凌晨时分同去公共浴池洗澡。他的背上有一个妖怪驾云的文身。他们一起洗完澡后，映水嘟囔着对他表达了感谢，他笑着说："这都是应该的。因为你们投入了我门下，我这儿可是正经的门派！头子要认真当。既然雨俊和志训是我的小弟，那你也是我弟弟……不过，雨俊和志训这两人的组合真有意思，外在和内里完全不同。你见过他们动真格打架吗？"

映水回答"没有"后，他笑着说"是吗，这样啊"，同时把热水浇在映水头上。

"他俩都是大高个，但雨俊是个急脾气，身体也壮；志训一脸女相，性格聪敏，说话也慢吞吞的。他打架厉害吗？"

映水回答说他们二人都很强壮，鸣哥高兴地笑着说："原来如此，我打架可不行。不过他俩可能没进过监狱。不管怎么说，能在拘留所里解决是最好的。"接着，他风趣地讲述了过去犯下的伤害罪和盗窃罪，还有如何被关在少年监狱度过青春期，以及如何加入当时的帮派，最后他还唱起了"认真的生活最美哟"，并在热水里像章鱼一样晃动着手脚开玩笑。

映水不仅不妨碍哥哥们工作，还细心地捡垃圾，不放过哪怕一根掉落的橡皮筋。他努力招揽顾客，为他们提供帮助。被大人们夸奖有出息时，他开心得脸都红了。当他奉命从停在离明亮热闹的活动现场不远处的卡车上取东西时，经常能看见几个小孩在没有灯光的地方像影子一样在手推车和轮胎旁边玩耍。他以为那些孩子跟随父母在不同的镇子之间搬家，可能错过很多活动。但活动不仅在放长假的夏天举行，春、秋、冬天也有，于是他又好奇孩子们有没有好好上学，便询问他们。孩子们羞涩地蜷缩着身体，小声说："有时去，有时不去，不知道。"说罢，又遁入了黑暗中。

雨俊和志训摆夜摊的消息传开后，很快就发生了变化。年轻的成员们仍然仰慕他们，并为自己有了更强大的靠山而高兴，但这种喜悦没能持续很久。尽管他们用赚来的钱请成员们喝酒吃饭，偶尔也会在一起嬉笑聊天，但很明显一些重要的东西正在逐渐消失。一年后，那些曾经与映水为敌的脸熟的混混渐渐地不再出现，陌生的年轻名字传入耳中；很多时候在某个地方打完一场群架后他们才得到消息，或许是换了一批人。

摆摊的工作很辛苦，就连雨俊和志训两个年轻人也常常累得第二天起不来床。他们会在看不见的地方因为人际关系发生争执，也会将这种紧张的气氛暴露在成员们面前。然而，就在他们终于习惯了这种生活，手下也有新成员加入时，他们的父亲去世了。

据说父亲是半夜从附近的一座桥上掉下去的。当时他严重醉酒，不知道是意外还是自杀。那年冬天，映水十六岁，雨俊二十一岁，兄弟俩轮流住在志训的家里、办公室和其他摊贩的住处，偶尔回家给母亲些钱。他们也会与父亲碰面，但自从上次动手之后，父子间几乎再没说过话，没想到就这样永别了。在镇郊的小型集会所里举办的守灵仪式上，父亲曾经的工友来访，遗憾地说起父亲生前是个骨子里认真的人，可惜英年早逝。守灵的客人走后，母亲和两兄弟交谈，志训则留下来为失去丈夫的母亲和失去父亲的两兄弟——斟酒。

"爸最后说了什么？"雨俊无声地哭了一阵后问道。

"什么也没说。"

接着，三人都陷入了沉默。荧光灯下的母亲脸颊瘦削，憔悴得像一个无家可归的陌生老人。这让笼罩在映水心头的阴影更深了。他擦掉滴落的泪水，轻轻地把目光从母亲身上移开。

"我早起去上班，傍晚警察过来我才知道。"

"真的是自杀？"

"不知道。但当时不是出门散步的时间，他整晚都在喝酒，那时刚睡下。"

"钱我们拿着，不是因为这个吧？"雨俊问。

"嗯。"

"他最近没打你吧？"

"没有。这要感谢你们，你们知道，当时家里一团糟，那以后他就没有动过手了。我下班回家后，他就老老实实地吃点儿我做的饭，喝了酒也不再抱怨了。这些年他的酒量越来越大，早上起床后就要喝。对了，我还记得有天晚上他哭了。"母亲轻轻地吐出一口气，继续说，"他喝醉了，我听不懂他在说什么，好像说了'妈妈'之类的话，也就是你们的奶奶。还提到了葬礼，说自己没出息。他虽然会大喊大叫，但其实是个胆小鬼，心眼小得很。"

"我想叔叔一定是掉下去的。"志训边倒酒边说，"那座桥的栏杆很低，夜里看不清，附近也没有灯。我有个兄弟只是玩闹，就掉了下去。他没喝酒，却还是掉下去，几乎摔断了全身的骨头。"

"他没死？"

"听说他拼命游泳，那时天还早。但路过的人都对他避之不及，没办法，他只好拖着骨折了的湿淋淋的身体走去医院。"志训笑着说，"那条运河很脏，听说他掉下去喝了一肚子脏水，后来他上吐下泻，差点儿被折腾死，比骨折可痛苦多了。"

"真好笑。"雨俊也笑道。

"不过，能活着就好。"母亲睁开低垂的眼，微微一笑，"志训，你也长大了。"

"是吗？"

"上次见你时还是个孩子。"

"我和雨俊都二十一岁了。"

"是吗，真快啊。"母亲嘴角上扬，摇了摇头，"人们常说大人和孩子都是在一瞬间变老、长大的，这话看来是真的。"

母亲走进卧室休息，三兄弟离开家，到外面呼吸新鲜空气。他们默默地散步。志训拿出一支烟点燃，一丝又白又细的烟雾在隆冬清冽的空气中飘散，很快就不见了。

"老爸到底算什么？"雨俊自言自语似的说。

"什么意思？"志训问他。

"我在想他一辈子从早忙到晚，但依旧然穷得叮当响，在狗窝一样的地方喝醉，最后落得这样的下场。"

志训点了点头。

"老爸虽然有些地方让人无话可说，但总归是个认真工作的人，从不骗人，只是每天在工厂默默工作，从不铺张浪费，可最终还是落得这个下场，真是唏嘘。老爸确实会觉得我没出息，心爱的儿子没能力，赚不了大钱，还是个混混。所以，我也说不清……不知道对什么生气，总之我对整件事都很愤怒。"

碎石路上只有他们三人的脚步声。

"嘿，志训，也许这话说了也没用……"雨俊说，"但如果老爸是日本人的话，结果会不同吗？"

"不好说。"

"或许，他的人生会更好吗？"

"你觉得呢，雨俊？"

"我……"话在这里停顿了，雨俊一言不发地凝视着前方的黑暗。

过了一阵，志训说："有人即便不是日本人，却也在好好活着。"

"是吗？也许吧。那我们到底做错了什么？"

志训没有回答，只是用手指弹了弹手里的烟灰，红色的小火星画出一道弧线后消失在黑暗中。

"嘿，志训。"雨俊问，"这种时候按道理来说应该怎么想？过着渣滓人生的不是只有我们，没办法，所以只好赶紧忘掉；还是应该生气地怒吼'总有一天我们会出人头地，等着瞧吧'？"

"不知道。"

"或者应该放弃金钱和运气之类的东西，因为这些东西原本就与我们无关？"

"我不知道哪个是正确答案，但有些事从一开始就已经注定了。父母、出生地这种事我们没法选择。"

"血到底是什么？"片刻后，雨俊说，"小时候常听人说起这个词，可我其实根本不懂他们说的'血'是什么意思。血有肮脏、洁净、高贵之分吗？他们到底是什么意思？假如有，他们又是根据什么来区分呢？食物？出生地？父母和祖辈做过的事？长相？名字？血究竟是什么意思？"

"他们也不知道。"志训说，"因为不懂，所以才轻易地说出口，不是吗？"

"什么嘛？！他们为什么要说连自己都不懂的话！"

"因为人只有在谈论自己不懂的事情时才最有兴致。"

"有兴致？"雨俊看着志训的脸，歪着脑袋，"搞什么，原来是有没有兴致的问题？！"

"是的，雨俊。"志训笑着说，"大多数事情都是有没有兴致的问题，没人需要理由或者事实。和兴致勃勃的人在一起时，自己也会变得积极向上，不是吗？心情变好后，感觉一切都会顺利，大家都喜欢这样。所以，人脉、金钱和运势通常会聚集在兴致勃勃的人身边，他们会因此变得厉害，他们说的话在当下就变成了正确的。"

"你说的话我总是不明白。"雨俊挠挠头，"如果说兴致勃勃的人都有一双慧眼，那我们什么时候、怎样才能成为这样的人？我也想变成兴致勃勃的人！"

"哈哈，我们不行。"

"为什么不行？"

"没有为什么。"

志训说着就笑了，雨俊起初还是一脸难以理解的表情，渐渐地放松下来，最后三个人一起放声大笑。

他们就这样在生长的小镇上走了整整一夜，没有睡觉就去参加葬礼。三个儿子抬着棺材。在邻镇的火葬场等待火化时，雨俊让母亲坐在等候室的椅子上，为她揉肩。志训则给映水讲了几则故事，映水说虽然已经忘记了细节，但他记得是一些有动物出场的奇幻故事。火化结束后，他一边听工作人员介绍一片白灰中散落的骨头分别是哪个部位，一边想象着父亲的笑脸。父亲笑的时候眉毛会上扬，露出八颗牙齿。只要父亲一笑，他就感觉开心。他想起了以前放学回家，从外面看着摇摇欲坠的房子时，决心长大后赚很多钱，让全家住上大房子；想起了年幼时全家人一起去看大坝，吃着母亲亲手做的饭团，在河边扔石头；想起了在回程时下大雨，父亲把映水和雨俊抱在衣服里面，左右摇晃着身子，全家人大笑着走在回家的路上，那是某一年的初春。映水回忆着，走在雨俊身后，雨俊抱着装有父亲遗骨的桐盒。他们同母亲、志训一起回到与来时别无二致的小镇。在隆冬的碧蓝天空中，他看到了一缕气息微弱的云飘在天上，久久不散。

"虽然已经是二十年前的事了，但我仍然清楚地记得与哥哥和志训散步聊天的那个夜晚，还有举行葬礼的那天早上。"映水说，"如果当时能继续在当地做摊贩，或者找一份适合的工作，那该多好啊。但那时的我并不明白。即使到了现在，我还是个毫无用处、头脑简单的家伙，我认为只要跟着哥哥和志训，只要他们在身边，就足够了。我以为一切都会没事的。现在再说这些已经没什么意义了，但有时还是会回想起。"

映水停下来喘了口气，把玻璃杯里剩下的啤酒含在嘴里，慢慢地咽了下去。

"不管喝了多少酒，这些话我从来都没说过。"他像对自己感到惊讶似的笑了笑，"喝酒真的不行啊。虽然我早就知道。"

我闭着嘴，点了点头。我看了一眼挂在墙上的时钟，已经三点多了。我不记得是几点进来的，也许已经过去了两小时，也许更久，但我沉浸在他的故事中，有一种奇妙的感觉，仿佛时间、地点和坐在沙发里的自己，这些现实的感觉并没有回归四肢。我记得中途续了两次酒，但眼前的玻璃杯又空了。他问我要不要再来一杯，我点了点头，于是他喊来服务员，再次点了同样的酒。

"和黄美子、琴美认识是在那之后……"映水说，"我们离开家乡后，在新宿开始了新生活。那时候歌舞伎町还没有现在这么混乱，是个更加清晰明了的时代。那时候还能看到人的脸。"

"那时黄美子和琴美就认识了吗？"

"她们在同一家酒吧工作，住在一起。我们当时在附近的一家赌场，自然而然地认识，很快就混在一起了。"

"赌场是……犯罪会被抓的那种？"

"嗯，没错。"

"所以你从夜摊转到了赌场？"

"我爸死后过了大约半年，家里发生了争执——这里指的是留宿我们的摊贩家。像我们这种收入微薄的人没被告知详情，总之就是因为继承人的问题闹得不可开交。于是情况发生了一百八十度的大转变，我们跟不上了。之前我们也受到过几次冲击，这很正常。但最严重的一次冲击是，一个新来的、凌驾于我们之上的家伙把鸣哥打个半死。鸣哥可能有错，但我觉得打成那样也太过分了。被一个新来的人打成那样，又没有兄弟罩着，实在太奇怪了。于是鸣哥离家出走，他联系了从前手下的一个兄弟，那人当时在新宿。

"照顾我的老大也换了人，从很多方面来说我都觉得是时候离开了。新宿的规模不同，虽然有很多不好的事，但不好的事在哪儿都一样。我更感兴趣的是能赚更多钱，所以很是兴奋。后来我们一起搬到了新宿。鸣哥的兄弟给他介绍了大黑帮经营的赌场。这并不稀奇，摊贩有很多帮派，黑帮也有，所以对我们来说这并不是完全陌生的世界。但我们只是乡下摆夜摊出身，或者说是一群到处流浪的小屁孩，所以住在'章鱼部屋'[1]里。赌场营业时，我们就去厨房做堂倌，或者把货物和钞票运到其他地方，或者放哨，做着诸如此类跑腿的工作。后来我开始跟着他们收钱。第一次去现场时，老实说我觉得自己去了一个不得了的地方。以前从没见过那种工作方式，也怀疑过是否有必要做到那种程度，我是干不了的。当然那时我还年轻，所以没有直接上手，但哥哥和志训很快就被卷入了，鸣哥在某种程度上也一样。他们从黑帮那里获得了住处、驾照、小轿车、食物和很多钱，和女人的关系也多了起来，以致到了不能回头的地步。其间，我接触了百家乐和其他工作，从大额收款开始积累了许多实战经验，拿出了成果。哥哥和志训很快就出了名，敌人和盟友的数量像双人游戏一样越来越多。我直到现在也在思考，我们到底应该在哪里停手，可就算有人把我带到过去，我可能也不会明白。"

"雨俊和志训变成黑帮了吗？"

"他们跟黑帮有了来往后，喝了结义酒，就成了黑帮人。"

"映水，你也是黑帮人吗？"

"我没有喝结义酒。"映水说，"一个原因是我那时还不满十八岁，另一个原因是哥哥和志训让我别加入。我只想和哥哥们在一起，虽然被当作孩子有些难为情，但我大概明白他们的意思，他们说我没有当黑帮的能力，所以最后我还是像以前那样跟着他们，做寒酸的工作，赚些小钱。但后来我们就渐渐分开了。周围的人在变

---

1 起源于 1870 年明治政府开始开拓北海道的一种劳动制度，当时屯兵因人力不足，利用道内监狱的犯人组成工作队并强制他们开辟范围内的铁路、道路。为防止逃亡，所有犯人被铁链捆在一起，即便在大雪天也得工作。后来因遭到严厉的舆论批评，遂于 1894 年停止使用犯人，但转为了私营企业采用的劳动模式。该模式下的劳工被称为"章鱼"，他们居住的房间叫"章鱼部屋"。

化，可支配的金钱种类和数量也变了，接着人也跟着发生了变化，哥哥和志训比我们想象中更快地被卷入了洪流。有一段时间，他们去地方融资，很长时间没有回来。鸣哥在那期间消失不见了。虽然哥哥和志训都没告诉我详情，但听说鸣哥很早便沾染了兴奋剂，用量大，花费的金额相当惊人。来新宿还不到两年，时间转瞬即逝。我没干什么厉害的工作，只是在各种赌场值班，比如安排职业弹子机玩家，收保护费，在酒吧、融资租赁公司、风俗店、倒卖店之间巡店。"

我喝了一口啤酒，点了点头。

"我在附近干这些寒酸的活，结束后就会去黄美子和琴美家吃晚饭。"

"所以你们从一开始就很亲密？"

"当时哥哥和黄美子在交往，志训和琴美也是，说起来我就像是她们的弟弟吧。"

"什么？！"我震惊地发出声来。

"什么嘛，有这么惊讶吗？"映水对大吃一惊的我翻了个白眼，"这很正常吧？"

"不会吧，不会吧，不会吧！"我坐回沙发，"我只是没把她往那方面想……"

"好吧。"

"嗯……"我大口喝着啤酒。

"当时什么工具也没有，要联系的时候就是去家里或店里，或者打办公室电话，所以店都关门后，我没事可做，就去她们家里等电话。不知道哥哥和志训什么时候会打电话来，他们也不会每次都留言。他们就是那种普通的情侣……大概是这样，偶尔见面还很和睦，可他俩吵得不可开交——我指的是哥哥和琴美。不知道为什么他俩总是吵架，志训和黄美子就去安抚他们。我还以为他们组合错了呢。"映水笑道，"琴美现在才稳重下来，温柔了许多，以前可强势得很，嘴上不饶人。志训性格开朗，总是笑眯眯地说'知道了，知道了'，不跟她一般见识。而我哥就总是介入，指责她'说得太过分了！志训虽然是你男友，但别忘了他也是我兄弟'之类的话，琴美听了大怒，就跟他会吵起来。他们吵得不可开交，不过最后还是会一起出门吃饭。"

"大家相处得真不错。"我笑着说，"黄美子不和雨俊吵架吗？"

"我从没见过他们吵架。"映水说，"我哥总是说黄美子有她自己的情况，很担心她。"

"什么情况？"我问道。

映水看了看我的眼睛，然后喝了一口啤酒。

"什么情况吗！"我再次问道。

"这个嘛……"映水挠了挠眉毛，"花，你没听黄美子说过类似的话吗？"

"没有。"

"是吗，那她妈妈的事呢？"

"黄美子的妈妈？我从没听说过。她说今天要去给她爸爸扫墓，但这是她第一次提起家人。"

"倒也不是什么重要的事……"

"什么？"

映水盯着自己的指尖，简短地说："她妈妈在监狱里。"

"监狱？"我重复道，"现在？"

"嗯。"

"一个人？"

"住监狱不通常都是一个人？"映水微微一笑，看着我，"不过里面确实有不少人。"

"确实，对不起。"我说完就闭上了嘴。

"你不用道歉。总之，她妈妈从很久之前就开始住监狱，反复进出。"

"她干了什么？"

"最近一次是行窃和吃兴奋剂。"映水说，"第一次是吃兴奋剂、偷窃和纵火。"

"纵火？"

"不是自愿去放火烧别人家的，是被陷害的。有人告诉她烧了某家店就能逃避债务。对方的目的是骗取保险金，那家店也知道，还做好了准备，但一切都是圈套。当时黄美子才十岁，就被妈妈带着去纵火了。"

我注视着映水的脸。

"她爸爸很早就去世了，她没有亲人，所以是在不同的福利院里长大的。虽然这种事并不罕见，但是能想象到她过着什么样的生活。经常没东西吃，再加上她还那样，应该不好过。"

"哪样？"

映水盯着我，扑闪着眼睛。"那样是指……"他停顿了一下，把视线移到了墙上。背景音乐的声音似乎突然变大了。

"能感觉到她不对劲，是吧？你和她住在一起，应该知道吧。她有点儿那种感觉……"

我瞪大眼睛看着他，想努力揣测他话里的意思。

"正常情况下是正常的，从外表上看是这样，但有时会出现那种情况，不知道她有没有听懂，不明白她为什么会那样，是吧？"

"有。"我迅速地回答。

"她还有很多做不了的事，是吧？"

之前很多时候我都会感到奇怪，对她的言行举止感到不解，这些记忆陆续苏醒，我用手捂住了嘴。

"有吧？"

"有。"

"她无法思考以后的事，比如钱。"

"嗯。"

"这些都不是她故意的。"映水说，"但不仅仅是性格问题，她就是那种人。以前在学校里也见过这种人吧？他们中的很多人都到风俗业或地下行业去了。在坏人看来，无论男女，他们都是摇钱树。"

"摇钱树？"我喃喃自语。

"嗯。因为他们对黄美子这样的人可以为所欲为——没有家人，与白天的世界没有联系，还有正当的身份，就算今天突然消失也不会引起什么问题。夜世界里有很多这样的人，他们在某种意义上相当于物品，有不少用途。抛弃他们或让他们消失是最容易的，夜世界就是这种地方。"

我睁大眼睛看着他。

"而且还有人专门寻找这类人，因为快捷方便，稳赚不赔。我什么都不能说，没有人听我的，全世界都当他们不存在。他们只要在这类人迷惘的时候稍微友善些，说点儿甜言蜜语，瞬间就能得逞。他们只会假装对你好，借给你钱，然后没完没了地要利息，无限掠夺。"

"黄美子呢？"我不知不觉放下了捂在嘴上的手。

"她肯定也经历了许多……"映水直勾勾地盯着我，"我们认识的时候，黄美子大概十八岁，和现在的你差不多。她那时就已经和琴美在一起了。后来我一直在她身边，没见她被骗过，只是在酒馆工作，不会出入那些豪华的场所。不过，她小时候一定过得很辛苦，虽然她不怎么提起以前的事。"

"我……"我把自己想法全盘托出，"之前冬天你来吃火锅那次，还记得吗？我见你总是给她信封，或者说钱。"

"嗯。"

"她什么也没说，但那天我擅自打开看了，里面有钱。"

"那是用来给她妈妈还债的钱。"

"她妈妈？"

"是的。"

"是你刚才说的赌棒球的钱？"

"不是，是其他的钱。"映水说，"我有很多工作。"

"黄美子参与了吗？"

"没有，基本上都是我给她。"

"你是说，你在替她妈妈还债？"

"嗯，可以这么说。"映水挠挠眉毛，"不过这不算什么，只是保险的赔偿金而已。伤害险，从保险公司和医院拿到的。"

"保险？"

"保险里可以加入几个人，每个月几千日元，然后装作稍微受伤，去有保险协议的医院就诊。如果需要长期治疗，根据合同每天大约能拿到一万日元。总之就像打工一样，每天去一趟。只要去了，就会留下记录，直到合同规定的上限。一般来说，目标是两个月，约六十天。拿到保险金后我们就会分掉。"

"如果被发现呢？"我问。

"写诊断书的医生和审查保险的人都心知肚明。保险公司和医生之间有几个不会重叠的团体，成员也定期更换。如果保险公司的负责人发出警告，那就停止。给黄美子的钱就是从这儿来的。"

"如果被抓……"

"这点小事不至于吧。"

我们不再说话，而是各自喝着啤酒。我犹豫着想问他以前有没有被抓过，但总觉得还是不问为妙。我们沉默了很久。

"她妈妈欠了很多债吗？"

"加上兴奋剂的话，有一笔不小的数目，还有之前借的民间高利贷……黄美子从小就在努力打工还钱了。"

"黄美子……"我深深地吐出一口气，用手掌揉了一把脸，"从小……她是这么过来的。"

"她右手有一个很大的痣，你见过吗？"

"哎？没有。"我抬起头来。

"有一个，在大拇指旁边。她被教过很多次分辨左右，但还是分不清，所以小时候被随便用针拿墨水做了记号，这样一眼就能分辨出来哪边是右了。"

"被谁？"

"她妈妈和男友。"

我一时语塞。

"花，"片刻后，映水说，"三茶虽然还算个安全的地方，但说不准会发生什么。所以你不要傻傻地把自己离家出走、和父母不联系等详细情况告诉别人。因为不知道会不会有人在哪里图谋些什么。你要小心被人当成摇钱树、被人盯上！"

我用力地点了点头。不知是我的动作太大还是反应迟钝，太阳穴开始隐隐作痛，发出咚咚的声响。映水喝光了杯里剩下的啤酒，看了我一阵，然后低声说"我们该走了"。我默默点点头，他举手示意买单，于是刚才那个头发上缠着鲜艳布条的店员走过来，把小票递给他。我正想从钱包里掏钱，他拦住我，帮我支付了。店员用明朗的声音向我们道谢，露出微笑。从进店起服务员就只有她，而且多次给我们端来啤酒，但不知为何我感觉她不是原来的她，内在似乎换了一个人，而且大家明知道这件事却都没有表现出来。我感到既害怕又忐忑，心脏怦怦直跳。

走到外面，空气里弥漫着夏末的气息。我和映水并肩走着，脑子里懵懂地想着，不知道自己为何认识这种气味，也不记得在哪里闻到过。我们漫无目的地向车站走去。四季的气味，仔细想想很是不可思议。四季是由谁决定的，又是如何诞生的？是花朵、树叶或者风吗？与人类无关吗？假如季节与年龄、场所无关，那么应该是同一种气味，不是吗？我不懂这究竟是怎么一回事。

"黄美子应该会回来吧？"

"她会回来的。"我抬起头，"什么意思？你是说她有可能不回来？"

"不是，我没别的意思。只是想问她几点回来……"映水看着我的脸，"而已。"

"她没说几点回来。"我突然变得有些心虚，难为情地说，"但是会回来的。"

"赌场的事，很抱歉。"映水说，"突然看到那一幕，你肯定吓着了。虽然我也吓了一跳，但你一定吓坏了吧。"

我没有回答。

"现在正处于过渡期。虽然这种工作不需要什么过渡……不过今天只是个巧合，我只是借用一下。"

透过建筑物之间的缝隙，我看见天空飞过了一群排成一字的黑色小鸟，不一会儿就分散开来，消失不见，仿佛被什么东西吸走了。

"你哥现在怎么样了？"

"他去世了。"映水说，"二十岁的时候。不过，年轻人总是先走。"

当来到通往车站闸口的楼梯处时，映水笑着说："你真是个酒桶啊，喝了不少呢。"他笑了笑，把手里的小包夹在腋下，然后重新拿在手里。

"志训呢？"

"志训……"映水用鼻子哼了一声，用手指挠了挠眉毛，"他下落不明。他没坐牢，也没听说死了或被人陷害，所以我还是一头雾水。已经过去很久了。最后的时候，他好像还在信用社或银行之类的地方工作。他长得好，不像黑帮，在那里受到了重用。老大一直对哥哥和志训青睐有加，长期把他们带在身边，所以他们深陷金钱和组织之中。也许他出乎意料地在以普通人的身份做事，但是也没那么容易啦，谁知道呢。不管怎么说，他很难找。"

"你在找他吗？"

"不好说。"映水笑了笑，"他毕竟是我哥。"

和映水分别后，我继续漫无目的地走在三轩茶屋的街道上。原本应该穿过红绿灯，沿着商业街直接回家，但不知为何没能做到。我沿着灰色的路一直走，走到尽头时右转，然后左转……如此反复几次后，我发现自己又站在了站前的黄昏之中。离天黑还有一段时间，但我已经能从路上来往的行人脚步中感受到一丝淡淡的热气，像是在期待夜晚的兴奋。我不知道该往哪里看，该走向何方。我拖着逐渐沉重的身体，穿过两个红绿灯向另一条商业街走去。不一会儿，我到了一个公园，那里有一棵大树，我找了一张空椅坐下。孩子、老人、情侣、带着婴儿的母亲等形形色色的人似乎都在这个周日的午后渐渐远去。我想我必须思考些什么，但又不知道该如何是好。

天黑之前，我回到了家，一打开门就看见了黄美子。她像往常一样正在拿抹布擦墙，看到我后开心地笑了。她停下手里的动作，来到门口对我说："花，你回来了！"

"我回来了。"

"有章鱼小丸子哦。"

"真的？！"我不敢直视她的眼睛，故作欢欣地回答。

"我去扫墓的时候，那里摆了很多摊，所以我就买回来了。"

"哇！真的吗？"我尽量不与她对视，径直走向厨房的洗碗池。洗手，调整呼吸，然后走进房间。

"等你擦完，一起吃吧。"

"好！"

她总是卷着袖口，拼命擦拭那根本不脏的墙壁。我看着她的背影，她在我眼里几次变成了小孩。我默默地注视着她。

"好了，花，吃吧！"

她在小桌上摊开章鱼小丸子，她的右手大拇指处有一个椭圆形的泛青的小痣，正如映水所说。

"真好吃。"我说着，往嘴里塞了两个。

"咦？花，你怎么哭了？"

"什么？"我糊弄道，"眼泪出来了？"

"出来了。"她惊讶地看着我说，"你哭了，发生什么事了？"

"没什么，我只是觉得太好吃了。"

"是吗。"她笑了，"摊贩做的确实很好吃。那是什么时候来着，我们一起去了夜市。"

"去了，去了。"我一边咀嚼，一边抹掉脸颊上的泪水，"和你一起去的。"

我吃着章鱼小丸子，仿佛回到了多年前的夏夜。夜色中涌动着亮晶晶的苹果糖和棉花糖、在水中游动着的红色金鱼、五颜六色的塑料球、泥土的芬芳、酱料的香气，还有无尽的烟雾中夹杂着的人们的欢呼声……

孩子们在黑暗中奔跑，被更深的阴影笼罩。"黑夜很危险！别去那边！"无论我说多少遍，孩子们都只是笑笑。他们不知道那是黑夜，对黑夜一无所知。没人知道黑夜究竟是什么。不过，我还是在路的前方看到了一束微弱的光，一束从装着满满香肠、面包和罐头的缝隙里漏出来的淡淡的、令人怀恋的光。待我回过神来，发现黄美子正看着我。

"黄美子。"我用沙哑的声音说，"你别再像以前那样突然消失，好吗？"

"啊，说起来确实有一次。"黄美子笑了。

"别笑。"我说，"我们要永远在一起。"

后来，我们一边继续吃章鱼小丸子，一边看电视。我们轮流洗完澡，关灯躺在被窝里聊了几句。我说白天一直待在家里，傍晚之前才出门散步。她说在墓地看见了流浪猫。她很快就发出了熟睡的鼻息，而我一直睁着眼睛，迷茫地眺望着房间里到处投下的青色阴影。那一夜，我失眠了。

第七章　团圆

1

"休息一下吧，我饿了。"

兰四肢伸展开来，趴在榻榻米上，仿佛在宣告自己已经没救了。我瞥了一眼手机，已经下午两点多了。毋庸置疑，自从早上吃了便利店的饭团后，时间已经不知不觉过去了很久。突然间，我的肚子咕噜咕噜地叫了起来。刚才大家都全神贯注地收拾着，所以没有察觉到饿了。

"吃什么？"黄美子放下沉重的纸箱问，"大家想吃什么？"

"随便，但是要快的那种。"兰躺在地上说，我和桃子也附和道："都行。"

"那我们去站前，到那儿再决定。"

我们步行了大约十五分钟，穿过陌生的住宅区，通过国道上的红绿灯，最终来到了熟悉的三轩茶屋站前。我们在几家店铺之间物色、徘徊，最终决定走进一家曾多次光顾的中华料理店。推开门，门板发出嘎吱嘎吱的声音，炒饭、煎饺的味道和香气四溢的油脂味瞬间扑鼻而来，饥饿感宛如被拧干的湿抹布一般涌上心头，我的口水几乎都要流出来了。我们点了出餐最快的当日套餐，又额外加了两份煎饺。炒肉和米饭很快就上桌了，我们默默地享用着。

稍事休息后，桃子笑着说："大家吃太快，一口气就完了，又不是吃货大赛的预选赛。连米饭都没剩，真能吃！"

"我们的最爱——白米饭。"兰也笑了起来。

"对啊，为什么白米饭这么好吃？感觉能无限吃下去。"我一边品味着口中肉汁和韭菜香气交织的大米味道，一边感慨地说道。

这时，一盘刚做好的热腾腾的煎饺被端上桌，大家发出了一阵小小的欢呼。

"家快收拾好了。二楼只剩装窗帘了，对吧，花？被褥也都收进壁橱了。"兰一边夹着饺子蘸酱，一边说道。

"嗯。一开始还担心尺寸不合适，但最后都用上了。轨道滑轮也都齐了。"

"和室就是我们睡觉的地方。旁边的房间暂时用来存放行李？可能会有不少衣服之类的。"

"是的。睡觉的地方稍微留点儿空间会更好。对了，你们看过洗手台的瓷砖吗？虽然有些旧，但还挺可爱的吧？感觉挺精致的，颜色也很不错。"

"可爱！"桃子和兰异口同声道。

我们吃完迟来的午餐，肚子很饱，然后去便利店买了饮料。那是一个晴朗的十一月的星期日。微风时而拂过，带着一丝冬日的寒意，却散发着愉悦的气息。真是个惬意的秋日午后。或许正因如此，这天比往常的周日更加热闹，整个城市更加明亮，每个人似乎都比往常更加开心。虽然搬家的事还没有完全处理完，但我们还是跟随着人流在车站前悠闲漫步。

搬到三轩茶屋已经一年多了。虽然每家店铺都已经很熟悉，但是今天我特别留意了很多与家居装饰相关的物品，如家具、花瓶、架子、椅子和镜子等。每一件物品都闪闪发光，仿佛在热情地迎接我。我可以为自己的家挑选喜欢的家具和装饰品，如果价格合适，甚至还能买下它们——想到这里，一股愉悦之情涌上心头，脸上自然地流露出笑容。当然，生活中仍然有烦恼存在，但我第一次感受到了欣喜。

四月，我们得知了必须搬离现住公寓的消息，起初以为时间充裕，但是那年夏天发生了许多事。时间转瞬即逝，寻找住所的时间迅速被压缩。虽然我心里明白需要好好考虑，认真将事情做好，但是柠檬酒馆还在营业中，黄美子又得了胃肠性感冒卧床不起，再加上我们必须花时间陪伴兰和桃子，于是这件事就一直被搁置了。

其间，除我们之外的最后一批居民也搬离了公寓。秋天的气息渐浓，我开始真正感到焦虑。虽然这一切我从一开始就知道，却不知道找房子该从哪里下手。

然而，租房的唯一办法就是去找房地产中介。我在每天上班之前或者休息日拼命地奔走于城市的各处，注视着房地产中介公司玻璃窗上张贴的租赁信息、布局平面图和房租价格。但我从没走进过任何一家，我在回家路上的叹息次数不亚于注视过的楼盘数量。

金钱上没有问题。我有存款。而且，虽然柠檬酒馆的生意不是特别赚钱，但也能不出大问题地维持下去，并且可以继续支付房租。我们可以独立生活，不给包括房东在内的任何人添麻烦。但我们没有信用记录之类的东西来启动这一切。我仍然是需要监护人的未成年人，没有任何身份证明文件，也没有月收入证明。黄美子虽然是成年人，但情况和我一样。

就在这时，兰和她同居男友之间的争吵越来越激烈和频繁。一个月前，她男友突然因为过度呼吸发生痉挛，还闹到了要叫救护车的地步。这究竟是怎么一回事 —— 听桃子说，他们虽然情绪有波动，但一旦激动起来就会互相动手，于是开始谈起同居可能到了极限。桃子也有自己的问题，除非有事情需要回青叶台的家，其他时间她一直在外面，也不上学，导致与父母发生争吵，和妹妹的关系也很糟，大部分时间都在我和黄美子的家或者柠檬酒馆里。

因此，当我告诉桃子我们必须在年内找到新住所时，尽管她迅速兴奋地提出了"那我们一起住吧"的想法，但也只是一如既往地兴奋，谁也不知道到底该怎么做。我和兰都不能依靠父母，桃子家虽然富有，父母也很了不起，但我们从未见过他们，自然也就没有任何关系。桃子开玩笑地说："不知道能不能借奶奶来解决问题？"这也只是个毫无现实意义的说法。我们虽然没有身份证明，但确实生活在现实中，可是总觉得没有完全活着。或者说，我们的存在方式与普通人不同，生活的每一天都明确地展示了这一点。这也许与我是未成年人有关，但也可能与年龄无关，因为黄美子和我一样。

有一次，琴美来到三轩茶屋和我们一起吃饭。饭后，琴美一边喝咖啡，一边缓缓吸烟。当她像叹气一样吐出烟雾的时候，我看着她，她像往常一样浅浅地笑了。我喜欢她有时会露出的微笑中带着一丝孤独的表情。虽然每次看到这个表情，我都会有种想哭的感觉，但那天看到这张脸的瞬间，紧张和忐忑突然像要发作似的涌上心头，我焦虑得几乎要一股脑把我现在担心的事全盘托出。然而，我们一直以来拜托琴美每个月带着银座的客人来两次柠檬酒馆，已经给我们增加了许多销售额，如果再让她在住所方面照顾我们，那就太过于依赖她了。因此，我还是设法克制了自己的情绪。

或者，如果黄美子能向琴美提出请求，也许会更自然一些，但她似乎没有想到这一点。另一方面，我又担心向黄美子建议"去找琴美帮忙"不太合适，所以难以抉择。

我也不太愿意求助于映水。那天，当我听到他讲述关于赌棒球的经历时，他的过去深深地扎根于我心中。我有时会突然回想起那些自己从未经历过的场景，感到既悲伤又痛苦。后来，映水像往常一样沉默寡言，每天都如常来到柠檬酒馆。但是无论何时何地，无论做什么，我都会想起他描述的风景和人物，以及他当时的感受。考虑到他和黄美子之间的联系，也许他能帮上忙，但是我已经向他借了手机，不想再增加他的负担。再者，无论他怎么安排，肯定不是什么合法的方式，所以无论如何，我觉得向映水请求帮助应该是最后的选择。

要不回东村山看看那里有什么可以用来证明身份的东西？但那里有什么，有什么东西可以为我证明？似乎也没有。我想了想，这似乎不仅是关于租房。例如，如果我现在发生意外或生病，该怎么办？我能去医院吗？会有人给没有保险的我报销医药费吗？我的眼前突然出现了一个巨大的黑洞，脸被猛烈地吸入。我摇了摇头，试图摆脱这种感觉。不，现在首先要考虑的是房子，到底该怎么解决住房问题？

在最糟糕的情况下，我和黄美子能住在柠檬酒馆里吗？用沙发当床，拆掉一个包厢来放置行李，并用布挡上？或者向桃子说明情况，拜托她从喵哥那里借来二楼文身店的钥匙，带着床垫偷偷地去住一段时间？我从早到晚都在考虑这件事，脑袋都快要炸了。而黄美子依然拿着抹布擦着墙壁。兰和桃子似乎都很乐观，完全没有注意到我在为找房子而发愁。是的，尽管兰和桃子也说"想一起住"，但那只是一个奢侈的愿望，或者说是只是一种"如果成真就好了"的心情。我的困境无法与任何人分享，我必须自己解决。黄美子和我的生活必须由我来解决。但是该怎么做呢？过去几周里我仿佛身处于氧气逐渐减少的狭小空间里。快到穷途末路的时候了，我甚至在考虑求助映水。就在这时，一只拯救之手从我不曾想象过的地方伸来，那就是柠檬酒馆小楼的房东。

"我在下马有一个独栋房。"

出生于关西、说着柔和的大阪方言的房东爷爷原本姓阵野，我们亲切地称他为"阵爷爷"。阵爷爷很喜欢柠檬酒馆，每个月都会独自一人前来光顾。虽然他总是穿着有些年头的破衣服，但既然能拥有这栋小楼，肯定相当富有。不过他从不挑剔，也从不摆出一副高高在上的姿态（我们的熟客里有相当多任性和刻薄的富豪、地主）。当阵爷爷来的时候，不管是黄美子、我，还是兰和桃子，都会感到心情愉悦，他是一位非常好的客人。

他自我介绍时让我们叫他"阵爷爷"。他头发雪白，看上去就是个老头，但皮肤充满光泽，脸色红润，更重要的是他腰背挺直，动作利落，精力充沛。他每次来柠檬酒馆前都会打电话确认包厢是否空着，到店后会先点一杯啤酒，让我们喝，接着喝一些兑水的酒。喝上一阵后，他就开始唱卡拉 OK，开头会唱一些熟悉的歌曲，之后从口袋里拿出小小的手账和老花镜，检查他准备的曲目。他总是会尝试新的曲目，那天晚上挑战的是 J-WALK[1] 的《无言的夏天》。

唱完歌后稍事休息的阵爷爷似乎察觉到了我心情低落，他关心地问道："你最近怎么样啊？"我向他诉说了即将无家可归的担忧，于是他对我说："我在下马有一个独栋房。"我简直不敢相信自己的耳朵。虽然柠檬酒馆里人声嘈杂，但那一刻周围的声音仿佛突然消失了，他的声音就像透过厚实的云层射出的光一样，照亮了我的黑暗。

"虽然房子有些破旧，而且我很久没去看过了。"阵爷爷一边吃盐腌海带丝，一边说，"咦？是交给哪家店看管来着？我都忘了。反正很久没联系了。没人租，还想着拆了卖地呢，不过连这也忘

---

1 由韩国组合水晶男孩成员张水院与金在德组成。——编者注

了。你住那儿就好了嘛。"

没有人可商量，我独自默默地担忧，现在解决这个问题的线索突然出现在眼前。想到这里，我感到脸颊发热，下意识地身子向前倾。

"可是，阵爷爷，我没有身份证之类的东西，感觉不太能签订合同。"

"这里是怎么租下的？"

"怎、怎么……"

"我的房子太多了，一下想不起来这里当时是怎么租出去的。"

"我是后来才来的，详细情况我也不清楚。"我心中不忍错过这个机会，被阵爷爷带动着不由得说话腔调变成了一口生硬的大阪话。我舔了舔嘴唇。

"但是这里签约办得挺好的，我记得挺顺利的。"

"是吗？"

"我觉得是。啊，你看……在黄美子之前，这里是由厚子老板娘租下的。她待了很长时间，也很满意黄美子，然后我们就认识了。我不喜欢完全不知底细的人，因为有时候有些家伙会把事情搞砸，真是没办法。你们从来没有拖欠过房租。要说起来打扫是我看重的，你们打扫得相当勤快。我最后是在厕所里决定的。"

"厕所？"

"是啊。有些人只会嘴上说得天花乱坠。我不管是买车还是借钱，最后都是看厕所。你们这里无论什么时候都很干净。生意都是从厕所里出来的。"阵爷爷一边来回舔着拇指和食指上的盐，一边说，"所以，黄美子和你住也没关系。"

"啊，除了黄美子和我，还有兰和桃子，我们决定一起住，房租也一起出。"

"那里能住下吗？我已经记不清了……啊，上面有两间房间，下面是一间起居室和一间和室，怎么样？虽然旧了，也放置了很久，我想应该会有破损……"

"是独栋房吗？"我睁大眼睛问道。

"有多少坪¹来着……不到二十吧。"

"房租贵吗？"

"嗯……"阵爷爷把老花镜和记事本放回口袋，"多少来着，我记不清了，明天派人联系一下。应该不会太贵，和这儿的房租一起交就行。不然放着就只能拆掉，随你们喜欢喽。不过，最好先去看一看，有可能不适合居住。啊，需要钥匙吗？待会儿我会让人联系你。"

我不仅脸红，连手脚、脖子和背部都感到一阵发热，低下头连连道谢。

"你这样动头会累着脖子哦。我也能收到房租，是一笔好买卖。"阵爷爷喝了一口兑水的酒，"对了，也告诉映水。安映水，他应该在吧？"

"在。"

"叫他来拿钥匙。"

阵爷爷说完这些话就离开了。我立刻给映水打电话，可无论打多少次，他都不接。我打了大概十二次，没人接，于是就放弃了。第二天一早我又打，可一直到了当天下午还是联系不上。我焦急地去了柠檬酒馆，和大家一起吃便当，这时映水才终于姗姗来迟。我在问打电话的事之前先用眼睛示意他别说话："映水，我们去便利店一趟吧。"然后把他拉到了外面。我不知道事情会如何进

1　日本传统计量面积的单位，1坪约为 3.3 平方米。

展，也不想半途而废，让大家失望。如果可以，我想把她们突然带过去，然后说"嘿，看这儿！"吓她们一跳。或者听到"花，你太棒了！"这样的赞美也不错。我们走出小楼，朝便利店走去。映水一脸莫名其妙的表情。我边走边将这件事告诉了他。他睁大眼睛听着，然后陷入了沉思。

"有什么不对劲的地方吗？"我问道。

"没有，我只是在想阵野先生的事很意外。这么一想，时间确实不太够了。"映水抬起头，向上看了一眼，"最近我也有点儿忙，没顾上这些。"

"我也焦头烂额的，差点儿以为要无家可归了，然后就从阵爷爷那里听到了这个信息。映水，我们好像也认识很久了吧？他说让你去拿钥匙。我知道你也很忙，但尽量快点儿，拜托了。"我双手合十说道。

"好的。房子在哪儿？"

"在下马。到不了世田谷公园，好像就在那附近。房子已经好多年没人住了，虽然老旧，但听说是独栋房，所以有点儿担心租金。不过，那里有三间卧室，还有一间起居室，感觉大家一起住也没问题。独栋房听起来很酷吧？我没住过，完全不懂。房子里有楼梯的话会是什么样子呢……"我感到既兴奋又紧张，自己也意识到比平时语速快了不少。

"房子大概是什么样子，还有租金是多少，我也问问。"映水说道。

"希望不要太贵。"

"嗯，阵野先生不会害你的。他那么有钱。当时签柠檬酒馆的时候，他虽然对有些条件不满意，但最后还是照我们的想法办了。"

"啊！"听到这里，我突然想起了一直萦绕在脑海中的事，"对啦！租柠檬酒馆的时候，是你办的吧？"

映水看着我，脸上带着一丝犹豫，似乎在说：是又怎么样……

"啊，其实没关系的。"我低头看着自己的鞋尖，"肯定是你办的。没什么，真的。"

之前听映水说了黄美子的事，我突然觉得恍然大悟，那种感觉猛然涌上心头，仿佛回到了当时的情景。在和黄美子一起勤勉地打扫柠檬酒馆时，我还什么都不知道。即使在东村山度过的那段时间，不，甚至直到最近，我都对黄美子一无所知。想到这里，我的脑海中浮现出了黄美子右手上青紫色的痕迹，心中隐隐作痛。

三天后，我从映水那里收到了带有标记的地图和房屋布局图，还有钥匙。我拿着布局图，凝视着那个快要被我看破的地方，脑海中浮现出各种各样的想象。一楼标注为"和室六叠"的方形房间是黄美子的卧室，二楼的六叠和室是我们仨的卧室，旁边的五叠洋室是放衣柜、书架和衣服的地方。我们重要的"黄色角落"应该放在这里最显眼的地方，还是放在我们仨常待的一楼的六叠起居室呢？四叠厨房应该放不下那么大的桌子，但我想在这里和大家一起吃饭，那就需要椅子。椅子——我意识到自己从来没有过有椅子的生活。家里从来没有过椅子。那么首先要买椅子，我的第一把椅子。想到这里，我不禁高兴起来。经过深思熟虑，我最终决定了一件事。我决定不独自提前去看房子，而是和大家一起，共同在那里初次见证我们的家。

在一个像今天一样晴朗愉快的星期日，我邀请大家一起去了世田谷公园。

通常我们会在麦当劳、家里见面或者在附近闲逛，所以这一次的邀约她们都觉得新奇。当我们坐在草地上边聊天边吃着在便利店买来的饭团时，我们感觉这是一个真正放松的日子。在傍晚回家的路上，我假装散步走进了住宅区。我开始为了给大家一个惊喜感到兴奋，但又不知道那房子是什么样子的，如果真的像废墟一样该怎么办？或者，那房子究竟是否真的存在？忐忑和期待的情绪交织在一起，我的身体微微颤抖了起来。最终，在地图上指定的位置——停车场旁边，一栋房子出现了。

"怎么了，花？"兰对停下来看着房子的我问道，"怎么了？"

那只是一栋毫不起眼、随处可见的老房子，有所有房子都有的三角形瓦屋顶，整体是四方形。我睁大眼睛，将一切尽收眼底。

二楼有一个黑框小窗，仿佛在静静注视着我。正下方的一楼有一扇色泽深沉的褐色门，仿佛粉末覆盖的巧克力板。在大门和我之间有一扇铝制小门，高度差不多到我的胸部，左右两侧的混凝土围墙环绕着整栋房子。一个已经完全生锈的报纸箱斜挂在围墙上，挂名牌的地方留下了一处模糊的长方形痕迹。

房子的墙壁颜色让我想起了小时候穿了很久的运动鞋。那是一双长时间被雨水、泥土和尘埃染得无法辨认其原本颜色的浅灰色运动鞋，上面布满了无论洗涤和暴晒多少次都无法去除的斑点。

越接近地面越黑，不知深浅的裂痕纵横交错。低头看去，只见门与玄关之间长着各种各样的草。雨水干燥后在铺砌的石板上形成了凝固的斑块，旁边还有一大盆完全干枯变色的芦荟。旁边的地面上滚落着一支旧的木制球棒。从右手边往里走应该有一个小花园，我想起了那张印刷模糊、文字和线条都不太清晰的平面布局图。

这是一栋房子，一栋再寻常不过的房子。没有任何特色，似乎无论看多少次都不会留在人的记忆中，只是一栋老旧的房子而已。但这是我的新家，我的和黄美子的、我们所有人一起生活的家。

"花——"

桃子来到我的旁边。可我仍然一言不发，也一动不动，于是她不可思议地也看向这栋房子。稍远处的黄美子和兰也走过来，我们站成一排，一齐望着这栋房子。

"大家……"我的目光依旧停留在房子上面，"这儿就是我们的家。"

在一阵诧异的沉默过后，兰扭过来看着我的脸，问："什么意思？"

"我们要住在这儿。"

"哎——"大约过了三秒，桃子高声叫了起来，"等等，等等！花，我们的家是什么意思？"

"就是字面意思。"我点了点头。

"哇！花，什么时候的事？！"

"不会吧，花！真的假的？嘿，黄美子！黄美子，你知道吗？"兰也跟着高声说道。

"不知道。"

黄美子说罢，似乎想问些什么，却又表情淡然地看着我。我微笑着回望她，然后又把视线移到了我们的家。

兰和桃子挽着手臂吵闹着，不一会儿就安静了下来。黄美子打了一个大大的喷嚏，兰和桃子笑了一下，我握住了黄美子常穿的那件夹克的右边袖子。

"这儿是我们的家。"

待我回过神来，发现天空在我们的头顶上展开了深蓝色的阴影，遥远的地方开始融入夜色。远处传来了乌鸦的叫声，它们渐渐远去，声音时缓时急。不知为何，我仿佛闻到了大海涨潮的气味，接着很快就消失了。我们静静地站在那里，轻轻地彼此握着手，凝视着我们的家。

2

　　柠檬酒馆的房租是十四万日元，加上水电费、酒水、湿巾以及其他采购的各种费用，再加上每月支付给兰和桃子的兼职工资——把这些费用从月销售额中扣除后，每月大约会有四十万日元的结余。我们努力确保每天的销售额达到三万日元，按照每月有二十六个营业日计算，总计约七十万日元。另外，琴美还会定期或临时带来大笔消费，因此这家小小的柠檬酒馆可以算得上运营得非常顺利了。从结余的钱中扣除房租、水电费以及我和黄美子的生活费后，余下的钱我都存进了那个熟悉的纸盒里。

　　柠檬酒馆自开业以来已经过去了一年零两个月。由于一直辛苦地积攒，我的存款已达到二百三十五万日元。同阵爷爷租房子是口头约定，不需要押金，因此没有动用这笔存款，真是帮了大忙。新家的租金是十二万日元，我和黄美子共同出七万，兰出三万，桃子出两万。

　　二百三十五万日元对我来说是一笔真正的巨资。

　　关于放在家里的这笔存款，我一直都对兰和桃子保密，但这并非意味着我不信任她们，只是觉得特意说出来也很奇怪。虽然这是我和黄美子的共同存款，但也是我们的私事。而且，我也不知道兰和桃子是否有自己的存款。但无论如何，我不知道她们的存款情况，就算是住在一起也没必要过问。黄美子对柠檬酒馆的销售和利润，以及我们的存款金额依然漠不关心。即使偶尔和她单独相处时提及，她的反应也只是"哦，不错嘛"。

　　自搬来新家已经过去了一个多月。十二月的第一个星期日，桃子邀请我和兰一起去涩谷一家新开的蛋糕店。据说这家店的食材都是从法国运来的，店名很长。桃子虽然没什么要好的朋友，但她在直升式女校里有一个从小学起就多次同班的同学，即使她现在几乎不去学校，两人偶尔也会互通电话，算是有些交情。兰饶有兴趣地说"想去"，我也很想去，但因为有些家事需要和映水商量，所以我提议先不带我，下次再一起去。那天黄美子刚好和琴美去了美容院，上午就出发了。"哎？这样可以吗？感觉像是把你抛下了，真对不起。"兰一边化妆，一边喋喋不休，桃子则忙着挑选衣服。最后，我终于硬着头皮送她们出门，并在拐角处好好目送了一番，然后回到家，四处搜寻可以藏钱的地方。

与我之前住过的文化住宅、和黄美子住过的公寓不同，这栋房子从各种意义上来说都有很深的"城府"。我找到了几处用途不明的空间——坑、架子和台阶，很快就决定了藏钱处。虽然房子有厨房、玄关和杂物间这几个选项，但我最终还是选择将钱藏在大家当卧室使用的和室的衣橱里。

我不知道这是独栋房的特点，还是老建筑独有的结构，衣橱本身异常宽敞。当我爬进去并用手敲天花板时，木板发出咚咚的声音松动了。我往里一看，到处都是屋顶的横梁，天花板上面有一个宽敞的空间。现在床垫是放在衣橱底下的，但明天起我打算把它们移到上面，这样白天床垫会占据上层空间，而晚上大家都睡觉，兰和桃子不可能爬进来拆开木板窥探上面。再则，即使没有床垫，人们也不会特意钻进衣橱触碰天花板。

我走到隔壁的洋室，各种行李还没整理。我小心翼翼地打开那个纸盒的盖子，将钱取出。考虑到纸盒比现金大，我想换成纸袋或许更好。搬家前，我特意把一直以来守护这些钱的那块腌菜石满怀感恩地放回了原处。

我从以前收集的纸袋中挑了一个经过防水处理的厚实纸袋，把二百三十五万日元静静地放在底部，盯着看了一阵。之后，我又改变主意，回到洋室，拿出小时候用作储物盒的深蓝色盒子，决定把钱放进去。我喜欢这个盒子开闭时的触感。盒子里装着信封、字条和小东西，我把它们拿走，把贵重的现金放在了最下面。然后，我确保紧紧盖上盖子，将盒子放到了天花板上面，再把天花板放回原位。

兰和桃子是午后出门的，傍晚就回来了。据说涩谷的人很多，虽然排队进店大约花了三十分钟，但店里的氛围很好，不愧是名店，蛋糕也很好吃。我们坐在一楼的起居室，钻进暖桌，一边喝着啤酒和黑加仑橙汁，一边悠闲地聊着天。暖桌的桌板和桌架是从原来的公寓带来的，被子则是最近在西友超市新买的，无论哪里摸上去都是崭新、富有弹性的感觉。我们聊了一阵熟客和新客，接着讨论了新菜单，然后话题又回到客人身上。尤其是兰最近变得活跃，似乎有一个人经常邀请她一起去台场见面，我们还讨论了这样那样的拒绝方法。过了片刻，桃子突然想起来似的从包里拿出一个小包裹，说是礼物，递给了我。那是一条用若干种黄线编织成的手链。

"我一看到黄色的东西，就会立刻想到花。"

"哇，谢谢！"我放下手里的啤酒，高兴地接过，"这大概是我第一次戴手链，可以一直戴到自然断裂吧？"

"是的。戴在手腕或脚踝上时许个愿望，当它断掉时愿望就会实现。"

"是吗。那戴在哪儿好呢？"我一边说，一边拿着手链在手腕和脚踝上比试。

"对了……"兰说，"刚才我见到了桃子的同学。"

"在涩谷？"我问道。

"是的，"兰把目光转向了桃子，"在蛋糕店。是吧？"

"哦，那你们聊天了吗？"

"没有，我觉得她没注意到我。"桃子打开黑加仑甜橙口味的罐头，"但她绝对在做援交。"

"啊？"我不由得发出了声音，"这种事你怎么知道？"

"因为今天是周日，她还穿着校服，而且她的同伴大叔穿着一件超级土气、皱巴巴的灰色毛衣，一眼就能看出来。"

"桃子上的毕竟是女子学校啊……这种事，大家都在做吗？"我问道，脑海中浮现出了喵哥的脸。喵哥后来又来过几次柠檬酒馆，像往常一样喝啤酒，滔滔不绝地聊天，但最近好像没见到他。"喵哥最近没来，桃子，你和他有联系吗？"

"算是吧，不太频繁。不过我总觉得现在所有事都很无力。"桃子确实说得无精打采，但她更加无精打采地喝了一口黑加仑甜橙口味饮料。"喵哥这个人吧……不是坏人，见面没什么害处，聊聊天也挺好的，但两小时就到极限了……该怎么说呢，有一种让人不舒服的感觉……你们懂吗？"

"懂……"我点了点头，"倒也说不上讨厌。"

"嗯，是啊，但总觉得太夸张了，总想把自己说得很了不起……倒也不是说谎，更像是在吹牛。比如讲一件昨天刚知道的事却好像早在十年前就知道了一样，让人烦躁。那本书如何如何，那部电影如何如何，和什么什么人认识，最近在哪里举办了怎样的派对，在那里谁做了什么……还不时地掺杂一些所谓'我很厉害'的信息。我也学到了很多东西，虽然不完全是谎言……你们懂吧，说谎和吹牛是有区别的。"

"我不懂。"兰说道。

"……确实有差别。"

"什么，有什么区别？"兰一脸茫然地问道。

"不懂就算了。"桃子冷冷地看着兰,"但比起喵哥,我更想说我的同学。刚才看见的那个人,我觉得她已经完了。现在还在做援交[1],真是太老土了。"

"援交……老土?"我虽然对援交不太了解,但隐隐觉得那是更厉害或者更有难度的事情,所以桃子轻描淡写地说出"老土"这个词让我很意外。

"老土,或者说,恶心。援交其实是在我上中学时,一些高年级学生做的事,那时候很流行。那些高年级学生都可爱极了,头发好看得要命,妆也化得好,非常帅气。她们从成年人那里得到众多邀约,还有很多钱,备受宠爱,所有人都喜欢她们。她们在中央大街上小有名气,有很多熟人和朋友,非常帅气。和她们一样外貌好看且备受认可的人才能做援交,否则会感到羞耻。"桃子说,"所以,我们都有一点向往。"

"原来如此……"我感叹道,"有些出乎我的意料。"

"是吗?"桃子嘟起下唇向上看了一眼,轻轻地呼出一口气,前额的刘海摇曳了一下。"有点儿类似于成年人的秘密,或者说加入了更高级的群体,还有一些俱乐部只有她们能去。她们会一直玩到天亮,然后直接去上学。"

"但援交不是为了赚钱吗?"我喝了一口啤酒,"那些帅气的女生是为了赚钱不得不做的吧?"

"才不是呢。"桃子笑了笑,"又不是古装剧,不是为了钱。有钱当然更好,不过我们学校的学生都是富裕人家的孩子,不是这个原因。因为有趣,因为闲得无聊,因为好玩才会做吧?"

"真的吗?"我惊讶地瞪大了眼睛,"但援交感觉要……忍耐

---

1 一种日本社会现象,指少女通过与男士约会获得收入。——编者注

吧，而且需要相当大的忍耐力……对吧？被陌生男人要求做一些事，被'买走'，被强喜欢对方……感觉需要相当大的忍耐力。"

"不是，"桃子摇了摇头，"根本不需要忍耐吧？如果觉得'这家伙不行'就可以放弃。她们可以选择，也不用谁强迫。我觉得，这基本上只是玩乐的延伸而已。"

"我虽然没做过，但感觉有点儿明白了。"兰不知何时手里拿着一瓶新啤酒返回来，加入了这段对话，"因为跟那种一直纠缠在一起、不分手的男友在一起无聊得要死，已经不是恋爱的状态了，但闲着没事，所以就做一下的这种感觉？双方百分之百同意，无聊得要命，又没有意义，于是做完之后就会希望对方消失的那种感觉？反正心情都差不多，倒还不如赚些钱。我能理解。"

"我们学校的那些女生可能并不是这样想的……"桃子一边用手指轻抚眼角，一边说，"因为她们看起来很开心，很有干劲。"

"真的吗？"

"嗯……虽然我不知道她们到底在想些什么，但从我们的视角看是这样。她们看起来就是那样，成年人还在捧场呢。"

"那，桃子，你有想过试试看吗？"我有些紧张地问道。

"可能吧……我之前应该说过，因为我是个'笨球丑怪'，所以在情趣用品店的休息室里大受打击了。我也会想，如果自己像高一女生那样会变成什么样，应该会看到不同的风景。而且，刚才看到的那个同学完全是个和我一样的人，和我水平一样！我想说的就是这个。我的绰号是'笨球土星'，而她却是'背后灵'！我比她还强点儿，不是吗？可她现在却出道，真是土爆了……援交的时代早就结束了……或者说，话题有点跑偏……"桃子透过刘海看着我的眼睛，得意一笑，"花，你啊……"

"怎么了？"

"可能……还没做过吧？只是可能……"

"啊！桃子你在问那个？"兰倏地竖起两只手的食指，就像箭头一样。她指着桃子，开心地追问道。

"没有啦，没有。"我被突然问到，吓了一跳，但顺势实话实说了，"没有啦，我还没和任何人交往过。"

"又不是必须交往才能做。"桃子一边摇晃着手里的黑加仑甜橙饮料，一边笑道，"对吧，兰？"

"但第一次是不能随便找个人的嘛。"兰也笑了，"不过你肯定有喜欢的人吧，和那个人没有发展吗？"

"喜欢的人？"我重复了一遍兰的话，"喜欢的人是……什么样的？"

"嗯？喜欢的人就是喜欢的人啊。你没和那个人亲过吗？"

"喜欢的人……我没有。"我一脸认真地说。

"哎！你太逗了。"她们俩相视一笑，"花，你总有这种意料之外的地方！但应该至少有一个吧，有一点喜欢的人。"

"等等，我想想。"

我一边摩挲着窝在暖桌里的膝盖，一边伸直腰背，试图回想人生中是否有过这样的时刻。但无论我如何努力，脑海中浮现的只有小时候住的文化住宅墙壁的粗糙触感、清风庄门牌上模糊的字样、母亲在吃拉面时穿的白色高跟鞋等，男生或者其他人的面孔、名字我一个也想不到。

我真的没有喜欢的人吗？这时，我突然想起了上小学时迷恋过的漫画主角，埃及法老。那个有着乌黑秀发、眼神凛然的强势法老，他的名字是什么来着……对了，曼菲士！毋庸置疑，是《王家的纹章》里的曼菲士，但如果在这里说出来肯定会被她们在心里当作傻瓜，而且曼菲士本来就不是现实中的人。真的不存在吗？我喜欢的人，我可能喜欢的人，我真的从未对男生有过这样的感觉吗？想到这里，我想喝一口啤酒，这时我突然想到一个人。

"家庭餐厅的经理。"我说，"他人很好，可是……"

"原来有啊。"她们俩眯着眼睛说道。

"可并不是喜欢。因为他对我很好，所以我现在想起来了。"

"可他对你那么好，难道不是把你当成了目标吗？"桃子调皮地说道。

"不可能。"我否认了。

"可能，而你也知道。"桃子笑了，兰也附和道。

"不，我觉得不是。"

"他肯定是想追你啦！"桃子得意地笑，"他肯定是想和你交往！"

在这一瞬间，我的全身仿佛被一直以来欢笑的某人盯着，我忽然间感到困惑，同时非常不适。就像在纯白的障子上倒了一整瓶墨汁，一种清晰的厌恶感油然而生。我缓慢地从鼻子里呼出胸中的气息，为了掩饰内心的动荡，我从暖桌里站起来。"我、我去戴个手链……"我边说边向黄色角落走去。

我装作一副无所谓的样子，拿起黄色角落里的各种小物件，放回原处，然后又拿起来，试图平复自己的情绪。从右往左数，再从左往右数。二层架子上堆满了黄色小物件，总共五十三个。我试图回想究竟是什么让我感到厌恶，是什么伤害了我。不是因为店长，也不是因为被桃子挑衅，更不是因为心里生气之类的事，而且也不像是心理上、情感上的……更像是身体直接触碰到了某种令人不适的东西，是一种更为直接的感觉。我走到厨房洗了把手。不知何时起居室里的电视已经被打开了，里面传出了综艺节目的喧闹声。不，或许电视一开始就开着了。笑声和夸张的音效混杂在一起，以至于我分辨不出哪些是艺人们的声音，哪些是桃子和兰的声音。我在洗碗池前站了几分钟调整心情，然后问她们要不要吃泡面。

"现在出门的话，又冷又没力气。"她们边说边走了过来，从装有杯面的篮子里各自挑选了喜欢的口味，倒入沸水，然后又回到暖桌前。厨房里还没有购置好桌椅。

"黄美子今天说了会晚些回来吗？"片刻后，兰问道。

"她和琴美在一起，可能要吃点东西再回来吧？"桃子一边剥开杯面盖子，一边说，"她俩的关系真好。她们多大了来着？是同岁吗？"

"快四十岁了吧。"我回答。

"那就和我妈差了三四岁的样子。哇，真是难以置信。"桃子瞪大了眼睛说，"琴美看起来很年轻，而且总是那么漂亮，身材又好，从头到脚完全不一样，真让人吃惊。"

"我懂。"兰也笑了起来，"虽然很久没见我妈了，但她完全就是个乡下大婶。在家时看习惯了，或许是因为太熟悉了，还没什么感觉，但和朋友在商店街闲逛时碰到就会吓一跳，穿着糟糕，尽显老态，就像有人在对你说'这就是你妈妈，你以后也会变成这样'。真的很可怕。不过，桃子，你家很有钱吧，有钱人也这样吗？不是可以随便去美容院吗？"

"虽然有钱，但本质相同。不过我妈，她很早以前就已经……"桃子的脸扭曲了一下，她转动着一次性筷子说，"不论多有钱，我都不想成为我妈那样的人。她真的超自私，只爱自己，把我们当成她的配饰。"

"什么意思？"我问道。

"所有事都是为了她自己。无论是人、钱，还是东西，她都认为是为了自己而存在的。她活着好像只是为了面子。被人夸奖'你家的房子真漂亮''你的家人真优秀''你家真有钱''真不愧是你''真让人羡慕'就是她活着的意义。我们从小就被灌输自己是有特殊才能的人，要像有特殊才能的人一样行事之类莫名其妙的思想，被迫接受各种奇怪的课程，到各种地方参观，被安排可怕的家教，穿着老土的高级服装长大，简直愚蠢。"

桃子用筷子搅动着泡面，嗍了一口。

"还有，她明明对艺术一窍不通，只是为了穿高级服装，就去美术馆、古典音乐会、歌剧院，还要占据最好的座位，回家的路上又带全家在赤坂之类的高档餐厅吃饭。她沉浸其中，炫耀自己，真是俗不可耐。她和爸爸花的又不是自己赚的钱，而是双方父母的钱。哪怕长大成人、生了孩子，却还在靠父母活着，并且不觉得可耻。还对自己的女儿说无论如何都要进名门私立学校，在女儿还不识字时就送去参加入学考试辅导班。结果我和妹妹实在是太笨了，能上的都不是一般学校，就算找关系上了学也跟不上，只能退学，最后滑落到排名底层的女子学校。我直到现在还在不停责备自己，为什么拿不到让别人羡慕的学位。'为什么连这种事情都做不到？''为什么讲了那么多遍仍然不懂？''为什么别人都能做到的事你们做不到？''明明如此幸运，妈妈也非常努力，为什么你们都做不到？'我妈好多次崩溃地这样对我们大喊，并且动手打我们。她痛苦地生下了孩子，花了那么多时间和金钱精心呵护，最后却只能沦落成没出息的孩子的妈妈。她觉得自己可怜，明明一心想让心爱的女儿们过上好生活，一直以来全心全意地努力，可为什么得不到回报？真是太搞笑了。"

"搞笑。"兰一边吃面，一边笑道。

"虽然我俩一样蠢，但是静香——这是我妹妹的名字，我以前可能说起过——她很漂亮，真的，有着可以当模特的那种长相。"

"那么漂亮？"我问道。

"是的，很漂亮。我妈在他们那个年代的人里面也算个美女，这也是她自以为特别的原因之一。静香和她很像，遗传了我妈家的美貌。我自然遗传了我爸家：颧骨凸出，脸型和奶奶那石头般的脸型简直一模一样。"桃子苦笑道，"从小我妈就在所有事上强迫我俩。但有一段时间，她对长得漂亮、到处受人欢迎的静香更苛刻，对丑陋的我温柔一些。这点静香可能非常嫉妒我。对我来说，这不过是怜悯罢了。但这些在不知不觉中变了，似乎在我妈的心里，漂亮的静香是最后的希望。脑袋笨没办法，但只要好好利用美貌，就能嫁给有钱有势的男人，所以她为了挽回局面，做了各种努力。可我长这个样子，她一看到我就好像无论自己多么努力，都只能被迫回到现实。她曾经严肃地问过我：'你长这样，将来该怎么办呢？'我当时心里就在想，这还用问，你不知道吗？你从一开始不就知道我是个丑八怪吗？她还对我说过：'妈妈爱你，所以才如此担心，你为什么这么漫不经心呢？'"你必须更加努力，否则没人会爱你。'……感觉她的脑子坏掉了。"

　　"真糟糕啊。"兰说。

　　"我们念的学校排名最差，学生也都是些差不多的笨蛋，虽然家里有钱但没地方可去才来这里，所以大家都以疯狂的速度变成更厉害的笨蛋。从小学起就是这种感觉，到了中学，那些笨蛋已经完美地成长为更加愚蠢的笨蛋了。静香开始抽烟、去俱乐部，还和男人、老男人混在一起，结果被频频叫去谈话。这让我妈每次都陷入半疯狂状态。她开始跟踪静香，查出她交往的男人，然后埋伏并大喊大叫，甚至还在家里打架。我也像被按了快进按钮一样变得越来越胖、越来越丑，脸上长满了粉刺，被大家欺负，整天躲在房间里听着爸妈无法理解的音乐，越来越沉默寡言。我妈眼看没有一个理想能够实现，于是就病倒了。"

"后来呢？"我问道。

"后来，她开始做心理咨询。她越来越沉默，有时候整天窝在家里，变得抑郁了，但她还是对这样的自己感到有些得意。她的心理咨询师是一位很有名的教授，出过好几本书，还经常开讲座。她意识到后又开始自吹自擂。她强韧的精神简直了不起。后来，那位了不起的教授告诉她：'你一直都很努力，你没有错。你现在感到的痛苦，是你作为母亲一直对女儿们倾注了爱的证据。'她听了这句话开心极了，这就是我妈。至于我爸，他在外面一直有女人，而且听说那女人和我妈很像，结果是一个胖胖的、普通得不能再普通的女人，我见过她几次。每次爸妈吵架时，都好像要离婚一样。然而，即使我妈早就不爱我爸了，她也绝对不允许自己有两个失败的女儿，还要被丈夫抛弃，于是请律师介入，闹了很久。再后来就发生了奥姆真理教的沙林事件[1]和大地震，我妈就在那时候彻底崩溃了。"

"崩溃了？"兰问道。

"真的崩溃了，字面意思。她突然变成了一个超级有兴致的老太太，觉醒了似的去做义工，备齐登山鞋、雨衣、背包、口哨等物品，去灾区疯狂地进行筹款活动，还领养了在地震中失去了父母的孩子，一个人做得热火朝天。可这种事她怎么做得来？！后来，她又开始思考人生的意义和真正的幸福，说着什么生命与自然的和谐、全球变暖、善待地球等，还在占卜师的推荐下购买了轻井泽的土地，建了房子。我想其中也有让我爸离开东京的目的。她威胁了好几次才把他带走。"

1　指发生于1995年3月20日，日本奥姆真理教信徒在东京数个地铁站投放沙林毒气毒液致人死伤的邪教组织恐怖袭击事件。——编者注

"哇——"我们发出了一声惊叹。

"我们还要上学，所以就决定让奶奶搬来青叶台的公寓。但奶奶年纪大了，我们听不懂她说的话，她好像还有点儿老年痴呆。"

"不过，你妹妹也挺糟糕的吧。"兰笑着说。

"是啊，静香真的很糟糕。她和我妈一样脑子有问题，但最糟糕的是她的肮脏程度，简直不可想象！我妈因为这个一直和她吵个不停。她绝对不刷牙，洗澡也是最低限度，自己从不打扫，也不让别人打扫，而且绝对不洗床单。即使不开灯，也能看见她的床单有多黄，她竟然还带男人回去！虽然邀请方有责任，但来的人也是，让人恶心。还有，她一条内裤能穿好几天，穿到不能再穿时就扔在房间里，换新的。"

"为什么？"我惊讶地问道。

"因为太麻烦了，"桃子的嘴角勾起一丝笑容，"还有，因为我妈讨厌这样。虽然我讨厌静香，她也讨厌我，但唯独在这一点——想方设法做让妈妈讨厌的事情上面，我们是一致的。只有在这一点上，我们站在同一立场，虽然从没明说过，但我明白。妈妈虽然嘴上说爱我们，实际上全是为了自己，为了面子，对我们无所顾忌，最后只顾自己逃走，因此只要是她讨厌的事，我们就会做，这是我们的想法。"

我们陷入了一阵沉默，只听到嗝面的声音。兰啜着汤，咀嚼着，然后对着电视说了些什么，笑了，我也被她感染得笑了起来。这时玄关传来了开门的声响，我知道是黄美子回来了，于是大声说道"你回来啦"。黄美子一边说"我回来了"，一边走进了起居室，说给大家带了礼物回来，把装有肉包的盒子放在了暖桌上。

我们发出了一声轻呼，把肉包拿在手里，肉包还温热。黄美子脱下外套挂在墙壁的衣架上，一边说"外面很冷"，一边打开了暖气开关。我们四个人围坐在暖桌旁，把肉包分开，不加任何调料地吃了起来。方桌的四边分别露出每个人的上半身，贴在桌子上，似乎非常贴合。看着这样的情景，我感觉有些奇妙，仿佛我们不是自由选择围坐在暖桌旁，而是某种整体的一部分。比如这个家，或者我们四个人的整体，每个人都是这个整体的一部分，这种感觉有些奇怪。就像盯着一个字看，字的意义和字形开始分离，变得意味不明，而自己身体的大小、四肢的感觉，那些通常被认为是理所当然的东西突然变得摇摇欲坠。我眨了眨眼，咬着肉包，继续咀嚼，试图让眼睛和感觉重新回到现实中来。黄美子刚从美容院回来，头发像往常一样波浪翻翘，我决定专注于她的头发。当我闻到她隐约散发出的护发素的香气时，其中夹杂的肉包味道又让我有些困惑。

那天，我和黄美子一起看电视看到很晚。电视里充斥着圣诞节和年底的热闹气氛。我想起了一年前的这个时候。自来到三轩茶屋，经营柠檬酒馆以来已经过去了一年多。电视里播放着警察工作的纪录片，那些接受盘问的酒鬼、混混和身份不明的人脸上打着马赛克，声音被电子处理过，他们怒吼、解释、逃跑、大叫、反省、暴躁……

桃子和兰在看节目时哈哈大笑，我却有些不知所措，不知该看屏幕哪里。我瞟了一眼黄美子，她虽然手托着下巴，眼睛盯着屏幕，但看起来似乎在想其他事，或者什么都没有想。洗完澡，道了"晚安"，我们三个人上了二楼。我们钻进被窝，关上灯，再次道了一声"晚安"后，桃子开口了：

"下次来我家吧，有很多有趣的东西。"

"好啊。"兰说，"能见到你那糟糕的老妈吗？"

"不可能。过年的时候也许她会回来，过完正月我们再去吧。我还想拿过来一些行李。"

"OK."

兰和桃子接着又聊了一阵，但话越来越少，很快就听到了沉睡的呼吸声。我回想桃子的话，尝试着想象那个从年轻时就美貌富有，如今和不爱的丈夫生活在轻井泽，被两个女儿厌恶的桃子母亲长什么样子，可我完全想象不到。我突然想到了自己的母亲，上次同她说话是什么时候？我记得是夏天，不过不是今年夏天，而是去年夏天。已经一年多了，我再也没有听到她的声音。她过得怎么样？她从年轻时就在酒馆被那些醉醺醺的客人搭讪，在破旧的文化住宅里和女招待朋友们一起大笑，那就是她的整个世界。她在那里抚养了我。她和桃子的母亲一样，女儿像逃避一样离开家。不同的是我的母亲没有钱，不能住在轻井泽，甚至连去听音乐会或吃美食等炫耀的念头都没有产生过——她们完全不一样。想到这里，不知怎么心里有些痛。

桃子的母亲对女儿们的期望落空，甚至被女儿们怨恨，却过着不为金钱所愁的富裕生活。我的母亲贫穷，没有房产，也没有钱，但或许她随心所欲，过得幸福。我对母亲的感情虽然复杂，但不像桃子那样怨恨。她们两个人谁更幸福？想到这里，鼻子里一阵刺痛。我想，我也许是想母亲了。这个念头在心里萦绕了一阵，唤起了许多童年的回忆。

我心想，下次——过了年，要不给她打个电话吧。虽然自己打给她有些害羞，但我们并没有吵架，也许她也不好意思打给我。细想来，我来到这里的事没对她说过。如果告诉她我在柠檬酒馆努力工作，她也许会感到安心和高兴。再说，年后我可以请她吃一顿从未吃过的火锅或寿司之类的大餐，这不是很好吗？我们两个一起享受以前未曾有过的奢侈，品尝着美味的食物。想到这些，我的心情就激动起来，眼眶泛热。这一整月我会拼命工作，年后换个新心情再给她打电话。是的，就这么办 —— 想着想着，我就睡着了。然而，最终我都没有给她打电话，因为她突然来找我了。

3

“花，你看起来精神不错嘛！”母亲说着，嘴角挤出了一个紧绷的笑容。

之后，她手舞足蹈地向我讲述了我从小认识的她那位女招待朋友的丈夫在工厂意外去世的事，以及在站前经营美容院的三姐妹因为意见不合而分裂的事情。说完一阵后，她喘了口气，又喝了一大口冰咖啡。一年半未见的母亲看起来和以前一样精神旺盛，只是瘦了些，原本圆润的脸颊有了凹陷，眼周的阴影更加明显。

我们在三轩茶屋的家庭餐厅里，面对面地坐在最靠近厨房的位置。

厨房里不断传来碗盘碰撞的声音、服务员们端菜的声音，还有客人进店时响起的铃声。旁边的座位上坐着一群身穿棒球服的中年人，他们脸颊泛红，桌上摆满了啤酒杯。周日的家庭餐厅从早到晚客人络绎不绝。那时的我几乎整天都在这里工作，所有看到的、听到的、闻到的都仿佛是身体的一部分。虽然才过去两年，但感觉像是在旁观着别人模糊的记忆。

“花，你不饿吗？”

“嗯，不饿，”我说，“刚吃了午饭。”

“哦。”母亲微微噘起嘴，打开菜单，“我还是点一份饭吧。”接着按下按钮，一名身穿制服的男服务员走过来。母亲点了蛋包饭，服务员拿着订单走进了厨房。我去了自助饮料区倒了一杯乌龙茶，然后回到座位上。母亲的脸上带着一种既像是顾及我，又像是不在意的微笑，眨了眨眼。

"刚才和你在一起的人是朋友？"

"嗯。"

她说的是兰和桃子。我只是点了点头，没有提到与她们同住和工作的事情。

"你们看起来真不错，很有活力的样子。"

"是吗？"

"是啊。年纪轻轻的，像在发光。"母亲开心地说，"对了，一眨眼年就过完了。花，你吃年糕了吗？哦，黄美子不做饭的。"

"没什么特别的，跟平时一样。"

"是啊，新年睡一觉就过去了，什么都不做才好！"

正如母亲所说，新年转瞬即逝，一切都回归了日常，转眼间就到了一月中旬。我心想，是啊，已经是一九九九年了。

一九九九年——这个数字在很久以前就因诺斯特拉达穆斯的伟大预言而为人所知。小时候，这个数字刻在了我的眼睛里、脑海中。据说在这一年，世界将被某种毁灭性的事件摧毁，我们会在成年之前死去，太阳会变成方形，地球会再次进入冰河期，这实际上意味着核战争的到来……每次谈到这个，我都非常害怕。我记得有一次，有人突然说"但那是遥远的未来的事"，似乎在驱除恐惧，我记得自己回应了一句"确实"。那是一个暴雨过后的夏天傍晚，几个人在神社里寻找未被淋湿的地方坐下交谈，我感觉到了一种更加绝望、无处可逃的恐惧，还记得旁边一团黑色的苔藓好像动了一下。我用手指摩挲着沙发坐垫。

在等待蛋包饭期间，我一边附和着兴高采烈、滔滔不绝的母亲，一边感到无所适从、心神不宁。

我原本想等年后再打电话给她，但也许对母亲突如其来的到来还没有做好心理准备。话说回来，心理准备是什么？我不太了解自己的感觉：我是否真的想见她？我感到的是困扰、紧张，还是其他的什么？

　　"你肯定和朋友约好了去什么地方的，对不起！"

　　"我会追上去的，没关系。"

　　我以为桃子或兰会发来消息，于是看了一眼手机，结果发现既没有未接来电也没有短信。她们或许还在电车上吧。"下周去我家玩吗？我爸妈回轻井泽了，静香也不在家。"桃子上周这样说道。我们也说着"好啊，想去！"兴致勃勃地确定了日期。然后就到了今天，大约三十分钟前我们三个人从家里出发。

　　"黄美子今天在做什么？"

　　"应该在家吧。我们出门的时候她还在。"

　　我们进行着简短的对话，我想起了刚才在车站前见到母亲时受到的小震撼。我一回头，立刻发现站在那里的女人是我的母亲。不，应该说是"认出了"。无论我是否想"发现"那人是她，在那一瞬间都不可避免地"认出了"那就是她，因而我有些吃惊。就在我们目光交会的瞬间，仿佛有一种无法言说的东西，不管风暴如何肆虐，它都在那里毫不动摇，仿佛一块偌大沉稳的镇纸，以及泪水几乎要涌出来的莫名其妙的感觉瞬间涌上心头，我不由得后退了一步。

　　那时候，我正跟着桃子和兰朝着通往改札口的楼梯往下走，手机突然嗡嗡地振动起来，或许我不该接那通电话。但当屏幕上突然映出"妈妈"的字样时，我下意识地按下了接听按钮。我把手机贴在耳边，听到了："抱歉突然打电话，我想知道你在做什么，希望见你一面！"她说话的语气就像是在继续昨天的话题一样。我对惊讶地望着我的桃子和兰做了个手势，回到了与母亲的电话中。她说已经来到三轩茶屋的站前，我问她在哪里，她说在麦当劳门口。那和我们所在的几乎是同一个位置。对于这突如其来的联系，我什么都没想，一回头，就看到她站在那里。

蛋包饭上桌后，母亲叫服务员再拿点番茄酱。她用勺子在蛋黄上画圈，用勺子背面在黄色的鸡蛋上面涂抹着番茄酱。

她把蛋包饭分成两半，搅拌后开始吃。她吃饭时，我一边鼓捣手机，一边思考各种事情：虽然好久没见了，但父母突然过来看自己也不是什么奇怪的事情。接下来我们会聊些什么呢？这些念头不断在脑海中浮现。话说回来，我好像从来没有接过母亲打来的电话。映水借给我手机后，我保存了母亲的电话号码，但不确定她是否知道我的号码。我知道她曾经打来过，最后一次她打给黄美子的时候，我告诉她了吗？没有，那时候我还没拿到手机。

她很快就吃完了蛋包饭，大口大口地喝着水，说"好吃"。她那染成棕色的头发已经有些褪色发白了，但妆容没什么奇怪之处。我不知为何无法直视她，于是把目光移到她穿的毛衣上。不知道那是什么花纹，总之那是一件宽松的花毛衣，袖口上有几个明显的毛球，从袖口伸出的手有些骨感，鲜艳粉红色的指甲油有些剥落了。她又起了其他话题，然后开心地夸我柠檬酒馆经营得不错。她说最近和黄美子通电话时，听黄美子说我变得非常可靠，她开心地笑了。那时，我察觉到她的脸上掠过一丝微妙的紧张。看到这一幕，我——当然，我知道她是因为有事才特意过来——猜测她或许想离开东村山，在这边和我一起生活，或者想让我回去。我不知道她和那个房地产中介男友进展得怎么样，总之肯定发生了一些变化，或者她感到孤单？也许是想再次和我一起生活，所以特意过来谈这件事吧。

"花。"母亲扯起嘴角，露出一丝微笑。她舔了舔嘴唇，沉默片刻后，略微为难地笑了笑，"其实……我有件事想跟你说。"

"嗯，怎么了？"

我心想，终于来了。我坐直身体，缓缓地吸了一口气。

"其实……我住院了。"

"什么？"

"本来不想让你担心，所以一直没说。怎么说呢，子宫那个地方……也不是子宫，是更靠前的位置，长了一个肿瘤，说是叫宫颈癌，还动了手术，不过现在没事了。手术很快就做完了，宫颈癌本身也不是很严重，但还是挺疼的，有一周左右了。"

"宫颈癌？"我问，"是癌症吗？妈，你得了癌症？"

"是的，得了癌症，工作也请假了，因为还要做一些检查。"

癌症——这个词让我动摇了，我无法好好回应她。母亲得了癌症——重新在脑海中念叨这句话时，心脏剧烈跳动。"癌症"这个词带有特殊的恐惧和沉重。到底有多严重、多糟糕，做了癌症手术的人会怎样……各种疑问涌上心头，我害怕极了。可与此同时，母亲就在我的眼前，她虽然看起来有些消瘦，但依旧精神饱满，说话风趣干脆，刚才还一口气吃完了蛋包饭。也许不用那么担心吧，我努力让自己这么想。但是，也许存在着癌细胞转移之类的问题，也许真实情况并不这么乐观。虽然她不是在说遗言，但可能是在总结过往，向我告别，所以才来见我……在这短暂的时间里，各种各样的想象涌入了我的脑海。

"其实，我想说的，有些难以启齿……其实呢，我想问你能不能借我点钱？"

"钱？"我看着她。

"嗯，是的。真的、真的很抱歉！"

之后，沉默再次降临。每次自动门打开时传来的铃声似乎成了流动于我们之间唯一的声音。

原来如此，她是为了钱才来见我的。我盯着杯底残留的浑浊的乌龙茶，觉得有些好笑。她来并不是为了让我和她一起住，或者让我回去，也不是因为病情严重或有重要的事情说。其实这样也挺好的，但是……原来如此，她是为了钱才来见我的。

不过，仔细想想，还真是这样，这是毫无疑问的事。从以前开始，我们一直过着勉强维持生计的生活，家里从来没有积蓄，我们一直都是依靠母亲在酒馆工作的收入度日，就像把皱巴巴的一千日元纸币和硬币拼凑起来。因此，这样的家庭里如果有人生病住院，并且不得不请假休息，生活就会立即停滞不前，这是毋庸置疑的事。我想要对自己说：坚强一点！我的脑海中浮现出了悄悄流水的水龙头被拧紧的场景，又想起了我们居住过的文化住宅的厨房：在潮气中鼓包的地板、沾满水垢的小型不锈钢水槽、角落里保持着被拧干形状的如同纸黏土的抹布、堆满各种杂物的塑料盒，还有从酒馆回来后的母亲半夜站在那里煮泡面的背影。

"嘿，那个人呢？"过了片刻，我问道，"那个房地产中介，他……不帮你吗？"

"不行啦。我们分手了。"

"工作呢？你不说是还干着秘书什么的工作吗，也结束了？"

"结束了。"

"连工作也……"我问。

"不行了。"母亲笑了，"话说回来，我又回酒馆上班了，在顺子老板娘那里。现在虽然请假休息，不过下周就得回去上班了。虽然辞职的时候吵过一架，但后来说明白就没事了。真是太好了。"

姑且不谈她的身体状况，总之她还有一份未来能糊口的生计，这意味着她的生活还能持续，只是在请假期间没有收入，所以担心房租、水电费和日常开销等。

话虽如此，尽管我不知道母亲与那位房地产中介什么时候分手、实际上是怎样一种关系，更不想知道，但他没有帮助她。我记得他是在酒吧与母亲相识，让她辞去了酒吧女招待的工作，帮他做生意，可最终结果仍以惨淡收尾。谁是谁非说不清楚，但我无法释然。当母亲开始和那位房地产中介交往时，她真的很高兴，说自己终于也得到了幸福。看着她喜悦的样子，我也为她感到开心，心想：如果真是这样该多好。

可事与愿违，没有什么是可以依靠的。就算和有钱人在一起，他的钱也不会变成自己的；就算和住在大房子里的人生活在一起，他的家也不会变成自己的家。无论是房子还是金钱，哪怕像自己的东西一样使用，也仅仅是借来的而已。

这一点在婚姻中和家庭里或许是一样的。不管是什么关系，赚钱的人绝对不会忘记那是自己的钱，有钱的人也一定会在心里计较把钱给了没钱的人花。出钱的人比要钱的人强势，不得不伸手要钱的人比给自己钱的人弱势。出钱的人会说教，且认为是合理的，总是拥有优越感，无论他们自己是否意识到这一点；而要钱的人会下意识卑躬屈膝，看人脸色。强者总是可以随时随意地抛弃弱者。曾经眼睛发光、满怀期待地辞去酒馆工作、帮忙做房地产生意的母亲，在不到两年的时间里就变成了这样。他们分手是在生病之后还是之前我不清楚，但最终都是没有结果。我想起了恩姐曾说过的话："有钱的男人不靠谱。"当然，可能是因为富有的男人更多，所以恩姐说的也不无道理。但是，关键在于富有的是谁。也就是说，钱的主人是谁。恩姐说过，把自己赚的钱慢慢存起来，只花多出来的部分就是最好的。只有自己赚的钱才是自己的。能保护自己的不是别人的钱，而是自己赚来的钱。

我想起了放在卧室壁橱天花板上面的那个深蓝色盒子，里面有我赚来的二百三十五万日元，那是我和黄美子在柠檬酒馆辛勤工作攒下的钱。我在清凉的黑暗中凝视着那几沓钱。老实说，我不高兴看到钱变少，不仅不高兴，还感受到了一种明显的伤害，心里甚至涌起了一股"为什么是我"的情绪。但现在的我能够稳定地工作、存钱，可以帮助母亲，这是我的力量。母亲在昏暗的厨房里做拉面的背影出现在我的脑海，我轻轻地用指尖触碰钞票，想象着从上面轻轻地拿起三张一万日元的画面。接着，钞票上的褐色变成了我熟悉的清风庄的沙墙，靠在那里一边喝罐装啤酒、一边茫然地看着电视的母亲浮现在我的眼前，我的心里隐隐作痛。

尽管真正的母亲正坐在我眼前，但不知为何接连在我脑海中浮现出的不是现在的母亲，而是孤独的她、曾经的她。我还记得小时候，我们似乎在等待着什么，一起坐在超市的楼梯上欢笑地玩着零食附赠的玩具。我又拿起两万日元，总共五万日元。

我打算给她五万日元。没办法。不过，从二百三十五万中拿出五万无伤大雅。平均下来，相当于柠檬酒馆八位顾客的消费。如果按瓶装酒计算，那就大约是六人份。只要努力，三天就能赚回来。就这么办吧。她可能也像我一样没有银行账户之类的东西，所以得再次见面亲手递给她。她似乎在顾虑我的想法，一直抿着嘴唇，偷偷地看着我的脸。我深吸了一口气，挺直了背。

"好啊。"我愉快地说道，"钱什么的没问题啊。"

"花！"母亲睁大了眼睛，声音更加明亮了，"谢谢！"

"没事。不过你能重回店里挺好的。"

说完，我感觉脸颊舒缓了下来。果然见到久违的母亲，我感到有些紧张。当她突然说得了癌症，我吓了一跳，肩膀和下巴都绷紧了。我深深地呼出一口气，顿时感到神清气爽，仿佛置身于掠过草原的清新绿风之中，继而感到一种成就感，仿佛自己做了一件很好的事情，仿佛自己是一个心胸开阔的人。我能够通过自己的努力帮助母亲，这给我带来了新的自信。最重要的是，我为自己能够以这种方式帮助依赖我的母亲而感到自豪、欣慰。

"对了，嗯……钱不用还了。妈妈你也很辛苦。你用得着就好。"这种舒适感竟然让我说出了这句话，我满意地微笑了，"不过我现在没带，下次见面才能给你。"

"啊，我希望你转账到这里。"母亲从腋下的包里迅速拿出钱包，从里面拿出一张卡放在桌子上，朝我推了过来。

"啊，你开了银行账户！"坦率地说，我很惊讶，因为这出乎我的意料。

"嗯！或者说它出现了，在我以前用过的包里。虽然存折和印章不知道哪里去了，但我想起了密码是生日，输入后就能用了。"

"是吗？"我向店员借了一支圆珠笔，小心地在纸巾上写下银行的分行名称和卡号，以免纸巾破裂，"那我就转账到这里。"

"花，真的非常非常感谢！"母亲双手举在鼻子前合十，像在祈祷。

"没事，不用客气。"

母亲微笑着，我也微笑着。可她依然保持着笑容，不急不躁地盯着我。大约过了一分钟，我们仍保持着同样的状态。我频频点头确认，心想这样就没问题了吧……她也回以同样的笑容，点了点头，但依然用一种认真的目光凝视着我。于是我意识到自己好像没有提到金额这个关键信息。"金额……"正当我准备开口时，母亲抢先说道："对了，花……"

她依然微笑着向我比了一个大大的胜利的手势。我以为她只是在表示"耶！"之类的意思，所以我也下意识地跟着她做了相同手势。但这似乎不只是一个胜利的手势，还表示金额。

"……二，是两万日元，够吗？"我问道，手上还做着胜利的手势。她摇了摇头。

"哎，二十万？"

"那个……还是……有点儿不对。"

我不确定她在哭还是在笑，只见她用另一只手的手背在皱巴巴的脸上擦了擦鼻子，扭动着身体："那个，那个……"

"什么？"

"那个……我会还的，我一定会还的，所以……"她摸索着我举在她面前的手，说，"二是指……那我就明说了，是二百的意思，二百万。"

"咦？！"

我发出了自己都没听过的声音，眨巴着眼睛。她也停顿了一下，我们面面相觑了几秒钟。我张着嘴，一句话也说不出来，只是不停地眨着眼睛看着她。然后她仿佛突然清醒了似的站了起来，身体前倾，环绕着桌子对我说："不是的，花，这是有原因的。我有正经事，想先说给你听。"

"不是，这是什么意思？！"我终于开口了，不由得倒在沙发上笑了起来，"什么啊，妈妈，二百万？"

"别那样看着我，我有我的理由。"

"不会吧，怎么可能？哈哈哈哈哈。"

"不是的，拜托了。如果你不借给我，我真的要完蛋了。"

"不可能，不可能，太好笑了，哈哈哈哈哈。"

其实没什么好笑的，我也不知道自己是伤心、生气，还是愤怒，抑或是什么心情，但我的身体以奇怪的姿势蜷曲在沙发上，大笑不止。

不知为何，我觉得当时的状态如果不是这样就坐不住，或者说无法忍受。但同时，我也对自己这种莫名其妙的方式感到近乎焦虑的厌恶——为什么要大笑？有什么事值得大笑？她说的二百万和我有什么关系？最后我该怎么办？二百万又不是没有，但为什么和我的存款金额那么吻合？她到底在说什么？这不奇怪吗？太奇怪了吧？但比起这些，她发生了什么？为什么需要这么多钱？发生了什么糟糕的事吗？她……我的笑声被逐渐浸染的不安填满，我被更加浓烈的话语塞满喉咙，似乎稍微松懈，泪水就会涌出。不知道是什么的泪水，似乎马上要流出来了。

"真的真的，对不起，但是……"

我渐渐从大笑中平静下来。经过一段短暂的沉默后，她开始解释需要二百万日元的理由。

我离家出走的前年夏末，母亲当时和房地产中介交往了一年左右，我走后他们的关系一直还算顺利，似乎没有什么大问题。那个比她大二十岁的男人似乎真的在做房地产生意，像最初说的那样。于是，她辞去了酒馆的工作，去了位于站前和埼玉的办公室上班，做清洁、招待客人、和他一起去现场看房等，看起来确实在工作。我们曾经一起住过的清风庄原封不动，男人说他在隔壁城镇有一间单人公寓，母亲可以住，所以她搬去了必要的物品，从那里通勤。

男人曾说会让母亲成为员工，给她发工资。可三个月过去了，接着半年又过去了，他仍未提及具体内容。只是在确定了新租户后、有钱入账时，还有在赛马或赛艇等赌博赢钱时，他才会偶尔随性地支付一些现金。他心情好的时候会给十万日元，但也有给一万元都会面露难色的时候。金额和时间不固定，无法形成稳定的收入。但母亲觉得无所谓，因为男人让她住在单身公寓里，一起吃饭时的所有费用也都是他支付，他还会开车接送她，所以她觉得这样也挺好的。

有一天，母亲忘记了是什么原因，男人因为一点小事坏了心情，从那时起就变得愤怒异常，甚至叫她暂时不要来店里。她因为没有正式打卡上班，所以心想也不是什么大事，于是决定在公寓里安静地看电视。几天后，她打电话过去想了解情况，没想到男人更生气了，对她进行了长时间的训斥。她没有反驳，只是附和了几句。这反而更加激怒了男人，他怒骂母亲是白痴、废物，最后挂断了电话。她很吃惊，但也认为不奇怪，所以没有认真对待。话说她在酒馆工作时的客人也是五花八门，有些人前一天从各个角度上看都还算正常，但到了第二天晚上就会胡言乱语，搞得麻烦不断；有些人原本对她很好，却突然原因不明地把她当仇人，甚至都不知道这种变化里是否有原因，做出令人惊讶的行为。这些事虽然不是十分频繁，但确实存在。

在交往之初男人就显得很难理解，有时十分暴躁，会突然莫名其妙地情绪激动。如果是酒馆的客人，或许可以让他别再来了，或者请老板娘出面调解，但他已经不是可以这样处理的客人了，他已经成为母亲的生活——更确切地说是生活费的直接来源，母亲也不知道该怎么办才好。

自从他叫母亲别去店里后，她就乖乖地在公寓里待了一个月左右。但她觉得这样被动地待着还会招致更多的责骂，所以还是决定至少表面上打几次电话。然而，不管她打多少次，男人都不接，即使打到办公室也是一样。之前从未出现过的情况让她摸不着头脑，可一想到强行交谈可能会再次招致责骂，她胆怯了。虽然这样继续下去也没什么，但手头的生活费渐渐变得不够用了。于是，她决定去站前的弹珠房赚些钱，有赢有输，还能打发时间。就在那里，她遇到了一个被称为"塾长"的女人。

"之前见过几次，她是有些引人注目的类型。并不是因为她特别漂亮或身材好，而是气质不错。我们好几次碰巧坐在一起玩，后来就开始聊天了。她会给我弹珠，人很好，对我不错。然后，我们会偶尔一起吃午饭。她和我年纪差不多，感觉像朋友一样，也聊得来。

"塾长的原名我好像问过一次，但是忘了。她说大家都叫她'塾长'。然后，我们交换了联系方式，还在柏青哥店以外的居酒屋喝酒。我虽然和以前的朋友还有联系，但因为辞职时出了点问题，所以有些疏远了，和塾长见面反倒是轻松不少。她会听我倾诉男人的事，建议我当下安静些，每周打一次电话到办公室表达关心。那时候她肯听我说话，光是这一点就让我觉得安心不少。她虽然不是特别时髦，但懂得把握重点，戴着看起来很贵的戒指、发夹，拿着香奈儿的钱包。我夸她，她说是自己工作赚的，然后我就继续吹捧……

"后来，那是什么时候呢……我记得当时还穿短袖，大概是九月份吧，或者更晚些，是大汗淋漓的季节。大概在那个时候，他给我打电话了，当时我们已经有两个多月没联系了。我当时也没钱了，心想他终于找我了。聊天时，他说他老婆知道了，特别生气，说什么要告来告去之类的话。"

"老婆？"我反问她，"他结婚了？"

"当然啦。"母亲笑了，"他都六十多岁了，肯定结了。"

"不是……这不是年龄的问题……"

"他说他老婆在埼玉，太麻烦了所以没离婚，但他们关系很糟糕，已经结束了，一段孽缘而已。"

我端起自己的杯子放在嘴边，发现里面已经空了。

"花，杯子空了。对了，花，你要不来点别的？光喝乌龙茶喉咙会不舒服吧？"母亲打开菜单，凝视着我的脸，但我没有回答，一言不发。"好吧，给你点跟我一样的喽。"她说罢，点了两杯奶油苏打水。

"发生了这么多事啊……"我用手指按着额头，"话说回来，你刚才说谁要告谁？"

"是啊，很吓人。"母亲瞪大了眼睛，"他说他老婆要起诉他和我。我问他为什么，他说明知对方是已婚者还交往的第三者被原配起诉后也要支付赔偿金。'上了法庭，我是肯定要支付赔偿金的，可你没那么多钱吧？'他还说，所以现在是时候了，最好在律师介入之前结束这一切。他女儿要住这个公寓，让我在下个月前搬走。"

"然后呢？"

"嗯，然后我也没办法，就收拾东西回了家，不知道该怎么办就向塾长求助。她鼓励我，请我吃饭喝酒，还说要把我介绍给她的同事。她说我一个人也能活下去。"

"塾长是做什么的？开辅导班的？"

"不，不太像辅导班，更像一个商业团队的领导。"

"商业？做什么的？"

"内衣店。"她说，"塑身内衣，非常流行的那种。花，你知道吗？"

"不知道。"

"只是穿上就能塑身，让身材变好。"

这时，服务员端来了奶油苏打水，母亲随即用长勺子舀出苏打水上的冰激凌。每当她动勺子的时候，淡绿色苏打水中的冰激凌球就会晃动。她的动作让我突然想起小时候她给我掏耳朵的情景。我轻轻地摇了摇头，把目光投向眼前杯子里正在跳动的无数气泡。

"塾长好像就是塑身内衣店的创始人，一开始创建了那整个系统。塑身内衣完全不同于内衣裤之类在附近卖的东西，是一套连身衣。胸托部分的材料获得了美国专利，既安全又科学有效，胸杯部分由比丝绸要贵五倍的帕什米纳面料制成。每天穿它，可以将移到侧腹、手臂和背部的脂肪移到乳房和臀部等正确的位置，并且让脂肪产生牢固记忆。由于脊柱和内脏也都恢复到正确的位置，所以不会再肩膀酸痛，呼吸也更轻松；睡觉时也可以佩戴，养成习惯后进行身体塑形……"

"等一下！"我打断了她像背诵课文一样的话，"这和妈妈有什么关系？"

"嗯。这种塑形内衣每件卖三十五万或者四十万日元左右。"她一边吃着冰激凌，一边说，"每卖出一件，我们就能拿到八万或者十万日元左右的提成。"

"卖？妈妈你在卖它？"我皱起了眉头。

"不太好解释……首先，去塾长的公寓参加培训……对了，'姐妹'还有两种模式……啊，'Siesta Sister'是品牌名字，意思是'午后小憩的姐妹们'，我觉得很好听，可爱吧？还有'午后小憩期间进行身体塑造'这样的广告词……对了，因此'Siesta Sister'的销售员和顾客都叫'姐妹'。通过销售'Siesta Sister'来扩大'姐妹'的规模……这种感觉。"

"然后呢？"

"嗯。我就是'姐妹'，负责销售'Siesta Sister'。大家都去塾长那里接受培训。"

"然后呢？"

"然后，刚才我说过'姐妹'有两种模式。一种是月供进货型，另一种是一次性进货型，后者的利润更高，塾长推荐我做后者。"

"然后呢？"

"我试着做了一下，很快就卖出去了。成本是二十八万，卖价是三十八万，很快就卖出了两件，一下赚了二十万。塾长说我有才能，我也觉得能行，所以就签约成了一次性进货型'姐妹'。因为一次性购买更划算，所以我登录了八件。"

"'登录'……就是购买了？"

"嗯。"

"你买了？"

"嗯……感觉像是提前购买库存……一次性'登录'就能获得相应的利润。"

"你买了多少？"

"一次性购买的话，每件能便宜三万，就变成了二十五万，确实很便宜，是吧？因为定价不变，所以如果要卖的话，绝对这样更划算。"

"你买了多少？"

"嗯。二十五万乘八件，总共二百万。"

我摇了摇头。

"不是的，花。"母亲手里握着勺子，身子向前探，"开始说是等卖出去再付款也行，但是有还款期限。我努力了，一开始确实顺利地卖出两件，但后来卖不动了，期限也到了。可我根本没有那么多钱，所以就着急了。然后塾长给我介绍了一个可以借钱的人，我就从他那儿借了钱。"

我再次摇了摇头，从心底里叹了一口气。

"如果放到现在，我可能就不会成为'姐妹'。可那时我被那个房地产中介男背叛了，不知道该怎么办，也没有钱。他说他老婆要告我什么的全是谎言，他肯定是有了其他女人，想摆脱我才骗我的。但那时唯一倾听我的人就是塾长，她的课也很有趣，而且其他'姐妹'卖得很好，赚了钱，看起来也不错。我想可能是因为我做得不好。这是我生存下去的唯一办法，所以我在心里下定决心要努力。"

"妈妈……"我用两只手按压着眼睑。

"后来，就在那个时候发现了癌症，医生建议手术。塾长借给我手术费，还站在我的角度听我倾诉，所以我想只能继续做'姐妹'了。我从她推荐的人那里借了钱。但内衣很贵，怎么都卖不出去，后来也很少再见到塾长了。我也还不了那些钱……出院后，我在路上偶遇了顺子老板娘，她听了我的故事后让我回店里工作，但那时我已经借了两百万日元汇给了'Siesta Sister'，于是开始还款。可是利息比我想象中还要高。我每个月都努力地还款，但只够还利息。我向老板娘求助时，她说我被骗了，必须还清债务，跟那些人撇清关系，否则会出大事的，所以……"

"妈妈，你最终是向放贷公司借钱的，对吧？"

"大概、可能是的。"

"你有按指纹、签合同之类的吧。"

"他们让我按了大拇指手印。"

我倒在沙发上，缓缓地呼出一口气。我不知道该说什么，或者说只是失去了说出口的力气。我的头脑很清醒，但是四肢无力，我不知道怎么调整姿势才能摆正身体。

她眼里泛着泪水，默默地摆弄着勺子。冰激凌已经完全融化，在杯子里留下了绿色和白色交错的痕迹。

不知不觉间，隔壁的棒球队已经不见了，取而代之的是三组带着孩子的家庭。他们打开菜单吵嚷着。三个孩子都很小，可我完全判断不了他们的年龄。三位母亲有着相似的发型和脸庞，还有相似的语调，她们不耐烦地对孩子们说着什么，笑声和惊叹声此起彼伏。

"你……"我用嘶哑的声音问道，"为什么……要跟我说钱的事？"

"那是……"母亲用一种恳求的眼神说道，"我实在不知道该怎么办，就给黄美子打了电话，也想知道你现在过得怎么样。"

"是黄美子说……我们在存钱，她把这件事告诉你了？"

"我真的很苦恼，所以她鼓励我来跟你商量。她人很好。"

我们陷入了一阵沉默。

母亲抿了抿她那涂了口红、有着唇纹的嘴唇，指甲不停地挠着指甲。这是我从小见过的她在焦虑、困惑或者被逼到绝境时下意识的动作。不知怎么，她在这半小时内似乎又瘦了一圈。被男人抛弃，遭女人欺骗，欠下债务，患上癌症，母亲今后只能在黯淡的小镇酒馆里跟醉汉打交道，囊中羞涩，无所依傍，惶惶不安地仰仗离家出走的女儿给予她帮助。作为她的女儿，我深知这样的母亲已经无法再有所作为，只能通过给钱来拯救她。我深知这一点，但这一切让我无比痛苦、煎熬，我只能无意义地左右摇头。

"在这儿等我。"片刻后，我说，"我马上回来。"

"花……"

我摇摇晃晃地走出了餐厅，朝着家的方向走去。

地面踩踏的感觉与平常不同，街道和人群也变得模糊起来，我的脑海中浮现出了纸制换装娃娃的形象。那是很久以前的玩具。我还记得把小纸片折起来，给娃娃穿上，还有鞋子和各种各样的东西。信封、信纸、贴纸，我都没用，一直留着，珍藏起来，我很高兴。我不记得把它们扔了，它们现在都去哪儿了？我茫然地想象着。

就像翻阅几年前的杂志，眼前的风景毫无生气地移动着。待我回过神来，已经站在了家门前。门锁着，我心想黄美子不在家。我打开门，走进屋里，踏着发出嘎吱声的楼梯来到卧室。拿下被褥，钻进衣橱，取出深蓝色盒子，从一沓钱中数出三十五张放回盒子，手里拿着二百万日元。这是我辛苦攒下的所有钱。即使想到这一切会消失，也没有任何现实感。

我去厨房拿了橡皮筋，把钱紧紧地捆起来，放在斜挎包底，穿上鞋子，沿着原路蹒跚返回家庭餐厅。我在爬楼梯时，有一瞬间想象母亲会不会离开了，她后悔向我要钱，无法忍受女儿承受的痛苦，或许她已经走了，去了其他地方。想到这里，我的心里不免慌乱起来。然而，事实并非如此。自动门嗖地打开，只见母亲正坐在刚才的位置上玩着手机。她看到我后，微微弯腰，轻轻点了点头。

我坐到沙发上，从包里拿出二百万递给她。她边哭边深深地低下头说："真的对不起。"她的头发像干燥的海藻一样铺散在桌面，路过的店员瞥了一眼，然后马上移开了视线。"这样就能还清本金了，等我还完利息，就把钱还给你。我一定会还的，真的对不起。"她从破旧的合成皮钱包里掏钱准备付餐厅的费用，我说："不用了，我来付。"我们默默地走到车站，在通往闸机的楼梯口分别。她多次回头看我，向我挥手，直到看不见踪影。

回到家后，我把头埋进被子里哭了起来。与其说是哭，更像是眼泪汩汩地流个不停。不知过了多久，我的身体忽冷忽热。最后，一楼传来了开门声。我知道黄美子回来了，但仍旧蜷缩在被子里一动不动。片刻后，楼梯上传来了脚步声。

"花。"

黄美子喊了我的名字。我一言不发地挪动了身体，表示我听见了，但不想从被子里出来。黄美子走近，似乎坐了下来，她把手放在被子上，我腰部的位置。

"花。"

"嗯。"我鼻子堵得难受。

"见到爱了？"

"嗯。"

"这样啊。"

"黄美子……"我仍躲在被子里，鼻音很重地说道，"黄美子"三个字听起来就像"黄面子"，"我得向你道歉，我刚才把我们存的钱给了妈妈。"

"没事，完全没关系。"黄美子说。

"不好。她是我妈，所以我没办法，但是黄美子，你跟她没关系。"

"那大部分是你的钱，不用在意。"

"不是的，那是我们辛辛苦苦存下来的。"

"也许吧，但我也同意，而且爱还给我打电话了。"

"可是，黄美子……"我把脸埋在枕头里呜咽着说，"我……真的，好难受。不知道是因为钱没了，还是因为妈妈可怜。我明明很努力，最后却还是这样。这一切我毫无办法，这所有的一切。"

"嗯。"

"我努力了。"

"嗯。"

"但总是这样。"

"嗯。"

"之前是被钝介偷了。"

"嗯。"

"这次不是被偷的，是我决定的，是我给的。"

"嗯。"

"我只能这样做……"

"嗯。"

"可我不知道该怎么办了。"

"没事的。"黄美子说，"钱很快就会再存起来的，继续挣就好了。"

我蜷缩在被子里，放声大哭。我从喉咙深处发出的声音连自己都没听过，仿佛层层扭曲后挤压出来，撞击着胸膛。二百万日元，即便一半是黄美子的，对她来说也是一大笔钱，她却没有责备我，这让我更加痛苦了。大量的泪水与鼻涕、汗液混在一起，打湿了脸颊，湿透了枕头。黄美子一言不发，持续地摩挲着我的身体。

后来，我好像睡了一阵。我不知道过了多久，看手机时，已经快四点了。我想不起来和母亲分别是几点、回到家是几点。手机上有兰的未接来电和桃子发来的消息："花，你怎么样？在家吗？"我抬着沉重的眼皮，回复道："今天我都在家！发生了一些事，之后细说。"两分钟后收到了"OK！"的回复。我将手机放在榻榻米上，闭上了眼睛。我吸了吸鼻涕，太阳穴开始隐隐作痛。

我走下楼，朝起居室张望，只见黄美子半身蜷缩在暖桌里，像往常一样看着电视笑个不停。我想起了在清风庄第一次见到她的情景。那时是夏天，风扇转动着，没有暖桌，但我想起了当时躺在那里看电视笑得和现在一样的黄美子。她那一头乌黑的头发熠熠生辉，眼睛明亮有神。我们一起去了几次便利店、澡堂、夜市。她给我做炸鸡，那个夏天我们一同满头大汗地到处走动。我在厨房倒了水，一口气喝完，然后回到起居室，钻进暖桌。我们一起看了一阵综艺节目。突然哪位穿着堆堆袜的前辈喷泉般的刘海浮现在我的脑海中，不知道她现在怎么样了。

"我的眼睛肿了吗？"为了掩饰被看到哭过的尴尬和不自在，我开玩笑地问道。

"肿了，肿得像气球一样。"黄美子看着我笑了笑。

"气球？真的吗？"

"嗯，是的。"黄美子用手指画了个小小的数字"三"，我们一起笑了，然后又看向了电视。屏幕上正在放送烹饪节目，一个戴着围裙的女人一边介绍小玻璃碟上的调料，一边炒肉和蔬菜。

"黄美子。"

"什么事？"

"我呀，前一阵子……虽说已经是去年了，和映水先生聊了很多，然后听说了他的经历等很多事情。"

其实我并没有特意想要谈这件事，但不知为何，看着她的侧脸，我感觉这是再自然不过的事，似乎一直在等待某个时刻能够说出这件事一样。

"我听说了很多事情。"

"是吗？"黄美子依旧看着电视，回应道。

"嗯。我在柠檬酒馆里碰见他赌棒球，好像是周日。我有些惊慌，于是他告诉了我很多事，关于工作，还有大家的过去之类的。"

黄美子看着我，仿佛在说"是吗"。

"还听说了你和琴美在歌舞伎町的时光。"

"那是很久以前的事了。"

"你们三个人一直都很要好啊。"

"是呢。"

接着就是一段长长的沉默。我在心里对过去半年多来发生的事情隐隐感到焦虑。因为不明白为什么会发生而叹息，还有今天我的大部分钱都没了，所有这些都在我的脑海里涌动。我盯着电视屏幕，眼皮用力绷着，生怕被这股海浪卷走。母亲哭泣的脸和开心的笑容交替地浮现在我眼前，然后我想起了素未谋面的映水母亲和夜市摊贩，还有他们带着映水父亲的遗骨走过的背影。我感到一种无论如何也无法理解的无处可去的感觉。不能称之为无助或愤怒，我无法清晰地思考，开始自言自语，仿佛在向自己解释语无伦次的想法。

"……映水先生的工作一开始吓了我一跳，莫名其妙地让我生气。柠檬酒馆被随便占用我也不高兴，还觉得害怕。感觉有些不可思议。但听他讲述的时候……我不太会说，但开始思考了。"

"嗯。"

"因为我是未成年，还离家出走了，虽然还不能喝酒，却每天都在边喝酒边工作。警察来的时候我心惊胆战，现在也还隐瞒着年龄。可对我来说，要想生存别无选择。除此之外没有其他事，这是真的。映水先生也是一样的。"

"嗯。"

"这倒不是说我和映水先生做的都是对的，甚至也说不出来对错。但如果有人说我错了，似乎也不是。"

我无法清楚地表达自己的想法，揉了揉太阳穴。

"那是不对的，但又不算错，就是这种感觉。我是未成年，从这个意义上说可能是错的，但如果问我是不是做了人生中的错事，又觉得不是。自从听了映水先生的话后，我有时会想到这些。我虽然隐瞒了年龄，从某种意义上算是撒谎，但我不觉得这是错的。可是如果有人问我的人生会怎么样，我该怎么回答呢？"

"人生？"

"不，也就是说，虽然可能不是错的，但我的人生会怎么样？"

"这种问题……"黄美子看着我说,"谁会问?"

"哎?"

"有谁会问这个?"

"谁……"我盯着黄美子的脸。

"不会有人问吧。"

"也许吧,但是……"

"那不就没事了?"

"哎?这样可以吗?"

"反正又没人会问这种事。"

"可我会问自己……"

"那你停止问自己不就好了吗?"

我看着她的眼睛。我从没想过停止问自己问题。我沉默了几秒,她惊诧地看着我。

"可那样的话……"

"嗯?"

"会有问题,或许也不会……"

"那不就行了?"

"也许吧,但是……"

"虽然把事情想复杂是你的作风……"她笑了。我不知道该如何回答,只好一言不发。电视里的烹饪节目变成了购物节目,屏幕上是掺有金箔粉的奶油的特写镜头。

"对了,映水说了他哥的事吗?"

"嗯,听说了。"

"是吗。"黄美子笑着点了点头,"那对兄弟名字里都有'水'呢。"

"雨俊吧?"我喃喃自语,"真的,有'雨'。"

"映水,是'水'。"

"他小时候的事情也和我讲过，有关摊贩、他爸妈，还有他家的事。"

"是吗。"

"他父母真是……"我说，"难以理解。"

"是啊。"

"让人生气，想知道为什么，可又觉得可怜、不甘心、难过，然后又搞不懂了。"

"是啊。"

"真是不明白。"

"嗯。不过父母也没其他办法。"

"没办法？"

"是吗？"

"嗯。我也不太懂，但是好像大家都只能等，等待一个不知道什么时候会来的结局。"

我和她目光交会，对视了几秒。

我的脑海中浮现出了素未谋面的黄美子的母亲，听说她在监狱里服刑，我移开了目光。我感到一丝愧疚，试图改变气氛，特意伸了一个大大的懒腰，故作轻松地说："话说回来，你觉得不会再继续了吗？"

"什么？"

"全部、全部啦，黄美子。真的受不了了吧。又得开始从头存钱，或许还得兼职！钱拿不回来了，明明以后还很需要。"

"没事，还有柠檬酒馆呢。"

"确实还有柠檬酒馆，不过……对了，要不我去帮映水先生做事吧，"我夸张地笑了，"去当他的手下，为了将来拼命工作存钱。"

"那可不容易。"黄美子也笑了。

就在我们开玩笑的时候，兰和桃子回来了。她们大声说着"我回来了"，走进起居室，高兴地伸出双手，向我和黄美子展示一幅巨大的画。

"这个！我们带回来了！"

那是一幅整体呈蓝色、看起来既花哨又阴暗的不可思议的画。仔细看去，蓝色部分似乎描绘了海洋，中间架着一道闪闪发光的彩虹，周围是波光粼粼的浪花，一群群海豚正在其中欢快地跳跃。

"是克里斯蒂安·拉森的！"桃子兴高采烈地说，"虽然很重，我们还是把它带回来了！在路上被人看到还挺尴尬的。"

"挺尴尬的。"兰也笑了。

"哎？看起来好厉害！"我瞪大了眼睛说。

"是拉森的画，是真品。"

"真品？"

"是的、是的。有意思吧？"

"太厉害了。"

"是吧、是吧。还可以卖。"

"哎？可以卖？"我问，"贵吗？能卖出高价吗？"

"应该超贵。或许能卖个不错的价钱，画上还有签名呢。"

"可你爸妈不会发现吗？"我问道。

"应该不会，反正有好几张。"

"可我喜欢这幅画。"兰从刚才起就一直盯着画看。

"真的？"桃子笑了。

"真的、真的。反正可以随时卖，干脆就挂在房间或者柠檬酒馆吧。话说，我超喜欢这只海豚，超喜欢。我们辛辛苦苦搬回来的，桃子刚才也说了。"

"确实……这在我们家应该算是最完美的了。"

我们三个人一起凝视着克里斯蒂安·拉森的画。我虽然听过他的名字，在哪里看过海报或者周边商品，但这还是第一次看到真品。这幅画说不清是细腻还是粗糙，是暗淡还是明亮，总之给人一种不可思议的感觉：虽然有光线，但却像在夜晚；虽然海豚欢快地跳跃着，但又能感觉到一丝孤寂，看着它，心中不免产生忧郁之情；画中虽然描绘了在海洋、波浪和光芒中的海豚，但却不知怎么让我想起了三轩茶屋夜晚的小巷深处。

"卖掉它太可惜了。"兰说道。

"嗯，确实。也许没必要急着出售。"

"是吧。有种宿命感，海豚也笑得很开心。"

"仔细看去确实很可爱。"我也表示同意。于是，我们决定先一起吃泡面。我们一边聊天，一边再次欣赏拉森的画，讨论来讨论去，最后决定把它挂在起居室或卧室一段时间，然后再带到柠檬酒馆去。"有了拉森的真品，店里就会显得高级，或许会有客人跟着拿出高价酒来喝。"兰兴奋地说着。

"是啊……其实我只有柠檬酒馆了，虽然一直都是这样。抱着重新开始的心情，我已经下定决心，要比以前更努力。"

我把今天与母亲之间发生的事情告诉了桃子和兰，虽然没有具体提到金额，但我说了那是我的全部财产。兰听了，说她原本不好意思说，其实不久前也接到了母亲的电话并汇了钱。桃子说："花、兰，你们真了不起！"她做出要哭的表情，搂着我们的肩膀，鼓励着我们。

"我们有了拉森的力量！只有拉森了，没有其他路可走！能见到拉森真品的酒馆！让我们重新充电，全力以赴！"桃子喊了一声"耶！"挥舞着拳头，我们跟着她齐声呼喊。

然而，克里斯蒂安·拉森的画作并没有被挂在柠檬酒馆里。

二月末的一个周日，晚上十点多，黄美子接到了阵爷爷打来的电话。当时我们正蜷缩在暖桌旁，像往常一样看着电视。

"花、花！"黄美子罕见地大声喊我。

"怎么了？"

"听说柠檬酒馆着火了。"

我们在家居服外面套上大衣和运动夹克，全速赶往柠檬酒馆。我们在漆黑的住宅区里拼命奔跑，当从商店街跑到马路上，在能看见车站的地方，只见若干辆消防车排成一列，停满路边。无数的灯光无声地将整片天空染成了红色，许多人停下脚步，伸长脖子观望火灾现场。我们嘴上一个劲地说着"抱歉，借过"，穿过人群，靠近柠檬酒馆。

空气中飘扬着塑料、木头和其他东西烧焦的味道，沥青路面形成了几处像倾盆大雨后的积水坑，若干水管在地上蜿蜒爬行。当我们终于冲到最前排时，看到柠檬酒馆所在的建筑前数米处的电线杆上拉着"禁止入内"的黄色警戒带，后面就是已经被烧焦的福屋。门上的玻璃碎了，门帘、门框和入口就像是被烧焦的人的口腔一样乌黑。

火看起来已经被扑灭，只剩下令人不快的气味，烟雾也消散了。黑色液体从建筑的各个缝隙——窗户、室外机、招牌等——向外流淌着，身着银色或橙色防火服的消防员和警察在建筑前来来往往。一位警察说太危险了，让我后退。我真想大声呼喊：不是的！柠檬酒馆就在这栋楼里！我们的店就在这里！但我没能说出口。"哇——""太惨了！""全都烧了！""有人员伤亡吗？"在人群的喧嚣声中，我只能眼睁睁地看着那栋烧焦的建筑。

不知道过了几分钟，抑或是一小时，人群逐渐疏散，当消防车慢慢撤离后，我们仍无法从那里离开。我看到一个白色的运动饮料瓶滚落在黑色的积水中，听到警察在对讲机里说话的声音。黄美子站在我的左边，桃子和兰站在我的右边，她们紧紧地靠在一起。一阵大风吹来，头发多次遮住了我的脸。我们谁也没有说话，只是不停地眨着眼，站在那里看着柠檬酒馆。

第八章　着手

1

我和映水提前二十分钟左右抵达了约定地点。从人头攒动的新宿站东闸口出来，顺楼梯而上，穿过两条马路后很快就抵达了那栋楼，一楼是一家 CD 店，三楼就是我们的目的地。

从明亮的地方突然进入楼里，我感觉视野突然变暗了。电梯来了，映水待我走进电梯后按下了三楼的按钮。映水的脸在没有红色的荧光灯下显得些许苍白，平时注意不到的皱纹和沟壑变得非常明显，让我想到一处险峻的悬崖——虽然我从未见过，也没有去过。映水腋下夹着包，双臂交叉，盯着移动中的数字上方缓缓闪烁的灯罩。

三楼只有一家店，暗色的木门上挂着一块椭圆形招牌。走近一看，只见上面写着"会员制俱乐部 波"。映水打开门走了进去，我紧随其后。

柜台后面有一个女人。她穿着白底红色大圆点图案的围裙，看上去五十多岁，一头蓬松的鬈发，扎了两条辫子。她看了我们一眼，似乎不太在意，眨了眨眼睛，只留下一句"坐下吧"，然后又走到里面去了。映水坐在位于包厢最里面的沙发上，我也跟着坐在他身边。厨房里传来了女人工作的动静——塑料垃圾桶数次撞击墙壁的声音，打开塑料袋的声音，将空啤酒瓶放回箱子并用力提起的声音，然后分几次摞起来的声音，检查冰箱后砰地关上门的声音。这些声音让我感到的不是熟悉，而是一种痛苦的怀旧之情。即使坐得远远的，我仍感觉自己仿佛置身于柠檬酒馆的厨房内正在干活。

我们一言不发地坐在包厢里。映水不时看着手机，然后频频用手指轻揉眉毛。刚才还有些凉意，而现在只是坐在沙发上一动不动，竟然开始出汗了。今天虽然晴朗，但还处于春寒料峭的三月中旬。店内的暖气没有开得很热，但我的背上和腋下一直在出汗，与这个季节和室内温度无关。我后悔没有带来罐装饮料。这时，背后传来了开门的声响，映水站了起来。我也下意识地欠身站起，回头看去。

进来的是一个女人。

映水低下头，发出一声短促模糊的"谢谢"，我也低下了头。

女人从我的身后走过，进入包厢里，笑着说："坐下吧。"然后，她深深地坐进沙发里，脱下黑色的外套，卷成一团放在旁边。映水又发出了一个类似短暂招呼的声音。我们面对面坐着。

她的身体比我小一圈，一头黑发刚过肩膀，素颜，看起来非常普通。她穿着近乎黑色的灰色圆领毛衣，搭配同色系的裤子，没有佩戴任何饰品。

"好久不见了，映水。"

她就是薇薇安。我稍稍仰起下巴，挺直背，在心里默念着之前从映水口中听到的名字。

"好久不见。"

听到映水这么说，薇薇安微微翘起嘴角点了点头，用双手抚摩着头发，做了一个扎头发的动作。我有些紧张，因为她与映水口中所描述的形象相去甚远。据说她比黄美子和琴美年长，已经四十多岁了，但看起来更年轻，有一种像是在办公室或文具店工作的气质。

"我们上次见面是两年前吗？"

"是的。"

"是吗。"薇薇安眯起眼睛，"还是在村松那件事发生之后。"

"没错。"映水点了点头。

"你还和今野见面吗？"

"不，已经没见面了。从那以后就没有了。"

"嗯，也是。"

随后，他们又提到了几个名字，偶尔轻笑着谈论我所不了解的工作。刚才那位系着红色圆点围裙的女人笨重地走过来，手里拿着啤酒和玻璃杯。远看时我还没注意，近看时才发现她身材魁梧，用食指、中指和拇指夹着的三个玻璃杯看起来小得不自然。她把一大瓶啤酒和玻璃杯放在桌子上后，又回到收银台后面去了。我用眼神向映水征得许可后，给杯子斟上了酒。三个杯子都斟满后，薇薇安没有举杯，而是一饮而尽，紧接着是映水。待他们都喝完，我也跟着喝。因为口渴，也因为太紧张，我一口气把酒都干了。

"还以为你听到了我的落难传闻，给我找了份新活儿过来呢。"

"不，正相反，我倒是听说你人手不够。"

"说法不同呢。"薇薇安看起来有些高兴地笑了笑，"不是不够用，而是没有了，毕竟是落难了。"

"每个地方都差不多。"

这时薇薇安才看向了我，我们对视了大约两秒。薇薇安发出了一种介于"哦"和"嗯"之间的声音，慢慢地眨了几次眼睛。

"你叫……"

"花，伊藤花。"

"年纪……"

"快十九了。"

"东京人？"

"东村山。"

"现在住在哪儿？"

"三轩茶屋。"

"有驾照吗？"

"没有。"

薇薇安轻轻地点了点头，然后又和映水攀谈起来。这次是关于赌棒球的话题，我听懂了。我听着他们的谈话，其中充斥着球队名称、金额、我不懂的单词和短语，以及人的绰号。我小口抿着啤酒。

"那就再联系。"就在大瓶啤酒正好喝到空瓶时，薇薇安说道。

"好的。"

"映水，话说镰先那家伙一直在说你的坏话哦。"

"哦，请当作没听到。"映水简短地回答。

"这样啊。"薇薇安得意地笑了笑，"唉，我们都有各种事缠身！有种转了一圈发现是同志的感觉？"

"别开玩笑了，你怎么可能和我这种人像。"

"是吗？我觉得很像。"

薇薇安说这话时，笑得无声却很灿烂。她没有涂唇膏的嘴唇之间露出了牙齿，两颗门牙之间有一道明显的直直的缝隙，仿佛是特意设计出来的。其他牙齿中间的缝隙排列整齐，没有龅牙，也没有歪曲。这比她脸上的其他部位更令我印象深刻。厨房传来一阵剧烈的水流声，好像有人用力拧开了水龙头。

三个玻璃杯都空了，谈话似乎结束了。我们起身，鞠了一躬，然后离开了波。

我和映水朝着车站走去，一路上默不作声。当我们走过第一条街时，我叫住了走在前面的映水。

"映水先生，稍等一下。"

映水回过头来看着我。

"我刚才很紧张。薇薇安跟我想象中完全不同，真让人惊讶。"

"是吗？"

"是的。我以为会是更凶恶、更可怕的人。"

"什么凶恶，我可说了薇薇是女人。"

"女人也一样。我还以为她是那种……不知该怎么形容，只是我的想象而已……那种凶神恶煞、令人生畏的类型。"

映水转过身继续往前走，我加快步伐赶上了他。

"我通过了吗？"

"通过了。"

"真的？你怎么知道？"

"嗯，感觉吧。"

"真的吗？"

"只是感觉。"

"如果我通过了，接下来会怎样？"

"首先我会收到联系，然后会给你打电话。你就等着吧。"

"哎？会直接给我打电话吗？"

"可能会。"映水说，"薇薇一向不喜欢有中间人，什么事都亲力亲为，基本也不喜欢新面孔。"

"新面孔？"

"新人，或者说初次见面的人。"

"那我能不能通过还不一定啊。"我轻声叹了口气。

"但正如她所说，她那边也很紧张，人手不够。如果一开始没有诚意，是不会见面的。"映水哼了一声，"不过，薇薇从一开始就不做大事，一直以小团队、小规模经营，不会增减抛头露面的人数。总之，现在做的都是些容易搞定的生意，不是什么需要打起精神来做的事。花，我要去那儿一趟，有事再联系吧。"

春末的周日午后，新宿的大街上人群熙攘。无处可去的人、有事可做的人、面带微笑的人、面露难色的人、盛装打扮的人、疲惫不堪的人……都在以自己的速度或慢或快地赶往另一个地方。

这一切都是巧合，是偶然发生的一幕。但当我的脚步在这些人中间移动时，似乎有一种事先设定好的动作和方向，虽然无人知晓，但我们站在同一束光下，沉浸在春天慵懒的气息中，只是沿着同样的方向跟随着人流移动。我有一种似乎在眺望远处、追寻着某人的莫名其妙的感觉。汽车喇叭的尖锐声响起，我抬起头，黄色的交通灯映入眼帘，就在它要变成红色的一瞬间，车辆似乎要一齐冲出去。若是平时，我可能会停下脚步等待，可现在的我像受了惊似的穿越路面飞奔到了另一侧。

二月底，柠檬酒馆发生了火灾，我们失去了工作场所和赚钱途径。这件事突如其来，令人震惊，但在接下来的几天里，我却是在一种奇怪的感觉中度过的。在那之后的几天里，无论是从火灾现场回家的路上、在深夜，还是第二天，我们四个人有过各种各样的谈话，但我不太记得谈论的内容。虽然我既没有失去食欲，也没有因为震惊而失去行动力，但脑袋就像被几层不透明的塑料袋紧紧裹住，那几天的事情我至今无法清晰地回想起来。不过，我只是不能再去柠檬酒馆上班了，一切都照旧。

我们得知火灾的起因是恩姐的福屋。那天是星期日，不知道为什么她会在店里用火。她被烟呛倒，轻微烧伤，听说已经被送进了医院，幸运的是没有生命危险。

我们尝试联系阵爷爷去探望恩姐，但听说她不想见我们。这让我们大吃一惊。尽管经营着不同的店，但我们一直在同一栋楼里工作，迄今为止吃了她数不清的料理，聊了很多，开过玩笑，哭过、笑过、一同唱过歌。我原本以为我们之间已经建立了深厚的情谊，我不知道应该如何接受她不想见我们的心情。

就这样，各种事开始逐渐显露出其现实的重量，这就是生活。我们的柠檬酒馆被烧毁了，四个人的收入被迫中断。尽管只是用在超市和便利店的日常花销，但只出不进，存款日渐减少。接下来，柠檬酒馆能否重新开业，该如何支付房租，要等待多久……阵爷爷虽然没有催促我们，但他看起来也很为难。毕竟一栋楼被烧毁了。是否进行了消防检查，是否存在违规行为，这些问题都将在未来问责建筑的所有人。我们当然也不能置身事外。比如我们租的激光影碟如果烧毁了怎么办，需要赔偿吗？如果需要，我们该如何支付这笔钱？这些影碟是柠檬酒馆之前的店租的，我们是否要负责任？这样的问题只是冰山一角，我们不知道该联系谁，也不知道该如何处理。总之，需要考虑的事情太多，问题堆积如山，我们都感到束手无策。其实我希望大家协力，共同想办法，共同承担，但情况并不是这样的。

如果我不说，问题就会一直存在。即使问"你觉得怎么样"，黄美子、兰和桃子似乎也不明白这种情况为什么与她们的生活直接相关。即使讨论，她们也只是轻松地随口说出"船到桥头自然直，我们一起努力让柠檬酒馆重生吧，下次找个更大的地方，肯定行！"这种没有现实意义的话，最后总会转到无关紧要的话题，从不提出具体的提案。虽然这种不负责任、乐观的态度在某个瞬间能麻痹一切，让我感到一丝光明，但最后总会剩下一个沉重的现实，那就是解决问题的只有我。

在这样的压力下，我拼命地思考着各种事情。关于桃子和兰：桃子有家；兰也有男友家。虽然他们快要分手了，但实际上仍然有联系，而且只要找兼职就没问题。问题在于我和黄美子。我尝试着想象自己和黄美子回到东村山，重新在家庭餐厅或者其他地方兼职，但这根本不现实。一天工作八小时挣几千日元，维持两个人的生活是不可能的。

和母亲一起生活同样不可能，她让我痛苦。想起那天在餐厅交给她的二百万日元，我就胸口沉闷，直到现在还因为失去了一大笔钱而感到后悔和难以置信。一想到她，我就会感到深深的无奈和心痛，比起失去金钱更加沉重。

母亲是个不会深思熟虑且草率无能的人，但我始终认为她不是一个只会被欺骗和欺骗别人的坏人。这也是我苦恼的原因之一。这导致了另一种仇恨，即对像母亲这样头脑不清醒的人被欺骗、被骗走仅有钱财的愤怒。每当想起她，我都会感到一种无法形容的憎恨和愤怒混杂的复杂情绪，这使得和她一起生活变得不可能。

既然如此，不如解散这个家，独自生活？我自己在经济方面或许不成问题，但是黄美子怎么办？不，黄美子是成年人，在和我一起生活之前，甚至在柠檬酒馆开业之前，她都设法活了下来，并非离了我就无法生存。再者，她还有映水和琴美。正常来看，她肯定能像以前那样生活下去，无须担心什么。如果我对她说"发生了这种事，不如我们分开生活吧"，她或许会像往常一样面无表情地说"我知道了"，然后像四年前的夏天那样突然消失，毫不犹豫地从我面前离开，舍我而去。而我又会回到那个没有人的阴暗潮湿的沙墙房间，过上没有人会回来的孤独的童年生活。我甩了甩头。

——这是我的家。我必须保护这个自己亲手获得的家，必须延续黄美子和我的、我们的生活。

我购买了一本求职杂志，仔细翻阅了包括夜间工作在内的所有工作。可我连高中都没有毕业，也没有什么特长，能挣到的钱很少。

我认真考虑了去其他酒馆或夜总会兼职的可能性，可却无奈地意识到自己在那样的地方行不通。比如兰，兰很机灵，口才好，长得漂亮，对化妆和时尚也有兴趣，人见人爱，在柠檬酒馆她赚得最多；在隔壁的夜总会却完全没有收入，成了不被需要的女招待。

我在柠檬酒馆做得还不错是因为有黄美子在，因为在这里仅凭和她共同生活的感觉就能轻易打理好各项工作。不需要化妆打扮，没有陌生女孩，没有销售目标，没有竞争，只是和一群共同生活的朋友一起，为邻里熟客服务 —— 柠檬酒馆就是这样的地方。我可以自己打扫卫生、算钱、开门、锁门，我可以决定发生在这里的一切 —— 柠檬酒馆就是这样的地方。而且最重要的是，琴美每个月都会带来惊人的营业额。我必须设法保护我们一起生活的家，为了生存重新夺回柠檬酒馆。

2

薇薇安打来电话是在四月末，距离上次见面已经过去了一个月。家里没有别人：兰出门参加兼职面试；桃子有事情必须去见她的母亲；黄美子则罕见地早起，打扫卫生结束后就出了门。我正躺在床上仰望着天花板时，手机突然响了，是一个陌生号码。除了家里的三个人和映水，没有人会给我打电话。我惊讶地接了起来。

"喂，喂？"

"你是伊藤花吗？"一阵沉默过后传来了声音。

"是的。"我说道。

声音有些模糊，但我能听出那是薇薇安的声音。

"映水给了我你的号码。你现在在三茶？"

"在家里。"

"两小时后，两点半能过来吗？"

"可以，我能过去。"

"那你就在涩谷的东急门口等我？在左边的宫益坂。"

"东急……"我重复道。

"是酒店，很好找。你去那里，我会给你打电话。"

薇薇安挂断电话后，房间里突然安静了下来，虽然之前也没有任何声音。我用双手捂住脸，重重地呼出一口气。接着我想起昨晚没有洗澡，于是下一楼冲了个澡。我不知道薇薇安指定的东急酒店在哪里，但到了涩谷可以询问车站工作人员，而且还有地图。我边想边吹干头发，虽然没有太多食欲，但还是吃了一碗鸡蛋盖饭，然后像往常一样用掸子拂去黄色角落里摆放的小物件表面的浮灰。

黄色角落里的物件从某个时候起就不再增加了，但起居室电视旁的架子总是有意无意地闯入我的视野，如今已经完全成了这个家以及我的一部分。我不仅观赏，还会小心翼翼地认真对待每个物件，诸如微调位置、放在手心里观赏、用清洁剂清洗玻璃制品。虽然母亲因神经大条蒙受损失，柠檬酒馆也发生了火灾，但是我们曾经储蓄了二百多万。尽管经历波折，但我们能够过上现在这样的生活，主要归功于黄色带来的好运。每当注视着黄色角落时，我都会想起一年多以前做过的那个印象深刻的梦。

网球场、沙滩、黄美子的抹布，以及从我的肚子被刺伤的伤口流出红色血液的感觉……我能清晰地回忆起每个细节，以及梦境中的每个字、每句话。梦境和解梦分析交织在一起，成为我记忆中不容动摇的事实。自那之后，我再也没有做过可以称得上梦的梦了。这再次让我确信了那个梦的特殊性质。今天薇薇安也打来了电话。虽然发生了很多事情，但我觉得事情在按照梦境的预示进行。没关系，不用害怕。我必须去做。闭上眼睛，我强烈地祈祷着一切顺利。念完，我大喊一声"好"，然后睁开眼睛，把挂在锃亮的招财猫耳朵上的黄色头绳系在手腕上，离开了家。

在前往车站的路上，我决定先给映水打电话，告诉他我要去见薇薇安，但他没有接。

在涩谷车站询问了工作人员路线之后，我在指定时间的二十五分钟前抵达了东急酒店。在这种情况下，我是否应该自然地逗留于附近，而非直奔现场，还是应该像走进商店的客人一样四处闲逛？我犹豫着，最终没有迈出脚步。一想到之后要和薇薇安单独见面，讨论工作的具体事宜，我的胸口忽地紧绷起来，耳膜里回荡着咚咚的心跳声。我以为已经过去了十分钟，一看手机发现还不到五分钟。我紧张地握着单肩包带，目光追随着街上的行人，不停地深呼吸。终于到了两点半，薇薇安准时打来了电话。

"我在这里，车停好了，上车。"

我抬起头朝着马路方向看去，只见那里停着一辆黑色轿车，正闪烁着车灯。虽然车没有脸，但我总觉得它在看我，真是不可思议。我走近车辆，发现车上蒙着一层浮灰，透过挡风玻璃上半圆形的痕迹看见了薇薇安。她点头向我示意。当我准备走向后座时，她又示意我坐前座。于是我低下头，钻进了副驾驶座。

薇薇安在行驶中一言不发，我也沉默无语。车里的地上到处散落着收据、空瓶子和便利店的塑料袋，没有食物残渣和生活垃圾，也没有烟味之类的怪味。虽然我曾经乘坐过出租车，但这是我第一次坐在别人驾驶的车上，而且还坐在副驾驶座。与电车和公交车的前窗不同，这里视线更低，振动和声音更直接，风景离得更近，看起来也更大。每当她踩刹车时，我的大腿都会绷紧。大约十五分钟后（一直能看到右手边的茂密树林），车停在了一个宽敞空旷、没有人的停车场里。

"那个……"薇薇安开口了。她说话的语气明快，让我稍稍松了一口气。她瞥了一眼后视镜，又向左右扫了一眼，然后从脚下取出一个小包，拉开拉链，从中取出几张卡片，匆匆检查后拿起了其中三张，把其余的放了回去。

"用这个就可以取到钱。"

"啊？"她说得过于突然，我不禁叫出声来。

"你从映水那里听说了吧？"

"啊，是的，但我没仔细听。"

"什么嘛，你没听？"

"没仔细听。"

"听到哪儿了？"

"听到今后要直接和你交流，还有可能给我的工作……"

"这个……"薇薇还没听我说完，就给我看她手里的其中一张卡，"今天给你的是这三张。你看背面角落有编号吧？还有另外一张写着密码的卡，你要记下编号和密码。每张卡每天限额五十万，每两张卡之间隔三天。总共三张卡，就是一百五十万。回收大概在两周后。"

"啊……我可以做笔记吗？"我急忙翻包。她突然提到数字，而且语速极快。

"笔记？"薇薇安皱起眉头，"不能记笔记。"

"可是……今天突然来了任务，我没想到会是这样……"我诚实地说，"我是第一次，对不起。"

薇薇安的喉咙里轻轻地哼了一声。她看着我的脸说："很简单，中学生都能做。"

"我只是想确保没有错误。"我大大地呼出一口气，"对不起，我很紧张。"

"紧张倒是没关系，不过基本上不能留任何证据。"薇薇安说，"你看过映水的棒球吧？"

"没仔细看过，只是瞥了一眼。"

"是吗？"

"是的。"

"那个基本上就是全部用的糯米纸。"

"糯米纸？"

"你知道吧，有一种可以吃的纸，写完之后就吃掉。"

我不知道该如何作答，只好频频点头。

"不用纸。现在基本上能提前知道执法的情况，所以不用再像以前那么紧张了。"

这时，她的手机响了，铃声是 ZARD[1] 的《不要认输》。那激昂的音色在车内回荡，我不由得挺直身子。她从口袋里掏出手机看了看，似乎在考虑要不要接。我瞥了一眼她的侧脸，或许是白天光线的缘故，她眼下的黑眼圈和皱纹格外明显，脸上的斑点清晰可见，比我在波看到的她更苍老。莫非她没有设置语音信箱？《不要认输》在狭小的车内响个不停，终于在"无论相隔多远"的最高音处戛然而止，紧接着沉默降临。

"我们说到哪儿了……"

"说到了用糯米纸消灭证据。"

1　日本乐队，坂井泉水为其主唱。

"消灭？我好像没那么说吧。"

她的嘴角勉强露出了笑容。她嘴唇上扬时，正好露出位于正中的门牙缝。瞬间，我的紧张似乎得到了一些缓解。

"是的，但……用糯米纸确实出乎我的意料。"

"嗯……吞起来还是有技巧的，因为有时候没有水。"

"薇薇安，你也试过吗？"

"试过啊。不过不是棒球，而是别的。"薇薇安说，"你喊我'薇薇'就行，'薇薇安'太长了。"

"薇薇。"我记得映水也是这么称呼她的，"好的，那我说'薇薇'。"

"总之，你……花，只负责收款。"

我凝视着她手中的卡片。我必须在这里让她认为我是可以利用的人。或许刚才问"可以记笔记吗"是多余的，但《不要认输》的音乐又让气氛恢复了轻松，我似乎没有犯什么大错，但我不确定。

一上来就是具体内容的谈话，还有她那让我不知道信息量是多是少的超快语速，可能也是为了测试我的理解能力或反应速度。她似乎在试探我。我不能让她认为我不行，必须展现出能力和积极态度，于是尽量佯装冷静地对她说："刚才的卡片……"

"嗯。"

"我可以重复一遍……我对做法的理解吗？"

"可以。"

"那我说一下。如果错了，请告诉我。"

我吞了口口水，集中注意力，按照她刚才的说法复述了我记得的部分。

"……首先，我收下这三张卡，和另外写有密码的卡对照，这样就可以取到钱。密码要记住。"

"嗯。"

"每张卡片最多可以取五十万。"

"嗯。"

"取完一次后，至少要隔三天才能用另一张卡。五十万乘三张，总共一百五十万。两周后回收。"

我认为全都复述清楚了，于是放心等待她接下来的反馈，可她却一言不发。空气蓦地紧张起来，我只好提问："那个……取钱的话，要在哪里操作呢？"

"自动提款机。"

"哪家自动提款机？"

"有警卫的大银行的自动提款机不行。要找那种独立的自动提款机，比如在涩谷或者新宿那种人流量大的、有人进进出出的地方。"

"有人的地方也可以？"

"取决于卡，这次的卡应该没问题。因为只是普通地从账户中取钱而已，人来人往也可以当作掩护。"

"可以在同一个自动提款机上操作吗？"

"每张卡要去不同的地方。最好戴上帽子。"

"地点最好分开吗？"

"不，如果在涩谷或者新宿那种人流量大的地方，可以不用在意。时间段也没关系，随时都行。"

"好的。"

"这次给你的是三张卡，大概隔三天取一次，两周回收一次。到时候我会再给你其他卡。"

"好的。"

"这样下来，一个月就是三百万的收入。"

三百万——我不由得屏住呼吸，默默地点头。

"每个回收日都会换新卡，所以你要在约定的日子带着现金和卡来。"

"好的。"

"大概就是这样。不同的卡会有不同的任务，但这个月就这样。"

"那个，如果……"

"什么？"

"……如果被抓了，怎么办？"

我看着她的脸。暂且不说工作的动力和热情，我认为这件事必须问清楚，因为这非常重要。她却意外地摆出一副无所谓的表情。

"你是指被警察抓？"

"是的。"

"那就说……是歌舞伎町的一个陌生外国人给的。"

"啊？"

我大惊，不禁大声喊道。她听到我的声音吓了一跳，下巴微微后缩。

"怎么了？"

"那个，我就是觉得这样说……没事吗？"

"这样说？什么意思？"

"嗯，就是觉得有些简单……"

"没事。"

"但这样说，警察会相信吗？"

"会相信的，没事。"

"如果被审讯呢？"

"不会发生那种事。"

"但、如果，如果……"

"那样的话……"薇薇安稍微抬起眼，双手束起头发说，"就说你在路上被一个男人搭讪，你觉得烦，就漫不经心地回应他。然后他突然炫耀说自己有可以取钱的卡，你顺势拿了一张，原以为他在吹牛，可是一试，钱就取出来了。你还以为撞了大运，就随意花掉了。次数和地点都可以老实地告诉警察。"

"哎？这么轻松……那个，撒谎……没事吗？"

"并不是撒谎啦。只有外国人和我的区别，以及歌舞伎町和车的区别嘛。"

这样的心态，还有计划，是否足够可靠？虽然之前我已经充满了紧张和不安，但是她这种非常熟练的感觉……她肯定习惯了，我却感到一种与她的放松懈怠截然不同的不安。我下意识地把手放在胃部附近。我该如何应对这种场景，或者根本不需要做什么，我不知该说什么，陷入了沉默。她不顾我的心情，继续说："不过你不会被抓住的，因为我们只接受安全可靠、来源正规、信誉良好且周转快的货物。这次的三张卡也都是值得信赖的，不会有问题，放心吧。"

我全神贯注地倾听她的话，同时拼命转动脑子想要确认某些事情，以及必须在这里问清楚的事情。然而，光是确保她灌输给我的金额和顺序无误，我的大脑就已经被占据了，所以只能默默地点头。

"今天是几号来着？"

"四月三十号。"

"那第一次就是连休后，十五号左右。具体时间到时候我再打电话通知你。"

"那个……如果我有什么不明白的地方，可以给你打电话吗？"

"可以。"薇薇安说，"我的号码不要存在手机里，要记在脑子里。接打电话的信息也都删掉。"

"好的。"

"嗯。虽然不用担心，但最好还是每次只带一张。"

"那个……还有其他要注意的地方吗？"

"嗯。要像取自己的钱那样大大方方的。取出来后迅速放进包里，自然地走出去。不要看周围，不要在意。记住密码。"

"好的。"

"另外，这件事情已经与映水无关了，所以从现在开始，这些都是我们俩之间的事，自然也不用告诉任何人。明白了吗？"

"好的。"

"好了。"

薇薇安递给我三张卡和一张写有密码的卡，亲眼确认我把它们放进钱包后发动了汽车。我坐在车上，感到身体异常眩晕，仿佛以坐姿悬浮在窗外流动的景色中，在看不见的轨道上移动。

"你在哪儿下车？"

待我回过神来，发现又回到了人潮涌动的涩谷，我本能地回答："随便哪儿都行。"

"那下个月再见。十五号左右，我给你打电话。"

薇薇安在淘儿唱片店前放下我后，发动汽车迅速驶离，很快就与其他车辆融为一体，消失不见了。

我在那里驻足，几秒钟，又或者几分钟。发动机和汽车喇叭声传来，我感觉自己突然被扔进了城市的喧嚣之中。抬头一看，黄色的牌匾旁贴着一幅陌生女歌手的巨大海报。她那拉长的眼中漂浮着若干白色的方块。我走到涩谷站乘公交车，回到了三轩茶屋。

3

五月三日上午，我从三轩茶屋站前乘坐公交车前往涩谷。

无论是走在人行道上还是乘坐在公交车上，我始终紧张不已，眼中所见、耳中所听似乎都不太寻常。每当我意识到这一点时，就会不断地拉扯帽檐，用双手扶住头部。"这顶渔夫帽真适合你。"我想起了帽子店员高亢的声音。帽子是我在三轩茶屋站前小巷里的一家古着店买的，只花了一千日元。那是一顶不引人注目、略显磨损的米色渔夫帽，能严实地遮住眼睛。斜挎包里放着钱包，里面是薇薇安给我的卡。我在脑海中重复着密码，将胸中的气深深地吐出。

长假期间的涩谷人山人海，我刚下车走了几步就感到一阵眩晕。我不知道这是好事还是坏事。可即便如此，我也必须设法前进，想象着心中沉重的负担被此刻在场的人平分，就会变得越来越小、越来越轻。

两天前，我去了涩谷和新宿，按照薇薇安的要求找到了符合条件的自动提款机，并进行了确认。今天我要去那里插卡取钱。光是想想，手指就开始颤抖。这张卡是薇薇安给我的。如果被发现自不必说，即使我成功地操作，这张卡仍然会决定我人生中的某些方面。想到这儿，胃部一阵隐隐作痛。

我从未拥有或使用过银行卡，所以不知道薇薇安给我的卡是真是假。然而，每张卡上都印有实际存在的银行名称，有真实的光泽，刻印着数字和姓名，背面还印有细小的文字，每一处都十分清晰，看起来无疑是真的。

这是一张什么卡？有没有主人？到底如何运作？它显然不是一张正常的卡，但问题究竟有多严重？自从薇薇安递给我后，我始终在思考这些问题。"我们只接受安全可靠、来源正规，信誉良好且周转快的货物。这次的三张卡也都是值得信赖的，不会有问题，放心吧。"每当感到恐惧时，她的这句话都会在我的脑海中重复，我甩甩头，试图拂去这些念头，不再往下想，可不安很快再次涌上心头。结伴的家人、情侣、女孩们和男人们从各个方向走来，与我擦肩而过，行人来来往往。我仿佛扛着与自己一样重，甚至更重的负担前行，不知不觉间就走到了自动提款机前。

这是一个不太宽敞的营业网点，位于一栋狭长建筑的一楼，明亮的银行标志挂在上面，三台相同的机器排列在那里。

或许是假日购物所需，每台自动提款机前都排着两三人，有男有女，还有情侣。我站在最右边的队尾等待着。因为紧张，心跳不断地加速，全身都能感受到颤动，心跳声在整个身体中回响，仿佛稍有分神就会崩溃。然而，不可思议的是这种恐惧似乎没有从我的耳朵、眼睛或皮肤中流淌出来。手指在口袋里颤抖着，我紧握拳头以克制它。

轮到我了。我走到操作面板前。

一块表面略微弯曲的小型方形镜面映出了我的脸。这也是监视摄像头，我现在的画面可能会被录下，并在将来的新闻中播出——我想到了这些。或许这里的人、排在我后面的人、带有编号的按键、旁边传来的机械应答声，后面的自动门开关的声音……所有的一切其实都在监视我；当我插入这张卡，瞬间就会响起刺耳的警报声，我可能会被几个来势汹汹的男人当场制伏——我的脑海中浮现出了这样生动的想象。可我不能放弃。为了减轻恐惧，我深吸了一口气，然后像反复模拟、在家里多次练习过的那样，自然地从钱包里拿出卡，插入卡槽。我只感到了一瞬间的轻微阻力，卡片就被自动提款机吞进去了。如果卡取不出来，或者在插入的瞬间就被人报警，警卫冲向这里，或者紧急警报响起……如果旁边的人其实是警察，我被他抓住手腕……我的眼眶噙满泪水，恐惧达到了顶点。

一秒、两秒……就在我快要叫出声时，屏幕上映出了下一个画面。我的手指颤抖地选择了"取款"，输入密码，接着出现了输入金额的画面，我几乎本能地按下了数字"5"，然后连按了五个"0"。然后，我屏住呼吸盯着屏幕，上面出现了"处理中"的字样，几秒后突然传来了一阵急促的哔哔声。我的呼吸快要停止了。不一会儿，灰色的提款口突然打开，里面放着一沓一万日元钞票。我伸手拿出来，对折好放进包里，拉好拉链。取款机发出高亢的提示音，屏幕上显示"请注意取卡"，我用手指拿起弹出的卡，和打印凭条一起放进钱包。我听着取款机发出"感谢您的使用"的声音，转身离开。

排在我身后的是一对头发染成彩色的年轻情侣。他们靠在一起愉快地交谈着，用水汪汪的眼睛凝视着对方。他们似乎没有注意到我已经完成了操作。没有人注意到我，没有人对周围感兴趣。奇怪的是，他们甚至连他们自己正在取出或者准备取出的钱也不感兴趣，这里似乎没有发生任何值得注意或者记住的事情。我双手紧握着挎包肩带，离开了那里。

我按照薇薇安的指示，分别在五月七日和五月十一日——确保间隔三天，第二次在新宿，第三次在涩谷的不同自动取款机上重复同样的操作，总共取出了一百五十万日元。

第一次的时候我甚至不记得自己是如何回到家的。我担心被人跟踪，或者遭遇埋伏。我毫无食欲，但从早上到现在没有进食，所以胃酸的刺鼻气味让我吓得六神无主。回到三轩茶屋后，我走进了第一眼看到的拉面店，点了酱油拉面。然而在等餐时，我的太阳穴阵阵抽痛，四肢发麻，胸口沉重得几乎快要破裂。我只能勉强坐在凳子上。或许是因为我看起来很不舒服，坐在斜对面的女人偷偷瞄了我好几次。这让我更难受了。最终我只吃了几口，几乎全部剩下，然后离开了店铺。

第二次也差不多，我感觉自己像是行尸走肉。第三次也几乎要晕厥，回到家后瘫倒在地无法动弹。虽然有了些许好转，但我不知道到底是什么发生了好转。

　　这个假期因为必须完成薇薇安交代的任务，所以变得十分漫长。

　　假期第一天，回到青叶台的桃子发来消息说和父母的沟通出了问题，假期要待在家里和他们好好沟通。兰在三轩茶屋附近得到了另一家夜总会的面试机会，开始上班。黄美子则例行从映水那里拿到了每个月的钱，虽然这是给她母亲在监狱里的生活费，但她偶尔也会带我和兰去吃烤肉。兰聊着她的新工作环境、客人和其他女孩，而我和黄美子则一边烤肉一边喝啤酒（喝到久违的罐装之外的啤酒）。我不时地附和着，和她们一起大笑。我独自一人时常会因为信用卡和金钱问题感到绝望，但与黄美子和兰在一起时，我能够暂时忘记这些，让人感激得想要流泪。

　　假期结束后又过了几天，薇薇安打来了电话。上午十一点，手机铃声响起，我瞬间按下了接听按钮，但电话那端的声音没有立即传来，于是我把手机紧紧地贴在耳边。

　　"喂，喂？"

　　"我在听。怎么样，成功了吗？"

　　"算是，搞定了。"

　　"OK, OK."

　　我感觉她莞尔一笑，门牙缝浮现在我的眼前。

　　"两小时后能见面吗？"

　　"可以。"

　　"OK。那就一点见。"

　　我握着她挂断的手机，盯着衣橱。

　　天花板上的蓝色盒子里放着我从薇薇安的卡里提取的一百

五十万。最终没人追踪我，也没人抓捕我。看来这笔钱在没被发现的情况下成功地转移到了这里。我从衣橱里拿出被褥，钻进去拿出现金，用橡皮筋捆起来。我稍微犹豫了一下，然后把它放进事先在百元店买好的宽信封里，再放进我经常使用的背包底部。

地点不变，一点整，一辆蒙了层薄薄灰尘的黑色汽车停在了同样的地方。这一次，我在收到信号之前跑了过去，低头打开副驾驶座的车门。汽车启动后，窗外流动着与两周前相同的景色，沿着同样的道路，转过相同的拐角，驶进停车场。薇薇安拉动手刹，车子发出一声巨响，之后车内安静下来。一切都和初次见面的那天一样，仿佛在倒流的时间中重复了一遍。

"那个……我拿来了。"

我小声说道，然后给她看放在身前的背包。

"怎么样，简单吧？"

"任务本身确实……"

这两周来始终感觉的阴郁和沉重似乎涌上了心头，我叹了一口气。

"在哪里做的？"

"涩谷和新宿。"

"OK，OK。"

薇薇安满意地点了点头，然后迅速地扫视了左右，抬起下巴，似乎在说"给我看看"。我拉开背包的拉链，拿出了装有一百五十万的茶色信封。我再三确认窗外没有人后，双手轻轻地递给了她。

"装在信封里，你做得很好。"

薇薇安微微一笑，似乎在取笑我，然后从里面取出一沓钱，用手指快速地弹着。一万日元钞票在她的手指间像流水一样顺滑地前后移动。空空如也的茶色信封掉在了地上，但她没有在意。刚刚还装着钱的信封已经变成了与这里散落的收据和口香糖包装一样的垃圾。她迅速数完了一百五十张钞票后，又从中一张张地抽出来——她递给我十五张。

我凝视着双手里的十五万日元。

十五万，十五张一万日元——这是我这次工作得到的报酬，是我那三次如临深渊的行为换来的钱。那是我们四个人在柠檬酒馆努力工作五天才能赚到的销售额，如果一个人的话可能需要两周，也是在家庭餐厅从早到晚工作两个半月才能赚到的钱。这十五万日元作为三次工作的收入，或者说我过去两周里经历种种不安的回报是否值得、是多还是少，坦白地讲，我不知道。

但我唯一知道的是，这并非如今的我能在三天内赚到的钱。

"你的佣金是收款额的一成，这是'车手'[1]的基本工资，所以这次是十五万。OK吗？"

"好的。"

"下一次也没问题吧？"

我点了点头，说："还能用同一台自动取款机吗？"

"这些卡可以。不过，你最好找好几台用起来称手的提款机，轮着用也不错。心情也会不同哦。"薇薇安笑了。

"对了，还有卡……"

我把手里的十五万日元对折好，轻轻地向她点头示意，并放进了专门为这项工作准备的收款袋——一个黄色小包里。我把手里的密码卡，以及三张取款用卡和打印凭条递给了她。

"我上次忘了问你打印凭条了，不知道该怎么办，所以就带

1　诈骗犯罪中专门负责实施取款、转移赃款、帮助团伙达到赃款洗白，并从中赚取佣金的人。

来了。"

"哦，下次可以扔掉。"

"扔到哪儿？"

"垃圾桶啊。"

"普通的垃圾桶可以吗？"

"垃圾桶都是普通的，随便哪儿都行。"薇薇安用手指夹着凭条，看了一眼，略惊讶地微笑道，"总有人注意不到别人的疏忽嘛。"

我清晰地想起了那些数字，仅看了一眼每张凭条上的数字就震惊地屏住了呼吸。她没说不能看，所以我用力地盯着看，就像打开了一个洞，我几乎记得住每张卡的余额。第一张是一千二百多万，第二张是三千一百多万，第三张是五百五十多万。三张卡都是男人名字的账户，每张卡上的"0"都那么多，以至于无论看几遍都无法数清。这些是什么钱？这些名字是谁？这些卡又是什么？这份工作，或者说我现在参与的事情究竟是怎么一回事？这些我自然问不出口。

"那好吧，接下来用这个。"

薇薇安从脚边的小包里取出几张和上次一样的卡，迅速地检查后，确认了账号，从中选择了三张，连同写有密码的卡一起递给了我。

"流程还是一样的，应该不难了吧。"

"不难才怪。"我咬了咬嘴唇，"我很紧张的。"

"挺好的啊，紧张。"

薇薇安看着我的脸，微微一笑，说："不过嘛，你很快就会习惯的。"后来，她说还有事情要处理，可以顺路送我一段，我点了点头。我们沿着来时的路返回，经过三轩茶屋拥挤的路口，我在通往世田谷路的地方下车后，她的车径直驶离。

自从柠檬酒馆被烧毁以来，已经过去了整整三个月。

虽然无法再一起工作，但生活看起来似乎没有变化。我们笑着说着"没钱啊""没钱了""以后怎么办"，在深夜一起吃拉面、看电视、玩桃子从妹妹静香那里偷来的拓麻歌子，悠闲度日。

阵爷爷也没有什么消息。柠檬酒馆怎么样了？小楼怎么办？出院的恩姐怎么样了？——我们应该了解和考虑的这些事反而似乎不再理睬我们，而是开始渐渐远离我们。与此同时，我们之间存在一种默默的共识，或者共享的秘密，那就是我们会在这个家继续共同生活，尽管没有任何依据。

柠檬酒馆的收入停滞后，每个人在房租和水电费上的支出并没有发生变化：兰一边抱怨，一边在新的夜总会打工，每个月都能按时把她的那份交给我；桃子也会缴纳自己的那份，虽然不清楚那是她父母还是祖母的钱；黄美子不知道从哪里弄来了钱，过去三个月中她两次给了我七万日元，我把它平摊进了房租。至于购物和琐碎的花销，一起去超市时会均摊，单独购物时则各自承担。从表面上看，我们的生活能够维持，但这样的日子不会长久。黄美子虽然会不时拿来一笔钱，但不稳定，桃子和兰也差不多。我们都会老去，老了也需要钱，生病了就完了，没有人会来帮忙。我们过着几乎没有任何保障的悲惨生活，这一点不会改变——每当我想要稍微放轻松些时，就会想起恩姐这番话，于是我重新坠入不安的深渊。每每想起柠檬酒馆，我都会心痛。

日子就这样一天天过去。六月底的一个晚上，我们在一起看电视时，桃子开口道："我妈超讨厌，气得我想哭。"

桃子毕业了，尽管最后一年几乎没有正常上学。自从春天以来，她就一直因为将来的事与母亲闹矛盾。她就读的女子高中附属了一所短期大学[1]。她说在自己没有同意的情况下就被强行安排在那里上学了。由于她精神有些许不稳定，定期接受心理咨询，基本在家自学，只有在提交必要的报告时才会上学。心理咨询师是她母亲请来的，据说她的报告也是通过咨询师丈夫的关系花钱请某大学的学生写的。站在桃子的立场上，这简直是难以想象的糟糕经历，因此她表示要彻底反抗。

"但短大的话，入学费很贵吧。不觉得浪费吗？"兰问道。

"因为那是很蠢的学校，不交钱就保持不了尊严。而且她也忍受不了自己的女儿成天在家里无所事事，变成'家里蹲'。"

"咦？为什么受不了女儿'家里蹲'？她不也没有希望你工作赚钱吗，反而让你去读短大更花钱吧？"

"不，不是因为钱。"桃子皱了皱眉，"我之前也说过，这不是钱的问题。"

"不过父母全力照顾孩子不是挺好的吗？多轻松啊！"

"啊？"桃子有些不耐烦地看着兰，"怎么可能？！我妈不是在照顾我们，她是为了她自己。她忍受不了当被问道'您女儿现在怎么样'时自己无话可说。"

"就说很健康，不行吗？"兰笑了笑。

"啊？显然不行！我们是否健康根本不重要，重要的是那种一边说着'哎呀，真是太厉害了'，一边眯起眼睛的模样，其他都没有意义。对我妈来说面子是最重要的。她在轻井泽的愚蠢社交圈里对那群笨蛋朋友说的是，在东京涩谷和祖母一起生活的大女儿因为有着艺术家的气质和细腻的一面，所以无法融入普通班级，于是特

---

1 日本的一种高等教育机构，提供 2～3 年的教育，能帮助（培训）学生掌握进入社会后能够直接应用的技能。——编者注

意请了一位特别的老师，在家学习，之后还打算去海外发展；小女儿有着卓越的美貌，走在路上总被名牌经纪公司的猎头盯上，但自然绝对不会让她进演艺圈之类的。她绝对不会让我们姐妹俩去轻井泽，因为谎言一下子就会被戳穿。"

"原来如此……确实不容易。"

"是啊，非常不容易。说起这些，感觉和兰不太合拍，或者是我没说清楚。"

桃子说着，微微一笑，她瞥了我一眼，似乎在寻求我的认同。我下意识地回应了她，但无法顺利插入话题。因为我虽然在听她们的对话，但脑子里一直在算钱，无法投入其中。

在七月即将到来之际，我完成了与薇薇安的第四次合作，明天就要开始第五次了。每次十五万日元，一个月两次，总共三十万。迄今为止，我已经从她那里收到了六十万的佣金，加上黄美子额外给的现金，除去生活费后已经存下三十万，再加上之前储蓄的十九万（给母亲后还剩三十五万，减去生活支出就是这个数），总计四十九万，这就是我的全部财产。

关于我和薇薇安的合作，我当然没有告诉兰和桃子，也没有告诉黄美子。

虽然我曾担心会引起怀疑，担心被问是否在兼职、靠什么生活，但从来没有人问我。不知道是因为没兴趣还是干脆没想到这些问题，总之她们没有问任何问题。至于映水，我在第一次去见薇薇安那天给他打了电话，几天后稍微聊了一下。我本想告诉映水一切，但想起薇薇安说的"从现在起，只有我和你，和映水无关"这句话，就没有细说，只说接到了试用期的杂活。映水大概也明白这个行业或这个世界的规则，因此只是"哦"了一声，没再多说什么。

与在柠檬酒馆工作时相比，每月三十万的收入似乎有些不够，但这是错觉，因为其中不含任何手续费。虽然和大家一起在柠檬酒馆工作很开心，且颇有成就感，但也有不好对付的讨厌的客人；收入、时间和劳累程度也与在家庭餐厅兼职截然不同；虽然我酒量不错，但也有独自承受的疲惫；虽然琴美带来了银座的客人，但也不能确定以后的经营情况，有时也会担心；有时还会因客人说的刻薄话而感到难过，甚至在卫生间流泪。而这份银行卡工作——姑且不论是否可以称为工作，与薇薇安的合作让我忘记了这一切，感受到一种力量，或者说一种势头。但一想到从明天起要再次以每三天一次的频率开始工作，我就紧张得肩膀紧绷。不过我也发现最初的恐惧逐渐发生了变化，之前我就发现了插在口袋里的手没有颤抖。最重要的是，我有了目的，或者目标。我这样做不是为了无谓的金钱和偷懒享乐，而是为了保护自己的家。而且——是的，是为了存钱，重新夺回我们的柠檬酒馆，为此我才开始了这份工作。

　　即使只是租一个小小的店面，至少也需要三百万日元资金。如果考虑稍好一些的地方，租金轻易就会超过五百万。这是不言而喻的事情。像我这样中学毕业、没有身份证的人根本没有人会借给我这样一大笔钱。即使找遍全世界，也不会有我的立足之地。柠檬酒馆的熟客已然散去，要开业也没有联系方式，所有东西都随着柠檬酒馆一起消失了。不是从零开始，而是从巨大的负债开始。我需要钱。我必须想办法准备资金，否则就无法和黄美子一起生活。

　　但我并不打算一直做薇薇安的这份工作，绝不。正因为有目标和期限，这份雇佣关系才能成立，我很清楚这一点。一旦存够了能够重新开张柠檬酒馆的钱，我就会立刻辞职，回到从前的生活。这种情况不会持续很久。我当真这样想，也希望如此，然而事与愿违。

第九章　生意兴隆

1

"素面、面包边角，还有土豆，煮熟的那种，煮土豆。"

薇薇安一边说，一边用金色的夹子快速地将肉翻转。烤肉发出滋滋的声响，仿佛能尝到它的鲜美可口。她将肉放在我的盘子上，问我："你呢？"

"我的话，可能也是素面。"

我们一边吃肉，一边谈论着我在过去的人生中吃得太多而再也不想吃的东西，虽然我并不讨厌它们。

"素面，我快要吃死了。"薇薇安笑着说，"而且是干吃，没有酱油哦。如果有酱油的话，偶尔还会加一点。你呢？"

"我有酱油，便利店卖的那种会带。"

"你生在了好时代啊。来，吃吧！"

"好的。"

这是我第二次被带到这家店来。如果要问这是什么店，可以说是烤肉店，但又与我所知的任何一家烤肉店都不同。无论是肉、蔬菜还是调料都闪闪发光，以至于根本无法相信它们和菜单上所写的是同一种食物。入口的瞬间，美味得令人不禁眼睛瞪圆、嘴巴张大。不仅有肉，还有海胆、鱼子、甚至松露蛋包饭等。安静的包厢里，聚光灯下的装饰架上摆放着有精致花纹的器皿，看起来价值不菲，不知道是壶还是花瓶。尽管在交谈时听不见，但一旦安静下来，悠扬的古典音乐便轻轻传入耳中，地板、桌子、餐具、灯光，甚至连烤肉声和袅袅的烟雾都散发出一种沉静的优雅氛围。

薇薇安喝着红酒，我喝着啤酒。之前来时见过的身穿黑色西装的男士走了过来，打算帮我们烤厚肉块，但薇薇安笑着说："我们自己来就好。"薇薇安正在说社长和各家店这样那样的情况，黑西装男士微笑着对着她优雅地鞠了一躬，然后离开了。

春天过去，夏天到来。大概是在第五或第六次合作之后，薇薇安开始不时地带我出去吃饭。我们第一次出去吃饭也是在这家店。"你之后要是有空，不如一起吃个晚饭？"她说完就发动了汽车，后来抵达的就是这家外观如宫殿一样的饭店。

薇薇安把车停在车位后，店员不知从哪里迅速迎了上来，寒暄一通后开始引导我们入内。我大吃一惊。从我之前对薇薇安的印象来看，尽管她可能很富有，但总是开着布满灰尘的车，穿着朴素的衣服，我想象着她应该会在非常普通的地方吃饭，所以对她如此轻松地带我来这样的地方感到惊讶。此外，我对自己来这种地方也感到难以置信。

我走在薇薇安的身后，突然想到这是我第一次与她一起走路。之前我们都是并排坐在车里，甚至在初次见面时也是坐在波的沙发上。我知道她的脸很小，身材也很娇小，但第一次看到她走路时，感觉她比我想象中更小。她穿着灰色牛仔裤，显得双腿十分纤细，梳着齐肩短发的背影给人一种学生放学回家的感觉。

我对于进入陌生的高级饭店也感到很紧张，尽管我们已经见过多次，但与她面对面地坐着仍然让我非常紧张。她有时一边摆弄着手机，一边烤被端上来的如同艺术品一样精致的肉，然后凑近叫我快吃。我简短地回应后，将肉放入口中。那是我吃过的最美味的食物之一，有一种令人震撼的味道，或者可以称作一种体验。我睁大眼睛，咀嚼着那份无比美味的肉。

　　起初的几秒，我纯粹只是震惊，或者说既惊讶又佩服，但很快眼前就像被拉上了古老厚重的窗帘一样，胸口阴沉了下来。这是一种自己也摸不清脉络的情绪流动。当我试图弄清楚为什么会有这样的感觉时，母亲的笑脸突然浮现在脑海中。那一刻，我的心突然感到一阵刺痛，我意识到母亲从未吃过这样的肉，将来也不会吃，甚至不知道世界上竟有这样的东西。接着，黄美子的脸庞也浮现出来，悲伤和痛苦油然而生，我感觉眼眶一阵发热。当发现眼泪迅速涌上眼睑时，我开始慌了——等等！这里，现在，还不是时候！不该有这种感觉！冷静下来！我只是在吃肉而已！如果能把心情切换成"肉好香"就好了。不，也不必去想"肉好香"，只要想自己正在机械地咀嚼就行了。不，甚至不需要去想，只需要放空。但我失败了。我以为自己已经习惯，但自从做这份工作以来，一直紧绷的心情和积累的不安就像龙卷风一样混合在一起，泪水从内心深处涌出，滑落在脸颊上。

　　"咦，怎么了？"

　　我在吃肉时突然开始哭泣，让薇薇安非常吃惊。她当然会这样。

　　"真是抱歉，没什么，对不起。"我一边说，一边用带着好闻香气的湿巾捂住眼睛，不停地摇头道歉。薇薇安说着"哎呀，这不算什么"，调侃般地笑了笑。

　　"嗯，只是因为……这肉太好吃了。"

　　"什么嘛！"薇薇安笑出了声，"喂，你真的哭了吗？太搞笑了。为什么会哭呢？"

　　"因为肉……肉，太好吃了。"

"哪有因为肉好吃就哭的。"薇薇安笑着，把她的湿巾递给了我，"来，喝点儿啤酒冷静一下吧。"

"好的，对不起。"

"我被你吓到了，快喝吧。"

"对不起。"

薇薇安一直笑着，我也跟着又哭又笑。笑了一阵后，我用双手拍了拍脸，让自己冷静下来。我低头向她道歉，她笑着说着"真的被你吓到了"，然后摇了摇头。门被轻轻敲响，刚才的男士面带相同的笑容走了进来。他迅速地拿起桌上的空盘，又给薇薇安倒了酒，再次鞠躬后离开了。

我们继续烤肉，片刻后薇薇安问我为什么突然哭成那样。我们迄今为止见过几次面，有时会开些轻松的玩笑，但从未谈及彼此的事。我对她的了解仅限于和映水同行、年纪比黄美子大，我甚至不知道她的真实姓名。

于是，我开始零碎地讲起了自己的事：逃离东村山，离家出走；现在和黄美子以及两位朋友共同生活，一起经营小酒馆；因为借钱给母亲而失去了全部财产；不久之后柠檬酒馆就着了火；等等。她沉默地喝着葡萄酒，专注地听我倾诉。我又提到我们打算重开柠檬酒馆，所以需要钱；向映水求助后他介绍我认识她，然后才有了现在的工作。还有，这顿肉好吃极了，让我想起了母亲，我自己也搞不清楚，但眼泪不由得流了出来。

"原来你也有奇怪的地方啊。"薇薇安开心地笑了。

"奇怪？"

"嗯，奇怪。我也有奇怪的地方，所以能理解。"她说，"映水没跟我提过，原来你和黄美子住在一起。"

"薇薇，你认识黄美子吗？"

"认识。黄美子和映水，莫非琴美也在？"

"是的。琴美对我们很好。"

"她们几岁了？"

"琴美和黄美子都是三十九岁左右吧。"

"时间过得真快。"她笑着把头发往后拢，"也就是说映水已经超过三十五岁，是个中年大叔了。"

"可能吧。"

"黄美子在干什么？"

"店烧毁了之后我也不清楚。"

我想说"她偶尔会出门，但更多是在家里打扫卫生"，然而她的脸浮现在我眼前，我的心情变得沉重起来。

"琴美还在当女招待吗，还是自己开店？"

"没有，听说她在银座的夜总会上班，经常带客人来我们店。"

"原来如此。她也长大了啊！"

"薇薇，你和黄美子她们是伙伴或者朋友吗？"我问。

"不算是伙伴，就是过去常常见面，我们的圈子很窄。我们有段时间经常待在一起，那是多少年前来着？八五或八六年吧，大概是那个时候……已经过去十多年了，那还是巴卡拉时代。"

"巴卡拉时代？"

"你玩过巴卡拉吗？"

"没有。"我摇了摇头。

"哦，没玩过就没玩过吧。"她眯起眼睛，"巴卡拉很厉害的。"

"厉害？"

"一旦玩过巴卡拉，其他那些马赛、柏青哥、掷骰子、棒球之类小打小闹的游戏都会显得无聊透顶。巴卡拉只看庄家赢还是闲家赢，就是这么简单。"

"庄家赢还是闲家赢……"我重复道。

"是的。要去赌场，那里有各种各样的人。有白天出没的人、晚上出没的人、黑帮、个体户、上班族，还有女招待、建筑工、性工作者等。我就是在那里遇见黄美子他们的。"

"巴卡拉就是像映水玩的那种？"

"不，巴卡拉更刺激，"她笑了，"而且更快。在赌场买大量筹码，押在你喜欢的庄家或闲家一边，然后翻开扑克，点数最接近九的人是赢家，仅此而已。如果赢了，押的注就会翻倍。巴卡拉的诀窍只有一个，无论是庄家还是闲家，要把注持续押在当天第一个赢的人那边。这样你就会发现，不仅会翻倍，有时候还会翻到四倍、六倍、甚至十倍。你就会觉得自己是天才，因为你的所想即所得。"

"天才？"我不禁嘟囔道。我不太明白，但是对于"天才"这个词，我以为是用来形容音乐或艺术领域的人的，所以略感意外。

"没错，天才。"

"感觉自己变成了神，不是这样吗？"

"不是神这种小聪明的感觉，而是……到达了人类的最高境界。仍然保持着人类的身份，但对人类世界一清二楚，对所有事都一目了然。你看到的现实仿佛直接向你走过来。到达这种人类最高境界的人就是天才。当你大赢一把，赌场就会有几十人聚集在你身边。如果你成了天才，就能把所有的一切尽收眼底。对于一般人来说，无论押庄家还是闲家，赢的概率都是二分之一。无论赢输，无论剥光对方还是被剥光，概率都是二分之一。但是，当你成了天才，无论怎么看，路都只有一条。只会有一条路。你明白吗？"

我不置可否地点了点头。

"有时候一晚上能赢五百万或一千万，甚至好运能持续好几天。已经不睡觉了，哈哈，根本睡不着。享受这种天才的感觉玩到尽兴是最棒的，也能赚到零花钱。你下次要不要试试？"

"啊，我？"

"开玩笑的。"她笑了，"不过，这都是针对外行人的，不是我们。我们在那里赌的不是钱。"

"赌的不是钱？"

"不，钱就是钱，但那里真正发生的事情……怎么说呢……"她眨眨眼睛，稍加思索后说，"嗯，就是说金钱背后的东西……"

"金钱背后？"

"我二十八岁那年，曾经单场押注一亿。把所有家当拿了出来，还从能借到的地方借了钱，凑够了一亿，为了巴卡拉。"

"一亿？"

"只玩一把，结果我赢了。"

我睁大双眼看着她。

"当时的场景还历历在目。聚集在我周围的有好几十个人，他们的表情、穿着、长相，还有结束时他们发出的声音，一切都清晰地印在我的脑海里。那时发生的事大概就是金钱背后的东西。"

"你是说那种赢的感觉？"

"不，"她心血来潮似的瞥了一眼自己的手指，说，"赌博当然事关输赢，而且那是全部的意义。输了就失去钱，赢了就得到钱，简单明了。但是同样地，在那个瞬间、那个地方，金钱变得毫无意义——不是普通程度上的，而是压倒性的。在那个瞬间，金钱成了这个世上最没有意义的东西。奇怪吧？因为金钱是一切嘛！毫无疑问，金钱是一切，但同时毫无意义。虽然明知道世界上不存在比金钱更重要的东西，但存在于当下的只有超越金钱的东西，别无其他。它充斥在紧握于手中的钞票里，非常刺激。我无法准确地解释，但就是那种感觉。当然，有人因为陷入债务泥潭而无法自拔，也有人上吊自杀，还有人被检举。大家都陆续因为金钱而死去。但金钱并非死亡的真正原因，甚至不是死因。人们不是因为玩巴卡拉输了钱而死，光凭这个不至于去死。"

她靠在椅背上，双臂交叉，陷入了沉默。我等待她继续讲下去。

"玩那些赚小钱的人另当别论，但是赌博和玩巴卡拉的人，他们从一开始就已经在慢慢地死去了。"

"慢慢地死去？"

"也不是死去，而是自我毁灭。他们表面上穿衣吃饭，过着普通的生活，看起来完全正常。但他们在慢慢地自我毁灭，慢慢地死去，杀掉自己……这种人才会真正地去玩巴卡拉，他们追求的是金钱背后的东西。"

我试图去理解她的意思，反复在脑海中琢磨她的话。

"哈哈，可能你不明白。我自己也不太明白。"

"不，"我调整坐姿，直视着她的脸说，"他们追求的金钱背后的东西是指什么？"

"嗯……"

"当他们追求到了，就会改变自我毁灭的进程吗，或者干脆不会死了？"

"不是，正好相反。因为毁灭似的活着非常痛苦，所以他们可能想尽快做个了断。真正玩巴卡拉的人无论如何都会死去。"

"那薇薇……你呢？"

"我？"她笑了，"在你看来呢？我看起来像是活着的吗？"

"看起来是的。"

"哦。"她咧嘴笑了，"总之吧，虽然说了很多没用的话，不管是不是巴卡拉玩家，我们终究都会死。无论是事故、疾病还是寿命到了，只是叫法不同而已，总有一天会被什么东西杀掉。对吧？"

这时，敲门声再次传来。这次来的是另外一名身穿白色制服的男士，手持一块新的铁板。我曾多次目睹烤肉店的工作人员更换烤焦的烤架，但这次看起来完全不同。男人手里的铁板仿佛被授予的纪念盾牌，他钩着闪闪发亮的金属装置完成了替换，似乎进行了一场小型仪式。接着，之前那位礼貌地为我们倒过酒的男士再次出现，为薇薇安斟上葡萄酒，并询问我是否要续杯啤酒。我点头示意，随后将小盘中的一块肉送入口中，缓慢地咀嚼下咽。几分钟后，一杯金黄色的啤酒端了上来。我喝了一口，开口问道："薇薇，你不再玩巴卡拉了吗？"

"是的，不玩了。或者说，已经感觉不到什么，没兴趣了。"

"是突然间没兴趣的吗？"

"我记不清了，可能是在刚才说的那场赌局之后又过了一段时间吧。"

"后来怎么样了？"

"怎么样？就是现在这样了。"她笑了，"没有了现金和收入，就像是凉了的食物。金钱、世代、人、地盘……所有的一切都发生了翻天覆地的变化，于是我开始战战兢兢地伪造银行卡，为了赚点儿小钱而到处奔波。"

"可你赢得的一亿日元呢？"

"哈哈，那根本撑不了一个月。在赌场赚的钱永远也不会离开赌场，最后都被庄家吞了。因为最终肯定是庄家赢，闲家注定要输。"

我默默地喝着啤酒。

"关于你刚才提到的那家店……"她过了一会儿说，"你准备独自承担那笔费用吗？"

"是的。"

"为什么？"

"什么为什么？"我下意识地反问。

"你不是和黄美子还有其他人一起住吗？"

我不知道该如何回答，只能保持沉默。

话说回来，这是为什么呢？为什么柠檬酒馆是大家一起工作的地方，但是资金只有我独自在筹备？仔细想想，我并没有被兰、桃子或黄美子要求这么做，也不是商量后决定的。只是因为我想和黄美子一起生活，想保护我们的家，所以觉得有必要这样做，认为是理所当然。我明白这一点，可是为什么又莫名地感到一丝不安和困惑？

"啊，别想太多了。"她笑了笑，"在这世界上，能干的人会被要求承担一切，再怎么想也没用，浪费时间。会动脑子的人就是要吃苦，但这样也挺好。"

"吃苦是件好事吗？"

"我没说吃苦是好事，只是没办法嘛。但是比那些一点苦都不吃的笨蛋要强。他们也许很幸福，但是很蠢。你想变得幸福吗？"

"我不知道幸福是什么感觉。"

"确实存在幸福的人。但那不是因为有钱，而是因为有工作。因为不多想，所以才幸福。你会动脑子就最好了。动脑子去赚钱吧。别赌博，过正常的生活。对于这样的生活来说，金钱就是一种简单的能量。这样也很有趣。费尽心思地用身体赚钱，会让你更清楚地看到那些从一开始就轻而易举地拥有财富的人的丑陋。加油吧！"

我盯着刚才用来捂着眼睛、形状凹陷的湿巾。

"你和黄美子说了我们的合作吗？"她直勾勾地看着我的脸。

"没有。"

"就连你那些幸福得厚颜无耻的朋友也没说？"

"是的，没有告诉任何人。"

她盯着我的眼睛，抿了一口杯里的酒。我们就这样对视着，一言不发。身后轻轻流淌着连我也听过的钢琴曲。

"一个月三十万左右才值得一提。"

我默默点了点头。

"多赚点儿哦！"

她露出满意的表情，开心地笑了。也许是光线的缘故，她的门牙缝似乎比平时更大了一些。

2

后来，无论是否有工作，我和薇薇安都会不时地见面，她也开始向我详细介绍工作情况。她总是像说口头禅一样谈论着自己落魄的状态，以及她以前的后辈和一起做生意的伙伴们是如何被割屁股的（意思是事情败露后逃跑）。尽管她打趣地说着，但我不知道该不该笑，她总是滔滔不绝。

薇薇安通过各种方式赚钱。虽然从谈话内容无法得知她到底做什么生意，是否有实体店，但我偶尔听到她也在经营若干家店，有时还会与被称作"店长"的人在电话里谈钱。

我经常听到"锁匠"和"屋顶工"这样的词。从直觉上说，她可能为属于黑暗世界的某些人提供场地，或者处理某种东西，但她详细告诉我的只有关于银行卡的事，也就是与我有关的工作。

我从她那里拿到的、可以取钱的卡是伪造卡。但正如我起初所想的那样，这张卡无论从哪个角度看都几乎无法辨别真假，甚至可以说看起来就是真的。从伪造卡的等级来看，似乎是最高的。

"不管什么都是这样，伪造卡自然也有好坏之分。我给你的是顶级货。虽然为了安全起见，地点和取钱的人会变，但这些卡都是耐用的高等货。"

"高等货？"

"没错。"

"那次等货是什么样的？"我问道。

"把信息放在随意的白卡里，用完即弃的那种。"

"白卡是什么？"

"白卡就是只有磁条的卡，里面什么信息都没有，是全新的塑料卡，再把偷来的数据放进去。数据来源很便宜。也就是说，把所有信息都塞进那些开户名不明的卡，很容易露出马脚。事故卡也是——被报失或丢失的卡，也会混在里面。最近，白卡本身的价格也变得相当高，所以会有卡拉 OK 会员卡、大医院的门诊卡之类。你知道的，听说只要尺寸和硬度一样就行，有些勇士在用这种东西。"

"卡拉 OK 会员卡……"

"我还见过烤肉店会员卡。只要输入数据，贴上磁条就行。这样一来卡片就能华丽地变身为某人的借记卡或者信用卡。"

"借记卡和信用卡有什么区别？"

"啊？你的问题是这个？"薇薇安往后缩了缩下巴。

"……我大概知道，这两种卡有关系吗？"

"借记卡是给银行存款时用的卡，就像金库的钥匙。信用卡是即使没有现金也能购物的卡，甚至有些还支持取现服务，也就是说可以借款。然后，消费和借的部分要求在一个月后还款，由户主支付。"

"能随便使用吗？"

"不同的卡额度不同。或者说，信用卡原本就不是所有人都可以申请的。信用卡公司会彻底调查申请人的工作地点、工作年限、储蓄、收入、房租、租房年限等；如果申请人买了房，那么他是否有贷款；家庭成员有哪些……当信用卡公司判断申请人有连续偿还能力，就会发行。"

"收入多少也会影响吧？"

"是的。通常是从三十万开始，不逾期，认真使用并持续还款，那么信用卡公司就会自动提高该卡的信用额度，建议户主多使用。接下来就是五十万、一百万，上限是三百万左右。如果信用卡公司认为户主信用良好，还会建议给家人也办一张，因为公司想不断增加客户。"

"信用卡公司通过什么赚钱？"我问道。

"是……手续费吧。"她歪着头说，"你基本对信用卡不了解啊。"

"对不起。"

"没关系。"她点了点头，"假如说你有一张信用卡，就会使用它在商店买东西。"

"是的。"

"你在店里刷卡，支付的金额到了信用卡公司那里，然后信用卡公司就会先把钱减去手续费后付给店家，之后你再给信用卡公司还款。信用卡公司介入了店家和你之间。你以前开酒馆时没有刷过卡吗？"

"啊！"我眨了眨眼，"有，确实有。"

"那你应该知道吧。"

"嗯，不太……"

在柠檬酒馆用信用卡结账的客人虽然不多，但也有一些。我还记得我们的熟客地主爷爷曾经说过家人要求他使用信用卡。他苦笑地说："儿媳妇特别严格，要掌握我在哪里花了多少。"此外，琴美带来的贵宾好像也多用信用卡。不过，为客人刷卡一直都是黄美子的工作，从一开始就是这样，因此我不需要记住这些，而且用信用卡支付的客人也不是很多。如果有客人说要刷信用卡，我就会接过卡递给黄美子。黄美子从收银台旁边的架子上拿出一个方形机器，插入卡后进行一番操作，之后客人会在票据上签字，最后把凭证和卡还给客人就结束了……不过话说回来，确实令我印象深刻的是琴美带来的贵宾的大额支付。一段时间后，映水会换成现金递给我，我就把它们合并到销售额中。有时候还会谈起去银行换钱之类的事。

"我们店能刷信用卡，但我从来没用过那个机器。刷卡时机器会发出一个很大的咔嚓声，所以我就把机器连同刷卡叫作'咔嚓'。"

"那叫压卡机。"

"不过我不会用。"

"现在基本上只要在卡槽里轻轻刷一下就可以结算了，但原理是一样的。"她说，"之前的这些支付方式都很方便。但是未来，恐怕几年后，每家店都会配备'猫'，信用卡和借记卡将合二为一，读取数据也会更加烦琐。甚至未来可能人人都会使用电脑，听说所有信息都会在那里进行交换。年轻人对这些非常熟悉，我们就能圆满地退役了，哈哈。"

"薇薇，'猫'是什么？"我问道。

"'猫'指的是信用授权终端系统，Credit Authorization Terminal，简称CAT，俗称'猫'。能使用信用卡支付的店分两种类型，有'猫'的店和没'猫'的店。在有'猫'的店里刷卡，信息会同时发送给信用卡公司，因此仿造卡很快就会被发现。但没有'猫'的店不与信用卡公司直接连接，要将信息发送给没'猫'的店，通常需要一个月左右，因为需要进行批量邮寄。也就是说，在卡变成事故卡之前有一个月左右时间。如果能巧妙地利用这段时间，就能挣不少钱。"

我在大脑中整理着她说的内容，点了点头。

"不过，我自己基本上不使用事故卡，所以有没有'猫'对我来说没那么重要……不过，现在没'猫'的店确实很少见，尤其是百货公司。不管是事故卡还是仿造卡，只要充分利用助手和人数，就能赚不少。但这需要很多体力，因为总是要跑来跑去。我现在没有助手，所以也就不做了，像《排球甜心》一样。"

"《排球甜心》？"

"你知道吗？是一部动画片。"

"我没看过，但大概知道。关于排球的，对吧？"

"没错。我是教练，队员们都是需要钱的年轻人。他们年轻、体力好，辛勤地跑来跑去为我赚钱。不管做什么，团队合作都是最重要的。"

"也有团队合作的时候吗？"

"当然了。"

"排球甜心""团队合作"……我在脑海中反复琢磨这些词。

"不过目前我在单干，虽然有时候团队合作会更顺利……总之，卡真的很方便，有很多用途。伪造电话卡也能赚得盆满钵满；柏青哥店的预付卡也很不错，可以无限地投币换成现金，非常方便。如果和'车手'合作，柏青哥店很快就会倒闭。前一阵非常流行的骗术是，让那些在相当正规的地方工作的女性办几张信用卡，通过取现和购物把卡刷爆，都换成现金，让她们的卡在适当的时间点破产。还有，不论是挂失还是申报失窃后，把卡交给家人，利用信用卡公司的停卡时间大肆挥霍，大约也有一个月。"

"这样户主本人真的可以不用还款吗？"

"当然。因为申报是合法的，也没有证据表明是本人使用。而且不论是欺诈还是什么，被骗的店铺都是受害者，所以会得到信用卡公司的全额赔偿。而且，那些信用卡公司也都投了保，所以不会亏本。保险公司平时从善良的市民身上榨取大笔金额，不停地提醒他们会生病、受伤或得癌症，因此投保不会吃亏的。钱只是在流动，大家都能得到好处。"

"那……我用的也是仿造的借记卡，不是信用卡，是吗？"

"没错，而且是最高级的。"

"最高级，什么意思……"

"基本上可以以假乱真。虽然是仿造的，但是怎么说呢……就像克隆，你明白吗，克隆？"

"克隆？"

"也就是说，那些把钱存在银行账户里的老头儿手里确实有自己的银行卡，他们手里的卡并没有丢失，只是信息被盗了。然后，我们用偷来的信息制作的卡就是克隆卡。一张卡变成两张，就像电话的主机和副机。有不同，但大同小异。卡的外观也尽量模仿了。当然，细节上可能会有破绽，但只是在自动提款机前被人看到的话，不会引起怀疑，监控摄像头也基本看不出来。"

"我原以为可能是真的。"

"有时候表面和内里是不同的，比如名字、号码之类。你用的卡几乎是表里如一的。上面有罗马字的刻印，对吧？那是真实存在的户主老头儿。另外，最近的信用卡圈里流行在卡上刻印取款人本人的名字。万一被质疑，卡上的名字和身份证上是一致的，基本上就没问题。信用卡诈骗都是现行犯，所以应对眼前的情况是最重要的。"

我深感佩服地点了点头。

"总之，无论是信用卡还是借记卡，外表是假的但信息是真的。你的工作也是，从信息上看，就是在取自己的钱，和用插管吸干储蓄一样简单，这是我最喜欢的方式。"

"但这样的话……"我沉吟道，"钱会不断地从账户里被取出来，最终不会被发现吗？"

"所谓的高级就体现在这里。信息很贵的。"

"信息很贵？"

"是的。那些根本不会仔细查看账户的有钱人根本不记得把钱存在了哪个账户里。他们是我们精挑细选的对象，或者说是能看得见脸的信息。我们偷来这些，进行仿造。"

"他们不会陷入困境吗？"

"什么？"

"钱被取走，他们不会感到困扰吗？"

"不会。"她立即回答，"为什么会感到困扰？"

"我也不知道，但我觉得他们也是花了很多工夫才……存下来的……"

"怎么可能？"她笑着说，"你听好，那些根本不知道自己账户里有多少钱的富人，被偷了也不会察觉的傻乎乎的富人们，他们根本没有付出任何努力，不需要努力。他们的富裕没有什么理由。"

"是吗？"

"是的。因为那些靠头脑和身体赚钱的人会对金钱有执念，就像穷人一样，才会认真地考虑金钱。但那些被家庭财富、父母遗产和代代相传的巨额财富所保护的人拥有财富并没有任何理由。他们没有做任何努力。你从小就为钱苦恼，对吗？你曾经贫穷，没有钱，这有什么理由？有吗？"

我不知道该怎么回答，只好沉默。

"没有。你天生贫穷，这没有理由。同理，那些富人富有，也是天生如此。因此，那些愚蠢的富人为了保持自己愚蠢的财富，制定了有利于自己的体系，在其中舒适地生活下去。从上一代开始，他们就为自己建立了坚固的体系，以确保绝对不会蒙受损失和威胁，一脸凉薄地享受甜蜜果实，还会不断地加强这个体系。你认为富人有钱和你没有任何关系，对吧？"她看着我的眼睛，"可是啊，财富是有限的。钱因为都在富人那儿，所以不会流向你，绝对不会。这是一个非常简单的道理。富人死后仍然富有，穷人死后仍然贫穷，是因为富人希望如此，富人制定规则。而在这些规则下穷人则被不断剥削。然后，他们还给那些沦为废物的人灌输自己成为废物是有原因的，满不在乎地说什么废物也曾有过机会不变成废物。开什么玩笑！废物正是因为被他们榨取才变成了废物。"

我不置可否。

"金钱是权力，贫穷是暴力。穷人从一开始就被修理得很惨，所以不知道被修理是什么感觉。他们被打得头破血流，被持续打击，头脑和身体都变得迟钝。他们就是在这种环境下理所当然地生长起来的，所以不明白很多事情。但就算不明白，肚子也会饿，对吧？肚子饿了，就需要食物，要得到食物就需要钱。要得到钱该怎么做？去工作？在哪里？做什么？"她笑着露出大牙，"那是富人制定的规则。我不知道，你也没必要知道。因此不必考虑富人的钱，只要想象他们的愚蠢和丑陋就好了，把他们的一切都拿走。他们的钱跟我们的钱不一样，当作信息来看待就可以了。或者说，那本来就是信息。"

"那怎样发掘富人的信息？"

"通过合作。"她得意地笑了，"前保险代理人、前银行职员、前证券交易员、前房地产中介、税务专家、会计师，还有信用卡公司的审批人员，当然还有婚介所职员、酒店女招待、情妇，有时候还有亲戚……无论在家里、高级养老院、高尔夫俱乐部还是银座，到处都有钻进傻老头儿怀里的人和出卖信息的人。只要向他们购买信息，从家庭情况、爱好、性格，到大概的资产情况，包括个人信息和密码都能获得，所以信息价格昂贵。"

"怎样偷取磁条中的信息？"

"使用读卡器。外表看起来和普通的支付终端完全一样。由于有凹槽，只需轻轻刷过即可，用不了三秒钟。然后将信息存储在读卡器中，再把读卡器交给供应商——通常是海外的。付款一段时间后，克隆卡就会诞生。"

"能知道密码吗？"

"当然。只要去陪同提现一次，就能轻而易举获得，不过百分之九十以上是生日；也有人记在笔记本或其他容易看到的地方；更有甚者会陪同户主到柜台办理业务。那些孤独且不被重视的老头会很轻易地相信别人。即使对方有些狡猾，但只要有借记卡、存折和印章在手边，就不会怀疑。还有很多老头儿会因为别人帮助自己理财而感到愉快，觉得自己是被委托管理财富的大人物。这样愚蠢的老头儿在乡下很常见，到处都是。"她笑着说，"所以说卡也有很多种。不过，我认为克隆卡过时只是时间问题。就像我刚才所说，首先是现场变成了电脑操作，人们不用迈出家门一步就能购物了。你能相信吗？所有的卡片信息都会在电脑里进行交换。哈哈，我跟不上，也无法想象。另外，由于'暴对'[1]的实施，过去几年里半吊子增加了很多，整个行业生态正在以惊人的速度改变。"

1　指 20 世纪 90 年代初日本制定的《暴力团对策法》。

"'暴对'是什么？"

"暴力团什么法来着？反正是为了遏制黑帮制定的法律。针对地产抢夺、企业勒索……让黑帮无法利用其自身力量从事黑帮活动。"

"这不是好事吗？"

"谁知道呢……对市民来说可能是安心的，但从长远来看，我觉得可能会起反作用。"她的齿缝发出了吸吮声，"当然了，黑帮不是什么好东西，这毫无疑问，我也讨厌黑帮。他们总是给人添麻烦，而且声音很大，吵死了。可至少他们对于警察和社会来说是可见的。他们有组织，也就是说最终会有负责的老大。从举行换盏仪式并戴上家徽的那一刻起，小弟就会对老大绝对顺从，然后组织就有了规则和实体。无论多么庞大的组织都有秩序、有惩戒，每个人都知道谁该负责，无论内外。但是自从实施了'暴对'，眼看着生意越来越难做，情况迅速糟糕起来，资金流动越来越少，人数减少，实力也衰弱不少。然后就出现了暴走族——是的，他们挑起事端，什么都敢干；年轻气盛，没什么需要守护的东西，因此无所顾忌。如果黑帮是垂直分布，那么这些人就是横向分布，通过关系网不断扩张领地和生意，发展的势头很猛。黑帮即使被打击、被逮捕、被压制，但至少他们的情况是明朗的，有人知道谁是谁的手下，谁做了什么。可这些人就不一样了，到底是谁在下命令，还是没有命令，根本看不见、摸不着。他们或混杂在一起，或分崩离析，无法掌握。没有实体组织，看不见面孔，这就很麻烦。所以，我说的变糟糕是指这些事。我的意思是，我喜欢的——没错，就是你现在使用的卡——看得见实体的高级货、安全可靠的借记卡也将很快达到瓶颈期，因为任何东西都有潮流。电脑也是如此，据说专业人员的起用也在增加。未来将是没有名字、没有面孔的人们大显身手的时代。例如黑帮运营的地下钱庄，尽管可能会做出卑鄙的事，但至少在表面有借贷。然而，未来将会涌现出大量毫无借贷而直接剥削金钱的人。他们可能不需要仿造卡，就能更直接、更轻松地实施。"她笑了笑，"所以，趁现在好好赚钱吧。时代变化得飞快。"

待我回过神来，八月快要结束了。每天都炎热无比，到处充满了夏天的气息，但那年夏天我没有像往年一样对夏天有真切的感觉。天空湛蓝，积雨云像照片似的挂在上面，四周充斥着蝉鸣声，热浪不时吹过。我身体各处汗如雨下，但与我意识到自己身处此地、正在夏天里的中间似乎有一条深邃黑暗的鸿沟，无声无息，却仿佛在猛烈地流动。然而，究竟是什么在流动，我无法窥探和确定。

薇薇安给我的银行卡数量逐渐增加，原本三十万的月收入很快就翻了一番。我戴着各种帽子，手腕上总是系着黄色发圈（我穿着长袖卫衣，把袖口紧紧藏起来，以免被人看见），频繁地在各个自动提款机之间穿梭。乘坐电车去陌生的地方，开拓新的自动提款机。每个地方都有银行和自动提款机，就像自动贩卖机、房子和停车场一样司空见惯。

自动提款机里应该装了很多钱。我无法想象每台究竟装了多少。一想到自动提款机里装满了现金，就感觉不可思议。不断有人光顾、取钱，十分神奇。尽管钱在自动提款机里的时候不属于任何人，可一旦取出就成了取款人的财产。取出来放进钱包里，钱很快又会流向其他地方。

钱到底是谁的，或者变成自己的，究竟是怎么一回事？购物时，虽说是花钱买了商品，那只是商品变成了自己的，不同于金钱变成自己的。钱总是在流动，从这里到那里，从一个人手里到另一个人手里，从一处到另一处。这种流动难道就是金钱的本质吗？当人需要钱、渴望钱时，这种欲望与金钱的本质有什么关系？我一边思考着这些无头绪的问题，一边从自动提款机的出钞口拿起现金放进包里，在夏末的闷热中漫步。

除去每月几乎不变的生活费，我把剩下的钱存进了天花板上的蓝色盒子里。钱总是静静地待在黑暗中。当家里没人时，我会轻轻地摩挲，感受它的触感和重量；当我看不见它时，它作为一串数字在我心中一动不动。无论从哪个角度看，钱都是静止的。这种静止让我感到安心。不减不增，无人知晓，如果能就这样静静地朝着目标前进……想到这里，我感觉内心的某个东西稍稍轻松了一些。如果能坚持认真存钱——是的，按照每月四十万的速度坚持存下去，一年后或许我就会有足够的资金重开柠檬酒馆。我每天早上拿起黄色角落的小物件，一边用抹布仔细擦拭，一边祈祷一切顺利。

一天，我结束了与薇薇安的工作后回到家，在门口碰到了黄美子。我们住在同一栋房子里，所以说碰到可能有些奇怪，但感觉确实如此。她浓密的黑发散开着，没有化妆，看起来和平常一样，但我立刻就发现了她的慌张。

"黄美子，怎么了？"

"花。"

她因为被我突然叫住而有些惊慌，不停地眨巴着眼睛。然后，她用手推开门，走下楼梯，看着我，轻轻地叹气。

"琴美受伤了。"

"什么？"

"我去一趟。"

"黄美子，等一下。"

"什么？"她步履匆匆，看起来非常着急，却不知为何有些迷茫地回头看了我一眼。

"黄美子，等一下。"我向她跑去，"等一下，发生了什么事？琴美受伤了，是什么情况？是意外吗？谁联系你的？"

"琴美给我打电话了。"

"发生了什么事？"

"她被打了。今天终于有了独处的时间，于是给我打了电话。"

"被打了？"我大惊失色地喊出了声，"谁打的？"

"老头子。"黄美子说着，直直地竖起了拇指。

"什么？老头子是谁？拇指是什么意思？"

"就是这个。"

"什么？拇指是什么意思？"

"老头子就是老头子。总之我先去了。"黄美子留下这句话后，快步朝车站走去。

"如果有什么事，记得打电话给我。"我朝着她的背影喊道。

她轻轻摇了摇头，在拐角处不见了。

我站在那里一动不动，不知过了多久。当我回过神来，发现自己正在凝视一只从街对面奔跑而来的狗。这只不大不小的棕色狗戴着比自己毛发还要深的项圈，旁边有一位中年女士牵着它。当他们走过家门口，在我的视线中消失后，我轻轻地摇了摇头，开门走进了屋里。

琴美受伤了，终于有了独处的时间，黄美子打了电话，她被一个老头子打了。我一边在门口脱球鞋，一边在脑海中重复着黄美子说的话。老头子是谁？为什么要打琴美？琴美受伤重吗？她还好吗？老头子是琴美的男友还是其他人？又或者是黑帮，抑或是客人？如果是的话，他是否来过柠檬酒馆？我想起了琴美刚搬来时，

258

我在她家看到的男士领带和皮鞋。鞋尖黑漆漆的，整体泛着光，看起来十分硬实，领带是深蓝色的。伴随着这些记忆，各种疑问、担忧和不安一起涌上了我的脑海。

映水知道吗？或许应该给他打电话。说起来，好像很长时间没见到他了。开始和薇薇安合作以来，我只见过他一次，那时我们一起去居酒屋吃饭，简单聊了聊。那时的他看起来有些疲倦，我注意到了。但因为大家在场，既不能谈论工作，也害怕说不好。他似乎是来给黄美子递送信封的，不到二十分钟就离开了。

片刻后，我突然感觉房间里有人，抬头去看，不知是兰还是桃子。黄色角落的挂钟显示已经过了四点。桃子说今天要去涩谷面见好久不见的喵哥。我没有过问太多，我记得她说喵哥举办了一场派对，虽然她觉得很烦，但还是得去。

走上楼梯，我在用来储藏的洋室里看到了兰。房间里到处散落着置于柜子里的收纳箱、杂志，还有从晾衣架上收下来的浴巾和衣服。兰在其中背对着我躺在那里。落日余晖弥漫着整个房间。在西友超市购买的米色窗帘因吸收了光线而闪闪发光，仿佛成了夕阳本身。兰的脚下有一团更为耀眼的光。音乐轻轻地流淌，那是 X JAPAN 的《无尽的雨》。瞬间，柠檬酒馆和其他事像浪潮般涌上心头，我来不及怀旧，只觉一阵心痛。我从背后呼唤了兰。

"花。"兰慢慢地转过身来，看着我。由于逆光，我看不清她的表情，但她叫我的声音听起来有少许鼻音。

"你在睡觉吗？"

"没有，只是在发呆。"

"刚才黄美子出去了，听说琴美受伤了。"

"啊？真的？"兰皱着眉头，我甚至能清楚地看到她的表情。她坐直身体，问道："什么时候的事？"

"黄美子接到了电话，具体情况要等她回来才知道。"

我们沉默了片刻。《无尽的雨》结束了，换成了下一首歌。兰按下停止按钮，房间里沉默降临。

"不过，我觉得应该没事。虽然不太确定，但好像是电话里说的，而且黄美子也去了。"

兰听了我的话，点了点头，然后又躺了下去。

"兰，你身体不舒服吗？累吗？"

"没，不要紧。不是累，只是……觉得……发生了太多事。"

兰用手肘支着脑袋，转向我。我走进房间坐下，靠着柜子。

"发生什么事了？"

"说有也有，说没有也没有，不清楚。可能是因为什么都没有，才会有这样的感觉。我最近总觉得很累。花，你呢，感觉怎么样？好久没这样聊天了。"

话说回来，我也有这种感觉。最近几个月，我白天为薇薇安的工作四处奔波，晚上也经常和她在一起。回家后兰已经去了店里，她回来时我已经睡着了，而早上我醒来时她还在睡觉。

"桃子也在卡拉 OK 打工，好像很努力。花，你怎么样？工作顺利吗？"

"嗯……还好吧。每天都做着同样的事情。"

"是吗？"

我没有告诉任何人关于我的工作，只说在五反田的一家工厂当包装临时工。以防被问到，我还把打工杂志上的内容牢牢地记在了心里（我确实去了那个地方，还确认了路线和周围的环境）。但黄美子、兰和桃子似乎对此并不关心，没有进一步追问。我松了一口气，只用最简单的谎言就对付了过去，之后尽量避免提及工作的话题。

"我总觉得……以后会一直过着这样的日子。一想到这里就觉得难以接受，老是想这些。"

"啊？难以接受？"我问道。

"嗯……你不会因为想到以后的事情感觉很累吗？活着有什么意义？总觉得各种事都太难过了。"她微笑着说，"夜总会也不知道能做多久，又没有其他的工作可做。没有钱，做这行也很辛苦。有时候会害怕得身体无法动弹。没有家可以回去，也没有人可以帮忙。相反，还会接到家里打来的电话，要求寄钱回去。他们觉得我在东京应该挺好的。哈哈！他们完全不懂。可实际上家里也一贫如洗。虽然我想尽办法，但什么都做不了。前几天在店里还被主管说了。我很难过，但真的无法完成销售任务，感觉被其他女招待排挤了。她们取笑我的衣服什么的。哪里都一样——如果一个人被认为水平低，那么大家都会拿他取乐。但这附近除了夜总会又没地方可去。"

我不知道该说什么，只能默默地听着。

"经营柠檬酒馆时还挺好的。当然那时候也不知道未来会怎样。虽然最后因为火灾全没了，但我们都在一起，很开心。"

"很开心。"我说。

"是吧，开心极了。虽然说起来有点夸张，但我感觉继续这样生活下去，以后年纪大了，也不会发生什么好事。"

"不是的。"

"真的吗？"兰心虚地笑了笑，"对了，我以前有男友，还一起住过。"

"嗯。"

"他最近好像找到了新女友。不过反正我搬走了，因为住在一起的时候太烦了。但也不是明确地分手，偶尔还会见面聊天，总的来说还保持着关系。但他最近不接我的电话，说是找到了心上人。"她轻轻地叹了一口气，"我很震惊，然后又为自己的震惊感到震惊。我以前觉得我们在一起很久，虽然吵吵闹闹，但毕竟一直形影不离，但现在的他好像是一个陌生人，像失忆了一样，完全变了。他专注于新女友，完全变成了陌生人。"

"是这样啊。"

"嗯。明天我打算换一部新手机，还要换新号码，选一个可以用 i 模式[1]的。"

"真的吗？那我也跟你一起去吧。"

"真的？太好了！好久没一起出门了。"

之后我们聊了柠檬酒馆的各种事，某位客人怎么样了，大家都喝醉时桃子怎么样了，诸如此类毫无章法的话题。刚才还充斥着落日余晖的房间不知何时变成了淡青色，物品的轮廓似乎比刚才更深了。

"对了，恩姐怎么样，康复了吗？"兰说道。

"我真想去看她，但听说她不想让我们去，之后就没联系了。阵爷爷也没消息了。房租倒是按时付了。"

"小楼还是那个样子，一片焦黑。我有时上班前会去看看，什么都没变。"

"只在入口处和贴了'福屋'的地方砌了一大块木板。我有时也会去看看。"

"哦，是吗？"兰有些惊讶地说。

"嗯。"

1　I-Mode，是日本通信营运商 NTT DoCoMo 公司于 1996 年开发的一种供用户通过手机使用互联网服务的无线通信技术。——编者注

"对呀，总是会去看……不知道为什么，最近我在想恩姐的事。"

"我偶尔也会想，不知道她现在怎么样了。"我说，"记得那次她的客人去世的时候，她还说人家孤苦无依，没有亲戚，为他担心。"

"听说恩姐不想见我们的时候，我大吃一惊。"

"嗯，很震惊。"

"开始我以为也许是因为她的店里起了火，感觉抱歉才不想见我们。"

"嗯。"

"但不是那样的，我觉得其实……恩姐可能是讨厌我们的。"

"啊？"

"嗯……恩姐可能是真的讨厌我们。"兰说着盯着我的眼睛，"我觉得她真的讨厌我们。"

"恩姐？"

"是的，我觉得她不喜欢我们所有人。'福屋'也好，喝醉酒的客人也罢，还有酒，和总是喧闹的我们，她全都讨厌。我稍微能理解她的这种感受。所以，我说万一，那不是普通的火灾，而是她放的火，虽然这么想很可怕，但如果是那样的话，我会感到欣慰。"

"她放的火？"

"对。如果她是因为想把一切都烧掉才放火，虽然很难说出口，但如果是那样也不错。不仅仅是失火，只要她想那么做，她希望的话，或许也不错……"

我眨了眨眼，看着兰。

"对不起，我说了莫名其妙的话。花，你生气了吗？"

"没，没生气。"我说，"只是我从来没想过这一点，有点儿意外。"

"是啊。我也是，冲动地随便说说。对不起，但我就是这么想的。"

我们陷入了沉默。窗外隐约传来了咚咚的钟声。傍晚偶尔会听到这种声音，不是寺庙里低沉平直的钟声，而是各种高低音色交织的钟声，或许这附近有教堂，但我完全不知道在哪个方向。

"我呢，花……"片刻沉默后，兰仿佛重新振作了起来，笑着对我说，"花，你知道吗？你是我迄今为止遇到的最了不起的人。"

"哎？怎么了，突然这么说？"

兰突如其来的话语让我吃了一惊。

"花，你反应太大了。"

"那是因为……"

"花，你真的了不起。"

"没有啦。"我摇了摇头，"不过你突然这是怎么了，兰？"

"我一直都这么想，只是想好好说出来。"兰笑了，"你总是那么努力，真的了不起。"

"完全没有啦。"

"不是的，你真的了不起。只要看见你，我就会感觉精神振奋。即使在店里遇到不愉快的事，但只要想到有你，就觉得没事。虽然柠檬酒馆没有了，但你离开家认真经营，带领和激励我们，还找到了这个家。我常常想自己失去了男友，也没了家，如果再没有你，真不知道该去哪里。我和黄美子谈过这件事，她也觉得你了不起。"

"黄美子？"

"嗯。她说你成熟稳重，善解人意。"兰说，"最近有时候会觉得活着没什么意思，但只要看到你就会觉得没事。你很坚强，无论遇到什么困难都会克服。你母亲发生了那些事，你自己也经历了那么多，但你从来没有放弃。你真的很了不起。你有一种坚强的气质。虽然我比你大一岁，但你更像一个能依靠的姐姐。对了，如果有一个姐姐，可能就是这种感觉。只要和你在一起，我就觉得没问题。"

我沉默了，什么都说不出口，但是兰的话让我非常感动，似乎能听到暖流的声响。我确实经历了很多痛苦，也曾感到孤独和焦虑，以及无法与他人分享的孤独感。但直到现在我才知道她们看到了我，理解我的艰辛，守护着我。不仅是兰，黄美子也一样，她们关注着我。这样一想，我的内心更加汹涌澎湃，眼眶也开始发热。

"你这样说，我很高兴。"

"嗯。但我并不是为了讨好你才说这些话的，而是真心实意的。"兰笑了，"你说高兴，我也很高兴。"

"我才高兴。"我有些害羞地用手指挠了挠鼻翼，"因为有大家在，我才有动力。我一直希望能继续下去，我有目标。"

"你的目标是什么？"

"当然是重新开张柠檬酒馆，再次和大家一起工作。"我说，"再一次，大家一起开张吧！"

"花……你果然了不起。"兰的眼里闪烁着光，"你这么一说，我就有了实感，感觉真的会实现。我们有时候也会聊起想再在一起做点什么，但每天都忙得团团转，也不知道具体该怎么做，所以会觉得有些不现实。但你这样一说，就感觉真的可以。你能让别人这么想，真的很了不起，了不起！"

"没有啦……"我感到鼻腔在发酸，"只不过……我有自信，相信自己会努力。以前做过，将来也会继续。没问题。交给我吧。"

"花……"

我们面对面地瘫坐在地板上，膝盖内侧贴着地板。我们靠得很近，突然意识到这一点后，我们一齐笑了出来。

"肚子饿了吗？"

"饿了。"

我们一问一答地下楼，走到厨房，发现冰箱里没有能立即吃的东西，零食和泡面篮子也空了。

于是，我们去便利店买了炸鸡、沙拉、饭团、便当、杯面，还有啤酒和下酒菜等，然后返回家。我们一边闲聊，一边吃着各种东西，看着电视，后来渐渐地开始无聊起来。兰发现了电视柜旁边租影碟店的蓝色袋子，拿了起来。我和兰对书籍和电影都不感兴趣，但桃子定期在站前的茑屋影像店租赁 CD 和电影碟片，有时在夜晚独自聆听、观看。二楼洋室的角落摆放着桃子从家里带来的杂志和书，其中以小说、漫画和杂志居多，里面还有一本毛骨悚然的书，名叫《完全自杀手册》。

蓝色袋子里有三部电影，分别是《卡比利亚之夜》《无间道》和《破浪》。塑料盒里只有裸露的磁带，没有图片，完全无法想象。

"这三部电影里，《破浪》似乎挺感人。"兰说着，选择了《破浪》。

起初我们边喝啤酒，边吃下酒菜，有说有笑地看着屏幕。但随着电影的进行，我们的对话越来越少。我不知道这是什么类型的电影，画面也极不稳定，所有出场人物 —— 尤其是被迫害的女主人公 —— 都让人感觉瘆人，以至于我下意识地皱起了眉头，侧窥屏幕。中间我因愤怒而不禁叹了一口气，又因为太过荒谬而差点儿笑出声来，还有好几次感到不愉快。电影很长，结束后我们都沉默着，不知道该用什么话来形容心中的旋涡和令人不适的余韵。

磁带自动倒带，发出吱吱声。兰默默地把磁带盒子放回远处，苦笑着说："太糟糕了。"

不久后，黄美子回来了。我们走到门口，一见她就异口同声地问："怎么样了？"

黄美子的脸上似乎没有什么严肃的神色，我稍稍松了口气，同时也有些疑惑。

"太热了，我先冲个澡。"黄美子说完，就去了浴室。我们在起居室里焦躁不安地等她出来。

黄美子用毛巾裹着头发，一边喝啤酒，一边向我们讲述了琴美的经历。虽然我大致能理解她的话，但她有时叙述得不够清晰，所以我不得不在谈话过程中多次确认故事的脉络，提问后才能理解。我将黄美子的叙述总结如下——

首先，琴美目前有一个姓及川的男友。他不仅与琴美有着金钱和时间上的紧密联系（黄美子举起的拇指和她口中的"老头子"都指的是这位出钱的男友），还是暴力团成员，即所谓的黑帮分子。及川四十多岁，五年前，他身为客人光顾了琴美所在的夜总会，很快就对琴美一见钟情，几乎每天都去。他花了一笔巨款，将琴美培养成了店里的一流女招待，最终两人建立了这样的关系。及川虽然是黑帮的人，但不是传统意义上的黑帮，主要通过房地产欺诈来获取巨额的利润。他表面上经营着多家船厂和商船公司，承接海外艺人的演出等业务。根据黄美子的说法，他戴着一张"充满温和气息的面具"，举止得体，谈吐风趣。琴美也喜欢他，二人情投意合，在过去几年里相处得不错。

然而，随着及川使用毒品的频率增加，异常行为也越来越多。这必然会导致了他的工作和人际关系受到影响，本人变得多疑而暴躁，到处引发问题。之前他还和琴美激烈争吵。因为琴美也有些强势，所以面对挑衅，他也做出了回击。但在这一两年里，情况逐渐恶化。他开始幻想组织和周围人都图谋陷害他。被害的妄想已经清晰地在脑海中描绘出来，诸如星期几的几点会有人来结束他的生命……愤怒令他加大毒品剂量、酗酒，恐惧，进而狂怒。

及川变得只相信琴美，清醒时他会流着泪说"我因为有你才能活下去""会把所有的钱留给你，戒掉毒瘾重新开始""洗心革面，

267

重新做人"，等等。但这些都是短暂的。稍有触发，他就变得暴戾，妄想琴美会伤害他，损坏物品，大声尖叫。

三天前，及川突然陷入了一种幻想：琴美勾结他的敌人或组织，传递各种信息；琴美与某位同他关系密切的上级有染；甚至他和琴美的相遇都可能是他们共谋设下的陷阱。他突然发作般地暴躁起来。当琴美试图拿回电话联系夜总会时，他们起了争执。搏斗中，琴美的手肘不慎击中了他的眼睛。在那瞬间，他完全丧失理智，猛踹琴美的腹部，双拳猛击琴美的脸，然后将她软禁了两天多，寸步不离。后来，他逐渐平静下来，出差去了京都。这是他之前就计划好的行程，会离开两天。他离开后，琴美给黄美子打来了电话。

"不逃跑吗？"我的声音微微颤抖，"琴美不逃行吗？她受伤严重吗？"

"嘴唇破了，脸上眼睛附近有些肿。嗯，幸好不是太严重。"

"不太严重？"我反问道，"你刚刚说不太严重？"

"嗯，我说了。"

"等等……不对，完全是严重的事吧？黄美子……你在说什么？"

"嗯？我只是说她伤势不太严重。"黄美子看着我，似乎在问这句话有什么问题。

"不，这不是伤势的问题。"我惊讶地看着黄美子的反应，追问道，"不是，对吧？这是非常严重的问题！为什么……琴美现在在家里吗？如果及川回来，她会不会再受到伤害？黄美子，难道你不该带她回来吗？黄美子，为什么你一个人回来了？"

"啊……"

黄美子凝视着我，然后发出了这样的声音，似乎在拼命地联系眼前的文字发出声音。她的声音里没有任何情感，听起来像机械音，但她的眼神中透露出一种奇怪的压迫感，仿佛能穿透我，抵达对面。我下意识地后缩身子，不知该说些什么，只好保持沉默。

黄美子一直看着我。我把视线投在自己的膝盖上，反复舔嘴唇。她生气了吗？心情非常糟糕？我说错了什么或者多嘴了吗？我不明白她的这种感觉，以及从未经历过当下的紧张。我没有意识到自己已经不由得双手紧握。

片刻后，黄美子起身去洗手间，很快吹风机的声音就传了过来。呼啸的机器声画着看不见的圆圈，逐渐缩小范围，渐渐逼近了过来。我和兰都一言不发。当我慢慢地吐出胸中的气息，感觉它也在微微颤抖。

"你们吃饭了吗？"

黄美子返回后以平常的口气询问。然而，我的心怦怦直跳，脑海里全是琴美的事，以至于无法回答。我偷偷瞥了一眼兰，我们目光相遇。兰的眼神有些尴尬，还有些害怕，充满了不安。

"去吃烤肉吗？"

"不了，不用。我们随便吃点就好。"

"好的。"

之后，我们三个人无言地看着电视。综艺节目的内容完全无法进入头脑。我想逃离这里，假装无事发生地叫上兰一起去睡觉，或者上楼。但不知为何，当时的氛围并不允许我这样做。过了片刻，黄美子对着电视节目大笑起来。她声音很大，笑声过后，她朝我微微一笑。这是我熟悉的黄美子。看到这一幕，我不禁松了口气，静静地叹息，看了兰一眼。兰似乎也有所感受，微微点了点头。电视节目转到了天气预报，黄美子一边用遥控器换台，一边说："琴美她好像很想你们哦。"

"我也想她。"我说，"我们很久没见了。"

"是啊。"黄美子说。

"以前我们经常一起去家庭餐厅。"

"还去唱过卡拉OK。"兰接话，"琴美唱的是什么来着？"

"琴美不是不唱歌了吗？"我说，"她说因为唱得不好，所以就不唱了。"

"是吗，不过说起卡拉OK，桃子是行家。她说在打工休息间隙也要唱歌。唱得那么好，肯定会想唱吧。"

"桃子去哪儿了？"黄美子问道。

"今天她去参加什么派对了。"

之后完全回到了平常的氛围，我们互相打趣说笑着，喝啤酒，吃下酒菜。我看了一眼钟表，已经十一点多了，该去睡觉了。黄美子打了个哈欠，舒服地伸了个懒腰。我心里十分犹豫，但还是问了一直想知道的问题。

"黄美子……"

"嗯？"黄美子揉着眼角，回应道。

"关于琴美……警察那边……要不要说呢？"

"警察？说什么？"

"不是……琴美她……"

黄美子稍微皱了皱眉头，盯着我说："你要告诉警察琴美的事？"

"嗯，是的。"我点了点头。

"为什么？"黄美子惊讶得笑了出来，摇了摇头，说，"找警察有什么用？"

"我也不知道。"

"警察什么的，对我们来说不存在。"

"但如果琴美再遇到这种事，那就太可怕了。虽然我不太清楚，但是以防那个及川再伤害她，或许应该采取一些措施……"

"我和琴美都不可能去找警察。"

"可是……"我试图坚持下去，黄美子打断了我。

"对我们来说没有警察。不过你如果想这么做，那就去吧。"黄美子说，"但如果你去了，就会引发很多问题，琴美也无法继续待在这里。如果你觉得可以，就去吧。"

我睁大眼睛看着黄美子："你是说……琴美也有可能被抓？"

"当然了。"

"为什么？"

"什么为什么？老头子那么做，意味着琴美也脱不了干系，毕竟他们住在一起。所以，不要去找警察。而且……花，你去找警察，没问题吗？"

听了黄美子的话，我的心脏猛地跳动起来，脑海中闪现出薇薇安的脸，和眼前黄美子的脸重叠在一起。

"你去找警察，没问题吗？"黄美子说这话是什么意思？我把目光从黄美子身上移开，转向黄色角落，为了缓解剧烈的心跳，我开始迅速思考：黄美子知道我在做什么？可是薇薇安和黄美子应该没有联系，难道是映水？但映水应该也不了解我的工作细节，也许他告诉了黄美子我和薇薇安的联系，因此黄美子知道我说在工厂兼职，实际上却在和薇薇安合作赚钱？如果是这样，为什么她到现在才说？因为不关心，还是觉得与自己无关？她在等我自己说出口，还是保持沉默有什么特别的意义？不，也许她的话根本没有意义，只是在提醒我是个离家出走的未成年人……种种不安交织在一起，我下意识用手捂住了喉咙。

"我要去睡觉了。"

黄美子把褥子整齐地铺在起居室的一角，钻了进去。她枕着手肘，打了一个大大的哈欠，用昏昏欲睡的声音说道："你们也快去睡吧。"

那年的秋初发生了很多事情。

首先，桃子的妹妹静香来了。那是在九月中旬的一个傍晚。几乎从不会被按响的玄关门铃声响起，一时间我甚至不知道声音是从哪里传来的。桃子正在二楼的卧室里睡觉，我和准备去上班的兰在一楼。

我打开门，门口站着三名穿校服的高中生，一女二男，女孩染着棕色头发。

"我姐姐在吗？"

我想她应该就是桃子的妹妹。看着眼前静香端丽的脸庞，我感到一丝震惊。透过她整齐分开的刘海缝隙，可以看到一个漂亮光洁的额头，眼睛大得快要占据了半张脸。下半部分的五官集中在一处，高耸的鼻子、清晰的双眼皮和浓密纤长的睫毛，整张脸非常小巧，我不禁眨了眨眼。但几秒钟后，我察觉到了不适。虽然静香比桃子的描述和我想象中更加漂亮，但与她的小脸相比，身体显得过大。肩膀、手臂和脖子十分丰满，校服紧紧地裹在身上，甚至能隔着衬衫看到胸部和腹部的凹凸不平，迷你裙下露出的双腿明显短小且肌肉发达。站在她两侧的男生虽然看起来高大，但只是在静香的衬托下，实际上他们与我身高相仿。他们改良了各自的校服，一个戴着黑色粗环耳饰，另一个染成黄土色的头发像钢丝球一样刺刺的，让人印象深刻。根据桃子的描述，我兀自想象静香是一个模特般美丽苗条的高中女生，因此感到十分意外。

"哦，是桃子吗？"

"是的。"静香将重心放在一只脚上，努了努下巴表示肯定。

"稍等。"

我先把门关上，然后和兰一起上二楼叫醒桃子。她被我们摇晃着身体，迷迷糊糊地发出呓语，试图用毯子蒙住头继续睡，但当我说到"你妹妹来了，她要找你"时，她把脸转向我，睁大了眼睛，像被电击了一样跳了起来。

"花，拜托你，就说我不在。"

"啊，抱歉，我已经说了你在。"我慌忙道歉。

桃子发出了一声呻吟，捂住了脸，说："她来干吗，有什么事吗？"

"我也不知道，该怎么办？"兰说，"要不还是说不在？"

"该怎么办？"

正说着时，门铃又响了，而且持续响了起来。门铃原本是可爱的叮咚声，但持续不断地响起让人产生一种异常的压迫感，或者癫狂感。桃子叹了一口气，看起来无可奈何。我们一起走下楼去。我和兰把桃子送出门外，略微打开玄关门，窥探外面的情况。

"笨球，你到底在干吗？"门外传来了静香的怒吼声。

"静香，你怎么来了？突然吓了我一跳。"

"还不是因为你不接电话，你干吗呢？"

"什么也没干……"

静香的气场明显更强，桃子完全被她压制了，似乎还感觉害怕。

"哈？肯定有吧！都是因为你干的好事，阿哲才来找静静的，烦死了！不管去哪儿都来纠缠我，你真的赶紧联系他！马上！立刻！为什么要因为你遭受这些？烦死了！去死吧！"

静香称呼桃子为"笨球"，自称"静静"。听起来好像是有人因为桃子的事找到了静香，静香因此受到了打扰。

静香的攻击不断升级，偶尔可以听到男生的笑声，但几乎听不到桃子的声音。我担心地打开门，探出脑袋。透过桃子的背影，我和静香对视了一眼。她那双大眼睛犀利地瞪着我说："怎么了？！"微笑中带着恐吓，还咂了一下舌头。她漂亮的嘴唇微微翻起，露出了牙齿。即使从我的位置也能看到门牙边的黑迹，有些像是蛀牙导致的或者天生变色的明显的隙缝。兰也从旁探出头来。桃子回头看了过来，脸上露出了从未见过的疲惫神色。

"抱歉，我们接下来还有事。对吧，桃子？稍后打电话也可以吧？"我内心紧张地对静香说道，同时催促桃子。戴着黑色耳钉和顶着一头钢丝头发的两个人在稍远的地方嘻嘻笑着。

"……笨球，你真的要打电话！另外瑞奇也说联系不到你，叫我转告，你看你干的好事！"

静香留下这句话，便带着他们左摇右晃地走了。兰那天临时请了假（最近一直这样），我们决定向桃子了解情况。桃子看起来非常无助，整个人都萎缩了。

从结论来说，桃子陷入了困境。她有一个高中同学，之前只是偶尔见面的关系，今年变成了混迹于夜店的大学生。桃子被他带去了好几次。从那时起，她就不仅仅是去玩，还牵扯了一个贩卖"酒吧券"的复杂组织。桃子讲述的时候，有些难以启齿地说被介绍认识了一个策划团队，其中一个自称"乌诺"的男人非常温柔。她有些……不，是非常喜欢他。

乌诺二十六岁左右，住在港区，身边有一群美女，但他对桃子非常好。桃子第一次遇到这样的男人，所以非常兴奋。起初只要有活动，无论桃子去不去，他都会帮她买券。后来，他开始给桃子打电话，说想见她高中和短大的朋友，还邀请她一起玩。桃子不好意思说自己没朋友，于是开始用祖母的钱购买三张、五张券。"桃子你真是个受欢迎的人啊！"桃子听到这话时心动极了，后来又同意帮他工作，被介绍给其他开派对的朋友，帮他们定期收取酒吧券。可是桃子既没熟人也没朋友，她无法应对这一切，她只是想被乌诺夸奖，想要打扮得漂漂亮亮，于是开始从祖母的银行账户偷偷取钱。两个月前，在十张变成十五、二十张再变成三十、五十张的过程中，祖母生病了，必须住院。桃子的父母查看了祖母的账户，很快就发现了桃子的花销。银行账户和卡自然被没收了，桃子只能得到最低限度的生活费。即便如此，桃子仍然不想放弃见乌诺和被他温柔以待的欲望，于是任性地直接向祖母讨钱。到了上个月，乌诺和他的朋友们计划了一场据说是他们巅峰之作的大型俱乐部活动，向桃子要求一百张券。地点在六本木，普通票价格一张五千日元，共计五十万日元。桃子知道自己无法应付这么多，但却无法向眼前温柔的乌诺坦白。桃子不以为意地购买了一百张券，却无计可施，只好扔进了公园的垃圾桶。

桃子说完后，交替看着我和兰，然后深深地叹气。

"刚才你妹妹说的那些人是夜总会的人？"沉默片刻后，我问道。

"嗯……是乌诺的朋友。我们在学校附近联系过，他们人际圈很窄，都知道我和静香是姐妹。静香自己也经常在各种社团里活动，因为浮夸而出名。我惹了事，所以他们就去找静香了。"

"这样下去会怎么样？"兰问道。

"我不知道。"

"酒吧券已经没有了吧？你都扔掉了？"

"是的。"

"也就是说，桃子得把钱还给乌诺和他的朋友们……五十万？酒吧券就是这种东西吧？"

"嗯，对，我想是的。所以他们才会追着我不放。"

我们三个人一齐深深地叹了一口气。

"……能不能让你奶奶或爸妈帮忙？"我试探性地问道。

"不可能，我肯定说不出口。"

"但或许他们会有办法……"我还没说完，桃子突然发出奇怪的声音打断了我。我惊讶地看着她，只见她的脸涨得通红，眼睛和嘴唇都在颤抖，眼泪顺着下眼睑滴答滴答地落下。她声音沙哑地说："已经不可能了，花。"虽然桃子不总是笑容满面，但我还是第一次见到她这副表情。我不知道该说什么。兰也沉默了。

稍稍冷静下来后，我问道："他们是怎么知道这里的地址的？"桃子小声地说可能是看了她邮寄快递的凭证之类的东西，或者跟踪。

虽然不知道究竟是怎么一回事，但总之桃子的住处已经泄露了。静香知道也就罢了，如果乌诺和他的手下直接找上门来……我想到这里，心情沉重起来。无论如何，只要不还钱，事情就不会平息。当进一步询问后，我们得知原来桃子从上个月开始就不去卡拉OK兼职。兰问她在假装上班的时间都做了什么，她耸了耸肩，说在涩谷或者公园、图书馆附近晃荡，偶尔一个人去唱卡拉OK。

我不禁想到，最近我们虽然在时间上经常错过，但毕竟住在一起，我却完全没注意到桃子陷入了这样的困境。我们每天在同一个家里休息和起居，我却对重要的事一无所知。我的心情变得很复杂。然而，我自己也这样。我不知道黄美子知道多少，但我认为至少桃子和兰以为我在工厂上班，她们根本想象不到我拿着薇薇安的仿造卡四处奔波挣钱。想到这里，我感到沮丧，却无能为力。桃子先去洗澡了，我和兰静静地听着花洒的激烈声响。片刻后，兰说道："静香是她妹妹吧？"

"嗯。"

"长得真漂亮。"

"嗯。"

"但牙齿真的脏死了。"

"很脏……"

"而且她的房间和内裤也乱糟糟的。人长得那么漂亮，家里也有钱，但整体感觉很糟糕，像生病了一样。"

"嗯。"

"那两个男生也一模一样。"

"嗯。"

"完全是一种奇怪的'梦成状态'[1]……《地狱预测图之二》。"兰说着，脸上浮现出轻松的表情，于是气氛稍微轻松了一些。

关于桃子的酒吧券，我们没有找到具体的解决方案，只是莫名胆战心惊地度日。但不知为何，静香、乌诺和他的朋友没有来我们家，也没有打电话。

桃子直接扔进垃圾桶的那些酒吧券的活动日期是三周后。也许桃子的行为并没有她想象中那样严重，也许对乌诺等人来说，桃子手里的一百张酒吧券根本不算什么。我们想乐观地看待这件事，但实际上静香过来催促了。这件事可能不会就这样轻易过去，那毕竟是钱……各种想法交织在一起，我们无法安心，只有不断地叹息。

在此期间，我们与映水失去了联络。

尽管多次尝试在不同时间段拨打电话，但也只能听铃声响一阵后切换到语音信箱。我也给他发了消息，但不知道他是否收到。黄美子之前也遇到过这样的情况，她说没什么大不了，但我还是很担心，却无能为力。

此外，虽然不知道每次映水给黄美子的信封里装有多少钱，但

1　"美梦成真状态"的简称。美梦成真（DREAMS COME TRUE）是日本的一个乐团，本书P110曾提及。《地狱预测图》是他们的作品。"美梦成真状态"又被用来形容那些不均衡中的稳定状态。

似乎也中断了。映水说过，他给在监狱里服刑的黄美子母亲的钱对她来说不可或缺。这样一来，以前没有深思的各种事开始让我不得不在意。

近几个月来，黄美子偶尔心血来潮地给我五万或十万日元。这些钱究竟是从哪里得到的？她经常去找琴美，所以我隐约以为她可能是在那里筹措的。然而，自从及川事件发生后，黄美子与琴美的见面次数减少，待在家里的时间增加了，甚至有时一周都不出门。她要么坐在起居室里看电视，要么拿着抹布四处擦拭，上次给我五万日元已经是两个月前的事了。

黄美子从不谈论她自己的私事，也不询问别人，因此我总是搞不清楚她在想什么，不过她现在应该也感觉到家里发生了一些变化。也就是说，就连黄美子都能感觉到家里缺钱。今后没有稳定的收入来源，她或许也稍微感到了一丝不安。

与映水失联后又过了一个多月，兰辞去了工作，原因有几个：一是销售额不达标，被负责人为难；二是因为没有客人指定她，被业绩好的女孩欺负倒也罢了，竟然被包括客人在内的人欺负、灌酒，导致了轻度的急性酒精中毒（兰酒量很大，所以问题相当严重）；三是一个女孩丢失了化妆包里三万日元的 CPB 粉底，兰对被人们暗地里怀疑是小偷而感到愤怒和心碎。

我们全都陷入了困境。

只有我还在工作。桃子、兰和黄美子都待在家里看电视，虽然不出门也心血来潮地化化妆，看看录像或者睡觉。

刚搬来时，或者说柠檬酒馆烧毁后不久时，家里还有轻松、忙碌和明亮的氛围，但现在已经完全消失了。兰和桃子看着电视屏幕的眼神越来越浑浊沉重。黄美子依然像往常一样伸手打扫房间的各个角落，但她的动作似乎比以前迟缓了不少。虽然关于今后、钱、房租等问题堆积如山，但感觉一旦说出口，本就岌岌可危的东西便会瞬间倾覆。

看着她们三个人的状态，我越来越苦涩。

苦涩中还夹杂了各种各样的情感。我并非铺张浪费，为了柠檬酒馆的重新开张，我虽然嘴上说在兼职打包工，其实是用薇薇安的伪造卡从自动提款机里取钱，上交给薇薇安后，再抽取佣金进行储蓄。三个人失业，只有我在工作，因此这个家的收入就只有这些。这一点莫名其妙地成了大家公认的事实，于是一起去超市或便利店时，兰和桃子只出小头，大头都是由有工作的我来支付。虽说我为自己的谎言感到愧疚，但这同时让我感觉复杂。我知道她们三个人对一切都没有危机感，也知道眼下无法立即解决问题，但今后究竟打算怎么做？大家都无精打采的，谁也不愿意提钱，但现实是每月都必须缴纳房租和水电费。虽然只要我有意愿，就可以从自己的秘密金库里支出，但我不能说这钱的来处。

或许每个人内心都在焦虑，总之无人提及房租的事。我等了几天，还是一样，无奈之下我只说这个月的房租我先垫付，其他话什么也没说。"唉，这样不好。""花，你也很辛苦的。"她们虽然眉头紧锁，摇头表达对我的担心，却没有问我是如何筹措这笔钱的，最后还是接受了我的提议并说了声"谢谢"。

在这种复杂的心情、不能坚持下去的感觉，以及对未来的不安中，我渐渐地感到无所适从。比如四个人一起坐在桌旁看电视时，谁也不说话，表面看起来一切如常，只是在家里度过无所事事和无能为力的时光，但我越来越感到郁闷，害怕得坐立难安，腋下渗出了汗水。我开始觉得她们三个人在指责我。

"我本以为花会想办法解决的。""花是唯一的依靠。""本以为花很厉害。""结果却令人失望。""唉。""因为她说过有自信，所以我相信了。""果然就算是花也不行啊。""本来以为花温柔又能干，什么都能做好。"仿佛有人在我耳边说这些她们从未说出口的话，我备受折磨。

必须想办法，我必须得做些什么——我整天都在被这个念头困扰着。

戴上帽子，牢牢遮住眼睛，我穿梭在熟悉和陌生的街道间，绞尽脑汁地寻找好办法。

兰和桃子应该能在"充电期间"或者在酒吧券和夜店事件平息后找到其他兼职，带钱回来。可即使如此，也不知道能持续多久。兰和桃子都有脆弱和危险之处。桃子有时候会露出一副苦恼的表情，而我知道兰有时候会在半夜偷偷哭泣，以免被我们发现。

但最大的问题在于黄美子。她无法联系上映水，母亲被关在监狱里，不知道正经的工作该怎么做，也无法像正常人那样生活。我脑海中浮现出了她右手上的痕迹。她用那只右手紧握着抹布，表情看起来毫不在意，却一心一意地擦拭着墙壁和柜子。孩子般的黄美子让人心疼。我摇了摇头。干脆我们一起去工厂之类的地方从头开始工作，怎么样？我考虑过，但是不可能。时薪几百日元的收入或许可以撑过两个月，但考虑到将来就不够了。我不能放弃薇薇安的工作，不能辞职，而且这也是我的、我们的命脉，虽然这份工作很可能在不远的将来消失。无论发生什么，趁现在还有这份工作，我必须赚尽一切能赚的钱。我突然想起了恩姐。恩姐曾说过没有钱的人生是多么痛苦和可怜。从前每当我们去福屋，她总是近乎免费给我们提供食物。她善良，会唱歌，总是笑眯眯的。我很喜欢她，但或许她讨厌我。

恩姐厌恶一切，甚至可能一直以来都心怀厌恶，于是才放火将自己和一切都烧掉吧。如今已经无从知晓她的想法。我只知道柠檬酒馆和福屋已经烧毁殆尽，可能再也见不到恩姐了。想到这里，我觉得很悲伤，甚至会想如果我有钱，或许柠檬酒馆和福屋就不会失火了。

大家都是如何生活的？街上行色匆匆的人，坐在咖啡馆里读报的人，在居酒屋喝酒、吃拉面、和朋友们外出制造回忆、不知从哪儿来也不知去哪儿的人，平凡地笑着、生气、痛哭的人，能够维持生活的人……大家都是如何生活的？我知道他们从事着正经工作，赚着合法的钱，但我不明白的是他们是如何获得在这个世界上正经生活所需的资格。也就是说，怎样才能成为那个世界的人？我希望有人告诉我。连续好几个夜晚我因不安、压力和兴奋而失眠，仿佛脑子出了问题，有时我甚至差点儿就给母亲打电话了。

"喂，妈妈，妈妈，我压力好大，不知道该怎么办。"我在梦境和现实的交界处对母亲说，"妈妈，妈妈，你这么多年是怎么撑过来的？我小时候家里没钱，你究竟是如何撑过来的？其他人是怎么活的，我不知道，也不明白！妈妈，你现在过得怎么样？你这么多年辛苦吗？害怕吗？妈妈，活着太难了，是吧？太难、太难了！要赚钱，不停地赚钱。没钱，吃不起饭，付不起房租，去不了医院，也喝不起水。太难、太难了！妈妈，我不知道，我究竟该怎么办？我现在太辛苦了，太艰难了，我不知道该怎么办。妈妈，你在听吗？妈妈……"母亲听了，停下正在吃泡面的手，对着我微微一笑。那是一个炎炎夏日，没错，母亲开心地穿上新买的纯白高跟鞋，坐在榻榻米上。她微笑着对我说："花，你为什么哭？别哭，别哭，哭也解决不了问题哦。"母亲面带笑容地说着。我小时候看到她的笑容就会觉得开心，我想起在放学回家的路上她自然流露出的笑容。"好了，花，别哭了，你要一直笑嘻嘻的哦。你没问题的，你这么聪明，什么都能干好。花一定没问题！我这么没用，完全不能让你依靠，还总是给你添麻烦。我虽然是个差劲的妈妈，但你和我完全不同。你比我厉害多了。我一直觉得你很棒。你是妈妈引以为傲的花，你一定没问题的。我总是想对你说声'谢谢'。我借你的钱一定会还，全部还清，我现在拼命努力，真的非常非常抱歉！一切都会好起来的，你别哭了，你一定没问题！没事的，都没事的！"

为了止住汹涌流出的眼泪，我把脸深深地埋进枕头里，眼睛被压迫得阵阵作痛。为了不被人听到呜咽声，为了不被兰和桃子发现，我拼命地控制喉咙，同时反复回想母亲的话。

没事，我没事，还能继续努力，一切都没问题，我绝对能坚持下去！接着，脑海中浮现出一团模糊的光芒。我想起了那时的冰箱，那个难忘的夏天，那时黄美子为我做了许多，塞满食物的冰箱里从食物缝隙漏出了温暖光芒。我想起了黄美子、狭小的厨房、指尖残留的大蒜味、在夜市吃的刨冰、烤鱿鱼的孩子们、甜辣味和夜空中升腾的烟，我大笑到泪流满面，浑身是汗地走在街上，整齐叠放的被褥，去家庭餐厅归还工作服，热风轻轻拂过……黄美子站在那里，那时的她呼唤了我的名字，我们一起打扫、开柠檬酒馆，制作了酒馆招牌……没事，肯定没问题，我一定能行，没事，黄美子由我来保护。我在脑海中反复提醒自己，哭累了，不知不觉间睡着了。

第二天清晨，大家难得同时起床，去便利店买了早餐一起吃。到了下午，我给薇薇安打了电话。

3

我们的合作进行得惊人般地顺利。兰和桃子接受得非常迅速。虽然我们在第一天的一开始因为紧张而面部僵硬，不怎么说话，也没什么食欲，但到了收到五十五万日元现金佣金的那天傍晚，笼罩在我们周身的不安和紧张似乎正在变成兴奋和成就感。

"太棒了！太不可思议了！"桃子张大鼻孔，摇了摇头，仿佛在说"真的太棒了"。

"对啊……才用了不到三小时。五十五万也太疯狂了！这一切都太不可思议了。"兰也忍不住兴奋地叹了口气。

我们在涩谷顺利完成了第一次合作后，返回了三轩茶屋，在站前的麦当劳稍事休息。我们喝了一大口可乐，试图冷静下来，然后各自默默地回想今天发生的事。现金在桃子身上，她用一只手牢牢握着放在膝盖上的包。每当有人爬上我们所在的二楼时，她都会偷瞥一眼，看起来十分警惕。我安慰她说"没事"，桃子和兰似乎都松了一口气，频频点头，然后又把吸管放到几乎喝完的可乐里。

"可是……"桃子说，"我完全不知道，完全没意识到，花做了这么了不起的事。"

"我也是，完全不知道。"

"不过，我没有说谎或特意保密，而是工作本身要求极度保密，所以我没法说。"

"我理解，当然了！"她们兴奋地齐声说道。之后发现饮料已经见底，于是兰去点单。桃子紧握着膝盖上装现金的包，仿佛握着重要的人的手。不久，兰端着汉堡、鸡块和薯条回来了，我想把钱给她，她笑着说："今天我请客。"

"花，你一直都自己一个人这么努力吗？"桃子咬着汉堡，感叹道。

"嗯……确切来说，虽然类型不同，但差不多，都是卡片。"

"这样啊……我不太懂，但听起来真厉害。"

"花，你的老板是什么人，你也不知道吗？"兰看着我的脸色，问道。

"嗯，不知道。每次都是不同的人来指定地点进行交易，仅此而已。"

"不知道是男是女？"桃子接话道。

"嗯，不知道。"

"不知道年纪，不知道是什么人，也没见过？"

"嗯。基本上只通过电话联系。万一出事，也追踪不到。我想是因为这个。"

"原来如此……这样做既是为了保密，更是为了保护彼此的安全啊。"兰满意地点了点头。

"有点儿像间谍，或者说电影情节，神秘又很酷，有点儿危险但又让人兴奋……感觉我们来到了下一个阶段。太厉害了！能赚这么多，太不可思议了！对了，花一开始是怎么接触到这个的，映水介绍的吗？"

桃子开心地继续话题，试图询问更多，但我觉得最好不要再说了，于是试着散发出一种不太想继续聊的气场。兰注意到了我的表情，迅速改变了话题，但桃子似乎仍然无法平静，一边咀嚼食物，一边热情地喋喋不休。但实际上，桃子只是因数小时就赚了几十万日元而感到兴奋和惊讶，并不是真的想了解这份工作的危险程度，反而更想知道它有多安全。兰与桃子有些不同，她更加谨慎，似乎也察觉到这不是应该深究的事情。桃子兴奋地不断讲述和提问，我随意地应付着她。就这样一直不明不白地聊了几个小时，其间兰一直看着我们的脸色。

"嘿，下次是什么时候？什么时候可以？"

走出店后，我们朝着家的方向走去。桃子的黑眼睛闪烁着光芒，恳求一般地问道。

"等联络吧。接到指示后再说。"

"可是，花，这五十五万日元并不都是我们的。老板会拿走多少？"

"这个嘛……"我没料到会在这个时候被问到具体金额，不由得结巴起来，"还不确定。"

"哦。"桃子皱着眉头沉思了起来，"那要更加努力了呢。"

"哎？"

"因为不知道能赚多少嘛！为了赚更多，就得尽量多尝试。反过来说，尝试得越多，我们能拿到的就越多，所以要一起努力啦。其实一开始我害怕极了，但是最后圆满地完成了。今天的感觉是轻松拿下！我还能更更更努力。兰，你也一样吧？咱们一起努力吧！"

"嗯，一起努力！"桃子用力地挽上兰的胳膊，兰稍微踉跄了一下，向我客气地点了点头。

尽管是第一天，但桃子像是在为自己的功劳而兴奋。看着天真烂漫的她，我感到心情有些复杂。不过对我来说，第一次尝试顺利完成，确实也让我松了一口气。今天用了完全不同的方法，第一次尝试，因此一整天都十分紧张，但是我克服了，感受到了一种从心底涌上来的成就感。这也是某种进步。薇薇安相信我，给了我新工作，我从中感受到了一种奇妙却实实在在的欣喜。

夜色渐浓，空气略带凉意，我们挤在一起等待信号灯变化，它看起来比平时更加明亮。霓虹灯在眼前闪烁，不停变换。看着此情此景，我不禁想到道路另一边的深巷里有我们工作过的柠檬酒馆。兰和桃子的心里或许也有这个念头，但已经没人再提及了。

"当然，不准提我的名字。不要牵扯我。你是负责人，没有替罪羊。如果你能做到，那就试试看。"两周前我去找薇薇安商量事情，她听完我的一番话后如此说道。

"这样可以增加卡的数量吗？"

"我之前也说过，我给你的卡都是最好的高档货，不是用来帮助你那些蠢朋友的。"薇薇安笑了笑，"低级货或许还可以准备一下，但比起给你用的卡风险自然会增加。但你现在已经无法像以前那样轻松赚钱了，所以才来找我商量的吧？"

"是的。"

"那么这样不就行了？"薇薇安说，"但你要和平常的生意明确地区分开。那是一种已经成型的生意，你要像之前那样好好干。这次给你的是完全不同的东西。"

"我知道了。"

"不过你们还年轻，就像我之前说过的'排球甜心'，你是教练兼队长，团队合作至关重要。"

我坚定地点了点头。是的，排球甜心，我清楚地记得薇薇安曾经告诉过我的关于年轻时团队合作做生意的事情。虽然我不清楚具体是什么生意，但是直觉上为了生存只能这样做，于是才决定向薇薇安寻求建议。

但这是一件需要勇气的事情。尽管薇薇安明确地嘱咐我不要向任何人透露工作内容以及我们之间的关系，我却要求她给素未谋面的我的朋友们分配同样的工作，这样做很可能丧失迄今为止积攒起来的信用，失去收入。但我已经想不到其他办法了。如果不能坦诚地向薇薇安求助，我就真的束手无策了。

"我会在下周之前准备好卡。到时候我会解释具体的做法和条件。"

"薇薇，对不起，真的非常感谢你。"我说。

"没事。"薇薇安笑着，露出门牙缝，"这是工作。我不是在做慈善事业，你也不是在接受施舍，没必要低头感激。比起这个，你要确保你的朋友们不做得太过火，好好指导她们，用双腿和脑子去赚钱。"

"好的。"

"不过，你⋯⋯怎么说呢⋯⋯"薇薇安带着既惊讶又愉快的表情，笑出了声，"算了，如果做得好，就会有收入。加油吧。"

第二周，我从薇薇安那里收到了五张"杂鱼"卡。这与我平常在自动提款机上使用的不同，有挂失后要等一个月才能被发卡公司受理的卡，也有因为债台高筑而不得不亲自出售的卡，种类各异，但是可以统称为"事故卡"。

我花了差不多半天的时间，向薇薇安询问事故卡的情况、具体使用方法和注意事项，与以往有何异同、紧急情况下应该采取的措施，直到没有任何疑问。"你这么担心，不如别做了。你的眼睛红得厉害。"薇薇安惊讶地看着我。我确实很执着，在拼命努力。再说，即使这份工作在一段时间内进行顺利，正如薇薇安之前多次告诉我的那样，时代在变化，这种手段将很快失效。因此，现在我们必须尽可能地赚钱，赚到极限，否则我和黄美子都将无法生存。由于我无法像接受第一张卡时那样记笔记，所以必须把薇薇安说的每句话和每个步骤都牢牢地记在脑海里。

我们的工作场所不是自动提款机，而是主要在百货店。

在没有"猫"，即没有将信息共享给信用卡公司的百货店购买各种礼品券，然后将其带到城里的礼品券店兑换现金。然而，礼品券与其他商品不同，虽说没有"猫"，但当销售两万日元以上的礼品券时，店员须致电信用卡公司进行确认。

因此，每次购买的上限是一万五千日元。我们在百货店的各个销售点疯狂购买各种礼品券、啤酒券、书券，百货店通用的商品券，在连锁餐厅可以使用的餐券、米券……我们三个人各自持有不同的卡，在所有销售点挨个试过一遍。在一家百货店完成购买后，就转移到另一家薇薇安提到的没有"猫"的百货店，重复同样的过程。我们在刷卡时非常担心是否会引起怀疑，但或许是金额小或者我们三个人拼命练习签名的缘故，所有店员都没有表现出怀疑，甚至不看我们的脸，只是按部就班地完成了销售，因此我们顺利地兑现了礼品券。

薇薇安给我们的事故卡使用期限很短，必须在三天内用完。用后的卡不能再次使用，最好留着而不是扔掉。我完成了第一击去拿下一张卡时，拿着赚来的五十五万日元现金。薇薇安看着我手里的钱考虑了片刻，说我可以先全额收下，没有收取她自己的份额。此后一段时间，我们兑现的钱全归我们自己。我一直使用的仿造卡也在继续，我确保将那部分钱交给了薇薇安。合作进行得很顺利。没有"猫"的百货店也有许多，我们甚至去稍远的地方重复了相同的过程。这真的是一次非常成功的合作，就像漫画中的情节，或者像学校社团活动一样，需要体力，也需要遵守规则，同时有令人振奋的解放感。

在冬天开始之际，薇薇安不仅给我们提供事故卡，还提供了一种更安全的仿造卡，无须担心商店是否有"猫"。这种仿造借记卡几乎相同，唯一的区别就是使用地点是否在自动提款机。同样，这些卡在百货店购买礼品券的上限也是两万日元，但不像事故卡那样会在三天内失效，所以我们可以有目标和时间行动。

薇薇安提供的卡逐渐从事故卡换成了仿造信用卡。我们赚取的收入与薇薇安平分。考虑到我们的身份，十分之一的佣金似乎更合理，因此我认为她这样做是为了顾及我。五成的佣金非常丰厚。现场除了百货店的礼品券外，单次金额大的新干线的往返券也成了主要收入来源。

按照薇薇安的建议，我们穿着白色衬衫和朴素的外套，配上黑色或深蓝色的裙子，将头发扎成一束，乍一看就像是某个年轻朴素的办公室职员。我们称这种穿着为制服，并相互打趣着对方的样子，捧腹大笑。桃子和兰在药店买了染发剂，将头发染成自然的栗色，并尽量淡化了妆容，然后以这副打扮去旅行社窗口购买了五十张从新大阪到东京的新干线票，价格在六十万日元左右——我记得差不多是这个数。如果卡的使用上限是一百万日元，那就没有问题。但偶尔也会有五十万或三十万的情况，那时我们就会小心支付，剩余部分则用现金结算。万一遇到不成功的情况，一定要立即撤退。虽然六十万日元左右的新干线票在礼品券店会便宜两三万日元，但几乎是以原价卖出了它们。

售卖新干线票的旅行社数不胜数。有时候我们三个人分别行动，一天就可以获得一百五十万日元以上的收入。城市中各个角落的礼品券店都在等待客人前来交易。尽管金钱就在眼前流通，却似乎无人关注我们。我们不眠不休地工作，金钱源源不断地流入口袋。我们家衣橱里的金钱也在不断增加。

"好久没休息了……"

桃子说着，表情有些莫名其妙，不知是高兴还是不高兴。我们躺在起居室的暖桌里看着电视综艺节目。

"下一张卡好像迟迟未到……是不是出了什么大事？"兰看着屏幕，有些不安地说道。

"没有，据说没出什么事。我想偶尔也会有这种情况。"

"是吗？那就好。"

不知不觉间已是十二月中旬。一九九九年即将结束，二〇〇〇年即将到来。电视上热烈讨论着二〇〇〇年可能出现的问题，诸如数字变化时，系统可能发生故障，甚至可能有更大的故障在全球范围内发生。我们默默地看着有关世纪末、新世纪、新时代以及未来百年科学进步等话题不断涌现，却没有一样能留在脑海中。

看着评论员们愉快交谈的画面，我在心里想道：一九九九年，世界最终并没有毁灭，也没有发生任何大事。

从薇薇安那里领卡有时很顺利，有时会空等一周。每一次拿到新卡时，我们总是担心会被发现。然而，一旦新卡到手，那种不安就瞬间消失，热情重新燃起，我们也会更加努力地去赚钱。考虑到平衡，我们不断开拓新的旅行社和百货店，全力以赴地出击。行情好的时候，我们一个月的收入甚至会超过三百万。整个城市因世纪末和圣诞节而异常热闹，我们也带着不知从哪里来的激情，不知疲倦地追逐金钱。

收入基本由我和黄美子管理。

我去找薇薇安商量时，她提出了几项条件。其中有一条：可以让黄美子参与，但绝对不能让她亲自去现场。没必要问为什么。但在我沉默的时候，薇薇安笑着对我说："你明白的，黄美子动作慢。让黄美子看着保险箱也不错，毕竟只是坐着不动。"

我按照她的话做了。有一天，我向黄美子解释了我们目前的状况和新的工作。兰和桃子出去了，起居室里只有我和黄美子。她正蜷缩在暖桌里看电视。我也像她一样盯着屏幕。暖桌上放着没吃完的雪饼和抹布。她默默地听着我的话。

"还有，我们的老板是谁我不能说，但一切都会顺利进行。"

"是吗？"

黄美子稍加思索，看着我，但没再详细询问。

"虽然发生了很多事，但我们能处理好。钱也在顺利积攒，不用担心房租、电话费，考虑到今后的食物开销，要趁现在尽量多挣钱，这样才能安心。所以这件事你一定要保密。你只需在这里看着我们拿来的钱，就像财务部部长一样，正襟危坐地监视。这就是你的工作。"

"嗯，知道了。"

"黄美子？"

"嗯？"

"没事吧？"

"怎么了？"

"没什么，就是感觉你没什么精神。"

"没有，没事。"黄美子说着，用手抓了几下头皮。这个动作异常缓慢，我感觉有些不对劲。想起以前她经常去美容院打理头发，如今已经很长时间没去了。她的头发失去了以前的光泽，以前能感觉到的风采或者生命力似乎也不见了。

"那就好。"

"我联系不上映水。"黄美子看着电视嘟囔。

"是啊。"

我们陷入了短暂的沉默。映水已经消失三个月了。起初我还常常联系他，但自从有了新工作，我就一直忙于处理那边的事情，最近甚至没有尝试打电话给他。映水……黄美子说类似的事以前也发生过，而且映水是个成熟的男人，考虑到他所在行业的性质，我虽然担心，却无能为力。但无论如何，三个月来没有任何消息确实有些奇怪。比起他不能联系，我更倾向于认为他被卷入了麻烦事。

"但我的手机还能用。"我试着开导她，"一直都是映水给我支付的，也就是说支付没问题。映水虽然没有消息，但可能还在某个地方好好生活着。"

"手机？"黄美子看了看我，"哦……但我不知道是不是映水支付，可能不是他。而且我们也不知道这是从哪儿来的手机。"

"是吗？"我有些吃惊。

"嗯。这种都是随便乱搞的。"

接着我们又陷入了沉默，我用鼻子呼出一口气，继续说："琴美怎么样，她还好吗？好久没见，我很想她。"

"是啊，我也想她。"黄美子自言自语似的说。

"你没见她？那个老头子，可恶的家伙，他怎么样了？他们还在一起吗？难道是因为他在，所以你们不能见面吗？"说出这句话后，琴美脸上青紫肿胀的眼睑、开裂流血的嘴唇瞬间浮现在脑海中，我难过极了。或许我不该说这些。我重新振作起来，对着黄美子笑了笑。

"算了，不说了。这个月的收入给你。虽然你是财务大臣，但也没什么特别的任务，就是在家时看着，别有小偷就好了，哈哈。以后你的薪水也会准时发放，所以尽管放心地花在你喜欢的事情上。剩下的我会好好存起来……"

我突然停顿了，不知道该怎么继续说下去。

剩下的我会好好存起来——是的，我在为了重新开张柠檬酒馆存钱，待存够了我们就可以重新一起经营柠檬酒馆了。这是我真正的想法，也是我做这份工作最重要原因。我只需要说出来就好，但不知为何说不出口。

为什么？为什么我说不出口？我并没有失去对柠檬酒馆的感情，对我和黄美子来说，柠檬酒馆依然很重要。是的，我很清楚现在的工作有它的限度。正因如此，为了我们的生活，重新开张柠檬酒馆才是最重要的事情。我明知道这些，却不知为何在那个瞬间说不出口。

"嘿，黄美子……"

"怎么？"

"我们出门上班的时候，你都做些什么？"

我想改变一下气氛，便随口问了一句。

"都？"

"是的，你都在做什么呢？"

"什么都没做。"

"什么都没做？"

"嗯。"

"看电视……打扫卫生什么的？"

"嗯，就这些。"

"这样啊……黄美子，你的工资也不少，可以随心所欲地花。而且你应该联系琴美，见见她，我也想见她，我很担心她。映水的事我们下次再好好聊吧。"

"嗯。"

我看着黄美子，想起琴美和映水，犹豫着要不要问她在监狱里服刑的母亲是否收到生活费，最终我决定不提及此事。因为这些都是从映水那里听来的，不是黄美子亲口告诉我的。黄美子或许不在意，但一个人的感受只有说出来才能知晓。

是的，那时——在她去见被老头子殴打的琴美后回来的那段时间内，我感受到的她那种异常的压迫感和无法言喻的眼神以及之后弥漫的紧张和恐惧，我都牢牢记在心里。那对我来说是不愿回忆的场景，最好能忘掉。

"对了，黄美子，先不说这些烦心事了。最近我们好像没有好好聊天，下次我们一起去吃饭吧。还有，一起去理发怎么样？可以吃烤肉，或者去别的地方。"

"嗯。"

"你在听吗，黄美子？"

"嗯。"

黄美子在暖桌里扭动身体，然后突然心血来潮地拿起抹布，伸出手臂画着圈擦拭暖桌。

"对了，黄美子。我们来做那个吧，以前做过好几次的，暖桌被。"

"暖桌被？"

"嗯，用这条被子。看，像这样蓬松的被子。"

我自认为想起了一件很棒的事，满脸笑容地说道。在我和黄美子开始一起生活的第一个冬天，她用温暖的暖桌被将我包裹起来，感觉非常舒服，之后也做过几次。

"是什么来着……？"

"黄美子，你忘了吗？就是这样，像这样蓬松着。"

黄美子发出含糊的声音，稍稍歪了歪脑袋。我闭上嘴，看向暖桌，之后随便找了一个话题转移注意力。对话停止后，她站起身来，怅然地走向卫生间。她没瘦，但我看着她的背影，感觉有什么东西在消失，或者一种令人不安的缺失。我突然感到一阵虚妄，于是上楼去了卧室，倚着柱子看壁橱。

那里面有钱，我突然这样想。而且是一大笔钱，一直在增加。

想到这里，刚才明显感觉到的无助、痛苦和无奈……所有这些复杂的情感似乎瞬间被清除，就像一个物体快速在眼前消失的魔术，强大又令人惊叹。

我每月会给兰和桃子十五万日元作为工资，免房租，给黄美

294

子二十万。我只告诉她们存钱是为了将来，兰和桃子似乎都没有异议。

我们合作赚来的钱就放在衣橱里的纸盒里。千元纸钞束成一万，万元纸钞十万。我每次都规规矩矩地把它们捆成一沓，然后在大家的见证下放进纸盒，最后盖上盖子。这不仅是确认当天成果的仪式，也是感受兴奋的特殊时刻，就像直接触摸世界上最大的可能性一样。大家默契地形成了一条规则：除非大家都在，否则谁都不能单独触碰纸盒。但我要求黄美子在我们出门工作后每天至少检查一次金额，确保实际金额与应有金额一致。我并非不信任桃子和兰，只是觉得管理本该如此，理所当然。

世纪末的社会在飞速发展、加速、膨胀。热浪在人群中激荡，形成一个个旋涡，在城市的各个角落碰撞。这些碰撞又激发出新的热浪。我们继续工作，沉浸在无法遏制兴奋、欢呼和欲望的洪流中，分不清自己是顺流而行还是逆流而上。

第十章 界线

1

　　新年到了。我们无精打采地把脚伸进暖桌，百无聊赖地看电视消磨了几天时间。总觉得应该做些顺应过年气氛的事情，所以除夕那天我们去了超市，买了双层年节菜[1]，还比平常多喝了些酒。但年节菜中每道菜味道都差不多，整体冰凉。我也不知道算好吃还是不好吃。有几天，桃子和兰从早到晚都在喝色彩鲜艳的鸡尾酒和日本酒，喝得醉醺醺的，而我无论喝多少都没有醉。

　　这是住进这个家后迎来的第二个新年，是遇见黄美子后的第几个？第四个还是第五个？虽然数数就能知道，但说出来又感觉不自然。那个数字似乎无法完整概括我和黄美子相遇以来的经历，任何数字好像都与我们毫无关联。

　　"花，你睡了吗？"

　　一天晚上，灯光熄灭后不久，兰开口道。桃子打着鼾，已经睡熟了。

　　"还没。"

　　"感觉清醒得很。"在暗淡的黑暗中可以感觉兰调整了姿势，"你不觉得过年太漫长了吗？"

1　日本人在过年时吃的料理，其中食材寓意五谷丰收，平安健康。年节菜一般置于餐盒中，双层比起单层更豪华。

"是挺长的。"

"真的很长。"

"公共假期持续到什么时候来着？"

"我不知道，但似乎周末开始又有连休。商店早就照常营业了。"

"是啊。"兰轻笑了一声，"记不记得我们以前也有过这样的对话？'那家店什么时候开的？！'当时还在路上，我还记得那天很冷。"

"嗯，可能吧，没错，没错。你还穿着那件常穿的白色外套。"

"是啊，我好像总是被迫站在外面。那时好年轻啊。"

之后，我们陷入了一阵沉默。

"真希望假期快点结束。"眼睛习惯了夜晚的黑，可以看到兰转过头来，眨了眨眼睛，"感觉放假的同时也损失了什么。"

"你说的是合作的事？"

"是的。"

"是啊，确实。"我也表示同意，"三天时间足够了。正月结束后又得努力了。"

"钱……倒是存了不少。"

"嗯，感觉很顺利。"

"那个……"兰先是看了一眼睡在她身后的桃子，然后小声问，"你心里有什么计划吗？我是说关于钱的计划，或者安排……"

"关于钱的计划？"

在那一刻，我明显感到空气发生了一丝变化。

"嗯……你之前不是说过要重新开张柠檬酒馆吗？大家再次一起工作。你现在存的钱就是为了这个吧？"

"对，我是这样打算的。"我回答。

"是啊……重开柠檬酒馆需要多少钱？"

"很多。"

声音比预想中更低，我清了清嗓子。

"柠檬酒馆起步的时候算是走运，我们从之前的老板娘那里接手就直接开张了。但这次要从头做起，全靠自己。租店面需要身份证明，我们平时带去店里的那些假保险证完全不行，还需要正式担保人。实际上开店的门槛很高，所以需要做好准备。"

"是啊。"

"所以，我们现在能做的就是全力以赴……先合作攒钱，同时我会偶尔看看房地产商的资料。在书店学习怎么租店面、开酒馆需要什么资格……"

我一边考虑着下一步该怎么做，一边像往常那样向兰解释待解决的事情。

"原来如此，门槛真高。"兰叹了口气，语气中略带感叹和沮丧地问道，"也就是说，我们的存款还远远不够？"

"数额吗？"

"嗯。"

"开店的话，根据地点不同，可能需要八百到一千万日元，还要付首付什么的，和租公寓完全是两回事。"

"啊，需要那么多吗？"

"是的。而且开张后也不意味着大功告成。你也知道，在稳定下来之前店会持续亏损，支出却在持续增加，所以必须提前做好准备。开店可不是那么简单的事，真的要花很多钱。而且我们失去了所有客户的联系方式，是真正意义上的从零开始……不，从负数开始。"

"原来如此……"面对兰不明所以的回应，我心里有些不安。

兰到底想问什么？虽说她平时也这样，但从现在的表情看，她似乎并不是特别在意柠檬酒馆重新开张的事情，可能只是对钱感兴趣。如果要重新开张柠檬酒馆，虽然也挺好的，但是扣除那些费用之后还能剩下多少？也就是说，我觉得她可能是想知道现在手头的钱里有多少属于自己。

如果她是这么想的，也不是不可理解。生意开始做了两个月，每次她拿到的工资比我存进去的要少，她或许想知道自己今后的收入如何，想了解这个计划将会怎样发展。这样的想法并不奇怪。

然而，我也不知道将来会怎样。我只知道得在能赚钱的时候多赚点，不管是否要重新开张柠檬酒馆，总之必须先存钱以备不时之需。未来如何分配存款，用在什么地方，都是在有了足够的钱之后才能谈论的问题。兰现在跟我谈论这些事会不会太早了？想到这里，我有些不耐烦。

兰和桃子当然也在努力，但说到底，将这个工作机制引入这个家，让大家都有钱可赚的人是我。而我之所以能够实现这一点，是因为向薇薇安低头请求过。为什么薇薇安会听我的请求？因为她信任我。这份信任因何而来？那是因为在过去近一年里，我完美地完成了薇薇安交给我的工作，并且有时还能够超出她的期望，取得了相当不错的成绩。

我清楚地记得从薇薇安那里领到卡后第一次站在自动提款机前的恐惧和紧张。即使现在，我也能回想起因害怕而心跳加速的痛苦。我独自忍受着那样的恐惧。

在我面对如此巨大恐惧的时候，兰和桃子又在干什么？兰虽然在夜店工作，但总是找理由请假享乐。至于桃子，她只知道花家里的钱玩乐，沉迷于来历不明的男人，购买酒吧券，以致深陷债务旋涡。即使如此，她们仍然能在这个家里悠闲度日，那都是因为我在极限边缘独自承受着。没错，是我拼命地和阵爷爷周旋，为她们找到了这个家。她们能够不用操心地在这个家中笑闹，因为她们不用操心的事都是我在顾虑。

我知道合作是极其冒险的。但从获取卡和指示，到规划陌生的提取地点，再到管理、整理和轮换薇薇安提供的虚假身份证，都是我在认真负责。她们则只需穿上制服站在窗口，稍微注意监视摄像头的角度（这也得益于我的指示），就可以每月轻松地领取十五万日元——全部可以自由支配，不需要支付房租和水电费。有这么多钱还不够吗？虽然桃子对钱、对生活一窍不通，但兰应该清楚每月赚十五万日元是多么辛苦。

或许桃子和兰经常在我不在场时谈论合作和存款去向？那么刚才的对话是兰基于此对我的试探吗？这是否意味着桃子现在只是假装睡着，其实是清醒的？虽然不知道是发生在麦当劳还是在起居室，但我脑海中浮现出两人说悄悄话的场景，因此脸颊一下子热了起来。

截至目前，存款额已经达到五百七十五万三千日元——第二天，我趁她们不在家时仔细数了数，清楚地记着这个数字。这是我花了两个多月制订计划，指示她们，四处奔波，全力存下来的钱。万一……不，就算是一亿分之一的可能性，兰和桃子会联手把纸盒里的钱一扫而空，突然消失吗？霎时，我产生了这样可怕的想法，心脏怦怦跳动着。

是否存在这样的可能性？不，我想这不可能，不会的，不，应该没有，绝对不会发生这种事，但……我下意识把手抵在喉咙上。为了让自己冷静下来，我深吸了几口气——不行。在这种时候，不好的想法总会涌上心头。我没有甩头，而是闭上眼睛，试图消解涌上全身的强烈不安。"没事的，坏事不会发生。还是和平的，非常和平。这只是我的多虑。钱还在那里。积极一些！"我对自己说道，并重复着深呼吸以缓解肩膀的紧绷。兰和桃子都是我的朋友，甚至超越了朋友，我们是伙伴！可接踵而至的负面想法让我感到不安，焦虑不断纠缠我。渐渐地太阳穴开始疼痛，我想不妨趁现在打听一下她们的家庭住址。虽然目前大家把钱放进纸盒里以示公正透明，但或许应该借某些理由准备一个类似保险柜的东西，来确保资金安全。各种各样的想法涌上心头。在犹豫不决的自问自答中不知过了多久，我突然转过头去，对兰说："嘿，兰，兰……"但是没有回应。看来兰已经睡着了，我竖耳倾听，能听到微弱的鼻息。

2

新年终于结束，又回归了日常生活——这仅仅是我的希望。我明显感受到了不对劲，似乎发生了一些变化。首先，我联系不上薇薇安了，无论打多少电话她都不接，也没有回电。去年年底我们见面，制订好了大致计划，约定在新年过后联系换卡。

以前合作也不是严格按照固定时间进行的，卡的数量和换卡频率也不稳定，但无法联系上薇薇安却是第一次。我没有其他的联系方式，唯一能依靠的就是记忆中薇薇安的电话号码。

桃子和兰要去涩谷购物。黄美子说要去祭拜父亲，一早上就出门了。兰和桃子一边化妆一边开心地问我有没有什么想买的东西，或者聊着谁的新歌怎么样，但我根本没心思。只剩下我自己的家里十分寂静，那寂静仿佛从毛孔里钻进我的体内，急剧膨胀，快要将我推出去。

莫非薇薇安住院了？即使如此，她应该也能给我打个电话吧。莫非她被卷入了大事故？或者出于某种原因死亡，甚至没来得及打电话？想到这里，我一阵心慌，但我直觉最有可能的是 —— 她被警察逮捕了。霎时，我感觉胃里有东西正要上涌，置于电热毯的双腿因热气而不适，我走到厨房喝了口冷水。

薇薇安迟迟不联系我，让我度过了最糟糕的时刻，感觉身心俱疲。按说，通常不会响的电话现在不响，这算不上奇怪，我却对此感到异常痛苦。"薇薇，你怎么了？发生了什么事？"我像不断用拳头敲击一扇一动不动的厚重的门，反复地在脑海中呼唤着薇薇安。

由于联系不上薇薇安，我逐渐被逼入绝境。感受食欲的神经仿佛突然断掉了，我几乎什么都吃不下，只是蜷缩在二楼的卧室里。最近我因感冒而身体不适，兰和桃子说："嘿，要不我们去楼下睡吧，不打扰你。"她们一边吃着零食，一边说道。黄美子则热心地帮忙把买来的粥热了，端上来。

我躺在二楼冰冷的房间里，从被子中只露出脸，眼睛一眨不眨地盯着壁橱拉门的一角。我假设现在是最糟糕的情况，并思考各种可能性。

第一种可能，薇薇安因为其他事被抓捕。虽然我不知详情，但从我们在一起时她打电话交谈的感觉来看，不仅是卡，她很可能同时进行着其他类似的生意，而且种类繁多。她可能因为在做的其他生意而被捕，并非要给我们的卡。

第二种可能，我们在某个环节犯了重大错误，薇薇安发现后为了保全自己，毅然与我们断绝了关系。这一点可能性最大。我越想越觉得有可能是这种情况，于是全身颤抖起来。

可是，如果我们犯了错，那是哪里出错了？薇薇安仔细更换为我们精心准备的保险证，我们也安排了轮换，确保使用的店铺和时间不重叠。此外，我观察商品券店时发现，常常会有一些不明职业的人出售成捆的新干线车票，这并不稀奇。店员和顾客彼此毫不在意。虽然人在场，但整个过程都带有机械化的流水作业氛围。因此，我们还在制服外准备了适合商品券店气氛的工作服，可谓费尽心思。即使有监视摄像头——是的，薇薇安一开始就告诉了我，图像也都很模糊。高性能摄像头价格昂贵，那些店里几乎没有。即使运行一整天，录音带也跟不上，所以通常是一个摆设。用自动取款机取款，戴帽子是必需的，但在商品券店不需要太在意。薇薇安还说过，由于商品券店的性质，很多情况下顾客和商店之间存在着一种默契。换句话说，对商品券店来说，顾客带来的商品券是他们的生意来源，没有商品券生意就会受影响。他们的唯一目的就是尽可能多地购买顾客带来的商品券，只要是真正的商品券，无论是谁带来的、从哪里获取的都没关系，他们并不关心。即使有人觉得"这家伙有点可疑"，也没必要大惊小怪。比起举报，他们更愿意花时间多购买一些商品券，多卖出一些，仅此而已。

此外，还有很重要的一点：如果我们因为所做的事被捕，那一定是逮捕现行。因此，万一真的发生了，无论如何都要尽一切努力逃跑，这是薇薇安嘱咐我的唯一、绝对的对策（看守人可以被甩掉，所以不必慌）。也就是说，如果我们犯了什么致命的错误，应该已经被捕；但既然没有被捕，那就意味着我们没有犯下可能导致被捕的错误。

尽管如此，被放长线钓大鱼的可能性也不是没有。但薇薇安也说过，一般警察要投入人力和时间进行监视的案件，至少要有这样做的理由——例如涉及大规模的房地产诈骗案件，或是与警方一直关注的黑帮或地下组织有关的案件——否则警察一般不会行动。比如说，就算是毒品案件，警察要进行监视或放长线钓大鱼，并不是针对个人，而是为了彻底打击其背后的走私贩毒组织，因此需要进行有计划的调查。被单独抓获通常是偶然被发现行为可疑，或者在例行检查中出现异常。也就是说，大多数情况下是偶然的现行犯逮捕。因此，薇薇安说一次交易金额从几万到几十万不等，而且参与人数这么少的卡片交易在任何人看来都微不足道，只是小打小闹。比如说，即便此刻，柏青哥店里的小人物操作的金额也远远超过我们。冷静地想想，社会上有无数更加明显的犯罪，对执法者更有利可图的案件数不胜数，警察没有那么多时间理会这样的小打小闹。虽然不能掉以轻心，但只要遵守她说的基本原则，就没有什么好怕。好好睡觉，好好吃饭，保持体力，从容地迎接挑战——这是薇薇安的教诲。

是的，打击银行卡诈骗只针对现行犯。这么一想，我稍微松了口气，然后慢慢有了勇气。是的，事实上，我现在就躺在被子里，自由自在，没有发生任何坏事。只是薇薇安没有联系我，我打电话也没人接，但这不意味着发生了什么不好的事情。只是我自己胡思乱想，制造了不好的想象，而我正是被这些想象困扰。这是我自己的消极想象产生的毫无意义的痛苦，完全没有根据。不，有根据，就是我没有被逮捕现行。这难道不就是可以断言没有发生坏事的唯一充分理由吗？这么想着，我盯着衣橱角落的眼睑慢慢有了力气。我猛地坐了起来。

我从被褥中起身下到一楼，彼时桃子、兰和黄美子正躺在暖桌旁，看着综艺节目笑个不停。我不知道有什么可笑，只见她们半张着嘴，跟电视里的艺人和明星同步哈哈大笑。这段时间我对她们说自己得了感冒，没精神，今天也在被窝里待了好几个小时。但当我从二楼下来，她们不仅没有关心我"感觉怎么样"或者"肚子饿了吗"，甚至没有注意到我，只是一个劲儿地大笑。

我默默地穿过起居室去厨房，拿起一杯水一饮而光。我突然感到饥饿，打算吃碗拉面，看了一眼储备篮，却发现里面一包也没有了。

家里虽然没有关于食物的明确规则，但互相之间隐隐知道什么东西是谁买的、属于谁。当吃别人的东西时，通常会有类似"我可以吃这个吗""可以"的对话。然而，我的海带拉面不见了。我不知道是谁吃的，但没人问过我。我有些生气，却还是抑制着情绪，打开冰箱看了看。里面只有酱油、烤肉酱、啤酒和类似鸡尾酒的酒罐。冰箱里没有食物，不过我知道这一点，所以也没什么。这种事情经常发生。我无奈之下决定吃森永牌皮诺冰激凌。我原本打算吃完拉面再吃的，可现在不想去便利店。虽然光吃一个冰激凌不够，但也没有其他办法。我这样想着打开了冷冻柜，结果连冰激凌也不见了。

"皮诺呢？"我下意识地转向起居室喊道。可是正好赶上电视节目的爆笑时刻，再加上三个人的笑声重叠在一起，似乎谁也没有听到。我不由得用力关上了冰箱门，发出了比预想中更大的声音。但是她们三个人对此毫无察觉。我在冰箱前静静地站了一会儿，等待有人注意到站在暗处的我，并跟我说话。但是一分钟、三分钟……直至五分钟过去了，依然只有无所谓的笑声和电视里愚蠢的喧闹声。

我忍不住回到了起居室。她们还是和刚才一样，一脸无所谓地盯着电视。过了一会儿，兰才终于注意到站在墙边的我。

"啊，花。这个真的超有趣，你看看嘛。"

"什么？我才不看呢。"

我脱口而出。兰惊讶地看着我，重新坐正，慢慢挺直了背。桃子还在笑，但她显然也察觉到了不对劲，同样看向我，不停着眨眼，想弄清楚发生了什么。

"我的皮诺不见了。"

"哎，皮诺？"

"对，还有海带拉面。"

兰沉默了一下，然后转向桃子，似乎在问她知不知道。桃子不明所以地看看兰，又看向我，频频眨眼。

"不是你们俩吗？"

"不，我有点儿想不起来了。"兰重新坐好后看着我说，"真抱歉，拉面……"

"不只是拉面，还有皮诺。"

"皮诺……"桃子也像兰一样重新坐正，皱着眉头，试图唤醒记忆，"是什么时候的，是谁的皮诺……"

"我买的，我的皮诺。"

"可能是和别的弄混了，被谁……吃掉了吧。"

"是谁？不是只有你们俩吗？"

"不，还有黄美子……"桃子小声说。

"黄美子，你吃了吗？"我问黄美子。黄美子笑着看电视，没有说话。我再次询问，她还是盯着屏幕，含糊地应了一声。

"听到了吧？黄美子没吃。黄美子基本不吃冰激凌。应该就是你们其中一个。为什么要怪别人？"

"呃……我没有怪黄美子，只是忘了到底怎么回事。"

我一言不发地俯视着她们，对她们擅自吃掉我的海带拉面和皮诺感到愤怒。但更让我感到不适和愤怒的，是这几个月或许几年来积攒在我内心深处的各种负面情绪。它正从某个地方涌出，逐渐蔓延开来。

"花，我现在就去买。你现在非常想吃，是吧？稍等，我马上就去。"

兰笑着缓解了紧张的气氛，慌忙从暖桌边站起来。

"等等，这么说不太对吧？"

"哎？"

"兰说的好像是我非吃不可，才任性地要你去买来，但事实不是这样吧？问题在于，原本应该有的东西却在没有告知的情况下被别人吃掉了，我说的是这个。这和我想吃不想吃没关系吧？"

"啊，嗯，没关系……"兰还保持着弯腰的姿势，频频点头。

"虽然记不清了，但应该是我们两个中的一个，所以……我们现在就去。"桃子也笑着说。我没有回应，双臂交叉，一脸严肃地俯视着她们两个。她们也稍稍僵硬地抬头看着我，但很快把视线移到了暖桌上，不再动弹。

"这次就算了。你们真的要注意。"

在我觉得理所当然，而对于桃子和兰来说却十分尴尬的几秒沉默过后，我再次去厨房检查是否还有什么可以吃，突然电视旁边的黄色角落吸引了我的目光。咦？我走近架子，睁大眼睛一看。啊！我大声说："这儿好脏啊！"转过身，"看，这儿堆积了好多灰尘！为什么，这里没有人打扫吗？"

"哎？"她们两个同时起身，站在我的身后凑过来看着架子。

"你们看，这里，黄色角落！为什么没人好好照看？"

"啊，真的有很多灰尘……"她们在我身后似乎有些慌乱。"该怎么办，哎，该怎么办？"她们慌忙说着。黄色角落里所有的小物件都覆盖了一层灰尘。刚才消化了的各种事突然再次涌上心头，就像温度计里的液体猛然上升，马上就要将刻度线冲破了。这是怎么回事？我想。真的，这到底是怎么回事？她们到底在干吗？刚才我还独自考虑着储蓄、收入和未来，想到身体都不舒服了，她们却毫不在意地看着电视笑个不停，随遇而安，将所有事都交给别人，尽

情享用别人的食物 —— 总是这样！这样倒也罢了，她们竟然完全没有注意到眼前的黄色角落沾满了灰尘。这到底怎么回事？我闭上眼睛，紧握双手。

"花，你……"

我深吸一口气，缓慢地抬起头说道："这不行吧？明明有时间舒服地看电视，为什么注意不到黄色角落呢？黄色角落的意义，我们不是说过吗！这对我们来说是非常重要的东西。这样……这样，这样沾满灰尘肯定不行吧！没注意吗？不知道吗？你们在想什么？"

"在想什么……"

"我问你们究竟在想什么，问你们为什么没注意到！"

"可是……"桃子观察着我的脸色，小声说，"因为……打扫是黄美子负责的……她经常擦拭各种地方。"

"哎，你想说是黄美子没做吗？你是这个意思吗？"我瞪着桃子。

"不，不是那样的。只是……我不太明白。"

"不明白？不明白的话，不是更应该努力去理解吗？真是太强词夺理了……"

"花，是这样吧，用这个来擦，对吧？"

不知何时兰已经走到厨房，挥舞着手中的袋子，大力地摇晃着。

"这个，用这个，叫'沙沙'，对吧！"

兰拿着沙沙抹布小跑着回来，慌张地从袋子里拿出两张，迅速把其中一张递到桃子手上。

"桃子，别说了，一个一个擦吧。"

"不只是正面，连背面和侧面都要好好擦。"

"知道了。"

"沙沙这么好的东西要好好利用，把所有的面都擦干净。"

"知道了。"

黄美子一直随意地使用旧抹布。不管抹布多破旧，她都毫不在意地用来擦拭墙壁、橱柜、暖桌等。前段时间我在药妆店发现了一家叫"金鸟"的公司生产的、名为"沙沙"的多用途一次性抹布，从那以后黄美子就决定使用这种抹布。不用水，可以清除细微的灰尘，还有抛光效果；两面都能用，几乎可以用于家中所有食物以外的地方，非常方便。当然，与百元店卖的可以多次使用的抹布相比，一次性抹布的成本更高，比较奢侈，但是沙沙的颜色非常鲜艳，在药妆店里我一眼就被吸引了，它绝妙的黄色就是我购买和家里长期使用的决定性因素。

兰和桃子把小物件拿在手里仔细擦拭，把每一处都擦干净。看到她们这样做，我突然想现在联系不上薇薇安或许是因为这个。

也就是说，我们忽视了重要的黄色角落，没能好好照顾它，忘记了初心，任由尘埃堆积，因此我们的运气溜走或停滞不前，才会变成现在这样。

没错，黄色代表财运，财运意指金钱流向自己。我们能够在这里找到住所，能够赚钱，在某种程度上当然是因为我们的努力，但在我内心深处强烈地感觉到，这些都是黄色运势的恩赐。

因为一切都源于此。我遇到了名字里带有"黄"字的黄美子，她告诉我黄色代表财运，后来我离开东村山独立生活。当然还有柠檬酒馆，柠檬是黄色的，虽然经历了火灾、母亲拿走我的存款等诸多困难，但还是找到了与黄美子共同生活的房子，也设法找到了谋生手段，进而规划生活的方向。我认为这些都与黄色运势有关。虽然这些关联不能被证明，但同样无法证明与黄色无关。那么，到底是谁来决定这一切？对我来说，重要的是只能由我的内心来决定，而且我相信迄今为止的所有事都是事实。一旦我们忽视了黄色角落，就失去了与薇薇安的联系，即失去了财运，导致了眼下的情况。

是的，黄色，黄色！如果不善待黄色……就在我激动地想到这里时，我仿佛被一记响亮的巴掌打醒，猛地清醒过来。我意识到自己已经很久没去书店了。

是的，这几年间我唯一清晰记得的事就是那个激动人心的、后来改变了我整个人生的预知梦，以及那本厚厚的价值不菲的《解梦大辞典》。它清晰地告诉了我梦的含义，但我已很久没有看过了。

是的，在柠檬酒馆发生火灾之前，我经常在上班前去书店阅读那本书——而且几乎可以全文背诵——自我鼓励完再去上班。我相信有了黄色和对黄色的解析，我就能被保佑，确信一切会顺利进行。一直以来，我都是靠着这种信念支撑着自己。如今我不仅忘了黄色角落，就连重要的《解梦大辞典》也忘了。不仅黄色角落的幸运消失了，目前甚至处于双倍的厄运状态。我像被打了一下，突然清醒，看向时钟，七点十分了——来得及，还来得及。

"我出去一下，记得擦干净哦！"

我说着，就背上包冲出了家门，全速奔向站前的书店。我气喘吁吁地跑进书店，穿过过道，走到书架前，抬头望向那本《解梦大辞典》所在的位置。为了不让别人买走，我把它放在了书架右上方，然而此刻它不在那里。我四处环顾，哪里都没有。我的《解梦大辞典》，记录我命运的书，不见了。我退后几步，扫视整个书架，发现了那个熟悉的、闪闪发光的宣传板，上面写着的"爱护你的心！治愈时代展"的文字已经褪色了，看起来甚至有些歪斜。

我焦急不已，倚在书架上。不行！完了！怎么办？我该怎么办？我双臂抱着肚子，弯下腰，一动不动地忍耐着。运气耗尽，我被抛弃了，一切都向着最坏的方向倾斜，我被一股无法想象的悲催之灾淹没，仿佛要坠入无底的深渊。现在这一刻是否决定了我未来的一切？想到这里，我几乎要跪倒在地。

一个手提着快要被挤爆的超市塑料袋的妇女从过道对面走过来，似乎在关心我。但我使劲挺直肩膀，努力站起来，不想被接连而来的可怕幻想淹没。与此同时，大脑里有关情感、风景、气味、琐碎的交流等各种各样的记忆一齐涌上心头，像一股旋涡流过我内心的空洞。我感觉自己像一个等身大的、中空的筒子——没错，就像一个巨大的卷筒卫生纸的空芯——这种感觉进一步削弱了我的意志。眼泪积满眼眶，鼻子感到一阵刺痛。但我用力甩了甩头，好不容易将这些念头赶出了脑海。"不对，得想想办法，一定会有办法的！你好好想！你一定能想出办法来抵消这一切，想出一种能让运气再次向你靠近的黄色物品！"我激励自己，"一定有办法，一定有办法！以前都挺过来了，这次也一定会有办法！黄色，黄色，财运，黄色……"我像拧湿布一样绞尽脑汁地思考。

然而，每当思绪似乎要与下一个想法相连时，就会有像巨大铁板一样的天花板从上方压下来，几乎要把我压扁。我勉强地翻滚到一边，但又有一面同样巨大的墙向我逼近。没有逃生的地方，再也没有逃生的地方。就在想到这里的时候，我的脑中猛烈闪现出一丝火花。我睁开双眼，以从未有过的力气睁得大大的。没错，墙，是墙！我想起来了，应该在那里。我冲出书店，穿过红绿灯，沿着世田谷路向西奔跑。

我奔向的地方是在为柠檬酒馆准备开业时去过几次的五金店，位于环七大道前面。那是一家备受专业人士青睐的知名商店，柠檬酒馆常客们曾经兴奋地讨论过这家店有多么惊人，什么商品都能找到。我全速奔跑了五六分钟，冲进去抓住了一个穿着肥大工作服的老头儿，以几乎快要倒地的姿势问他是否有黄色的油漆。他回答"有"，并引导我到后面的货架上。但仔细一看，那人并不是店员，而是顾客。我喘着粗气，迷茫地置于众多商品中，抱起了仅有的四罐黄色的罐子——上面的黄色看起来最鲜艳，用粗大的字写着"超干燥·惊人持久性!"——同时把旁边挂着的刷子夹在腋下，往收银台走去，支付了八千三百日元后，离开了店铺。虽然比去的时候慢了些，但我还是跑着回家了。

"我回来了!"

我用力甩掉挂在脚趾上的鞋子，走进屋内。刚要冲进起居室时，我不小心绊了一下，跪倒在地，脸朝下摔了个嘴啃泥。

"哎哟!"

"花，你没事吧?"桃子和兰迅速走过来，帮我捡起滚落的油漆和刷子。

"没事，没事。"

"花，这是什么……? 海带拉面?"兰一手拿着油漆，一手揽着我的肩膀。

"海带拉面不要了。比起那个，这个，这个……"

"这是……"

"这是油漆。涂黄色，用油漆。"我喘息着说道。

"啊? 涂什么?"

"家。"

"家?"

"我们的家要涂成黄色。"我来回地看着她们的脸，然后直视着她们说，"首先涂房间，从西边的墙开始涂。大家都拿刷子，快点儿。"

"好的。"她们二人半张着嘴，点了点头。

"黄美子，你去二楼，涂完了再叫你过来。兰，你把电视和架子挪开留个缝隙，从角落那边开始涂。黄美子，你先别看电视了。要不上二楼，要不去洗个澡吧。"

"好的，好的。"黄美子挠了挠头，慢悠悠地从起居室走了出去。

我们把垃圾袋铺平，放在地板上，拿起沾满油漆的罐子和刷子，一边滴洒，一边涂抹，不断用油漆涂抹墙壁。然而，我们嘴上说着会涂，其实只用过颜料、指甲油之类的东西，实际上手后发现每个地方都有斑点，有的地方油漆滴下来凝固了，有的地方变得模糊不清。总之，无论是过程还是结果都很糟糕。我之前并不知道油漆有不同的用途和种类。我买回来的是油性的，也就是通常用在房屋外部的；如果在室内使用，要注意通风等。

天气很冷，窗户关着，我专心于刷油漆，中途自然感到了身体不适，恶心、头痛。即便如此，我还是一心想尽快调整好状态，一边给另外两个人加油鼓劲，一边努力坚持。

大约在凌晨两点，我们陷入一种莫名其妙的愉快状态，不管谁说了什么，另外两个人都笑得停不下来。这与醉酒不同，但绝对不是清醒的状态，而是一种奇妙的感觉：我们因彼此说出的无意义的话而笑得前仰后合。有人说了"新安美露"，我们笑得停不下来，甚至滚到地上，流着泪继续笑。"肌肉合体"[1]和"乌冬面"也让我们笑到抽筋。我们三人握着刷子，每次笑得弯腰时，鲜艳的黄色油漆就会四处飞溅。黄色像生物一样伸缩、跳跃，像丝带一样飘荡，画出螺旋。在慢动作中，黄色穿过兰和桃子之间，像流星一样闪耀，朝我飞来。我张开胸腔接住它，大笑起来。我们疯狂地挥舞着沾满

---

1 来自日本漫画家蚯仔煎《筋肉人》中的台词。

油漆的刷子。当油漆溅到脸上和头发上时，我们笑得更厉害了。身上沾满黄色的我们紧紧贴在一起，大笑不止。

当冬日清晨的第一缕光洒进房间，窗帘映照出深蓝时，桃子和兰已经筋疲力尽，蜷缩在暖桌里沉沉睡去。在困意和油漆气味中意识模糊的我努力凝视着刷黄的墙壁，体会到一丝成就感和一点安心。墙面有些不均匀，有些地方漏了白，但至少我们完成了该做的事情。我感到疲惫。明天的事情留到明天再考虑吧，我这样想着，闭上眼睛静待片刻。远处传来了声响，似乎越来越近。我揉了揉沉重欲闭的眼皮，抬起头，黄色的墙壁映入眼帘，一瞬间我竟然忘记了自己在看什么，身在何处。

没错，这是我们刚刚刷上的黄色油漆，这里是起居室，是我们的家……回忆起每一个细节，我用手指逐个确认花了几秒。桃子和兰的头发和脸上沾满了黄色，仍然静静地躺着，房间里已经充满了晨曦的明亮。虽然只睡了片刻，但仿佛已经睡了很久。这时我才注意到手机一直在响。我伸出沉重的胳膊拿起背包，取起手机。当我看到显示的是薇薇安的号码时，瞬间所有的倦意和睡意都消散了。我紧紧地把手机贴在耳边。

"薇薇！"

"花？"

"是我。你在哪里？在做什么？"

"什么做什么？我昨天就回来了。"

"从哪里？"

"韩国啊。你没听说吗？从富坚那里。"

"哎，谁？富坚？"

"我因为着急出发，就让富坚打电话通知你。你收到他的联系了吧？"

"没有啊，什么消息都没有。"

"不会吧？那家伙完了！"

"不过太好了，我一直担心你会不会出了什么事。"

"没有。虽然没发生什么，但这次是很仓促的事情。"

"不是旅行吧？"我试探地问道。

"当然是工作啦。因为年轻人全都退缩了，没人手，所以连像交接刷卡器这样的无聊活计也得由我去干。不过我也得到了新的终端，还有很多其他东西。货源也带来不少。"薇薇安笑着说，"这样一来又可以大捞一笔了。磁带技术也有了惊人的进步，真的让我吃惊。另外，听说数据还可以远程传输。如果能用上这个，就省得每次都回收刷卡器，还要跑到韩国之类的地方运货了。"

"嗯。"我附和道。

"价格会高得惊人，而且需要有人来操作。不过这些对于我这个老人来说都无关紧要。"薇薇安笑了笑，说"对了，你那边现在也没有卡了，对吧？"

"是的，都用完了。在等新的。"

"是吧。"

"对了，本来说年初可以见到你，但突然联系不上了，我很担心，以为发生了什么不好的事。"

"不好的事？"

"比如……"我结结巴巴地说，"不过，还好没事。"

"哦。"薇薇安不置可否，"那就这周五吧。周四会有新的保险卡，第二天见。除了跟之前一样的卡，我还想把一些东西寄存在你那儿。"

"寄存在我这儿？那我需要带些什么过去吗？"

"是的，只需要一个稍微大一点的袋子就行了。就是一些用过的卡和磁带，不会占太多空间。只要跟你用过的卡放在一起就行了。"

"知道了。"

"好的，那我再联系你。"

"对了，薇薇。"我叫住即将挂断电话的薇薇安，"其实我和映水先生失去联系已经很久了。"

"映水？"

"是的。一开始黄美子还觉得没什么好担心的，但从秋天开始就没有消息了，感觉有点儿奇怪。不过我想也许你知道些什么。"

"映……"薇薇安似乎在思索，"我最近也完全不知道他的消息。但也没听说过他被抓或者跑了之类的事，可能是在哪儿随便混着？"

"那就好。"我轻轻叹了口气，"但我还是有点儿担心他不会再回来了。"

"哈哈，活着就会回来的，死了就不知道了。"薇薇安说，"再联系吧。新年快乐，接下来我也会很忙。好好赚钱哦！"

电话挂断后，我手里依然握着电话，心神不宁。远处鸟儿啁啾，孩子们跑来跑去，声音嘈杂。突然一股刺鼻的油漆味飘来，我用力挠了一下鼻子。

第十一章　不省人事

1

正如薇薇安所说，新年过后的生意比以往更加繁忙。一天天、一周周、一月月如浪潮般匆匆流逝，就像自动提款机不停吐出钞票一般，毫不留情地，以容不下任何人感受的势头向前狂奔。因生意而忙碌的冬天，令我已忘记了它的寒冷。春天来临，我二十岁了，但没有任何感慨。结束生意后回家睡觉，第二天又出发进行下一轮生意，只是重复这样的生活。

大家一起做生意已经几个月了。每当我稍感到不安时，就会被一股强烈的恐惧和使命感淹没，内心上下浮沉。然而，到了初夏，我逐渐不再被情绪左右。

当然，我仍然一直保持警惕。我开始关注更多事，对轮班方式、在商品券店的行为举止、处理仿造卡等方面也更加细心谨慎。但与此同时，在其他地方我变得异常平静。比如说洗脸盆，过去我总是小心翼翼地抱着装满水的洗脸盆，生怕不小心洒出来，担心水会溢出洗脸盆的边缘，但现在我不再担心了。我不知道是觉得溢出来也没关系，还是觉得水永远不会溢出来，又或者早已没有水了。而我越是平静，收入就越稳步增长。

我也还清了桃子的债务——整整五十万。那是在二○○○年的黄金周前夕。桃子的妹妹静香鲜见地来到家里。那时桃子和兰都不在家，只有黄美子和我在。一打开门，静香就站在那里。跟初次见面时一样，她还是一位惊艳的美女，但这次她穿着便装。穿着迷你裙的庞大下半身依然像以前一样强壮有力，黑眼圈非常明显，眼神凌厉而又浑浊，明显状态不好。

静香说，尽管她多次联系，但桃子都不接电话。近几个月来她一直遭受乌诺那群浑蛋团伙的骚扰，几乎到了强迫的地步。虽然这都是笨球（桃子）干的，但作为家人，她受到了牵连和损害。经过一番交流后，静香表示打算去警察局。

"我可是受害者。乌诺真的太可怕了，我的朋友也被绑架，被迫充当卧底，我自己也快受不了了。我们被逼入绝境全是因为笨球。如果她还想逃，我就把事情告诉爸妈，申请搜索令，到那时大家都会跑到这儿来。爸妈还以为我们和笨球在奶奶家过得好好的，但其实她跟你们住在这儿。"

虽然我不认为警察会因为这样就采取行动，但还是感到不安。我已经二十岁了，但桃子还未成年，如果父母出面，可能会变得很麻烦。万一警察来了，可能会产生怀疑并进行调查。我正在思考这些时，突然感到背后有人，回头一看，只见黄美子站在那里。她是听到声音过来查看状况的吗？她看到静香这件事让我非常慌张。她穿着褪色的 T 恤和短裤，头发乱糟糟的，虽然在那个被涂成斑驳黄色的家里看起来并不突兀，但在门口的阳光下却显得格外怪异。她手里拿着一张鲜黄色的沙沙抹布，就像完成流水线上的一道工序那样，擦拭了门的表面后又返回房间里去了。

"哦……原来不是只有你们，还有大人啊，或者说老太太。"静香说罢，我慌乱地结束对话，关上门，打发她走了。然而，静香离开时得意扬扬的表情让我一直难以忘怀。于是第二天晚上，我把五十万给了桃子，让她还给静香，并叮嘱她不要再来这里。

我或许在生意上摆脱了以前的不安和恐惧，但在其他场合对桃子和兰的不满越来越多。

笨拙且不谙世事的桃子在我偿还债务后开始关心我，但令我感到烦恼的事依然很多。无论是有具体的事情发生，还是她们的欠缺思考，都令我感到焦躁不安，比如柠檬酒馆的事。这时的我已经明白再也无法重新开张柠檬酒馆了。我没有身份证，也没有银行账户，还靠着无法向他人言说的营生生活，这样怎么可能开店？我比任何人都明白这不可能。这对我来说是巨大的打击，我甚至不愿再去想，所以我不想跟兰和桃子谈论这件事。虽说如此，她们也从来没有问过我任何有关柠檬酒馆的事，对柠檬酒馆毫不关心。这种不负责任的态度让我十分恼火。

不过，有时我也会心情非常好，会像以前那样带大家去麦当劳或吉野家，或者在车站附近闲逛。桃子和兰喜欢去涩谷或新宿，但我不想去三轩茶屋以外的地方。大城市对我来说，仅仅去做生意就足够了。在三轩茶屋的街道漫步时，无论在住宅区还是商业街，总能看到朋友、家人，还有貌似情侣的人一起愉快散步的情景。那些女孩大都与我同龄，她们面带无忧无虑的笑容，看起来幸福极了。我不知道她们的幸福是来自朋友、家人还是男友，但她们看起来都有着被比自己更强大的人保护的安全感。看到这样的景象，我的内心涌起了一股邪恶的念头。

她们都长着同一张愚蠢的脸，想必是花父母的钱上学和消费的，还每天和那些被宠坏了的废物男人享乐度日，我在心中抱怨道。接着，我又想到了纸盒里的钱。没关系，我有钱，比被别人保护着、随意活着的你们都有钱，那钱还是我自己赚来的钱。想到这一点，我的心情稍微平静了一些。

金钱给了我各种可以停下来的时间，思考的时间、睡觉的时间、生病的时间、等待的时间……或许大多数人不需要自己创造这种时间，因为对于大多数人来说可能从一开始就有。但我和黄美子跟他们不同。当然，我知道自己所做的事情是不能对外人言说的。正因如此，我才会在事情发生时因恐惧而颤抖，度过了无法入眠的夜晚。如果这一切被发现，我会被警察逮捕，而这件事也会成为新闻，众人会对我口诛笔伐。人们说每个人都需要钱，所以才会辛苦工作。但我想苦笑着说，我也在流汗。判断谁的汗水好、谁的汗水坏的你，在哪里付出了努力？也许那是个很美好的地方，如果可以的话，下次告诉我该去哪里努力吧。

就这样，五月结束了。进入六月之后，映水打来了电话。因为太久没联系，我看到号码的瞬间怔住了。听到了映水久违的声音，我的脑子转不过弯来，但想起了几年前第一次听到映水声音时觉得好听的场景。我们约定在几年前一起去过并且聊了很多的一家有着雷鬼氛围的居酒屋见面。

待我到店时，映水已经先到了，正在喝啤酒。我觉得他瘦了，但看到他精神不错，于是松了一口气。我坐下后开始诉说我们有多么担心他，他则让我别激动，先点杯啤酒吧。他帮我点了一杯啤酒，我几乎一饮而尽，然后又要了一杯。

映水苦笑着说："你还是老样子。"

"说吧，你为什么消失？"

"就那个，跟棒球有关。"

"被抓了吗？"

"没有，但也挺危险的。你之前去店里看过我们赌棒球吧？"

"不是去看的，是被迫看的。"

"是啊。我们赌的那个棒球其实是骗人的，结果变得很复杂。"

"骗人？"

"我们是擅自把老大的客人拉过来的。结果比被警察抓还麻烦，被老大追着不放，说要等热度散去才能回去。然后解决问题也花了些时间。"

我说那应该至少联络我们一下。映水借口说还有其他生意安排。之后，我就顺着回忆起了这几个月发生的事，主要是围绕着我和薇薇安的。与薇薇安无法联系时我感受到的恐惧，还有我和薇薇谈过的各种事。我犹豫着是否要告诉他我们三个人开始的生意，但最终只是简单地解释了在得到薇薇安的许可下，桃子和兰也在帮忙扩大业务。映水只是确认了"黄美子没有参与现场吧"，其他方面没有细问。

"还有，我晚回来的原因还有一个。"

一小时过去了，在谈话快要结束时，映水说道。当时我们正准备喝第三杯啤酒。

"志训，你还记得吧？"

我眨了眨眼，看着他的脸。在我回答之前，他说："志训，之前我说他失踪了。"

"你哥？"

"我哥已经去世了，志训还活着。"

我睁大了眼睛。

"他没失踪……在大阪。"

"真的假的？"我大声说道，然后耸了耸肩，"抱歉。"

"哎呀，虽然很久都没有任何消息，但努努力还是会有成效。点和点巧妙地连接在一起，有人跟我说志训或许在那儿。"

"你见他了？"

"没。我得知他在努力过着普通的生活，但还是想确认一下，所以去了一趟看了看。"映水挠了挠肩膀，"他在东大阪，那儿有很多小工厂，他就在那儿工作。还有孩子。"

"孩子？"

"应该上小学了，剃着寸头。"

"志训竟然结婚了，还过着普通生活。"我有些兴奋地说，"真不可思议……真好，他还活着！"

"我调查了他的人际关系，孩子妈妈好像病逝了。"

"啊？"

"大概在三年前，或者更早。"

"那志训单身？"

"也许吧，看起来是的。"映水把目光移到桌子上，微笑了一下，"不过他年纪大了，带着孩子，还穿着破旧的工作服，完全变了样，但只要看一眼，就知道他是志训。人类真是了不起啊。"

"那你这次只是确认，下次就会见面吧？"

"不，还不知道。"

"啊，是吗？"我问道，"为什么？"

映水有些犹豫，我却不知为何情绪激动地继续说道："虽然他会感到惊讶，但一定会高兴的，因为他肯定也想见你。你去见见他吧，一定要去见他！"

映水没看我，只是含糊地应了一声，但他脸上露出了完全不同的表情。我意识到这一点，开始担心自己是不是说错话，但不知道哪里说错了。在一阵尴尬的沉默中，我们无意地听着店里播放的雷鬼音乐。

"对了，映水先生。"我重新打起精神来问道，"你为什么在给黄美子打电话之前打给了我？你说要先见过我之后再打给黄美子，所以我到现在还没跟黄美子说。"

"没什么特别的理由。"映水说，"不知道为什么，感觉在见黄美子和琴美之前最好先跟你聊聊，就这样。"

"那是不是最好不要说见过我？"我问道。

"嗯，或许吧。"

"不管怎么说，黄美子和琴美都很担心你，之后你最好马上打电话给她们。啊，对了……"

我突然想起了琴美被及川殴打一事，告诉了映水。他听后，沉默了片刻，只说了一句"那个混账赌鬼"，表情看起来有些痛苦。

"这件事发生后，琴美偶尔还会见黄美子，她似乎还在上班。但最近黄美子也变得有些不对劲。"

"钱你们还在搞？"我问。

"嗯，也给黄美子了。所以，我想应该可以继续给她妈妈寄钱了。"

"是吗。"映水点了点头，瞥了一眼腕上的手表说，"时间差不多了，我得走了。我会给黄美子和琴美打电话的。至于志训的事，先别告诉黄美子，还有琴美。这件事肯定要说，但必须考虑好时机。"

"我知道了。"

"等你有时间，我们一起去喝一杯。我之后再联系你。"

说完这些，映水就起身离开了。我一边盯着桌子的角落，一边想着志训。虽然我与他素未谋面，却能想起他，真是不可思议。志训是琴美过去的恋人，已经二十多年没有联系、以为已经不在了的恋人其实还活着。如果她知道，会有什么感觉？会和面对家人或朋友时的情感有所不同吗？我从未喜欢过男人，因此无法想象，但即使感到惊讶或心情复杂，得知他还活着肯定是件好事。每当我想起琴美，总会感到怀念和心酸，今天尤其强烈。我喝完剩下的啤酒，离开了居酒屋。啤酒钱映水付过了。

回到家后，黄美子小跑着来到门口，露出久违的兴高采烈的表情，说映水给她打了电话。"真的假的？！"我假装惊讶地跟着她走进起居室，差点儿停止呼吸 —— 只见正坐在沙发上看电视的桃子身旁还有一个陌生女子，她们一起躺在那里哈哈大笑。

桃子不顾我的震惊，介绍该女子是她的高中同学，但我根本没记住她的名字。待我回过神来，我已经绕到桃子身后，猛地抓住那人的肩膀，让她站起来，马上离开。

面对我强硬的态度，那人露出一脸茫然的表情，抓起包就往外跑。我阻止了想追出去的桃子，把她带回了屋里。

"你到底在想什么？！"

"怎么了，怎么了，我只是跟朋友出去玩了而已。"桃子不知所措地举起双手，在脸前摇摆。

"你到底把这个家当成了什么？你到底在想什么啊？！"我愤怒地大声吼道，"黄美子，你在干什么？兰在哪儿？"

没等她们回答，我就冲上二楼，用力拧开洋式房间的门把，兰躺在地板上背对着我。我从背后抓起她的耳机扔到地上，兰大吃一惊，发出了很大的尖叫声。

我对她大吼道："兰，你知道楼下有陌生人进来了吗？你在家里究竟在干什么！"

"啊，什么事，怎么了？"

"什么怎么了！下楼！"

我跑下楼回到起居室，瞪着桃子和黄美子。不可思议！简直难以理喻！我愤怒得手在颤抖，在心底发出尖叫。兰随后赶来。我让她们坐下，让她们解释为什么要让陌生人进来，究竟发生了什么。桃子和兰面面相觑，我大喊道："别看其他地方，看着我！"她们点了点头，表示听到了，保持正襟危坐的姿势。桃子首先支支吾吾地说很久没联系的同学突然说要见面，虽然没说非要来家里，但没有其他地方可去，于是就糊里糊涂地来了。兰说今天和桃子在楼下吃过午饭后，就独自在二楼听音乐、看杂志，没注意其他事，如果注意到了，她一定会制止。至于黄美子，因为桃子说了是朋友，所以三个人一起喝啤酒、看电视。她们的说话内容、说话方式、眼神……一切都太过荒谬，我感到头晕目眩，同时觉得这不是在开玩笑，我的愤怒快要爆发，身体快要被炸飞了。我叫她们不能动，然后再次冲上二楼，查看了纸盒里面的现金。没有人触碰过的痕迹，我从薇薇安那里拿来的卡包也没变。我多次深深地吸气，握紧拳头，然后慢慢走下楼梯。

2

"但我对机器一窍不通，也从没去过银座，而且除了生意，桃子和兰也派不上用场。再说……"

"再说？"薇薇安反问道，"你为什么要考虑这么多？这和平常的自动提款机有什么不同？没什么难的。你怎么了，花？"

薇薇安罕见地来到三轩茶屋，把我叫到商店街上的一家老式咖啡店，一坐下就开始谈论新的工作。这一天从一开始就感觉不同。虽然她一如既往地语速快，表情也和往常一样，但看起来有些焦躁，坐立不安。

之前无论是借记卡还是信用卡，我们操作的都是利用已经存有信息的卡。但从这次开始，薇薇安说要去除信息，转而成为出售信息的一方。为此需要在支付终端安装读卡器，读取信息，同时还要获取密码。当然最好使用高质量的卡。她要我去做这件事，而且是在琴美上班的银座夜店里。

"只需把读卡器粘贴上去——两者都是黑色，所以完全看不出来，再在天花板上装上一个小型摄像头就行了，不需要机器相关的知识。你每周去收回读卡器并进行更换就行了。摄像头的录像由另一个人通过无线电波定期回收，起联系人的作用。有什么事都可以跟琴美说，她能解决。"

"那……你要对琴美说吗？"

"你说话可真有趣。"薇薇安直视着我，"不告诉琴美怎么操作？"

"如果……如果琴美拒绝了，会怎么样？"

"不会怎么样。你要负责去说服琴美，让她答应。"薇薇安深深地呼出一口气，重新在椅子上面坐好，"先让她准备好钥匙，白天准备，让收银员掌管钱，就这样。提前说好，这不是商量。我们常用的卡已经达到了极限。无论你我，除了这条路别无选择。"

最近几周，薇薇安提供的卡数和次数明显减少了，自动提款机和合作的生意也减少了。我相当焦虑。目前我的存款还有一些，但是如果必须动用它，很快就会用光。辛苦赚来的存款，如果四个人一起花，几年的时间就会消耗殆尽，这还是在仅维持生活的水准上。收入一定要稳固，对任何人来说都是如此。但我不想牵扯琴美。虽然琴美也许已经从黄美子那里听说了一些，但我不想亲口告诉她这项工作。

"唉，花，不管你打算往哪边走，路只有一条。"薇薇安露出了牙缝，语气有些烦躁，"如果你觉得摄像头的准备有困难，可以把映水加进来。他已经完蛋了，所以这次生意对他来说是千载难逢的机遇。琴美也是，这件事跟她的朋友们——黄美子和映水——的生活息息相关，所以她会加入的。她一旦加入，就会使用各种手段。你跟琴美谈的时候，可以提及我的名字。至于分成，我们以后再谈。摄像头和刷卡器我们准备好就会给你。明白了吗？别犯糊涂，花。好好听我的话。总之，咱俩先商量好计划，等我们准备好了，就能立即行动。"

一阵沉默后，薇薇安突然起身走向收银台。我以为她是要去厕所，急忙跟了上去。在走向马路的途中，薇薇安的手机响了。她停下来确认了一下号码，然后无视了。她拦了一辆出租车，钻了进去，重重的关门声随之响起，薇薇安连看都没看我一眼就离开了。此刻和刚才在咖啡店里，薇薇安散发出来的紧张氛围，不像是因为我，更像是被其他事情困扰，被逼上了绝境。或许我们的生意、自动提款机，还有薇薇安的生活都已经陷入了相当危险的境地。还有，薇薇安刚才那个与以往不同的告别更让我感到沮丧。

回到家后，兰和桃子正躺在撤走了被子的暖桌旁看电视。我一走进起居室，她们就猛地抬起头，空气瞬间凝固了。

"要开会了。"

我说完，她们挺直坐好，低头看着暖桌。此时正值六月底，雨季潮湿的空气充斥着整个房间。墙壁上斑驳的黄色显得更加昏暗。我烦躁地叹了一口气，告知她们这两周没有什么正常生意可做。

从那天开始，我安排了会议时间。会议每天一次，由我来通报工作和现状，以及在日常生活中注意到的事情，她们负责倾听。偏偏那天，她们竟然让外人进来这个家。不让外人进家门，这对于我们继续从事这项工作来说是最基本的，她们却丝毫无法理解。我当时受到了愤怒和震惊的冲击，全身几乎都在颤抖。我需要彻底地让她们明白自己的想法有多么简单天真，以及在此基础上应该怎么做。在会议上，她们自然而然地开始使用敬语。

"综上所述，桃子和兰这次不参与，等重新开始之后再继续。之后我和映水先生商量后再决定。桃子，下次外出是什么时候？"

"我没有特别的计划。"桃子说。

"是吗。兰呢？"

"我也没有特别的计划。"

"好的。购物照常在周六中午进行，我们四个一起去。如果有要带的东西，记得写清楚内容。我相信你们都明白，记得遵守宵禁规定。还有黄色角落，沙沙抹布还有吧？"

"有。"

会议有时会轻松地在十分钟内结束，有时会延续整夜。在我爆发出的怒火和愤怒的言辞中，她们总是蜷缩着身子跪坐在那里道歉。但我却更加激烈地指责她们的行为，以示她们根本不了解情况。"道歉能改变生活吗？道歉能赚钱吗？你们了解自己的生活是如何维持的吗？如果这一切曝光了会怎么样？你们知道如何承担责任吗？你们的轻率行为将导致一切从此崩溃，那时你们又将如何负责？不出几分钟，你们就会把一切都忘得一干二净，道歉又有什么意义呢？稍微动动脑子，好好想想吧！"她们在我不断的输出下低着头，变得小心翼翼。但只有小心翼翼是不够的。毕竟这里有不可公开的财富。我们的命运取决于这笔钱，而她们知道这个秘密，同时也是这笔钱的所有者。

兰倒还好，但我担心桃子。她被一个不学无术的男人骗去了数十万日元，她的愚蠢令人担忧。而且，尽管我们住在一起，我却完全没有注意到这件事，对此我也在反省。现在工作停滞，可自由支配时间增加，奇怪的交友关系有可能重新出现在她身上，再次负债也不是不可能。更重要的是，这里的钱也可能面临风险，不知道会发生什么。因此，我规定她们每次外出前，必须将时间、地点、见面对象和理由，以及回家的时间等信息记录在起居室的笔记本上，并且要通知我，晚归时也必须联络。即使不是她们的错，她们也没有恶意，但如果有人察觉到这笔钱的存在就可能陷害她们。为了保护我们的秘密工作和这笔存款，这些规则是必需的。桃子和兰起初听到这些要求有些吃惊，但最终还是同意了。这是理所当然的事，因为这关系到我们的生活。兰除了这里也没有其他住处，现在即使搬到桃子那里也会陷入同样的困境。此外，虽然生意会给身心带来独一无二的压力，但只要遵照指示，每月仍然有十五万的收入，待在家里无所事事也能得到这笔钱作为保障，这是难以置信的高待遇，没有什么好抱怨的。为了维持这样的生活和守住存款，我每晚都会检查她们的手机。

"今天的会议就到这里。黄美子呢？"

"应该在楼上。"

我知道黄美子不会听我的话。那天也一样，我一回家就看到一个陌生人和她坐在那里喝啤酒。她能理解我为何如此愤怒，知道我生气了，但她对事情本身毫不关心。我知道她是那种人，但那天我还是像对待桃子和兰一样，冲动地质问了她。她似乎有些为难，就像跟自己无关似的回答道："我不知道这种事。"这跟以前被赶出公寓或者跟她商量金钱时的反应一样。我激动地大声质问她："那么你究竟懂什么？一件事也好，你到底懂什么呢？"她沉默了，但两天后，当我在二楼卧室整理纸盒里的现金时，她走了进来，盘腿坐在我旁边。

她静静地看着我工作，片刻后问我是不是饿了。我还在生气，对她嚷道："我才不饿呢。"她却说："我只知道这些。"

我停下数钱的手，转而看向她的脸。

这是我时隔很久之后第一次这样近距离地直视她的脸，以前对她的印象几乎都消失了，包括当初她那坚定的眼神，以及一直扎根在我心中的黄美子的形象。当我突然意识到这一点后，仿佛被殴打了一顿。

"花，花，我只想知道你是不是饿了，是不是在哭，以及我该怎么做。"

黄美子虽然不擅长思考，但尽力在思考，努力向我解释两天前我对她的质问，这令我心痛不已。几天来积压的怒火逐渐消退。我开始纳闷：她还不算老，为什么看起来老态龙钟，眼神如此迷茫？也许她一直都是这样的，只是我没注意到？不，不可能，她应该更……这些毫无逻辑的想法纷至沓来。然后，她说饿了或者哭了之类的话让我想起了那个夏天，我十五岁的那个夏天，那个装满食物的冰箱。这些让我感到一种无法言喻的悲伤、痛苦和无奈。

"花。"

"嗯。我知道，你肯定也是这么想的。"我说，"那是桃子的错，因为桃子把她带来，所以你当然会把她当作朋友。如果有人说口渴了，你肯定会递给他啤酒。但从现在开始，无论是谁的朋友，都绝对不能让外人进家门。你应该也明白，这个家里有不能让别人知道的重要东西。"

"我知道。"

"你会听我的话吧？"

"嗯。我听话。"

"你擅长打扫，多亏了你，一切才能这么顺利。"

"真的吗？虽然我没什么特长……"她笑了笑。

我想起大约三周前的那番对话。我走上二楼，发现她正坐在昏暗的房间里，蹲坐在衣橱前当起了保险箱的守护者。自从那天以后，家里的气氛变了，她似乎也感到了一丝紧张。她以前常常躺着看电视，现在除此以外，她还萌发了强烈的责任感，会在用沙沙抹布打扫完后看守现金数小时。我在她旁边坐下，对她说："黄美子，你认识薇薇吗？"

"薇薇？"

"一个叫薇薇安的人，姓氏不知道。她是我们生意的老板，知道你和琴美的事，说是以前在赌场见过你们。"

"薇薇安……是谁来着，我想不起来了。"黄美子边抓头发边摇头，"你说的工作是映水带你去的吧？那我可能也在哪儿见过她。"

之后，我开始详细说明薇薇安委任给我的新工作，说映水也参与其中，还需要找琴美帮忙。

"原来如此……上次见面时，琴美说她受够了夜总会和那群老男人，不过是笑着说的。希望你说的新工作能够顺利进行。"

我不知道黄美子对把琴美卷入其中有何反应，所以有些紧张。但她没有展现出以前发生及川事件时的可怕眼神，表现得相当平静，这让我松了一口气。大概是因此放松了警惕，我开始讲一些在会议上没对桃子和兰说的事情。比如，就这次事件而言，薇薇安说一切和从前一样，但实际上我感觉非常沉重，因为我有着对任何人都无法提及的焦虑：我们为了生存，只有这一条出路。对于这份工作，薇薇安给了我很大的分成，但那可能不是为了我好，而是确保无论发生什么我都不能拒绝。黄美子盘腿坐在那里，默默地听我倾诉，我们好久没有这样聊天了。突然，她看了一眼手表，仿佛到了她自己规定的看守保险箱工作的下班时间，于是她站起身下楼去了。

晚上，我给映水打电话说明情况，他立刻答应，甚至可以说是在一瞬间，这让我感觉有些害怕。尽管目前分成还没有确定，但他仍然回复得如此迅速，可能因为确实没有其他选择了。我想起白天薇薇安在咖啡店里焦躁的样子，握着手机的手突然有些酸痛。年后那繁忙的生意持续了不到半年，但状况似乎一下就变了。映水说会先去找琴美谈谈，我向他道谢后挂断了电话。两天后，映水又打来电话，他似乎已经和薇薇安直接沟通过了，关于刷卡机和摄像头的交接安排已经确定好。下周三的下午，琴美、我、黄美子和映水将要见面。

"收银台的大姐名叫千惠，我早就认识。"琴美慢慢地吐出一口烟，以更加缓慢的语气说道，"她有三个外孙，女儿跟别的男人私奔了，千惠就负责照顾外孙们。她从年轻时就过得很辛苦，但情况似乎始终没有改善。但是千惠……她很通情达理，非常友好。"

"能拖多久就拖多久，不过薇薇还没说具体数目。不管怎样，那个收银台的大姐能合作吗？"

"嗯，"琴美点了点头，"她说能。"

"钥匙也交给她吧。"

"是的……为保险起见，我会给她配一把备用钥匙。"

映水发出了一个赞成的声音，然后将杯子里的啤酒一饮而尽。我们坐在离涩谷车站稍远些的小酒吧里。这家店据说映水很早之前就认识。除了我们，此刻店里没有其他客人。

我有多久没见过琴美了？柠檬酒馆失火后，我们在电话里聊过一次，但很久没见过面，差不多有一年多了。原本就瘦小的琴美现在看起来更消瘦，在暗淡的灯光下，她的轮廓被阴影笼罩着，显得更瘦小。

"录制卡号和对照卡的信息由薇薇和这个叫富坚的家伙负责。"

"没问题。最近用卡消费的人比账单支付的人多多了。"琴美笑道，"不过现在还能听到薇薇的名字，真是意外。嘿嘿，她还活着呢？她大概对我也是同样的想法吧。"

"映水先生，薇薇很危险。"虽然不确定是否该向比薇薇安更危险的映水提问，但我还是坦率地说出了一直以来关心的问题，"她好像非常焦虑。"

"薇薇因为保护费的事被人逼得走投无路。"映水说，"对方是老大身边的人，还出现了很多不是黑帮的年轻人，都是陌生面孔。他们到处横行霸道，占地盘、抢人手，搞得我们连收入都没了。这些人既没老大也没后台，想怎么干就怎么干，根本没法跟他们谈判。薇薇被欺负得毫无还手之力，所以很焦虑。"

"那该怎么办？"我问道。

"局面已经无法挽回。这份生意顶多是个过渡，明年可能出现复杂的卡系统。不过现金需求应该还有，所以只能继续了。"映水用手掌揉了揉脑袋说，"总之，薇薇说那些窃取信息的刷卡器和录制卡号的录像在韩国仍然很值钱，还可以在马来西亚推广。"

"我和富坚负责准备工作，千惠大姐负责在读卡器中收集信息。新的读卡器会送到富坚那儿，店门口没有摄像头，但楼底下有，所以我们从后门进去。琴美的店叫'塞拉维'，在三楼。二楼有家理发店，我们装扮成那里的客人进去，然后按照约定日期从千惠大姐那儿领取读卡器。琴美，你在店里还是很危险的，这个计划可行吗？千惠大姐能办到吗？"

"结账只由千惠大姐来做。部长、社长和女招待一样，只负责喝酒陪客，每天最后负责关店的是底层的黑西装侍者。开店则是由黑衣人和直接从办公室来的千惠大姐各自负责一半。我觉得她可以。"琴美笑了，"要确保给千惠大姐足够的钱哦！再多都不够。"

"预付十万。花，你手头有十万吗？"

"哎？有，但现在没带。"

"不需要现在付，你第一次见千惠大姐时给她，然后告诉她今后从琴美那里按总金额一笔一笔付款，别做什么坏事。"

这笔钱将来会以什么方式归还？我的脑海中瞬间闪过各种想法，但现在不是担心这些的时候，更重要的是映水传达出了他必须成功完成这一切的决心。与此同时，我注意到琴美的眼神和语气有些沉重。虽然看不出她的身体有什么不适，但她明显瘦了很多。整个过程中，黄美子一言不发地给大家倒啤酒。由于与琴美在一起，她显得非常放松。虽然这是工作场合，但我为能与琴美和黄美子度过这样的时光而感到高兴。

我们的新生意——通称"塞拉维"，顺利进行着。负责账务的千惠是一位有着一双大眼睛，其他方面都平凡无奇的阿姨。她甚至给我们准备了一个装有读卡器的塑料袋，就像给邻居送礼物一样。

由于琴美所在夜总会的刷卡次数比想象中多得多，我们保持着每周两次的交接频率推进"塞拉维"。这种交接就像接力比赛一样流畅而令人振奋。或者说，就像给信封贴上邮票后直接投递到邮筒里一样简单，几乎没有自动提款机或之前的生意带来的紧张和疲劳。我觉得这主要是因为除我以外，在场的还有映水以及负责人琴美等人，而且不用接触现金。当然，我会从薇薇安那里收到分成，但在现场处理的只是一个手掌大小的黑色塑料方块，不知道的人也不会知道它到底是什么。

"塞拉维"稳定下来后，薇薇安心情大好，又开始露出微笑。映水似乎也在与薇薇安交流时充满热情，努力确保利益最大化。薇薇安像以前一样邀请我吃饭，有时也会给我一些用于生意的卡，数量减少了，分成也从以前的五成变成了两成。听说好像是因为卡的安全性得到了升级，所以赶工的次数增加，价格也随之上涨。桃子、兰和我决定像以前一样去做生意，但他们的状态有些不对劲，以前的活力和热情都消失了。这并非因为身体不适或者是单纯的没精神。虽然不是在开会，但我从他们身上感觉到了与以往不同的疏离感。

真相很快就大白了。在一次意兴阑珊的生意结束后，我们难得地在起居室里边喝酒边聊天，兰和桃子询问了关于存款的事。

开会时，我扮演了类似主席的角色。虽然平时我对她们的无能感到不快，但通常会像同居的朋友那样与她们随意交流。这天晚上，兰说起了新款手机，桃子聊到了最近看的漫画，而我则漫不经心地听着。在一番漫长的对话过后，兰略带迟疑的表情问道："我们攒的钱今后打算怎么办？"

"这是工作，不应该在会议上讨论吗？"我没想到她会问起存款，稍稍吃了一惊，但还是假装镇定地说，"生意也重新启动了。"

"以前我们还经常讨论存了多少钱，最近都没有了，感觉只是在开会。"兰说着，看了桃子一眼。

"是啊。我也一直想问，花，你已经不打算重开柠檬酒馆了吧？最近完全没听你提起。"

"最近完全没提起？"我皱起了眉头，"不提是因为你们两个根本不关心柠檬酒馆的事。这样说不觉得奇怪吗？"

"不，我们很在意的。"桃子说，"重要的事情都是你来决定，所以……我们能做的事有限，现在只是待命而已。"

"嗯？你在说这个家的规矩？"我瞪大了眼睛，"我花了那么多时间来解释，还以为你们已经理解了。桃子，你知道自己干的好事吧？你知道你们把我们置于多大的危险中吗？"

"喂……现在不是开会，而且在喝酒，我就明说了吧……一次失误了就一直拿出来说，老实说真的很难受。"桃子说，"花，你说得没错，是我太乐观了，是我的错。但我已经道歉很多次了，而且除此之外我也没有犯过其他大错。我知道你在这项生意中是领导，但基本上我们不是平等的吗？手机被检查，还要记录去向……因为怕你发飙所以都乖乖听话，但我真心觉得这是不对的。"

听了桃子的话，我震惊得瞪大了眼睛，我从没想过她会这么说。原来她不是因为反省自己的行为而洗心革面，不是为了保护这个家和存款而认同了我制定的规则。乖乖听话？怕我发飙？桃子到底在说什么？

"喂，桃子，你是不是搞错了？"我尽量控制情绪，"桃子，是我替你还的酒吧券的债务吧？这问题还不够大吗？你妹妹和她的同伴也都知道这个家的地址吧？如果他们想要进来，可以轻易损坏门窗，抢走所有钱，你怎么办？因为有可能会被盯上勒索，所以我们说过要小心谨慎一些的吧？"

"不，是你误会了。是你一直在说酒吧券的事，所以我才说要清算现有的存款。我的那份扣除五十万，还剩下多少？五十万根本不算什么吧？所以三个人好好地分一下，然后解散不就好了吗？这样一来就不会再有被勒索或被偷的问题了，解散吧。"

"解散？解散是什么意思？"我问道。

"啊？就是每个人带着自己的钱分开就行了。"

我咽了一口唾沫，看向兰："兰，这……桃子说的这件事，你也参与决定了吗？"

"没具体说到解散……"兰来回看着我和桃子的脸，"不过，我们确实说过该谈谈钱的事。"

"你们在说什么自作主张的话？"我发现自己的声音微微颤抖，"钱的事你们觉得应该谈谈？解散？你们在说什么？怎么可能解散？"

桃子和兰看着我的脸。我深呼吸了一口，努力控制着内心激动的情绪，说："你以为我是抱着什么心情走到这一步的？然后就这样，因为存够了钱就要平分？桃子，你觉得这有可能吗？"

"那我问你。"桃子瞬间似乎有些胆怯，但很快恢复了镇定，瞪着我说，"我们也工作了，这部分怎么算？"

"我不是给你们发工资了吗？"

"可总收入是多少我们完全不知道，这不奇怪吗？"

"奇怪的是你的脑子。"

"你说什么？奇怪的是你吧。你说话的样子也很奇怪。"桃子嘲讽地笑了笑说，"总之，现有的存款得大家一起好好看看，平分，然后解散。"

"我刚才不是说了……解散是不可能的。"

"为什么？反正柠檬酒馆也不会重新开张，那我们现在这样在一起有什么意义呢，对吧？我们还要这样继续多久？要在这个家里住到什么时候？什么时候才能停止？"

"桃子，"我直视着桃子说，"你知道自己还能活多久，什么时候会死吗？"

"啊？"

"你知道你活着要花多少钱吗，你知道吗？"

"啥？"

"你知道自己能活到什么时候，剩下的日子要花多少钱，你知道吗？知道吗？！"

"谁会关心这种事？完全不相关吧？"

"相关。你现在在问我同样的事。你问我们要继续多久，和这是一回事。回答我，桃子，你知道自己还能活到什么时候，在死之前需要多少钱吗？你知道吗？你能说出来吗？你在问我同样的事。"

"太奇怪了，完全不懂你在说什么。"桃子皱着脸说。

"兰，"我看向兰，"你懂我的意思吧？"

"我……"兰说，"懂一部分。"

"别再用敬语了！"桃子用强硬的语气说，"这种话根本说不通！你们俩真是难懂得可怕！兰，我们可不是花的手下或奴隶，这种事太奇怪了。不管花在想些什么，反正已经结束了。总之，先数数上面的钱吧，不然就没法重新开始。"说完，桃子走出起居室，冲上了二楼。

"你要去哪儿？"我大喊着追了上去。我冲进卧室，抓住了桃子正要推开衣橱门的肩膀。桃子踉跄着身体想要甩开我。

"别随便碰我！"

"痛！这又不是你一个人的！"

我被桃子甩开，摔在了榻榻米上。我意识到跟她单挑的话我输定了。我感受着从尾椎到头顶传来的震动，立刻就明白了这一点。桃子下半身壮硕，力气比我大。如果在这里因为金钱起了争执，我肯定完败。如果桃子带着这笔钱离开，我就再也没有机会拿回来了。这笔我们拼命挣来的钱确实放在纸盒里，但同时又不存在于任何地方。

"桃子……"我坐在榻榻米上缓了一口气，重新恢复了平静的语气，"你要把那里的钱带走吗？"

"啊？我只是想结算一下……"桃子似乎突然意识到了自己可以带着这里全部的钱逃走，表情略微变了。

"你要带走就带走吧。"我静静地说，"但是，桃子，如果你那样做，最后无论发生什么你都会被追究责任的。我们的立场比你想象的要糟糕得多，我们处于最危险的情况。我们用的卡到底是什么，你有想过一丝一毫吗？那不是普通的卡，我们已经被黑帮和黑暗的世界牢牢束缚住了。这些钱是必须拿出来逐一清洗的，否则就不能用。不过没关系，如果你要带走也行。但这些钱仍然属于组织，属于黑帮。那是比你们想象中更加危险，更加可怕的世界。老大——在这个世界里处于最高位置的那个人，不仅了解我，还了解你和兰是什么人。他们知道我们这儿有多少钱，全都知道。所以即使你带走也逃不掉。这可不是因为酒吧券而被追债那么简单的问题。"

桃子和不知道时候来到二楼的兰面部僵硬地俯视着我。

"我会清算的，但是给我一点时间。要想解散这个家，那就解散，只是给我一些时间。"

一阵沉默过后，桃子用几不可闻的声音问道："现在一共有多少钱？"

"两千一百六十五万九千日元。"我诚实地回答。她们听了，咽了一口口水。这是我们三个人从早到晚辛苦工作合作赚来的钱。

"在大家合作之前，我个人的存款也包含在内。因为本打算重开柠檬酒馆的。但是先不说钱的问题，从现实来看，重开柠檬酒馆是不可能了。所以最后我们一起把辛苦赚来的钱好好分了吧。"

"是的，这样比较好。"兰附和道，"吵架解决不了问题，是吧，桃子？"

"你们如果想放弃做生意也可以。"我说，"现在就先这样，我还要给老大汇报，你们再等一下。但是在我清算存款之前，你们要好好遵守规则。在解散之前，在这个家里好好的。对了，我本来想在下次开会时说的，虽然黄色角落保持得不错，但是最近厕所和玄关的卫生状况不太好。黄色固然重要，但是从风水上来讲这两个地方也要干净才行。我之前说过吧？还有，之前开会时我说过每个人最多放在外面两双鞋，不知道是谁多了一双。多了一双穆勒鞋，应该是兰的？总之，好好经营这个家。存款我会清算的。"

桃子和兰良久默默地注视着我。

3

虽然已经往返了多次，但去银座的日子总是很沉重。即使天气晴朗，电车里也非常昏暗。明明是自己决定往返的目的地，却感觉像是被蒙上了眼睛，被带到了某个遥远陌生的地方。我不知道夜晚的银座是什么样，但白天的银座很无聊，到处是脏污，有的地方还被堆满垃圾，走在银座像是走在一个巨大的垃圾堆里。

在"塞拉维"的大厅里，我一直保持着过度的笑容，和千惠的交流时间总是短短几秒。不知道为什么，这也成了我忧郁的一部分。七月即将结束，夏天即将正式开始。这种季节变化看起来十分荒谬。但季节与我究竟有什么关系呢？没有，季节对我毫无意义。

自那之后，兰和桃子遵守了家里的规矩，外出的频率也减少了。她们嘴上说了很多任性的关于结算和解散的话，但平时还是老样子，在起居室里懒散地看着电视。但我不能掉以轻心。我把我们之间的对话告诉了黄美子，嘱咐她监视那二人的行动，绝对不能离开家。

清算，这是我必须考虑清算问题。现有的存款总额是两千一百六十五万九千日元，不应该四个人平分，平分不符合道理，因为我个人的储蓄也包括在内，工作上的责任和压力也完全不同。然而，当我考虑金钱分配的问题时，总感觉有些真正重要的事我没有想到。仿佛那些关于我们之间的其他事在催促我思考，真正重要的是我不知道该如何去思考。我告诉桃子的大多数事情都是不经思考的。黑帮和黑暗世界并非谎言，薇薇安确实是这行业的人，但迄今为止我们一直按时支付款项，现在所有的存款都是我们的。兰和桃子想要什么？她们离开家要去哪里？明明这里才是我们的家。莫非她们追求的只有金钱，或者说赚钱？有钱花和赚钱固然有相似之处，却是不同的。

追求金钱当然没问题，但她们追求的究竟是哪个部分？我呢？我对金钱的追求又是什么？不，不一样，我追求的不是钱，而是家，我需要家。当我思绪混乱到无法自拔时，黄美子总会来帮我。这有时会让我感觉沉重和暗淡，但也是让我在混乱的思绪中清晰地回想起自己的一种方式。是的，黄美子不能独自生活，她需要我。

在从银座回来的路上，当我在涩谷换乘时，电话响了，是琴美打来的。电车的轰隆声巨大，所以我先出地面才回了电话。碰巧琴美也在涩谷，于是我们决定二十分钟后在一个名叫 Mark City 的大厦的酒店咖啡厅见面。

"花。"琴美一见我就挥了挥手。我远远地一眼就认出了美丽的琴美，有些紧张地快步走进店内，在她的对面坐下。她正在喝啤酒，我也点了一杯啤酒。

"花，你看起来挺精神的嘛。"

"是啊，你也是。"

"真巧，我本来还想叫黄美子一起来的，但她说一时半会不能离开家。可能是有什么事吧。"

"可能吧……我回去问问。不过黄美子现在很好。"

琴美说她从上周开始住在这家酒店。她笑得很开心，似乎不想让我担心，但表情中带着一丝忧郁，让我觉得她可能遭受了及川的恶劣对待。琴美几乎没有提到"塞拉维"的事，而是询问我最近家里的情况。我说："嗯。大家相处和睦，家里总是充满欢声笑语，一起生活还是很快乐的。"然后我们聊到了柠檬酒馆。

初见琴美时，她的着装和令人难以置信的美貌；她消费的金额让我震惊；送别时一辆黑漆漆的大轿车在夜晚的海洋中闪闪发光，如同海底的生物；每次看到桃子带回家的克里斯蒂安·拉森的画时都会想起的事……我滔滔不绝地讲起来。我很高兴能和她一起度过这样的时光，只是有一些紧张，以至于喝啤酒的速度比平时快了一倍。她看着我的手舞足蹈，也开心地笑了起来。

我们在那家店待了大约两小时。我知道自己喝得烂醉如泥，但感觉非常愉悦。琴美平时不怎么喝酒，这次却罕见地喝了不少，看来和我一样享受这段时光，我开心极了。琴美这几年瘦了很多，但依然美丽如初，每当目光交会时我都会不自觉地移开眼睛。钢琴声从某处传来，夏日的黄昏将蓝色的时光拉得很长，慢慢临近夜晚。快要到分别的时间了，我们站起身来。

我本以为我们会就此分别，琴美却说要去药店，让我陪她一起。上电梯时琴美有些趔趄，我赶紧扶住了她。酩酊大醉的我们哈哈大笑起来。在药店陪琴美买了眼药水后，琴美说要送我去车站。我对琴美有些依依不舍，她或许也有同感吧。我们相互依偎着笑着穿过人群，走在街道上，突然看到了卡拉OK。琴美指着闪闪发光的巨大灯牌说："我们先去唱歌，然后再回家吧。"我自然是欢欣雀跃地同意了。

我们进入了指定房间，继续喝啤酒。无论我说什么，琴美都会夸张地大笑，于是我也越来越放得开。我讲了我和黄美子初次见面的夏天，以及后来黄美子的突然消失让我感到无所适从的经历，我说幸好我们又重逢了。映水的嗓音真的很好听，不过我从没听过他唱歌。琴美笑着说："对了，花，我也没听过你唱歌。"我推托说自己唱歌不好，又喝了啤酒糊弄过去，请她唱点什么。虽然我们经常去唱卡拉OK，但常常只有桃子和兰唱，我从没听过琴美唱歌。

"我真的完全不擅长唱歌。"琴美斜靠在沙发上，翻看着厚厚的歌本。我说："随便哪首都可以，不用唱得好听，只要是你喜欢的就行。"我兴高采烈地贴在她身边，和她一起瞄着歌本。我高兴极了，感觉好久没笑得这么开心了，而且还是和心爱的琴美在一起。现在我似乎可以忘记一切，尽情享乐。我不停地喝啤酒。琴美笑着说："花，你真能喝！那我就选这首吧。"她输入歌曲编号，我们依然笑着盯着屏幕。片刻后，一段明亮又怀旧的前奏响起，琴美手拿麦克风站起来，开玩笑地对我鞠躬。她真美，我不由得双手捂住了嘴。

这是我第一次听琴美唱歌。那歌声清脆细腻，每个音符都如流水般澄澈，每句歌词都像在对视和点头。我用力注视和追随她唱出的歌词，间奏时则眼睛一眨不眨地凝视她的侧脸。碎裂的球形灯灯光洒在琴美的脸颊和额头上，她那乌黑的眼睛湿漉漉地闪烁着微光。

> 时光在无限的连接中结束
> 我甚至无法想象它的终点
> 触手可及的宇宙无限清澈
> 它曾经包围着你
>
> 你正在登上成年人的阶梯
> 但你仍然是个灰姑娘
> 相信有人会带来幸福
> 总有一天，你会回想起少女时代

一曲终了，琴美害羞地说了一个"耶"，轻轻摇摆身体，然后鼓掌。我不知道是因为她的声音、歌词，还是我们两个在这里的一切，又或者是以上所有因素，我几乎要哭了。我拼命地问她这是什么歌。"这是《满满的回忆》哦。"琴美通过麦克风说道，

"花 ——"她笑着举起双手，呼唤着我的名字。那时，我从琴美敞开的裙子下看到了大腿上黑青的痕迹。那是多么大的伤痕啊，以至于让我觉得不可能是真的，想象不到那样的颜色是怎么造成的。琴美匆忙遮掩了起来，我不禁倒抽了一口凉气。

后来琴美试图通过开玩笑来改变气氛，我却没法正常做出反应。看到我默不作声，琴美说起了这首歌曲是她在我这个年纪时的流行歌，逐渐地谈到了她年轻时的事情。我喝得烂醉，各种想法和画面在脑海中飞来飞去，眼皮发热，琴美的声音忽近忽远。她说从来没有和黄美子吵过架，她们住在一起时去过海边一次……我说映水先生几年前告诉我，她们是多年的好友。

"是的。映水像弟弟一样，以前总是会突然消失，让人着急。"

"前段时间我也着急了。"

"不过，他总会回来的。"

我们沉默了片刻。其他房间里传来了各种类型的音乐，混合着回声的歌声响彻整个房间。

"琴美，你身边的那个老头子，叫什么及川的家伙，我们一起来解决他吧。"我说了只有在喝醉后才会说出口的话，刚才看到的伤痕一直无法从我脑海消失，"嘿，我们得做点儿什么，琴美，这太荒谬了！映水先生在，大家都在，我们能做任何事情。"

琴美微笑着，面露难色地喝了一口啤酒。

"我说真的。"或许是出于对及川的愤怒和懊恼，我的泪水在眼眶里蓄势待发，"这太荒谬了。"

"谢谢你，花，但太难了。"琴美笑了，"不可能的。"

"有可能！"我说，"琴美，我想你或许已经从映水先生那里听说了，他找到志训了，对吧？这是因为大家都没放弃，大家都是多年好友。如果齐心协力，没什么是不可能的。大家都喜欢你、重视你，所以……"

"志训？"琴美依然保持着微笑，"志训是……"

"志训就是志训啊。他现在在大阪，映水先生说看到他了。"

"哦，是吗？"琴美依然微笑着看着我，频频点头，"这件事……我还没听他详细说。"

"那你去问问映水先生，好吗？大家一起努力！黄美子也在，我也在。所以，琴美，别说不可能，没什么不可能，请你别这么说。"我满心的情绪上涌，悲伤地哭泣着，琴美则抱着我的肩膀，安慰我说："别哭了。"

"琴美，真的，真的！"

"没错。花，你说得对，没什么是不可能的。"

之后我们几乎一直躺在沙发上喝着啤酒聊过往。琴美说想再去一次家庭餐厅，还想和大家一起玩，我说："好啊。"

琴美笑了。然后，琴美说："谢谢你照顾黄美子。"

我说："我喜欢她。我和你一样也喜欢她。她人好，还帮了我，而且多亏了她，我才能认识你。"

"是啊。嗯。嘿，花。"

"什么？"

"你看那个球形灯，好漂亮啊。"

"啊……真的，好漂亮啊。"

我们离开店时已经晚上十点多了。"下次也叫上黄美子哦。"琴美说着，紧紧地握着我的手指，然后松开。我走向车站，一路不停地回头挥手。她也向我挥手，直到我们都消失在人海中。我心想，下次要大家一起来！

然而，那竟是我最后一次见到琴美。

酩酊大醉的我在脑海中反复播放着琴美唱的《满满的回忆》的

歌词和旋律，跟着公交车一路摇晃着抵达目的地。夏夜的空气沁人心脾，我边走边想琴美。每当想起她，我就会产生一种不同于他人的奇妙感觉，从一开始就是这样。不知道为什么，她从一开始就让我感到悲伤、痛苦、寂寥，即使不见面对我来说她也是重要的人。虽然不知道幸福是什么，但我希望她能幸福。不过，没关系，映水在，黄美子也在，志训也找到了，虽然是基于工作的关系，但薇薇安也是我们的伙伴，大家都在。我非常感伤。对于有朋友和伙伴这件事以及他们的存在本身，我都感到无限感激。家——我们的家，虽然现在混乱，有时会让人生气，但或许还能重新开始。毕竟我没有其他像兰和桃子这样深交的朋友。她们是我的朋友，希望我们能再次好好谈谈，努力让一切变好。但当我踉踉跄跄地走到家门口时，我的愿望破灭了。因为我与试图携款逃跑的桃子相遇了。

第十二章　破产

1

桃子背着一个双肩包，手里提着一个纸袋。一瞬间，我不明白她在那里做什么。桃子露出失落的表情，匆忙地逃回屋内，然后又试图推开我冲出门外。钱——在直觉告诉我之前，身体就已经行动了。我挡住了试图逃跑的桃子，拼命地阻止她。在无言的搏斗中，我找到了机会，转身绕到她身后，用尽全力拉扯背包的肩带。桃子失去了平衡，向后摔倒，发出沉闷的声响。她似乎撞到了门框一角。一阵挣扎后，她突然发出短促的尖叫声，抱着纸袋朝屋里爬去，快速地爬上了楼梯。

"桃子！"我紧跟其后地喊道，"你在干什么？！"

"什么都没干！"

"纸袋给我！"

"闭嘴！"

我们抓着对方的胳膊扭打在一起，进了卧室，不断抢夺纸袋。桃子撞到了拉门，脚下一滑摔倒了，耳朵后面狠狠地撞到了柱子上。"啊！"桃子因疼痛而松开纸袋的瞬间，我抓住背包肩带，把包抱在胸前。"痛，痛！"桃子呻吟着蜷缩起身子。我喘着粗气俯视着她。头发还在滴水的兰匆匆上楼，黄美子也紧随其后来了，显然刚从被窝里爬起来。

"你们在干什么？！"兰看到桃子捂着耳朵，连忙跟了过来，

"你受伤了，流血了！"

"闭嘴！黄美子，桃子刚才要拿着钱逃跑，你在干什么？不是
让你看着吗？"

"对不起，我睡着了。"黄美子罕见地面露慌乱之色，原地转了
一圈。兰跑向桃子，尖厉地大喊："花，你太过分了！"我被兰高
亢的声音吓了一跳，但紧接着紧紧地抱住了纸袋。桃子虽然流了一
点血，但似乎不太严重，不值得大惊小怪。桃子刚才可是要带钱逃
跑！兰到底在担心什么，她理解发生了什么事吗？我平复着呼吸，
检查纸袋里的东西。虽然不知道具体金额，但毛巾包裹着的东西大
小看起来和我平时放在纸盒里的一样，也就是说，那是全部的钱。
难以置信！难以置信！我明明警告过桃子，说无论是对黑帮还是黑
暗世界，携款逃跑都会很麻烦，可她还是要去做。她究竟是怎么
想的？

"花，你在听吗？这个……"

"闭嘴！"我对着吵闹的兰怒吼，"桃子想把我们的钱全部带
走，我阻止她有错吗？这是理所当然的，不是吗？我那么……
那么……"

桃子在榻榻米上蜷缩着身子，不断地呻吟，兰蹲在她身边抬头
瞪着我，黄美子则站在旁边。我看着她们，脑子嗡嗡作响，我狠狠
地揉了揉刘海。这到底是什么情况？发生了什么？我刚才还在想到
琴美和朋友们时感到心痛，那又是什么？除了脑子嗡嗡作响外，心
脏也开始狂跳，我用力地甩了甩头，提高音量说："桃子，我不是
说过了吗，这些钱你拿不走的，你不明白吗？"

"啊？谁会相信那种话！我不知道什么黑帮，只知道是在吓唬
我。在这种穷酸的团队里根本就不可能有什么被黑帮追债之类的
事，别拿我当傻子！你那套吓唬人的把戏早就破产了！"桃子捂着

耳朵大声说道，"你想要独占所有钱的打算早就被我们看穿了，我可不会允许这种事情发生。我会拿到我应得的报酬，我的钱我自己拿！"

"够了！我怎么会做那种事？！这些钱是大家一起存的，是大家的钱！"

"行了，别说这些骗人的话了。把我的钱给我！"

"桃子，你，你觉得钱有那么重要吗？"

"你说什么？！你应该对自己说！"

"我不是为了钱……不对，是为了钱，但我说的不是这个，我是……"

"胡说八道！你想想你们干的好事！一直支配着我们，把我们当成配合你们的工具！一直利用我们赚钱！事到如今，你还在说什么？！"

我被桃子的话呛得哑口无言。

"真是的，别把我当成你的同伙！"桃子长长地吐出一口气，瞪着我说，"把我们困在钱里，又装什么朋友！花，这些都是你的错觉！"

"错觉？你们没地方去、没钱，我拼命找到赚钱的方法，你们不就靠这个生活吗？我究竟是为了谁？！"

"谁也没让你做这些！"桃子大喊，"你可能以为是为了大家，但其实不是。完全错了。这些全都是你擅作主张、擅自开始的。到了这一步，如果我是你，就干脆把钱分了，解散，轻松地结束！你这样做不就行了？为什么不呢？"

我沉默了。

"哈哈，不是不想，是不能啊！那你知道为什么不能吗？"桃子说，"可能是因为钱，但说到底是因为你无法独自生存。你一个人，一无所有，所以才想用钱来支配他人，放在自己身边。你最好意识到自己有多危险！"

"我？"我吞了一口口水，"'无法独自生存'是什么意思？"

"就是字面意思！"

"别逗了！到底谁才是无法独自生存的人？桃子，你知道我迄今为止做了多少才这么说吗？当你无忧无虑地在家人的庇护下生活、嫉妒美丽的妹妹、只知道抱怨的时候，我一直在拼命工作，总是竭尽全力。我找到了这个家，为无能的你们找到了工作，让你们能赚钱养活自己，而现在你竟然说是我擅作主张？我再说一遍，别逗了！全力拼搏的人到底是谁？无法独自生存的是你吧，别说那些高高在上的话了！"

"啥？！你就是这种人。"桃子瞥了我一眼，"总是自以为是地夸耀自己的努力。每个人都有自己的苦衷。如果连这么简单的道理都不明白，你到底为了什么这么努力呢？没有意义吧？你引以为傲的辛苦最后还不是成了这样？好好好，啥老是我不对，在妹妹面前抬不起头是我的错。你想听的不就是这些吗，想听我说：'花真了不起啊。聪明能干，把危机变成机会，总是全力以赴，取得硕果，真是了不起啊。'"

我喉咙有些发堵，脸颊发烫。

"我还能继续说哦！'没有人能像你一样辛苦，你可真了不起。相比之下，我们都在温室里长大、被宠坏了的孩子，对不起！'哈哈哈，但你其实没有那么了不起，只不过是一个运气差的可怜人，只能依靠风水和占卜罢了，你明白吗？你只会支配朋友，住在破烂的房子里，靠银行卡诈骗来赚脏钱，最后成为一无所有的中学毕业的女招待罢了。表面上装得像是为了别人拼命努力，其实只是想让自己舒服一点，明白了吗？如果没有了能作威作福和支配的人，你就无法生存。你就是这种人，别忘了！"

视野的一端有什么东西在闪烁，我突然眩晕，下一刻就要冲向桃子。兰大喊着"住手"，试图介入阻止。就在这时，一声陌生的怒吼响起。我们保持着争执的姿势转身看向声音的来源。

是黄美子。不知何时她已经把挂在墙上的克里斯蒂安·拉森的画拿在手里，双手高举过头顶，下一刻用力地砸进衣橱拉门，随即传来了多扇拉门断裂的巨响。我们听了那声音不禁蜷缩起身体。黄美子将插入拉门的画拔出，再次高举，然后猛地挥下，如此反复数次摧毁了衣橱。我们一动不动地看着拉森画里闪烁的金色海洋一次次插入拉门。这看起来既像是突发事件，又像是意志明确的行动。事态的发展出乎意料。我哑然失色，同时认为必须让黄美子镇定下来，于是从身后抱住了她，试图制止她的动作。被举起的拉森画框几次砸到我的头，但我仍然努力想要稳住黄美子。然而，在这混乱当中，桃子突然猛撞过来，我夹在腋下的纸袋掉在了地板上。

桃子捡起纸袋试图冲出房间，我抓住她的T恤下摆，被她拖拽到了走廊。兰也加入了进来，接着黄美子也过来了。"痛！""两个人都住手！""别逃跑！""放开我！"在混杂的叫骂声中，我们在楼梯前的狭小空间里推搡。我们抓着对方，推搡、拉扯，像一团糨糊互相制衡着。不能让桃子逃走，不能让她出去，必须设法把她带回卧室，还要拿回纸袋。兰尖叫着来回推搡；黄美子把嘴唇抿成一条线，脸颊肌肉发力以至于出现了一些凹陷，竭力阻止桃子的逃跑……当所有力量都达到顶峰时，突然间一切都慢了下来。下一刻，桃子滚下了楼梯。她面向我们，仿佛飘浮了一下，然后伸出手臂，更像是坠落而不是翻滚而下。当我意识到时，她已经以奇怪的角度弯曲着身体倒在了楼下。我们的身体动弹不得，只能怔怔地站在楼上俯视她。过了一会儿，我们陆续走下楼梯，从桃子身上跨过，把她转移到地板上，反复呼唤她的名字。几秒钟后，桃子面部扭曲地摇了摇头，流着泪盯着我说："脚，脚动不了了。"

"你们都疯了！"桃子按着脚踝说道，"我要告诉妈妈，这一切都太疯狂了！"

"妈妈？"

"是的，告诉她全部，还会报警。"

"报警？"我声音沙哑地说道，吞了一口口水。

"对。我只是卷入了你们的事，被你们命令做事。这没什么不好的，坦诚地把一切告诉警察，让他们来判断。钱什么的都无所谓了，我不要了，你们都疯了。真的，我的脚好痛。我要说出真相。"

"不可能！"

"没什么不可能。我要全部说出来。"

"可那样的话……"我叹了一口气，说，"以后呢？"

"别把我和你相提并论，我要回家找妈妈谈，商量一下。感到不安的人是你吧？你今后怎么活下去？你有未来吗？没有吧。你根本没有未来。顺便问一句，我一直觉得不对劲，黄美子到底是什么人？不觉得她很诡异吗？我一直觉得她可疑，突然就发飙了，真是疯狂。我的脚好疼，疼死了！我要去医院。你打算怎么办？"桃子瞪大眼睛滔滔不绝地说，"哦，对了，回家后我要把这一切告诉喵哥，让他全都报道出去，全部！不，我马上就给他打电话。喵哥对这种事最感兴趣了，到时肯定会引起轰动。十几岁就靠银行卡诈骗，在自动提款机前疯狂取钱，这可比援交疯狂多了。懂了吗？别拦着我！我要回家！"

我睁大眼睛盯着桃子。她说这番话是认真的？她在计划什么？只是随口乱说，还是认真的？我不知道，也不想知道。我如果放松警惕，可能会尖叫或者瘫倒在地。我该怎么办？该说些什么？快想！我快想！要整理出已知的现状和正确的事实。是的，我只知道一件事，那就是无论桃子说的是真是假，我都不能让她离开家。我现在必须阻止这件事，这是现在必须做的事。因此，现在就去做，必须去做！

"黄美子，你看着桃子！兰，你过来一下！"

"搞什么？妨碍我？"

"别管了，你待着别动！黄美子，好好看着她。"

我把快哭出来的兰带去了厨房，安抚她，让她不必担心。

"花，我们怎么办？我们会被抓吗？"

"不会的，没事。"

"钱什么的都不要了，停止吧！"

"那就会被抓的，不能这样。"

"那该怎么办？"

"让桃子重新考虑。她现在只是情绪失控。如果冷静下来跟她好好谈，说合理分钱，她应该会接受。"

"可桃子已经说要回去了啊，怎么办？"兰哭了起来。

"你在这儿等着，"我说，"等她明白过来。兰，这关系到我们所有人，振作点儿！按我说的做！"

我回去后，桃子被黄美子看着，表情痛苦地说脚疼，可能是骨折了。她额头上沁出了汗，但我无法判断是扭伤还是骨折。我让黄美子和兰按住呻吟的桃子，然后去捡起她掉在玄关的行李和手机。桃子还在吵闹，即使我说要在二楼开会，她也不听。那时已是深夜，如果有人产生怀疑报警怎么办？慌忙之下我让黄美子去拿胶带，贴在桃子嘴上，让她闭嘴，直至冷静下来。然后我们三个人挽着她的双臂，花了大约二十分钟才勉强将她带到了二楼的洋式房间里面，让她坐在那里。黄美子将她的手臂反拧到背后，但桃子仍然挣扎着试图撕下胶带。我们无奈之下只好拿来尼龙绳，将她的手腕紧紧地绑了起来。

桃子在胶带下发出了呜呜的呻吟声。她眼睛通红，上半身不停摇晃。我虽然给出了指示，但大脑一片空白，不知道自己在做什么、接下来该做什么，拼命握紧不停颤抖的手。看到桃子的嘴被贴上胶带、手被绑起来、泪流满面的样子，我感到恐惧，尽管这是来自我的指示。

我频频深呼吸，试图让自己平静下来，然后跪在桃子面前，用尽可能冷静的口吻解释说，不要去报警，我想好好谈谈，直到把一切妥善解决。但桃子置若罔闻，摇晃着那只没有受伤的脚，猛踢我的下巴。我发出一声短促的尖叫，向后摔倒。黄美子还认为我被踢倒了，她冲过来狠狠地打了桃子一巴掌。"别这样！"我和兰急忙按住黄美子的手，解释说只是碰到了，不是桃子故意的，然后向桃子道歉。桃子流着眼泪，不停地扭动身体。我不知道该怎么办。桃子的脚踝看起来比刚才更肿了，也许是真的骨折了。可我该怎么办？到底该怎么办？

黄色角落里的钟表指针指向了凌晨三点半。自从将桃子安置到二楼洋室后，已经过去了几个小时。之后桃子试图爬着离开房间，因此我们用胶带将她的小腿和膝盖缠绕牢固。我耐心地向她解释说，我会给她分钱，但前提是她不能去报警，也不能告诉任何人，否则就不能放开她。桃子听了我的话，没有点头。我们彼此凝视了很长时间，一动不动。不久后，桃子侧身躺下，闭上了眼睛。

我想起冰箱里有湿敷贴，便把它贴在了桃子肿胀的脚踝上。我还以为她会再次踢我，但她乖乖地一动不动，之后就睡着了。

我们下楼去了起居室，三个人默默地一言不发。兰安静地盘腿坐着，把脸埋了起来。黄美子则怔怔地盯着某个地方。我想问她刚才为什么要用拉森的画那么做，但已经没有力气了。墙上斑驳的黄色在我眼里变得更加深浅不一。接下来该怎么办？桃子还要上厕所、喝水、吃东西。我对要把关于银行卡工作的事都告诉警察的桃子做了些什么？我简直不敢相信眼前的一切。

兰和黄美子像猫一样趴在暖桌上睡着了，而我则一夜未眠地迎来了清晨。我拿着倒了水的杯子走上二楼，桃子已经醒了，我们对视了一眼。我问她能不能安静交谈，她盯着我看了一会儿，轻轻地点了点头。

我撕掉她嘴上的胶带，她深深地呼出一口气，只说了"厕所"。我撕掉了她小腿上的胶带，拿剪刀剪断了她手腕上的尼龙绳。她的脚踝肿了，可能还有些拉伤，但似乎还没到骨折的程度。或许是疼痛未消的缘故，至少当下她没有逃跑的打算。她乖乖地回到房间，慢慢地喝了水。

"桃子，虽然你对我说了很多，但你应该明白，一旦你说出这件事，你也逃不掉。你的酒吧券债务也是用这些钱还的，每个月还领取了工资，而你也一直乐在其中。说我逼你做这些事是站不住脚的，你应该知道这一点。我也有我的苦衷。而且，虽然你说要回家，但你并没有家。如果有，你为什么会在这里？"

桃子沉默了。

"五百万日元……虽然还没有精确计算，但大概分下来你能拿这么多。我之前也说过，不要告诉爸妈。就算你和兰要离开，也必须考虑将来。别再做什么了，到我们谈妥为止，拜托你就和兰、黄美子先保持现状。我今天还要工作，我还有责任，不可能辞职，因为这是我的工作。这不仅事关钱的问题，还牵涉很多人。单靠个人的心情已经无济于事了。我也不知道，但已经……"

桃子瞪了我一眼，然后叹了口气，移开了目光。虽然不清楚这是否意味着她接受了我的提议，但片刻后她一瘸一拐地走向卧室，铺开被褥后躺了下去，盖上了被子。

"抱歉，你的手机我先保管着。还有，别离开家，我会让黄美子和兰看着你。耐心等到一切都算清楚。"

桃子背对着我，没有回答。

后来，我们度过了奇怪的几周。

虽然我说要监视桃子，但其实黄美子和兰无法完全看住她，只要她想逃，还是可以逃走的，但是她没有，一直留在家里。她重新审视了报警的不可行性，我认为这是因为她舍不得钱。我们只谈论必要的事。我们之间只剩下了我之前制定的家规。我厌倦了一切，"塞拉维"也因身体不适而连续休息了两次，之后就再也没有消息了。也许在我不在的时候运作了，但我不确定。我的分成会怎样，今后该怎么办？我感到焦虑，但没法主动询问。

总之，我感觉筋疲力尽。但我必须支付房租和水电费，还要给桃子、兰和黄美子支付工资。这是我必须做的。桃子可能不喜欢从我手中一点一点地拿到钱。不仅桃子，兰可能也是，她们都希望清算后解散。如果再发生那晚的事，光是想想我都忍不住会吐。一切都太糟糕了。

八月来了。天气炎热，太阳的热量径直地洒到每一个角落，没有片刻犹豫，甚至能感受到其中的恨意。桃子待在洋室里，兰和黄美子则在起居室里茫然地看着电视。我拉开破损的衣橱拉门，数了数钱，然后拿起一沓银行卡。盒子里放着一沓用橡皮筋绑在一起的伪造卡，有信用卡，也有借记卡。我把它们拿在手里，平摊在榻榻米上。帮薇薇安保管的和我们使用的卡混在一起，数量相当可观。我把纸袋里的钱都拿出来，摆在银行卡的旁边。两千一百六十五万九千日元——如果不把它们看作钱，那就只是一堆纸。但它们的确是钱，尽管看起来只是双手即可捧起来那么大的一沓沓纸。我不禁开始怀疑自己到底在看什么。然而，这却是我们花了数年拼命攒起来的。我们攒的究竟是什么呢？钱，我们一直在攒钱。它是能够迅速转化为别人渴望之物的东西。它能够满足自己和保护重要的人，成为时间和可能性的化身。它代表了未来、安全感、恐惧和力量。当我看着手中的钱时，感觉脑海中涌现出的一切都是真实的，但同时觉得全都是错的。我不知道。现在我眼前的东西究竟是什么？

就在我在衣橱前思考时，电话响了。

是映水打来的，可我没接，只是任由它响个不停。我下楼后看到黄美子和兰面朝相反的方向打着盹。她们的样子让我觉得，她们虽然在睡觉，但又没有完全入睡，仿佛一种我也曾经历过的痛苦午睡。那种无所事事、无处可去的人，只能无奈地打破意识进行午睡。我把手机放进肩包，走出了家门。

在能看到三轩茶屋车站的地方，我给映水回拨了电话。他几乎没让电话铃响起，就立刻从另一个号码打了过来。

"花，"映水说，"薇薇消失了。"

阳光吞没了一切声音，万籁俱寂，但很快恢复如常。

"花，你在听吗？薇薇消失了。"

"薇薇……"

"她从各个地方取了钱，最大的一笔是来自户主的预付款。据我目前所知，总共有八百万日元。全没了。"

我听了，频频眨眼。

"喂，花，你在听吗？"

"我在听。"

"花，万一薇薇给你打电话，你就装作不知道，拖延时间。这个号码只有固定的人知道，所以打不通常用电话时就拨这个。不要接陌生号码的电话。等会儿我再打给你。"说完，映水挂了电话。

我拿着手机，在大街中央走了一会儿。汗水从额头、太阳穴一直流过后背、腰部和腋下，甚至能听到汗水滴落的声音。突然身后传来了汽车的鸣笛声，我踉跄了一下，汽车飞驰而过。我在它的身后挤过人群，漫步在热气腾腾的街道上。

薇薇安消失了。消失，不见了，她究竟去哪里了？一个没有人能追踪到的地方——我似乎听见薇薇安这样说道。不，这是琴美说的，在很久以前，我们初次见面的那天晚上，是琴美告诉我的。烤肉、薇薇安、还有她笑起来时露出的门牙缝。烤肉。"原来你也有奇怪的地方啊。"当我因为烤肉太好吃而想到母亲哭泣时，薇薇安笑着对我说，"我也有奇怪的地方，所以能理解。"

我在站前的十字路口右转，穿过都市高速公路阴暗的区域。我不知道要去哪里，但站在原地似乎更困难。我穿过三轩茶屋的十字路口，越过池尻大桥，最终到了涩谷。一看到涩谷车站，人群和声音就突然拥了上来，我不禁畏缩着身体。我因为生意多次走过这条路，然后拐了几次弯，反复徘徊，最终来到了一个陌生的地方。我在一个停车场旁边的自动贩卖机里买了水，然后坐在旁边低矮的混凝土墙上喝水。

面前是一条狭窄的单行道，马路对面排列着许多综合型建筑。一楼有手机店、杂货店、服装店，女孩们大笑着经过，摩托车飞驰而过，卡车驶来，工人迅速地卸货后就离开了。一个个子不高的男人把手机贴在耳朵上，在电线杆旁徘徊。映水没事吗？薇薇安会就此消失，再也见不到她了吗？钱怎么办？会出现危险吗？也许她现在只是暂时出于某些原因联系不上。莫非她遭遇了什么不幸，或者发生了什么严重的事？一想到这些，我就害怕起来。映水说她消失了，他这么说或许有他的理由。薇薇安……我不停地用手背擦拭额头上滴下的汗水。

不知道过了多久，突然间我的目光落在了一直在马路对面打电话的男人的脸。那一瞬间，我的直觉告诉我这是一张熟人的脸，我认识这张脸。他是谁呢？虽然一时想不起来，但我确实认识他。

他是一个身材矮小的中年男子，穿着磨损明显的 T 恤和牛仔裤。是之前来过柠檬酒馆的客人吗？我盯着他的脸，试图在记忆中搜索。不，他不是客人。那么他是谁？这个男人是谁？我认识他，认识这个人，这种感觉……下一个瞬间，我的脑海中响起"猜对了"的声音，我心跳加速，甚至感觉全身都在震动。这家伙就是钝介！

为什么钝介会在这里？我是不是认错了人？我该怎么办？脑海里思考这些的时候，我已经穿过了马路。我没想去窥探他。这里是涩谷，任何人都可能出现，我自己也站在这里，钝介在这里又有什么奇怪的？我在这里，钝介在那里，就像那时一样。一切似乎理所当然，我毫不犹豫地走向他所在的人行道。他小小的背靠在大楼的墙上，背对着我，摇晃着身体打着电话。我站在稍远的地方看着他。他的声音、身姿，还有像之前那样只有后面留长的头发。接着我又看向他的脚，那是踩着我垫子的那双脚。毫无疑问，这家伙就是钝介。

"你！"

我的心脏发出轰鸣声，手指和声音都在明显地颤抖。但与此同时，我身体的一部分已经苏醒，从那里发出了声音。

"你！"

"嗯？"钝介一边继续把手机放在耳边，一边转过身来，用茫然的表情看着我，"啊？怎么了？"

"你是钝介？"

"啊？你是谁？"

钝介比上次见面时瘦了一圈，脸上有着峭壁一样的阴影。他奇怪的发型没变，只是头发更稀疏了，茶色的发间透出头皮，皮肤凹凸不平。钝介笑了一下，然后一脸严肃地对着手机低声说了些什么，挂断电话放进口袋。

"啊？你是谁？"

"是我。是你偷了我的钱吧？"

"啊？"

"啊什么啊！你偷了我的打工钱。还我！我是你相好的女儿！是你偷了我的钱吧？五年前，在东村山的家里。"

钝介皱起了眉头，直勾勾地看着我，然后慢慢地歪过头，说道："不，不是你吧？"

"你在说什么？！就是我！你从我的盒子里偷走了现金，一共七十二万六千日元。你来过我家，别装傻！"

"不……我没拿你钱，总觉得……她可能确实有个女儿，只是脸太不像了。"

"你在说什么？否则我怎么会知道你的名字？"

"我不知道，也许吧，但不是我。"

"撒谎！"

"我没撒谎！"

"闭嘴，还钱！"我用左手紧紧抓住背包肩带，右手用力抓着瓶子，"还我钱！"

"不是我！"

"还钱！全部还给我，还给我！"

"烦死了！不是说了不是我吗！再多嘴就杀了你！"

面对钝介的威胁，我退缩了，后退了几步。我咬紧后牙，吞了口唾液。不，别退缩！别害怕这家伙！立刻大喊回去！我对自己下达命令，可却发不出声来。我握瓶子的手越用力，喉咙越发抖，全身摇晃起来，脚步也不由得后退。

面对这样一个卑鄙的男人，一个完蛋了的男人，一个瘦我一圈、步履蹒跚的男人，一个我觉得只有认真才有可能在互殴中胜出的男人，一个在我高中时偷我积蓄的该死的男人，我感到了恐惧。如果我找到钝介，如果能回到过去……我无数次地在想象中把后悔和愤怒抛在了那个场景里。这是一种痛苦而激烈的情绪，仿佛在持续殴打着自己，我在无数次苏醒的画面中反复辱骂他、踢他，用泡菜石砸他，迫使他跪地道歉，他哭泣着请求原谅……然而，现在当我面对眼前的钝介时，却只是因为这个无能的男人的威胁，而无法行动，甚至说不出话来。打他！踢他！别害怕！还嘴！我用眼睛搜索着周围是否有可以用作武器的东西，但没有找到。即使有，我也无法使用。沮丧和恐怖让我流下了眼泪。只是被这样一个男人威胁，我的身体就僵硬了，连握着的温热瓶子都无法扔出去。这个事实让我身体发软，差点儿就要跪下。

"你，注意点儿！"钝介说道。

"还钱……别废话，还钱！"我勉强挤出话来。

"烦死了！为了一点儿破钱闹成这样！"

钝介若有所思地清了清嗓子，往路面吐了一口痰，说："话说你的长相变化太大了。以前你不是……长得挺……普通的吗？"他惊讶地说完，向车站的反方向走去。

钝介的背影消失在视野中，但我仍然无法从那里离开。亢奋和恐惧交织着在体内膨胀，我不得不多次深呼吸以便将它们排出体外。我全身被汗水浸湿。我想买一瓶新的瓶装水，但双手颤抖得无法从取货口拿出，几次都没有抓住。尽管如此，我还是努力冷静下来，平复自己的情绪。当我把水瓶贴在额头上深呼吸时，一位陌生男子走过来，用亲热的语气搭讪："好热啊，热死了，要不要去凉快的地方喝杯茶？"他那让人不适的笑容逼近过来，我惊慌失措地把瓶子掉到了地上。我甚至来不及捡起，就奔跑起来。我跑到人群密集的地方，回头确认那人是否跟来了。我站在人群中，双手紧握肩带，仿佛抓住一根救命稻草似的，把全身的力气都使在手上。我不知道该去哪里，但待在这里更可怕。我一步步向前走去，尽量不与人群逆行。经过涩谷站，沿着国道多次拐弯，直到我意识到自己的胃酸开始飘散出难闻的臭气。我从早上起就没吃东西。于是我走进便利店，买了饭团，站着吃了起来，然后继续走。不管走到哪里、拐弯几次，地面似乎永远在那里，而我只能不断往前走。

当天空中薄薄的云层开始沉入各种蓝色中时，我走到一个小公园，在石凳上坐下。因为走得太久，腿脚感到沉重麻木，全身微微发热。小学生们正在游乐设施上玩耍，带着孩子的母亲们开始收拾东西，笑着或者皱着眉头，呼喊孩子们的名字。我的包里响起了手机铃声，是映水打来的电话。会不会与薇薇安有关？他们联系上了吗？我很担心，却无法立刻接听，只怔怔地看着发着暗光的液晶屏幕。当我以为铃声停止时，又立刻响了起来。我深深地吐出一口气，按下接听键，把手机贴在了耳朵上。

"琴美死了。"映水说道。

2

回到家，黄美子不在。起居室里，桃子和兰正把从便利店买来的便当摊开，一边吃一边看着电视。电视里传来阵阵笑声和各种效果音。桃子瞥了我一眼，又立刻转身面向屏幕。兰轻轻地说了一声："你回来了。"我上了二楼，走进昏暗的卧室，右手放在胃上，左手握着手机躺下，闭上了眼睛。天气很热，但体内有一股冷意，让我的皮肤多次战栗。即使一动不动，脑袋也在微微颤抖。我嘴里嘟囔着，数着颤抖的次数。

琴美死了。这句话并非来自任何人的声音，只是作为一个意义浮现在我的脑海中，久久不肯散去。琴美死了。我试图说出声，但这句话无法从我的嘴里说出来。琴美死了。死，意味着……我在昏暗中眨了眨眼。是的，她死了。"死"在我心中毫无意义，引不起任何波动，我对它没有更多的想法。琴美死了。在哪里？我什么都看不见。只是映水刚才在简短的电话里说了这样一句，他可能只是得到了错误的信息，或是搞错了人。完全相信他恐怕为时过早……即便如此，我的直觉告诉我，这就是事实。正如映水所说，琴美已经死了。但是她现在又在哪里？我不断地思考着。

片刻后，楼下传来声音，有人走了上来，楼梯发出吱吱的响声。我抬起头，只见映水站在那里。他身后是黄美子。他们各自拖着和他们身体一样大小的行李缓慢地走进房间，坐在我面前。多重阴影交叉重叠，他们的眼圈一片漆黑。

"我开灯了。"映水说。我缓缓地起身。我们三个默不作声地坐在那里。映水眼睛充血，脸色苍白，比上次见面时老了十岁甚至二十岁，看起来疲惫极了。黄美子头发打着结，脸上布满了皱纹，眼睛红肿。已经晚上九点多了。我在这里坐了多久？我连简单的算术题都做不出来。

"就像我在电话里说的……"

我和黄美子无法对映水的停顿做出附和，因此我们又陷入了沉默。外面某处传来了汽车驶过的声音，车灯映着窗户，暗暗地闪烁了一下。

"琴美是一周前死的，在房间里和及川一起。"

我抬起头。

"我觉得和'塞拉维'没关系。"映水说，"虽然情况还不明确，但总之及川是吸毒上吊死的；琴美也在吸毒后窒息了，被她自己的呕吐物呛的。"

"琴美……"

"说实话，琴美最近的情况我也不太清楚。"映水说，"我们很久没聚了。我也不知道她和及川结婚了。但琴美吸毒这件事是我没想过的，完全想象不到。"

我双手紧紧握住了双肘。

"几天前，有传言说及川死了，和女人一起。调查后发现女人就是琴美。因为是及川那边的人负责处理后事的，所以我也不清楚琴美目前的情况。"

"我没见到琴美。"黄美子小声说。

"我觉得琴美是被及川害死的。"

"什么意思？"

"具体情况我也不清楚，而且可能也不会有更多消息了。"映水大喘着气，用双手揉了揉脸，"但是及川一直在吸毒。他要么被抓，要么闹出大事，只是时间问题，毕竟他在那个烂泥塘里。琴美肯定都看在眼里。"

"他打过琴美。"我艰难地说，"映水，你见过他吗？"

"很久以前见过。"映水说，"那时候他还只是个有钱的小混混，但很快就开始吸毒了，这几年一直处境艰难，没人正眼看他。他自己也明白这一点，所以感到郁闷和愤怒，听说他还大闹赌场，被禁止入内。据说他最近几乎不出门了。"

"他为什么没有被抓？"我的声音有些颤抖。映水没有回答。

"据认识及川的人说，他在家也是那样，吸毒，然后大闹，殴打琴美，也让她吸毒。结果不知道是搞错了剂量还是什么，琴美口吐白沫。但又不能叫救护车。他无路可走，自己也深陷毒瘾，就上吊自杀了。"映水说，"两个人一起自杀。"

黄美子闭上眼睛，用手捂住滑落的泪水，哭了出来。映水说完后，双手扶额，一动不动。我们谁也没说话。片刻后，映水的手机响了起来，在我们的沉默中持续振动。映水没有接，挂了一次，但电话还是反复响起。不接吗？如果是琴美……我认真想了想，又摇了摇头。

"我先回去了。"铃声停了。过了一会儿映水说，"花，你没有薇薇的消息吗？来自任何号码的。"

"没有。"我摇了摇头。

"反正刷卡器的钱最后只能追究到我，不会牵连你，但你也要小心。我白天也说过，不认识的号码别接。"

映水说完，又盯着黄美子欲言又止，随后走了出去。

片刻后，楼梯又传来了吱吱声，是桃子和兰。她们悄悄走进房间，凝重地看着黄美子和我的脸。

"花，我们听到了一点儿，发生了什么？"兰问道。我拼命摇头，但是她们仍然想知道。

"发生了什么？"

"琴美她……"

"琴美怎么了？"

"她死了……所以刚才……"

"什么？！"桃子惊呼，"不可能！怎么会……为什么？"

"具体情况我也不清楚……"

"真的吗？"

"该怎么说呢……"

她们面面相觑，低下了头。片刻后，桃子皱起眉头问道："那……那……我们的生意和琴美没关系吧？"

"不清楚，但……"

"但……？"

"但我觉得没关系。"

桃子长长地舒了一口气，点了点头。黄美子则靠在墙上，神情恍惚，不时揉揉眼睛。桃子和兰用一种尴尬而关切的表情交替地看着我们。

"我们今晚在下面睡，你们两个在这里睡吧。"

桃子说完，就下了一楼。兰也一边偷偷地关注着我们，迟疑地跟着走了下去。

我和黄美子没有关灯，整个晚上都在发呆。我偶尔换个姿势，偶尔能听到黄美子的哭声，但我们什么都没说。脚底阵阵发痛，仿佛心脏移位了一样，我想起今天一整天的漫步。是的，薇薇安消失不见，我在涩谷的大楼前遇到了钝介。汗滴的触感，全身的战栗……每个场景都深深地烙在脑海里。但奇怪的是，这些事仿佛发生在别人身上，毫无真实感。黄美子躺着，突然坐起来，然后又躺下去。直到天亮，我们才入睡。

从那天起，我和黄美子就在卧室里度过了每一天。

我们躺在被子里怔怔地望着天花板发呆，直到其中一个人起床，感到饥饿时就会不约而同地下楼，蹒跚地走到便利店，随便买一点东西吃。当我们走进起居室，兰和桃子就上楼去；而当我们回到二楼时，她们又去了起居室，似乎在尽量避免与我们碰面。有时候我能感觉到来自走廊的窥视。一转头，她们就会匆匆离开，但我已经不再在意这件事了。

深夜，我和黄美子一起躺在被窝里，回想起了东村山的文化住宅。有一天早上，在卧室里，当我醒来时，黄美子就在那里。她将被子叠得整整齐齐，上面摆放着一套同样整齐的睡衣，在那个乱七八糟的房间里显得格外清新，我盯着怔了好一会儿。吃过黄美子做的拉面后，我们流着汗漫步在各个地方。那是一个夏天，已经过去了好多年，当时我还是中学生。几年后，我已经二十岁了。五年。已经过去了五年的时光。在这五年里，我……思绪触及未来的某个点，我害怕极了。五年了，这五年里，我……"黄美子！"我不由得喊出了她的名字。她良久没有回应，又过了一会儿慢慢地转过头来看着我。摩托车从家门前呼啸而过。在微弱的黑暗中，她深陷的眼窝被影子勾勒得更深，每次眨眼，黑色就会浸染开来。

"花。"

尽管我们一直在一起，但我好像很久没有见过她了。她声音沙哑地再次呼喊我的名字："花。"

"怎么了？"我的声音也很沙哑。

"我觉得映水不会回来了。"

我注视着她的眼睛。

"映水不会回来了，回不来了。"

我们默默地一动不动。

"还有一件事……"黄美子说，"我最后一次和琴美聊天时，她说要去大阪。"

"大阪？"

"她说要去见志训。"黄美子说，"她说志训还活着。她想去调查，不管多远都要去见他。她让我对映水保密。因为如果我告诉映水，他一定会阻止琴美。她让我遵守约定。"

"这……"我的心脏猛地跳动。

"我觉得可能是有人找到了志训，然后告诉了琴美。"

"不是映水先生吗？"

"琴美让我不要告诉映水，所以我觉得不是映水。"

找到志训的应该是映水，但映水没有告诉琴美？可是我在卡拉OK里谈到志训的时候，琴美并没有特别惊讶，只是普通地听着、点着头，嘴里说着"是吗"，我感觉她在我说之前就已经知道了，难道……不是吗？我不确定。那时我已经完全喝醉了，自以为是地认为琴美已经知道了，所以胡言乱语地说起了志训的事。映水说过，他会在合适的时机告诉她，所以让我保密。映水那时还没有告诉琴美吗？琴美第一次从我这里听到了志训的事情，然后要去调查，想去见他？因为我说的，所以……

"花。"

我睁开眼睛看着天花板。

"花。"

我无法回答。

"琴美让我绝对不要告诉映水，所以我没说。但是，琴美好像在去见志训之前遭到了老头子的袭击。"

我渐渐地丢失了睡眠和食欲，几乎整天都蜷缩在被窝里。可能睡了一小会儿，但意识断断续续地涌入大脑，我渐渐分不清白天与黑夜，是梦境、现实还是记忆。画面接二连三地出现在脑海里，等我清醒过来时，发现自己身处各个地方。

在香烟的烟雾中可以听见人的笑声，清风庄的字体模糊不清，我和餐厅经理交谈过，还听到了身穿棒球服的男孩们碰杯的声音，看到他们棒球服上的污渍。栗色头发、面带微笑的琴美是那么美丽！小球的光束洒在她优美的额头和脸颊上，眼前的人竟然会在几周后死去，我简直不敢相信！嘿，琴美，琴美，你不知道志训找到了吧？是我告诉你的，是我第一次告诉你的。映水让我保密，说会在适当时机告诉你，我真笨！我只是想让你振作起来，没多想就说了出来，我以为这是好事。你应该是因为这件事才被杀的吧？你说要去大阪，然后就被那个疯狂的老头子干掉了吧？这都是我的错，我忘记了我的承诺，只想做些好事，结果却让你死了，等于我亲手杀了你。你拿着麦克风，一直笑着，没有说话，屏幕上的歌词慢慢地配合你的歌声改变颜色，我看着那些歌词，和桃子、兰、黄美子走在通向柠檬酒馆的夜路上。恩姐在柜台里面向我们挥手，不久柠檬酒馆开始燃烧，我看见钝介在火焰中挣扎。"你的脸，你的脸！"钝介大笑着指着镜子。我惊恐地尖叫着把目光从镜子里的钝介身上移开。那不是我，不是我！黄美子——黄美子在消失之前给我的冰箱塞满了食物，那时的我非常开心，开心极了。火腿、香肠、哈密瓜面包……它们填饱了我的肚子。我伸手打开冰箱门往里看，只见里面塞满了钱，厚重得令隔板无法承受，一沓又一沓的钞票滚落出来。我拼命关门，可钞票还是不断地溢出来，我只好逃离。风贴在脸上，我把它剥下来，朝着大门跑去，穿过之后才发现那是薇薇安的门牙缝。"花，映水不会回来了，回不来了，你知道为什么吗？""不知道。薇薇，你为什么突然不见了，你讨厌我吗？你不是……薇薇，你为什么突然不见了？""花，想死的总是穷人，有了钱才觉得命贵，但钱比任何人都长寿。""嘿，薇薇，黄美子，黄色代表财运，是幸运的颜色，黄美子的名字里也有'黄'。没错，西方的黄色保护着我们，黄色是我们的幸运色。"这时，我从梦中惊醒，起身，全身是汗。午夜，黄美子背对着我，一动不动地睡着，但我知道她在注视着我。"都是你的错，都是你！琴美死了是你的错！"我不知道这是谁的声音，但它过于直白，紧紧将我攫住。我拿起放在枕边的小刀走下楼梯，是遥远的、近在咫尺的、斑斓的黄色在喃喃说着："都是你，都是你！"

"花。"

我回头，只见桃子和兰站在我的身后稍远处。

"花，那个……"兰轻声说，"我觉得你最好停止。"

我凝视着手中的小刀，拇指用力将刀片收了回去，发出了刺耳的声音，桃子稍微后退了一步。

"花，"兰说，"花，你明白吗？"

我点了点头。

"花，虽然日夜颠倒没关系，但半夜不停地刮刮刮刮刮，我们也会被搞疯的。已经有一周了吧？大概十天了，停下来吧！"

我的嘴里发出了含糊的声音。

"墙上的东西你打算怎么办？"桃子问道。

"我、我不知道，但……"我握着小刀说，"我不知道，但……黄色的，这个……"

"我还以为你刻了文字之类的。"

"不、不是的。"

"那你在干吗？"

"我想要刮掉黄色。"

"什么？"

"刮、刮掉黄色。"

"啊！你是说这墙上的油漆，想全都刮掉？"桃子皱起了眉头，"糟糕。用小刀刮是有限度的。"

我点了点头。

"花，你想怎样？"

"我……"

"花，你没睡吧？半夜到处走动，下来的时候没怎么吃饭，一直在刮墙。问你也说不清楚，我觉得有点糟糕。现在是早上七点，你知道吗？二楼的垃圾都清理了吗？把垃圾都扔出去哦，我看上面堆积了很多饮料瓶。昨天买的便当吃了吗？黄美子呢？"

"吃了一点儿。"

"黄美子在楼上睡觉？你们两个看起来都没洗澡，没问题吗？"桃子问道。

"我、我不知道，一直躺着来着。"

桃子和兰以一种不知是惊讶、愤怒，还是认真思考，或是困惑的表情盯着我看。我转身面向墙壁，试图逃避她们的目光。我拿出小刀，又开始刮眼前的黄色。黄色在刀刃下化成了粉末，轻轻飘落，我屏住呼吸，以免吸入。然而，那些看不见的黄色颗粒仿佛活了起来，渗入我的皮肤毛孔责备我。我突然尖叫着跪下，声音颤抖着说："都是我的错。"

"你是在说琴美吗？"兰说，"琴美的死很奇怪，但和你没关系吧？你不是说跟我们的工作没关系吗？"

"是的，花，你看起来不太好。"

"不、不仅仅是琴美的事……"我用双手捂住脸说道。脸和手掌之间湿漉漉的，每当想到这件事，我就会情不自禁地哭出声来。我本不打算哭，而且桃子和兰的话我也听见了，但是我的心里涌动着一种无法控制的情绪，我无法委身于它，也无法把它踩在脚下。

无论是在明亮的白天，还是在黑暗的夜晚，这种情绪总是向我袭来。我对琴美说过的话、无法确定的事、消失不见的人、消失的事物……迄今为止发生在这个家里的事全部都可怕极了，我再也无法思考任何事情。

"我、我好害怕。"

"怎么了？"

"所有，我所做的一切。"

"花，你做了什么？"

"什么什么？"

"花，你认为自己做了什么？"

"做了……"

"什么？"

"就像之前桃子说的那样，我牵涉了所有人。"

"你牵涉了所有人？"桃子重复道。

"牵涉了所有人。"

桃子定定地看着我，然后看向墙壁。之后她去厨房拿了垃圾袋回来，站在我面前，张开袋口说："花，把黄色角落的那些东西全都扔掉吧。"

眼泪簌簌地落下，我看着黄色角落，然后按照桃子的话去做了。钥匙扣、存钱罐、长颈鹿摆件、铅笔盒、毛线和指甲油，我低着头，把满是灰尘的、靠在架子上的小物件拿在手里，放进袋子。

"花，不是你的错。"兰温柔地说，"你被利用了，我和桃子也是。"

"利用？"

听了兰的话，我抬起头。

"是的，你被一群莫名其妙的人利用到精神错乱。我们都被搞了。"

"黄美子，她病了吧？正在睡觉吗？"桃子催促道，"花，现在是唯一的机会。要结束一切，现在是最好的时机。没人知道我们在这里过，没有任何证据，只有钱。所以，按照计划分钱，然后解散。就这样结束，忘掉一切，重新开始。"

"重新开始？"

"嗯，就当什么都没发生过。"桃子说，"因为没有人知道。只要从这里走出去，一切就都结束了。"

"可是……"

"可是什么？"

"可是，黄美子……"

"黄美子怎么样都无所谓。"兰冷冰冰地说，"我觉得她从一开始就不对劲。我觉得映水和黄美子都不对劲。花，你总把他们说成美好的回忆，但当我们被带到这里时，你只是一个高中生，我一直觉得不对劲，后来我们被卷入信用卡诈骗，还被迫一起开酒馆，被逼着喝了很多酒，你被彻头彻尾地利用了。我们三个都是。难道不是吗？"

"把我推下楼梯的也是黄美子。"桃子看了看我，又看了看兰，"没错吧？把我的手腕捆住，不让我动，也是黄美子的命令。后来她暴怒，把衣橱弄得一团糟，还打我的脸。"

"是的，"兰说，"都是黄美子干的，这就是事实。花，你明白吗？这就是真相。没人知道这里和在这里发生过的事，也不会有人知道，但这就是事实。将来万一有人问起，这就是事实。记住。我们什么也没做，只是被利用了。他们都是成年人，万一他们生气了，我们都不知道会怎样。记住了吗？这就是事实。"

"我……"我低着头，额头贴在地板上，呜咽不止，"兰、兰、我、我是……好心以为，觉得只能这样，一直以来，所有事情，所以……"

"我知道。"

"我、我一直觉得我们应该一起生活下去，所以一直，只有这条路，一直拼命。"

"好了，别说了，花，所以这个……"兰说着，向桃子使了一个眼色。桃子把一个纸袋放在我们中间，从中拿出现金。一沓是一百万，她分了四份，分别放在每个人的面前。

"赶快吧！花，按计划分成四份。以防以后有人跟我们计较，所以也留下了黄美子的这份。每人五百万，基本上是均分。这一沓有一百张，所以是五份。好吗？可以吧？我们已经准备好行李了，接下来要离开这里。所以，花，你也走吧，带上所有可能与你有关的东西。还有，我们分钱的事和离开这里的事都是秘密。根本就没有什么钱，好吗？花，你说一遍。"

"钱、钱……"

"根本就没有什么钱。"

"钱，根本，就没有，什么钱……"

"就是这样。虽然赚钱了，但只拿到了零花钱，其他的都由出入这里的成年人掌管。因为都是他们在运行，根本没有大笔现金。听懂了吗？花，你没问题吧？"

"嗯。"我哭着点了点头。

"嘿，别哭了。"桃子轻推了我一下，"花，如果被黄美子知道了，不知道会发生什么。我们在这里等你，你快去拿上钱包和手机，马上就准备，快点儿！别发出声音！悄悄地。"

我没有擦去脸上滑落的泪水，只是按照桃子的吩咐蹒跚地上了楼梯。紧闭的窗帘染上了一层晨曦，黄美子背对着我睡着了。不，我也不知道她是否睡着了，总之她一动不动。我按照桃子的话把钱包和手机放进了背包。没有门的衣橱里放着一个深蓝色鞋盒。我像被吸引着走到那里，把它拿在手里。在卧室门口，我缓慢地回头，看了一眼躺在那里的黄美子的背影。然后用手撑着墙，下楼回到了起居室。

"黄美子在睡觉吗？"

"嗯。"我已经不知道在回答谁的问题了。我头痛欲裂，那疼痛引起了轻微的呕吐感，泪水汩汩地涌出。

"那我们出去了。"桃子小声说，"花，你也在十分钟内出发。"

桃子说完，就和兰一起悄无声息地走出了家门。我站在起居室中央，怀抱着蓝色鞋盒，双手紧握着肩带。地板上散落着现金，我抽泣着凝视堆得不太稳的纸钞，缓缓地伸出手，拿起一沓钞票放进了包里。破烂不堪的纸袋微微地晃动着。

我抛下黄美子离开了这个家。

第十三章　凋零

"伊藤，辛苦了！对了，店长让你回去时顺便去一趟办公室。"

"好的，知道了。"

"那边的豆腐汉堡赏味期限到了，你可以带回去哦。"

"谢谢。"

我脱下橡胶手套和围裙，去更衣室准备回家。打卡机啪地一声响，用蓝墨水刻下了"晚上八点十五分"。我徒步两分钟抵达了一栋老朽的综合型建筑，在位于二楼的办公室门前敲响了门。

"哦，伊藤，抱歉！劳你下班后跑这一趟。"

我走进办公室，店长抬起头来对我说道。办公室的四角只有堆放的纸箱、一台小冰箱、组装式货架和用作工作台的桌子以及两把椅子。四个人就会撑满这个房间。店长抚摩着花白的头发，说："请坐。"指着椅子示意我坐下。我低头坐下，与坐在稍远处的店长目光交会。

"就是……关于店里的事。"店长一副疲惫的表情，"我们已经尽力了。但由于疫情，已经无法继续下去。下周起要临时停业，之后再看情况。"

"好的。"

"很抱歉这么突然，我决定先给大家放假。虽然没有慰问金之类的，但我们已经商量好之后会补偿。至于津贴的申请和具体金额，还没有被告知，所以我也不清楚。一旦有了消息，我会再联系大家。在此期间如果找到其他工作，可以优先考虑。真是抱歉！"

"没关系。"我说，"其实该道歉的是我。"

"你为什么要道歉？是我做得不好。真的很抱歉！"

下周开始停业意味着我的轮班到今天为止。这个长假期间几乎没有客人，大部分商品都得报废，因为我提前预料到可能会出现这种情况，所以没有特别震惊。店长说完后，看起来松了一口气。后来，我们闲聊了一会儿。店长是一位五十多岁的男性，有一个上大学的女儿。他抱怨说因为疫情，家人都待在家里，在拥挤的房子总是吵架，很辛苦。对话结束后，我向他轻声道别："那么事态平息前我就静待您的联系，谢谢！"然后离开了办公室。

五月中旬，人们对于这种不知何时结束、不知有多严重的传染病感到紧张、愤怒、恐慌。电视和网络上到处都是有关疫情的消息，人们持续地处于焦虑之中。但是，自从我在初春看到了黄美子的报道以来，我已经无法感知眼前的现实。一切都是虚无缥缈的，虽然我能理解新闻的文字和声音，但它们似乎无法在脑海中形成一个完整的意义。因此，即使我在这家熟食店已经工作了三年，而且这是我唯一的收入来源，但对于失业这件事，我不知道该做何感想。

离开那所房子后，我径直回到了位于东村山的家里——清风庄。我记得到达时已是午后，我浑身大汗淋漓。当我转动卧室门的把手时，发现门没锁。我从玄关向内张望，看到母亲在睡觉。我犹豫了一会儿，走进房间，把深蓝色的鞋盒放在架子上，然后站在厨房和房间的交界处。几分钟后，母亲似乎感受到我的气息，睁开惺忪的眼睛看着我。她没有露出惊讶的神情，只是说了句"哦，是花啊"，然后继续睡去了。

之后的生活也一样。变化的只是我已经不再是十几岁的孩子，以及那些陪伴母亲的女招待也不再出现。母亲每天傍晚会骑自行车去邻站的小酒馆，等到午夜过后才回来，然后睡到下午，仿佛我离开这个家的那几年从未存在过，一切又恢复了从前的样子。

然而，回到东村山以来，我的状态正如在那所房子里的最后几天一样，不知道持续了一周还是两周。自从得知琴美去世后，我认为自己处于一种异常状态。

每当我试图入睡，耳边就会响起黄美子和映水责备我的声音，脑海里浮现出琴美脸上沾满呕吐物躺在床上死去的情景，挥之不去。当我醒着时，我总是担心警察会发现我的行为来逮捕我，或者是黑帮的人因为生意的事来找我，甚至我有时会担心电话突然爆炸，把身体炸飞，或者性情大变的黄美子会突然袭击我……我做了无数个噩梦。每天即使什么都不做，我也会莫名其妙地流泪不止。

就这样，虽然我无法正常思考，但桃子和兰那天早上在起居室里对我说的话深深地印在脑海中。

"我们被利用了。"她们两个人说道。"你被带到这里的时候，还只是个十几岁的孩子。"兰说。"是的。""我是被黄美子带到这里的。"我一直以为是黄美子救了我。但随着对她的了解，我开始觉得她也是一个离不开我的人，除此之外别无原因。为此，我拼命努力。"但是这才是不对的。"桃子和兰俯视着对我说。

生意、柠檬酒馆、琴美的死——这一切都是那些当时在那里的疯狂的成年人为了自己而造成的。我们是缺乏判断力的未成年人，被灌酒，被迫工作，我们只是被利用了。我们无法阻止那些控制我们生活的成年人的计划。没有人会知道在这个家发生的事，这是唯一的事实。

真相究竟是怎样的？在那时，我只能相信他们说的话。为了保持自己的理智，我别无选择。在那些不眠的日子里，我试图说服自己相信桃子和兰说的是真的。是的，起初只是试图说服自己。但是随着我不断思考，我越来越觉得，桃子和兰所说就是真的，并非我的臆想。我几乎把所有存款都留在了那里，那本该是黄美子和映水的。我之所以把钱留在那里，是因为害怕他们。我害怕黄美子。不，不是这样的。我摇摇头，不是因为害怕。我必须对自己的内心和事实保持诚实——我反复这样提醒自己。但我所认知的和我能认知的，可以被称为真相吗？我曾经害怕过黄美子吗？应该是有的。我可能只是不自知，我一直害怕黄美子，或者说，黄美子和映水每次都编造故事来利用我的感情，以此来控制我。不，不对，我做的一切都是自己决定的，钱也是我自愿留下的。我只是对金钱感到无比恐惧，不知道该怎么办，为了逃避这一切。不，不是这样的，我是为了黄美子和映水，黄美子一个人活不下去。为了大家都能活下去，我才在薇薇安那里奔走。不，不是这样的，我是为了自己，因为我内心感激黄美子对我的好，不想像桃子和兰那样把她丢下，所以才留下了钱。不，不是这样，我不知道……

我想我会一辈子这样不安和痛苦，不断地想起那个家、黄美子和映水，还有琴美。我曾经认为自己永远不会忘记。确实有几个月是这样的。在无所事事的时候，在那所房子里和桃子、兰一起度过的日子，愉快的时光、笑声，以及一切消失的瞬间时常交织出现在脑海中，有时让我动弹不得。但是，这些感觉渐渐淡化了。秋去冬来，等到下一个春天结束的时候，我发现回忆的间隔变长了，感情上有了一层薄膜，最终我开始在一个距离家三十分钟自行车车程的工厂里从早到晚地工作，每天疲惫得像一团泥似的入睡。渐渐地，我仿佛连回忆的能力都失去了，慢慢忘记了一切。

我回到东村山的两年后，母亲宣布要和她在酒馆认识的常客一起去九州。我独自一人在清风庄住了一段时间，但因工厂关闭搬迁，我决定辞职，离开东村山。

招聘信息有很多。虽然时薪只能勉强达到一千日元，但一个人低调地过活似乎还是可以的。我决定去神奈川县汤河原的一家大型酒店做清洁工，住在一个不需要初期费用[1]的单间宿舍里，水电煤气费用全包。虽然我只在宿舍和酒店之间穿梭，但大约在工作六年后，我和一个新来的女性建立了友谊。

她比我大两岁，来自高知县，性格开朗，常常笑容满面。一年后，在她的强烈邀请下，我决定在附近的公寓里同她一起生活。我不知道我们之间是友情还是爱情。我们有过愉快的时光，但渐渐地她不再工作，我们之间的争吵也变得频繁起来。最终她离开了公寓，我们两年的同居生活宣告结束。

过了一段时间，我发现放在抽屉里的三万日元不见了。我感到受伤和孤独，但更多的是释然。我从汤河原换到箱根的另一家酒店工作，住进了新的员工宿舍，依然担任清洁工。冬天滑雪季，我们还会被派到同集团经营的、位于长野县的酒店。

我三十六岁时，母亲去世了。那年冬天，她刚满五十九岁，我们已经多年未见。我一直以为她和那个男人住在九州，后来才得知她在东京的一间小公寓独居。

死因是心脏病突发。她似乎没有经常就医，据偶尔和她一起喝酒、关系不错的房东说，她前一天晚上和几个在洗衣工厂打工的同事一起去居酒屋喝酒的时候，看上去还一切如常。市政府的职员详细地向我解释葬礼的流程，最后在许多人的帮助下，葬礼总算是顺利举办了，但我不记得细节。当我从房东那里接过钥匙，整理母亲生前居住的房间时，我也没有真切的感受。

1　在日本租房时，除了每月支付的房租，还需在入住前支付包括礼金、押金等费用，称为初期费用。——编者注

那是一个六叠大的单间。她只有少量衣物和未使用完的化妆品，房间里摆放着电视机和柜子，褥子上面是翻开、没有整理好的被子。柜子上放着像是百元店里买来的塑料相框，里面有一张老照片：小时候身穿格子连衣裙的我对着笑容满面的母亲摆出"胜利"的手势。旁边是用纸板做的台面抽屉，那里有一个白色信封。上面用铅笔写着"交给花"的细小文字，里面大部分都是皱巴巴的千元纸钞，总共有七万三千日元。我紧闭双眼。

我们最后一次见面是什么时候？最后的交谈是关于什么的？母亲当时是什么表情？她给我打过几次电话，我故意没接，她可能有什么话想对我说，或者想听听我的声音。那时候明明还有那么多时间……我只记得她的笑容。我抱着双膝哭泣。

我决定从箱根酒店辞职，搬到母亲租住的公寓里。原以为房东会拒绝，但他对我说，其实死过人的房间很难再找租客，如果我能继续租下去，就是帮了他大忙。我穿上母亲穿过的睡衣，躺进她睡过的被窝里，在夜晚无眠的时候泪流满面。

渐渐地，我开始身体不适，几乎无法离开房间。每周一次，我艰难地拖着身体去附近的商店街买食物。现在回想起来，那时可能是有了抑郁症的症状，但当时的我甚至没有考虑过。我的身体沉重不堪，以至于连洗澡都很困难，但我甚至对此毫不关心。我躺在床上，无法入睡，只是茫然地睁着眼睛，在房间里度过了无所事事的日子。偶尔，我会想如果能就这样死去该有多好，但那只是一时的想法而已。

我不见任何人，除了房租、食物和水电费，也不花钱，只要活着就行，应该还能再撑几年。然而有一天，我出去买食物，走在商店街上，看到了熟食店的玻璃门上贴着招聘广告。我感觉自己很久没有读过文字了，于是站在入口处茫然地看着。突然从店里走出来一个阿姨，手提装着熟食的塑料袋。她看到我，友好地笑了笑。

那只是一个再平常不过的问候，是在任何地方都会发生的简单交流。但不知为何，我当时无法控制眼泪，步履匆匆地回到了公寓。悲伤、喜悦和无法挽回的感觉交织在一起，那天我始终流着原因不明的眼泪。哭过之后，我筋疲力尽，眼睛和脑袋很疼，而这种疼痛是真切的。

从那以后，我开始不时地意识到那家熟食店的存在并且光顾。随着时间的推移，我感觉自己开始逐渐回到以前的状态。后来，我增加了洗澡的次数，时隔几年来第一次买了内衣，去附近的美容院剪了头发。在我作为熟食店销售人员工作的第三个春天，我在网络新闻的报道中看到了黄美子的名字，我想起了她，才意识到自己竟然忘记了与她一起生活的那些日子。

如同听到琴美去世的消息，如同得知母亲去世，我再次陷入了失眠。无论白天还是夜晚，我总是会看着保存在手机相册中的黄美子事件的报道，把一天的大部分时间花在回忆黄美子和往事上面。

初次见到兰时，她穿着白色上衣，光脚穿着凉鞋在发传单。起初她有些害羞，但她的声音真的很好听，歌唱得非常好。桃子则在不知不觉中变成了无论去哪儿都会和我一起的人。我们一起笑过、哭过，整夜聊天。想到这些，我叹了一口气，视线又回到屏幕上。文章中写道，黄美子把一名二十多岁的女子关起来，施以暴行并使其受伤。黄美子通过语言控制并操纵她，那名女子逃脱后报警，事件才得以曝光，黄美子也因此被捕。

我第一次看到这篇文章时，震惊于自己竟然忘记了黄美子，然后又担心过去在那个房子里的行为会暴露。我无法独自承受这种恐惧，于是无奈之下去见了兰。兰反复地对我说着在那个家里最后说过的话。

然而，最近几周我整日回想起在那个房子里发生的事，我们的事、琴美的遭遇，以及黄美子。渐渐地，我开始觉得这篇文章中写的并不完全是真相了。

当然，我并不清楚到底发生了什么事，只是开始觉得可能还有其他情况。从表面上来看，这篇文章确实只有这样一种解释：逃跑的女子很年轻，人们理解并相信她说的话，而黄美子只能保持沉默，无法很好地解释这件事情。是的，就像我所认识的黄美子一样，我们三个离开那所房子的人为了我们自己捏造了一部分事实。在这篇十几行字的文章之下也许还有其他事情，这些逐渐和二十年前我们一起度过的日子混淆在一起，让我分辨不清。

黄美子现在怎么样了？

五月过去，六月来临，我仍然在想黄美子，甚至没有心情去找新的兼职。案件发生在去年五月，裁判是在今年一月。我在网上找不到关于该事件的更多信息。她是否被判有罪？是否在监狱里？这一切我都不清楚。是否有咨询窗口或联系方式可以查询这些信息？我不停地在网上搜索，想知道个人是否有办法查询裁判结果。

我了解到的是，这类案件的判例不会记录在数据库中，个人无法通过网络搜索得知相关信息。据某博客称，了解裁判相关人员的后续情况，是不可能的。过去曾有人向检察机关提出信息公开请求，但得到的信息大多被涂黑了。剩下的办法是自行找到处理案件的律师，亲自去见他，并从他那里获取信息。然而，即使见到了律师，他也不会告诉与案件无关的人任何信息。

我是否应该像过去一样，按照兰的说辞，就这样忘记黄美子？我是否应该就这样放下所有一切？假如知道了黄美子的下落，我究竟打算做什么？我想做什么？为什么如此急迫地想知道？我无法向自己解释清楚。唯一明确的是，我不能再这样下去了。

一天下午，我拿起旧手机，打开通讯录，盯着出现在里面的名字，记下了号码。这二十年来，我从未拨打过这个号码，不知道现在还能不能接通。

而且，即使接通我也不知道该说些什么。但是，即便如此，我也只能打电话。

在一阵铃声过后，自动转到了语音信箱。

我深呼吸后报上了自己的名字，留言道："听到这条信息，如果方便的话，请给我回电话。"也许这个号码已经变更了所有者，我可能只是给一个完全无关的人留下了毫无意义的留言。这种情况很常见，毕竟时间已经过去了这么久。我摇了摇头，叹了一口气。

六月沉重而潮湿的空气让人无处逃匿，从每一个缝隙涌入房间。我为了躲避这种空气而蜷缩在被窝里。白天的光线透过眼皮映出了红色，我追随着那些图案睡着了。远处传来了电话铃声，渐渐逼近。我睁开眼，同时伸手去拿手机，坐起来，按下了接听键。

"喂？"我说，"喂？"

"好久不见。"

声音有些沉闷、遥远，但无疑是映水。我握紧了手中的听筒。

"映水先生，是我，花。突然、突然打电话真的很抱歉。"

"你还记得这个号码啊。"

映水的声音没变，但明显感觉更细腻了，似乎在风中颤抖。

"我还以为已经打不通了。我想起了很多事，然后想到了你最后告诉我的这个号码，你说没告诉任何人，所以，我就想也许……"

稍作沉默后，我咽了一口口水。

"其实，前段时间我在网上看到了黄美子案的报道，后来就一直在想。我对黄美子这件事很在意，我在想不知道她现在怎么样了……"

"黄美子案……"映水自言自语般地说,"啊……报道出来了吗?"

"是的,我看了报道后不知道该怎么办了。"

我很紧张。虽然是我主动联系映水的,说想和他谈谈,但突然在二十年后再次与他交谈有些难以置信,也不确定自己能否好好说话。他发出了一些模棱两可的声音,重重地咳嗽了几声。

后来薇薇安怎么样了?我们留下的钱够用吗?我们离开后有没有出什么问题?这二十年你都在干什么?黄美子的案子到底是怎么一回事?……虽然有很多要说的话和想问的问题,但似乎有一种无法启齿的氛围横亘在我们之间。我反复地舔嘴唇。

"映水先生,黄美子……她现在怎么样?"我把手机紧贴在耳边,"我很想知道,但查也查不到。"

"黄美子……被判了缓刑,没去监狱。"映水缓慢地、逐字逐句地说道,"黄美子……什么都没做。"

"什么都没做?"

"是的。"

"报道里写的那些都没发生?"

手机那端传来了映水的叹息声。

"映水先生……黄美子在哪里,我……"

"在哪里……你要去见她吗?"

"我不知道,不过……"

"就算见了又能怎样?我想都没用了。"

"我如果能联系上你,我想我必须说些什么,有些话必须说出来。但是我不会说,也不敢说我一直都记得。我其实都忘了,完全没想起来。一直以来,我都是按照对自己有利的方向去认为、去相信,把一切都当作没发生过。我知道你一定会生气的,对吗?因为很多事情我都半途而废了,我离开,甚至把薇薇的事也丢在一边。

我害怕极了，明明想要和黄美子一直生活在一起的人是我，说'别离开'的人也是我，但我最终抛下了一切。"

"花。"映水声音嘶哑地笑了笑。我脑海中浮现出映水的脸，心中一阵刺痛。

"你还是老样子。"

"我真的很糟糕，在心里把一切都推给黄美子，明明不是她的错，而是我自己的选择，我却以为是被迫做的。为了对自己有利，我把黄美子抛下逃走……"

"不，"映水说，"那是很正常的。"

"可、可是我……"

"没有人这么想。"

"可是……"

"黄美子……"映水缓缓地吐出一口气，说，"她就在那儿，你知道东村山有个小酒馆吧，她就住在那儿。"

"东村山？"

"她没地方去，就向那家酒馆的老板娘租了二楼的房子，住在那里。"映水说，"我已经不能去她那里了，她也没电话。"

"映水先生，你在哪里？"

"我嘛，随便哪里都可以。全身都是毛病，从肾脏到淋巴，再到肝脏……腹部也有水肿。"

"你生病了？"

"差不多，我快了。"

我屏住了呼吸。

"嗯，大概就是这样。"映水说，"电话，可以挂了吗？"

"等一下，映水先生，请等一下。"我说，"关于钱，映水先生，我自从离开后就一直在工作，每天都在工作，所以有一点存款。如果你现在需要，我，现在可以……映水先生，你现在在哪儿……"

"哦。"映水轻轻地笑了，仿佛在说"你自己用吧"。

"映水先生，那个……我有话要说，有件事要向你道歉。"我仿佛抓住了要从眼前消失的他的手臂说道，"琴美，琴美的事……现在或许不是说的时候，但有件事我必须道歉。你让我别告诉她，但是为了让琴美振作起来，最后一次在卡拉 OK 见面的时候，我告诉了她，我擅自主动谈起了志训，后来她想去大阪，再之后就变成了那样。我一直没有告诉你，琴美是我害的……如果我遵守和你的约定，琴美就不会……"

泪水汩汩地涌出，我捂着喉咙，说不下去了。

映水沉默了很久。然后，他笑了笑，说："原来还有这一段啊。别再想了，一切都结束了。"

挂断电话后，我坐在地板上，抱着并拢的膝盖无法动弹。

下车的时候，那里只有我一个人。

最后一次来这里已经是十五年以前的事了，虽然我从小在这里长大，童年记忆应该都与这里有关，但无论是古老的检票口，还是因磨损而变色的灰色楼梯，甚至连风的气息，都没有令我感受到太多的怀旧之情。

小时候，我要么待在房间里等待母亲，要么出去散步，以免打扰正在睡觉的母亲，可能是因为从来没有乘坐电车去其他地方游玩的经历吧。

站前的商店街人流稀少。我经过了一个骑着自行车的阿姨——自行车前后都装着大篮子，和一个牵狗的老人。他走进门后，我注意到周围聒噪的蝉鸣。环顾四周，我发现大约有一半店铺已经拉下了卷帘门，虽然也有一些店铺开着，但感觉不到人的气息。我曾经光顾过几次的烤鸡店门口堆放着几箱啤酒，里面有几个沾满白色灰尘的瓶子。隔壁开了一家从未见过的按摩院，一块小型电子广告显示屏上投射出文字。上面反射出各种颜色的光，我看了一会儿，但无法辨认上面写了什么。

八月底，太阳似乎在向地上的人们发出警告，炽热而静止。尽管凹凸不平的沥青、电线杆、倾斜的招牌、建筑物的屋檐都有各自的颜色，但由于阳光笔直地照射下来，仿佛每样东西都变成了同一种颜色，让人感到不可思议。每一次呼吸，眼睛就会越发沉重，汗水渗出，浸湿了腋下和后背。

我曾经工作过的家庭餐店连同整栋楼消失不见了，取而代之的是几乎没有车辆停靠的停车场。我以前每天都骑自行车来这里，无论学校是否放假，从早到晚拼命工作。店长喜欢逗大家笑，无论是早班还是夜班，他的头发总是像抹了定型膏一样立着。他对我很好，但最后我们没能见面，我也没能说一句"谢谢"。我一边想不知道他现在过得好不好，一边不停地擦拭滚落下来的汗水。

即使来到这里，我也不知道自己要做什么。

映水说，黄美子住在母亲曾经工作过的小酒馆的二楼。

如果黄美子在那里，我能见到她，我要做什么？为自己辩解，还是向她道歉？又或者想问些什么？想回忆起什么吗？我不知道。而且，即使她在那里，我也不一定能见到她。我不知道她现在的感受和处境。每隔几秒气温就会上升，耳边响起刺耳的声音，我不断地深呼吸，试图缓解内心的不安。然而，我越想冷静下来，心就跳得越快，哪怕试图停下来整理思绪，却也无法停止步伐。

不一会儿，我看到了右手边一扇古老的木门。

我想就是这里，于是屏住呼吸，后退数步，整栋楼进入了我的视野。

这栋楼看起来比我记忆中的要小一圈，外墙上有几处裂缝，一些地方已经破烂不堪。门旁的彩色小玻璃窗四角泛着浓重的黑色，有些地方还裂开了。门右侧的柱子上有一个小小的门铃按钮。我深吸一口气，然后用手指轻轻按下，慢慢用力。我听不到声音，不知道铃声是否已经响起。

等待了几十秒，没有任何反应。我看到二楼也有几扇小窗户，但窗帘拉着，一丝动静都没有，感觉不到有人居住的迹象。我再次按下按钮等待，但是和刚才一样，没有任何声音。

在门前站了几分钟，我犹豫了一下，最后大胆地敲了敲门。用力敲了三下，等待几秒钟后，再一次比刚才更用力地敲门，结果却还是一样。

太阳依然高悬，阳光毫无减弱的迹象，我汗如雨下。仔细想来，我一直没有摄取水分。接着，我感觉到了耳鸣。

我不知道过了多久，或许只有一分钟，或许过去了五分钟。黄美子可能已经不在这里了。我望着二楼的窗户，凝视着那些彩色玻璃的裂痕，然后又看向大门，深深地叹了一口气，开始朝车站走去。就在这时，我听到身后开门的声音，惊讶地回过头去。

是黄美子。

与黄美子对视的一瞬间，我们之间仿佛吹过了一阵大风，就像那个夏天，我在这里遇到黄美子的那一天、那一瞬间，我感觉黄美子的乌黑长发猛地蓬松起来。但那只是我的记忆唤起的错觉，眼前的黄美子顶着一头修剪整齐的花白的头发，穿着宽松的 T 恤和褪色的短裤，光脚站在那里。

"黄美子！"我失声喊道。黄美子则静静地站在门把手旁，一动不动地看着我。

"黄美子！"我再次呼喊她的名字，"花！我是花！"

"花？"

黄美子那凹陷的眼睛缓慢地眨了眨，然后用手指挠了挠耳朵下面，莫名其妙地看着我。

黄美子完全变了。她脸颊凹陷，皮肤布满斑点和皱纹，四肢瘦削，看起来比报道中说的六十岁还要苍老，像一个老太太。我看向她的右手，那里和以前一样有着褪了色的蓝色文身痕迹。

那一刻，我还没来得及多想，眼泪就涌了出来，无法阻止。我不知道这是什么样的泪水，是悔恨的、害怕的，还是悲伤的？复杂的情绪催生了泪水，我甚至无法用手掌去擦拭。你独自一人住在这里吗，怎么吃饭，身体有没有不舒服？……我有很多问题想问她，却无法开口。

"黄美子，对不起，对不起。"我说，"突然拜访，还哭成这样……"

"没事。"黄美子一副不知所措的表情，说道。

"黄美子，你一个人住在这里吗？"

"嗯。"

"老板娘呢，这里的老板娘？"

"老板娘住在养老院。"

"那你一个人在这里？"

"嗯。"

"没有电话？"

"嗯。"

"怎么吃饭？你有钱吗？"

"朋友给了。"

"朋友，是指映水吗？是映水告诉我你在这里的，所以……"

"花，你认识映水？"

我瞪大眼睛看着她，她也看着我。我的泪水汩汩地涌出，视野变得模糊。我不停地揉眼睛、吸鼻子。

"嗯，是，我认识映水。以前我和你住在一起，在很久很久以前。我第一次见到你是在十五岁的时候，就在这里。"

"嗯。"

"黄美子，你对我很好。"

"嗯。"

"你做了炸鸡给我吃，和我一起去夜市，还给冰箱塞满了食物。你帮了我很多，即使在妈妈不在的时候也一直……"

"妈妈？"

"嗯，你是我妈妈的朋友，但和我一起生活了很多年。"

"是吗。"她那张长满斑点的脸上扬起了笑容，"你妈妈还好吗？"

"我妈妈……她……已经去世了。"

"所以你才哭成这样啊。"她眯起眼睛说，"我妈妈去世时，我也哭了。"

"你妈妈也去世了？"

"嗯，在监狱里去世了。"

"是吗？"我哭泣着频频点头，"黄美子，对不起，我对你做了坏事，我说不清楚，但是我对你、对映水，还有琴美，都做了坏事。我本来想努力做好，但最终做了坏事逃跑了。我明明答应了你和映水……"

"嗯。"

"但我忘记了诺言。或许你也是因为这个才被卷入了很多事情的，你什么都没做，却被迫承担了严重的后果。我也不知道真相，但是、但是……现在变成了这个样子。"

黄美子一言不发，茫然地望着我。她的睫毛脱落得十分稀疏，眼睑凹陷，半张开的嘴角周围布满了许多竖纹，花白的鬈发在短发顶部四处乱窜。

"黄美子，和我一起走吧。"我用双手捂住脸，说道，"我们一起！"

我不知道自己在说些什么，也不知道是否能够做到，但必须说出来。我没有工作，住在狭窄的房间里，一个人勉强维持生活，我不知道从这里带走黄美子后到底能做些什么。但是，那天黄美子带我走了，她带着孤独的我一起离开。虽然经过了很长时间，我们陷入了这样的境地，但是我们共同生活的日子并非仅仅如此，并非只有糟糕的事情。

在柠檬酒馆里，在那所房子里，我们一起吃饭、一起散步，她教会了我发自内心地快乐，让我感受到幸福，接纳了我。现在我能为她做的只有这些，事到如今已没什么可以挽回的。眼前的她孤立无援，无助而脆弱，只有我能支持她，而且我是她仅剩的、唯一的依靠。如果能够重新来过，如果能够拯救她……我哭泣着对她说："黄美子，我们一起走吧。"

黄美子半张着嘴，看着我。

"黄美子，跟我走吧！黄美子！"

"你不要哭成这样。"

"黄美子，我们一起走吧。"

"我不走。"黄美子缓慢地说道。

"黄美子……"

"我就在这里。"

我们默默地对视着。

"花，你在听吗？"

"我在听。"我眼睛一眨不眨地看着她的脸。

她挠了挠耳朵上面，发出了很大的鼻音，说："我就在这里，可以见到。"

"可以见到？"

"嗯。可以见到妈妈和琴美，还有映水。"

"可以见到吗？"

"嗯。"

"黄美子，我……"

"嗯。"

"我会再来看你的。"

"嗯。"

黄美子笑了笑，缓缓地关上门，走了进去。

我沿着原路返回，穿过商店街，越过车站，继续走在陌生的街道上。路途虽然时而转弯，时而交叉，甚至会变成死胡同，但只要稍微后退，总会通向某处，然后就能继续前行。中途我找到了一个公园，我坐在长椅上，直到眼泪干涸。夏天的傍晚有一种独特的怀旧气息，久久不肯散去。

最后，我走到一个小车站，搭上了最早的一班电车。向西行驶的电车里四处散落着无数细碎的光，它们以各种形状投射在地面、座位、门以及乘客的衣服上，随着车厢的摇摆而摇曳不定。

我在不知不觉中进入了梦乡，做了一个短暂的梦。虽然看不清楚脸，但有人开心地笑着，我们在奔跑着，流着汗，快乐极了，同时感到焦虑和悲伤，但我们还是笑着的。"花，花，花——"远处传来了某人的呼唤声，我抬起头。我不知睡了多久，窗外已经蒙上了一片晚霞。那片晚霞直接沁入了我的心脾，变成了我曾经忘记、本该不再记起的令人怀恋的色彩、形状和声音。我贪婪地凝视着它，屏住呼吸，然后再一次闭上眼睛，陷入了片刻的睡梦中。

图书在版编目（CIP）数据

黄色的家 /（日）川上未映子著 ; 连子心译.
北京 : 国文出版社，2025. -- ISBN 978-7-5125-1762-2

Ⅰ . I313. 45

中国国家版本馆 CIP 数据核字第 20247GP708 号

北京市版权局著作权合同登记号 图字 01-2025-0600 号

黄色的家

作　　者	［日］川上未映子	
译　　者	连子心	
责任编辑	侯娟雅	
责任校对	朱韵鸰	
出版发行	国文出版社	
经　　销	全国新华书店	
印　　刷	嘉业印刷（天津）有限公司	
开　　本	889 毫米 × 1194 毫米	32 开
	12.5 印张	297 千字
版　　次	2025 年 6 月第 1 版	
	2025 年 6 月第 1 次印刷	
书　　号	ISBN 978-7-5125-1762-2	
定　　价	75.00 元	

国文出版社
北京市朝阳区东土城路乙 9 号　　　　邮编：100013
总编室：（010）64270995　　　　传真：（010）64270995
销售热线：（010）64271187
传真：（010）64271187-800
E-mail：icpc@95777.sina.net